MY IN-LAWS ARE OBSESSED WITH ME

시월드가 내게
집착한다

한윤설 장편소설

VOL.2

CONTENTS

CHAPTER 7.
전소 : 남김없이 타 버리다
5P

CHAPTER 8.
좀먹는 악몽
87P

CHAPTER 9.
저주라는 악몽
173P

CHAPTER 10.
터지는 비눗방울
249P

CHAPTER 11.
갈림길의 끝은
331P

CHAPTER 12.
맑은 날의 소원
415P

CHAPTER 7.

전소 : 남김없이 타 버리다

My in-laws are obsessed with me

Chapter 7

테르데오가 깨어나고 이틀이 지났다.
위험한 고열은 내렸지만 다 나은 건 아니었다. 미열은 여전히 계속되고 있었으니까.
그러는 사이 피니어스가 제일 빠른 말을 타고 달려 저택에 도착했다.
피니어스는 도착하기 무섭게 쉴 틈도 없이 테르데오를 살폈다.
"아일렛의 알약을 먹은 후로 계속 상태가 이랬니, 테오?"
"네. 몸이 불타는 것처럼 뜨겁고 숨 쉬기가 괴로웠습니다. 제 몸이 마치 공중에 떠 있는 것 같기도 했고요."
테르데오는 약을 처음 먹을 때의 기억이 떠올랐는지 눈썹을 구겼다. 나는 그를 안쓰럽게 바라보며 말을 덧붙였다.
"테르데오는 진짜 고열에 시달렸어요. 그 어떤 약도 안 들었고요."
"……테오, 혹시 이전에도 같은 증상이 있던 적이 있었니?"
"없습니다."
"흠."
"아, 그리고."

말을 하다 멈춘 테르데오가 덤덤한 표정으로 나를 바라봤다.
"……?"
나를 왜 봐?
나를 향한 테르데오의 시선이 따갑다 못해 뜨거웠다. 뚫어질 것처럼 빤히 바라보는 시선에 괜스레 목이 말랐다. 나는 테르데오에게 건네기 위해 가져온 물을 벌컥 마셨다.
"약을 먹고 깨어난 후부터 며칠째. 잠들면 자꾸 대공비가 꿈에 나옵니다."
"콜록!"
그만 물이 목으로 잘못 넘어가 사레가 걸렸다. 그는 뭐 문제 있냐는 듯이 뻔뻔한 표정으로 연신 기침하는 나를 바라봤다.
'피니어스 숙부님 앞에서 못 하는 말이 없네! 미쳤나 봐!'
우리 두 사람을 번갈아 본 피니어스가 입가에 완연한 미소를 그렸다.
"두 사람 사이가 전보다 훨씬 좋아졌군요."
"그, 그런 거 아니에요!"
내 격렬한 반응에 피니어스가 이해한다는 듯이 고개를 끄덕였다. 그는 마치 늦둥이 손주를 보는 할아버지처럼 흐뭇한 표정을 짓고 있었다.
"사랑받고 계시는군요, 비전하."
아니라고요!
나는 있는 힘껏 테르데오를 노려봤다. 그는 꿈이 떠올랐는지 불쾌한 표정으로 혀를 쯧 내찼다.
"그런 꿈이 아니라, 자꾸 대공비가 꿈에 나와서 웁니다. 처음 꾼 꿈에선 대공비가 울고 있었고, 그다음 꿈에선 제게 이렇게 만들어서 미안하다고 사과를 했습니다. 다른 꿈에선 대공비가 뜨거운 불 속에서 울고 있었습니다."

이렇게 만들어서 미안하다는 건 또 뭐야? 불 속은 뭐고? 왜 자꾸 내가 테르데오 꿈에 나와서 우는 거야!
"혹시 예지몽이나 나쁜 일이 벌어진다는 징조인가 싶어서 말씀드린 겁니다, 숙부님."
"테오."
피니어스가 안쓰럽게 웃으며 테르데오의 어깨를 두드렸다.
"그건 네가 지금 아프기 때문이거나, 혹은······."
피니어스가 나를 힐끔 돌아봤다.
"지금이 너무 행복해서, 그 행복이 깨질까 불안하여 그런 꿈을 꾸는 게 아닐까 싶구나."
"······."
"걱정하지 않아도 된단다. 고열도 내렸으니 이제 곧 무사히 일어나서 비전하와 평소처럼 지낼 수 있어."
피니어스가 마치 몸만 큰 어린이를 달래듯 부드러운 음색으로 테르데오를 토닥였다. 테르데오가 한숨을 내쉬더니 덤덤하게 중얼거렸다.
"······사실 제가 형처럼 죽는 게 아닌가 싶었습니다."
테르데오는 너무도 태연하게 죽음을 얘기했다. 마치 언제라도 자신이 죽을 걸 예견한 것처럼.
순간 내 심장이 바닥으로 곤두박질쳤다.
"형이 죽은 게 정확히 제 나이였으니까요. 제가 아일렛의 피를 먹고 아플 리도 없으니까 당연히 그런 생각이 들었습니다."
그런 생각을 하고 있었다니. 머리를 한 대 맞은 것처럼 충격이었다.
테르데오는 평소에도 저렇게 자기 죽음을 생각하고 있던 걸까? 형이 죽은 게 지금의 나이였을 때부터 이제 곧 죽겠구나, 과연 언제 죽을까 생각하면서?

"테오, 그렇지 않아. 열은 착실히 내리고 있고 그 외에 나쁘게 보인 병의 징후는 없단다. 그런 생각은 너를 좀먹을 뿐이야. 하지 않는 게 좋아."

피니어스가 평소와는 달리 단호한 목소리로 테르데오를 나무랐다.

"그리고 애초에 그 알약은 백작 부인이 가져온 거라고 하지 않았니? 그 알약에 백작 부인이 다른 짓을 해둔 걸 수도 있어."

"그, 그래요. 피니어스 님의 말이 맞아요. 새어머니는 비열한 사람이니까요. 분명 그래서 테르데오, 당신이 아픈 걸 테죠."

나는 서둘러 피니어스의 말에 힘을 실었다. 테르데오가 일 초라도 빨리 죽음에 관한 생각을 떨치길 바랐다.

그런 내 의도를 파악한 피니어스도 열정적으로 고개를 끄덕였다.

"내가 그 알약을 확인할 수 있었다면 도움이 됐을 텐데……."

알약을 확인할 수 있었다면?

피니어스의 말을 듣자마자 나는 무언가가 떠올라 손뼉을 쳤다.

"아!"

두 사람의 시선이 동시에 나를 향했다.

나는 가타부타 설명할 것 없이 화장대 서랍으로 달려갔다. 그리고 손수건으로 감싸 보관하고 있던 알약을 꺼냈다.

"그때 그 알약 한 알을 제가 가지고 있어요."

그때 분명 새어머니가 꺼냈던 알약은 두 알이었다.

그중 한 알은 테르데오가 먹었고, 다른 한 알은 새어머니를 먹이려다 실패한 탓에 내가 보관하고 있었다.

"이게 있으면 이 알약에 새어머니가 무슨 짓을 했는지도 알 수 있나요?"

"당연합니다. 비전하께서 괜찮으시다면 제가 대공국으로 이 약을 가지고 돌아가도 될까요?"

"대공국으로요?"

"네. 이곳엔 필요한 도구들이 마땅치 않아서 제 연구실로 가져가 직접 확인하는 게 좋을 것 같습니다."

"네, 그렇게 해주세요."

테르데오도 그렇게 하라며 흔쾌히 고개를 끄덕였다. 나는 피니어스에게 손수건째로 알약을 내밀었다.

"사실 온 김에 테오가 열이 내릴 때까지 머물면서 셀피 상태도 보고, 또 아일렛이 다닐 아카데미도 확인하려 했는데."

피니어스는 가방에서 꺼낸 유리병 안에 알약을 넣고 마개로 꽉 닫아 밀폐했다.

"하루라도 빨리 대공국으로 돌아가서 알약을 확인하는 게 좋을 것 같네요."

피니어스가 진료 가방을 들고 미련 없이 일어섰다. 그러나 여전히 걱정스러운 표정으로 쉽사리 침실을 나서지 못했다. 그가 다시 테르데오의 어깨에 손을 얹었다.

"테오. 열이 내리는 약은 전부 써봤다고 하니 다른 약을 처방했어. 가문의 저주가 날뛸 때 쓰는 달송이꽃풀 달인 약을 집사에게 전달해 뒀단다."

"네, 감사합니다."

"너무 걱정하지 말고 좀 전과 같은 허튼 생각도 하지 말렴."

피니어스가 테르데오의 어깨를 두어 번 다독거렸다. 그가 고개를 끄덕이자 피니어스가 돌아가기 위해 몸을 돌렸다.

"제가 현관까지 배웅해 드릴게요."

나는 피니어스를 배웅하기 위해 함께 침실을 나섰다.

우린 카펫이 깔린 긴 복도를 지나며 침묵했다. 나는 먼저 무거운 분위기를 환기시키고자 말을 꺼냈다.

"아일렛은 잘 지내나요?"

"하하, 그럼요. 밥도 잘 먹고 잘 자고 잘 놉니다. 얼마 전 비전하께서 보내주신 편지를 받고 아주 좋아했습니다. 품에 안고 자다가 구겨졌다며 울기도 했죠."

아일렛의 얘기가 나오자 피니어스의 입가에 금세 사랑스러운 미소가 번졌다.

"아카데미에 입학하기 전에 글자를 모두 배우겠다며 학업에도 열중입니다. 얼마 전에는 제가 하는 연구를 돕고 싶다며 그 작은 몸으로 어찌나 열심히 하던지."

"다행이네요. 아일렛이 아직 어려서 마음의 상처를 잊지 못하고 오랫동안 가지고 있으면 어쩌나 걱정했거든요."

"밤이면 가끔 그때의 무서운 꿈을 꿨다며 울 때도 있지만, 제법 씩씩하게 자기 힘으로 이겨내려 노력하고 있답니다. 참, 이곳에 오기 전에는 절 그려주겠다며 초상화를 그렸는데 미술에도 소질이 있더군요. 참 못하는 게 없는 아이입니다."

딸 바보의 기질이 보이는구나, 피니어스 님.

무거웠던 분위기가 금세 사라졌다.

아일렛의 얘기가 즐거운지 한참을 혼자 재잘거리던 피니어스가 갑자기 걸음을 우뚝 멈췄다.

"피니어스 님?"

나도 걸음을 멈추고 그를 돌아봤다. 그가 나를 향해 몸을 돌렸다. 그리고 죄책감이 묻어나는 표정으로 고개를 푹 숙였다.

"피니어스 님? 갑자기 왜……."

"셀피의 이야기를 전해 들었습니다. 제가 셀피를 조금 더 살폈어야 했는데 그러지 못했습니다. 제가 미숙한 탓이겠죠."

"셀피의 이야기요?"

셀피의 이야기라면…… 아카데미 사건을 말하는 거겠지?

신문에서도, 그리고 소문에도 나지 않은 그 소식을 알고 계시다니? 나는 놀란 눈을 동그랗게 떴다. 피니어스가 내 속내를 들여다보기라도 한 것처럼 답했다.
"네, 귀족 사회 곳곳에 글로리아 님의 눈과 귀, 그리고 입이 되어주는 분들이 많거든요."
아, 글로리아 님은 한때 사교계를 휘어잡던, 말 그대로 사교계의 눈이라고 불리는 분이시니까.
단번에 이해가 갔다.
"솔직히 제가 셸피를 너무 강하게 봤습니다. 워낙 혼자서 뭐든 잘하던 아이라 안일했죠. 괜찮은 게 아니라 그런 척하던 모습을 알아주지 못한 제 탓이 가장 큽니다."
나는 피니어스의 앞으로 다가가 쓴웃음을 지었다.
"피니어스 님의 탓이 아니에요."
"……."
"저도 엄마이면서 셸피가 그런 일을 당하고 있는 줄 몰랐는걸요. 탓을 하자면 피니어스 님이 아니라 제 탓이겠죠."
입 안이 쓰다. 그때 일을 생각하면 지금도 미간이 찌푸려졌다.
"같은 일을 두 번 되풀이하지 않도록 셸피를, 그리고 아일렛을."
"……."
"아이들이 걸어가는 길을 우리 어른들이 제대로 지켜보고, 또 상처받지 않도록 지켜줘야겠죠."
내 말에 피니어스가 놀란 표정으로 고개를 들었다. 그가 얼떨떨한 목소리로 물었다.
"지금 셸피의 엄마라고 하셨습니까?"
"아…… 네. 셸피가 저를 엄마라고 불러주고 있거든요."
그새 엄마라는 말이 입에 착 달라붙었나 보다. 나도 모르게 엄마라는 단어가 나오는 걸 보면.
그런 변화가 이상하게 기분이 좋았다.
내가 쑥스럽게 웃자 피니어스가 대단하다는 듯이 입을 떡 벌렸다.

"셀피가 직접 엄마라고 부른단 말씀입니까?"
"네, 벌써 꽤 됐는걸요."
피니어스가 감탄을 금하지 못하며 멍하니 중얼거렸다.
"……허, 비전하께선 정말 대단하시네요."
"네?"
"아시겠지만, 셀피한테 '엄마'는 특별합니다. 따지자면 셀피의 트라우마죠. 지금의 삐딱하고 툴툴거리는 도련님이 된 계기이기도 하고요."
"……그렇죠."
피니어스가 멈췄던 걸음을 옮겼다. 나도 그의 뒤를 따라 다시 긴 복도를 거닐었다.
"사실 전 셀피가 평생 누군가의 아들은 될 수 없다고 생각했습니다. 테오가 그 누구와 결혼하더라도 그건 라페레온 대공비일 뿐이지, 셀피의 엄마는 될 수 없다고 생각했거든요."
피니어스의 목소리가 감격에 젖어 들었다.
"한데 제 생각이 완전히 틀렸군요. 엄마라고 부른다니……."
"셀피의 엄마가 될 수 있는 행운을 제가 가졌네요."
"제 생각이 틀린 게 이토록 기분 좋은 건 처음입니다."
피니어스가 무한의 신뢰가 담긴 시선으로 나를 바라봤다.
"정말 비전하께 많은 걸 배워야겠습니다. 아니, 제가 배운다고 한들 달라지는 건 없겠죠. 이건 오롯이 비전하께서만 할 수 있는 일이니까요."
피니어스의 반짝 빛나는 눈동자가 살짝 부담스러워 나는 웃으며 고개를 돌렸다.
그리고 자연스럽게 대화 주제를 바꿨다.
"참, 저주에 관한 연구는 잘 되어가시나요?"
"아…… 늘 똑같지요. 마치 출구가 없는 미로를 헤매는 기분입니다."

어쩌면 이보다 더 정확한 표현은 없을지도 모른다.

"2대 대공 때부터 왜 저주가 전해진 건지. 그가 저주를 받을 만한 행동을 한 건지 아무것도 알아내지 못했으니까요."

테르데오도 그렇게 말했었지. 초대 대공은 괜찮았지만, 그의 아들인 2대 대공 때부터 저주가 내렸다고.

'어쩌면 피니어스는 마녀나 저주에 대해 알고 있을지도 몰라.'

나는 재판 때 도돌레아가 했던 말을 떠올렸다.

"······저주를 내린 건 역시 마녀의 짓일까요? 그맘때쯤엔 마녀가 저주를 내린다는 소문이 파다하게 퍼질 때잖아요."

"그렇죠. ······당시 아무 잘못 없는 사람들도 마녀로 몰려 화형당하곤 했으니까요."

피니어스가 씁쓸하게 웃었다.

"당시 진짜 저주를 내리는 마녀가 존재했는지도 알 수 없습니다. 그건 어디까지나 책에 적힌 내용일 뿐, 사실이 아닐지도 모르죠."

"······."

"제가 저주와 마녀를 조사하며 알게 된 건 마녀로 오인당하고 죽어간 사람 중 실제 마녀는 없었다는 겁니다. 그러니 그 말조차 모순일 수 있겠죠."

물론 진실은 알 수 없다. 흘러간 과거는 침묵할 뿐이니까.

분위기가 금세 무거워졌다. 피니어스가 무거운 분위기를 환기하고자 웃으며 말했다.

"아차, 기록된 내용 중 재밌는 게 있습니다."

"어떤 거요?"

"저주를 내리는 마녀들은 죽지 않는 삶을 산다고 하더군요. 물론 실제 있다는 가정하에요."

"죽지 않는 삶이요?"

"그게 그들에게 내려진 저주라더군요."

저주를 내리는 마녀가 불멸의 삶을 사는 저주에 걸려 있다니.

기괴한 문장이었다.

나는 숨기지 않고 조소하며 혀를 내둘렀다.

"그거 엉터리 기록이네요. 저주를 내릴 줄 아는 마녀한테 불멸의 저주라니요. 자기 자신한테 죽음의 저주를 내리면 불멸은 끝나는 거 아닌가요?"

"글쎄요. 그 기록에 의하면 이미 저주를 받은 자는 다른 저주가 덧씌워지지 않는다고 쓰여 있었으니까요."

이미 저주를 받은 자는 다른 저주가 덧씌워지지 않는다니.

역시 믿을 수 없는 기록이다.

"그런 재밌는 이야기들이 기록된 걸 보면 마녀는 실존했을지도 모르죠."

피니어스가 야트막하게 웃었다.

"만약 정말 있다면 꼭 직접 묻고 싶군요. 왜 이런 저주를 내렸냐고 말이죠."

그의 얼굴에 옅은 허무함이 서렸다. 나도 모르게 덩달아 속상함이 밀려왔다.

"괜찮습니다."

피니어스가 날 달래며 씩씩하게 말했다.

"아직 저주를 풀기 위해 시도할 방법은 여러 가지가 있을 테니까요. 그리고 저희를 구원해 줄 비전하도 계시고요."

우린 어느새 저택의 현관에 도착해 있었다. 문을 열고 나서자 기다렸다는 듯이 집사가 준비된 마차의 문을 열었다.

"또 무슨 일이 있거든 언제든지 사양 말고 불러주세요."

"네, 와주셔서 정말 감사해요."

"그 말은 제가 해야 하는걸요."

피니어스가 내 뒤에 있는 라피레온 저택을 올려다봤다.
"저희에게 와주셔서 정말 감사합니다, 비전하."

※ ※ ※

덜컹, 덜컹.

이른 새벽. 마차가 험한 산을 오르고 있었다.

평소 마차가 다니지 않는 길이라 자꾸만 바퀴가 돌부리에 걸렸다. 그럴 때면 엉덩이가 요란스럽게 위로 통통 튀어 올랐다.

"윽! 으윽!"

레이나가 뻐근한 허리를 손으로 잡으며 애써 신음을 삼켰다. 맞은편에 앉은 도돌레아는 고통을 느끼지 못하는 사람처럼 이런 상황에서도 태연했다.

덜컹, 덜컹.

마차가 크게 흔들렸다.

레이나가 아랫입술을 꽉 깨물고 엉덩이로 고스란히 전해지는 고통을 꾹 참았다.

"레이나. 한두 번 가는 길도 아니면서 백작가의 영애가 방정맞게 뭐 하는 거니?"

레이나의 옆에 있던 그녀의 어머니, 자하르트 백작 부인 역시 이런 고통에 무뎌진 것 같았다.

백작 부인은 좀처럼 가만히 있지 못하는 레이나를 타박했다. 그리고 마차의 창 너머를 보는 도돌레아의 눈치를 살폈다.

"황녀 전하."

백작 부인의 부름에도 도돌레아는 여전히 창 너머에서 시선을 떼지 않았다.

"여쭤보고 싶은 게 있습니다."

반응은 여전히 시큰둥했다. 아니면 다른 생각을 하는지 그녀의 눈동자가 빛을 잃고 멍해 보이기도 했다.

"지난번 그 알약이요."

"알약이 왜?"

알약이라는 단어를 꺼내기 무섭게 도돌레아가 고개를 돌렸다. 희번덕이는 눈동자가 향하자 백작 부인이 고개를 아래로 숙이고 말했다.

"그 알약, 신전 앞에서 페레샤티가 볼 때 꺼내라고 하셨잖아요."

"그래. 잘하던데. 그게 왜?"

"괜히 긁어 부스럼을 만든 게 아닐까 싶어서요. 황녀 전하의 말씀대로 페레샤티는 그 알약이 독이라는 걸 알고 있던 것 같았습니다. ……그럼 제가 그 알약으로 백작을 죽였다고 확신하지 않을까요?"

백작 부인이 우물쭈물 망설이며 가슴속에 응어리진 질문을 꺼냈다. 그러나 돌아오는 답은 간단명료했다.

"그럴 수도 있지."

도돌레아가 맥이 빠진 듯 대수롭지 않게 답하며 다리를 꼬았다. 그리고 오히려 이해할 수 없다는 얼굴로 백작 부인을 바라봤다.

"그런데 그게 왜? 그게 문제가 돼?"

백작 부인의 얼굴에 핏기가 가셨다.

그게 문제가 되냐니? 당연히 문제가 된다.

자신은 살인을 저질렀고, 살인 도구로 쓴 약을 모두가 보는 앞에서 꺼냈다.

아무도 모르게 진실을 저 깊은 심해 속으로 가라앉혀 완벽한 범죄로 끝낼 수 있던 일을, 일부러 수면 위에 오르게 한 셈이나 마찬가지였다.

"만약 페레샤티가 신고라도 하면……."

반박하며 고개를 든 백작 부인은 정면으로 보이는 도돌레아의 싸늘한 눈빛에 놀라 입술을 꾹 다물었다. 그녀가 죄인처럼 몸을 잔뜩 수그리고 덜덜 떨었다.

"내가 시킨 건데 그게 부당해?"

"그, 그게 아니라."

"그래서, 혹시 안 하려고 했어?"

백작 부인이 메마른 입술을 다물었다.

"내 명령을 거역하고 알약을 꺼내지 않으려 했구나?"

도돌레아가 다시 물었다. 이번에도 돌아오는 답은 없었다.

도돌레아가 손바닥으로 마차의 벽을 세게 쾅 두드렸다. 신호를 받은 마차가 비탈길에서 뚝 멈춰 섰다.

"겨우 그럴 배짱도 없으면 여기서 그만 내려. 내가 사람을 잘못 본 것 같으니까."

도돌레아가 마차의 문을 발로 세게 걷어찼다. 문고리가 풀리며 커다란 굉음과 함께 문이 열렸다.

백작 부인은 마치 부모에게 버림받는 세 살의 아이처럼 심장이 철렁했다.

버림받지 않아야 한다.

황녀에게 버림받는 순간 겨우 손에 다시 쥔 모든 것을 잃고 말 것이다.

"제, 제가 건방졌습니다. 황녀 전하께서 시키신 일인데 감히 의문을 제기하다니. 제가 모자랐습니다."

"……엄마."

도돌레아의 눈치를 살핀 레이나가 백작 부인의 팔을 슬쩍 잡았.

그렇게까지 하지 않아도 된다는 무언의 행동이었지만, 백작 부인은 레이나의 손을 차갑게 뿌리쳤다.

그리고 광적으로 도돌레아를 향해 열광했다.

"저는 황녀 전하께서 원하시는 일은 무엇이든지……!"

"그래. 무엇이든지 하기로 했지?"

도돌레아가 긴 머리를 손가락으로 비비 꼬며 나른하게 말했다.

"설령 내가 부인이 한 일을 당장 자수하라고 명령해도 그렇게 할 거잖아. 그렇지?"

도돌레아가 싸늘하게 굳은 표정으로 백작 부인을 응시했다. 백작 부인의 입술이 덜덜 떨렸다.

보다 못한 레이나가 애써 웃으며 분위기를 풀고자 노력했다.

"황, 황녀 전하. 무, 무섭게 왜 그러세요. 저, 저희는 모두 같은 편이잖아요. 엄마가 자수하면…… 황녀 전하께 좋을 일이 뭐가 있겠어요."

"맞아, 나한테 좋을 건 없지. 그런데."

도돌레아가 기다란 손가락을 뻗었다. 그리고 겁에 질린 백작 부인의 뺨을 손톱으로 쓸어내리며 웃었다.

"그게 내가 원하는 거면 해야지. 안 그래?"

백작 부인이 떨리는 입술을 위로 간신히 끌어 올렸다.

"황녀 전하께서…… 황녀 전하께서 그걸 원하신다면 얼마든지. 당연히. 기꺼이."

"거봐, 레이나."

도돌레아는 마치 재밌는 장난감을 보듯 백작 부인을 보며 웃었다.

"부인께서 내가 원하면 그렇게 한다잖아."

도돌레아가 백작 부인의 뺨을 톡톡 두드리고 뒤로 물러섰다. 그리고 벽을 내리쳐 다시 마차를 출발시켰다.

백작 부인은 마치 은혜라도 입은 사람처럼 두 손을 앞으로 모았다. 그리고 기도하듯 알 수 없는 말을 계속 중얼거렸다.

입술을 깨문 레이나가 백작 부인이 꽉 모은 두 손을 풀어보려 했지만 역부족이었다.

레이나는 결국 백작 부인을 말리는 걸 그만두고 마차의 벽에 붙었다.

무언가 잘못되어 가고 있었다. 이상한 구렁텅이로 들어가고 있다는 게 여실히 느껴지는데, 할 수 있는 게 없었다.

백작 부인은 도돌레아가 추천한 비밀 모임에 다녀온 뒤 모든 사상이 바뀌었다.

그 모임에 한 번이라도 빠지지 않기 위해 애썼고, 레이나가 찾아오면 앉혀두고 신이 어떻다는 둥 이해할 수 없는 말들을 했다.

마차 바닥을 노려보던 레이나가 결심이라도 한 것처럼 비장하게 고개를 들었다. 레이나는 도돌레아를 향해 상냥하고 부드러운 목소리로 입을 열었다.

"황녀 전하. 그런데 저희 어머니가 가지고 있던 알약을 가져갔다가 다시 돌려주셨잖아요."

"그랬지."

"알약에 뭘 하셨어요? 독이라도 묻히신 거예요?"

도돌레아가 키득키득 웃으며 레이나를 곁눈질로 바라봤다.

"궁금하니?"

그 모습이 이 세상의 사람처럼 보이지 않아서 아주 살짝 소름이 돋았다. 레이나가 마른침을 삼키며 애써 웃었다.

"원래 페레샤티를 먹이기로 했는데 계획이 틀어져 라피레온 대공께서 드셨으니. 혹시 무슨 일이 생기진 않을까 걱정이 돼서 그렇죠."

"그래?"

"네, 라피레온 대공은 황녀 전하께서 마음에 둔 분이시니까요."

레이나의 대답에 도돌레아가 킥킥 웃었다. 좁은 마차에 울려 퍼지는 웃음소리가 어린아이 같기도 하고 늙은 할머니 같기도 했다.

"누가 먹든 상관없어. 독을 발라둔 게 아니거든."

"네?"

"대신 더 재밌는 걸 해뒀지. 오래된 옛 추억을 선물해 줬다고 할까?"

"추억이요?"

"응. 사랑하는 사람의 비참한 말로지."

도돌레아가 기대된다는 표정으로 기지개를 쭉 켰다.

"레이나."

"네?"

"내가 부인을 처음 만났을 때 했던 말을 기억하니?"

"어머니를 처음 만났을 때요?"

레이나가 곰곰이 기억을 떠올렸다. 그러나 생각나는 건 없었다. 고개를 가로젓자 도돌레아가 턱을 괴며 웃었다.

"숨기고 싶은 비밀일수록 먼저 남에게 뒤집어씌우는 게 최고라고 했잖아."

"아! 네, 이제 생각났어요. ……그런데 그게 왜요?"

"그게 중요한 거야. 일단 상대가 알든 모르든 뒤집어씌워야 하거든."

"네?"

레이나가 도무지 이해할 수 없다는 듯이 고개를 갸웃거렸다.

도돌레아가 턱을 괸 채로 고개를 기울였다. 그녀는 즐거움이 가득한 눈빛으로 바깥을 바라봤다.

"어차피 아무도 기억 못 하니까 상관없어."

"……."

"그게 또 재밌는 저주가 될 거거든."

레이나가 고개를 갸웃거리자 목적지에 도착한 마차가 멈춰섰다.

세 사람이 익숙하게 마차에서 내리기 무섭게 광적인 웃음이 들렸다.

험한 산 정상에는 많은 사람이 모여 있었다. 그들은 세 사람을 향해 허리 숙여 인사를 건네고 즐겁게 웃고 있었다.

"오늘도 시작해 볼까?"

도돌레아가 그들의 뒤로 시선을 돌렸다. 눈이 쌓인 것처럼 새하얀 신전이 보였다.

※ ※ ※

피니어스가 떠나고 걱정하던 테르데오의 열이 깔끔히 내렸다.

신기하게도 열이 내리자 매일 밤 꾸던 악몽도 꾸지 않게 됐다고 했다.

늘 울거나 불 속에서 사과하는 내 꿈을 꾸느라 자도 자는 것 같지 않았는데.

안색이 좋아진 걸 보면 이제는 잠도 제법 잘 자는 것 같았다.

'역시 몸이 안 좋아서 그런 꿈을 꿨었나 봐.'

은근 아이 같은 면이 있다니까.

나는 테르데오 생각에 미소를 지으며 화장대 앞에 앉았다.

'그나저나 새어머니를 단둘이 만나봐야겠어.'

그때 말은 저택에 초대한다고 했지만.

내가 초대한다고 한들 새어머니는 오지 않겠지.

라피레온 저택은 내가 제일 당당할 수 있는 장소고, 또 내가 제일 안전한 장소다.

그때 독이 든 약을 먹이려고 했으니 내 구역에는 절대 오지 않으려 할 게 뻔했다. 그렇다고 무작정 저택에 찾아가도 피할 것 같고.

'동선을 파악해서 미리 대기하고 있어야겠어. 그리고 조용한 곳으로 끌고 가서……'

생각이 꼬리를 물었다. 그때 며칠 만에 만나는 레베카가 옆에 찰싹 달라붙었다.

"대공비 전하! 보고 싶었어요!"

나는 내게 안기는 레베카를 슬쩍 떼며 생각을 멈췄다. 내가 테르데오를 간병하느라 며칠 시중을 받을 필요가 없어서 레베카와는 오랜만에 만나는 상황이 되었다.

"그래, 나도."

"전 대공비 전하의 시녀인데! 같은 저택에 있어도 대공비 전하의 곁에 있을 수 없다니! 속상했어요!"

레베카가 어리광을 부리듯 입술을 삐쭉 내밀었다. 그리고 날 보더니 놀란 눈을 크게 떴다.

"세상에! 우리 대공비 전하. 피부 상한 것 좀 보세요."

문득 셀피우스가 날 보며 눈만 까만 고양이라고 했던 말이 떠올랐다. 나는 눈가를 짐짓 문지르며 슬쩍 물었다.

"그 정도야?"

레베카가 대답 대신 오일을 집어 들었다. 그리고 속상하다는 듯이 툴툴거리며 내 피부에 오일을 듬뿍 발랐다.

"대공 각하께서 아프신 건 알겠는데! 그렇다고 대공비 전하께서도 같이 힘들 필요는 없어요! 자질구레한 일들은 그냥 하녀들이나 아니면 저한테 시키세요."

하긴 테르데오의 병간호를 며칠 내내 하느라 제대로 먹지도, 자지도, 쉬지도 못했지.

"이렇게 엉망이 되도록 지극정성 병간호를 하셨다니……."

"엉망까진 아니야."

"두 분은 사이가 정말 좋으시네요."

나도 마음 같아서는 시키고 싶었지만, 다른 사람이 몸에 손을 대는 걸 테르데오가 안 좋아해서 말이지.

나는 입 밖으로 꺼낼 수 없는 말을 삼키며 쓴웃음 지었다. 레베카는 듬뿍 바른 오일이 피부에 스며들 수 있도록 한참 마사지를 했다.

그리고 손바닥에 남은 오일을 내 머리에 발라주었다.

'레베카라면…….'

나는 천연덕스럽게 레베카 가문의 일로 먼저 대화를 시작했다.

"레베카, 요즘 나이츠 가문은 좀 어때?"

"네?"

레베카가 깜짝 놀라며 되물었다.

"혹시 급하게 돈이 필요하다면 언제든 내게 말해. 내가 도울……."

"아, 아니에요!"

"응?"

"친, 친척의 지인분이 도와주셔서 급한 불은 껐어요. 얼추 여윳돈도 생겼고요."

레베카가 민망하다는 듯이 얼굴을 슬쩍 숙이며 어색하게 웃었다.

"대공비 전하의 말씀만으로도…… 감사한걸요……."

"그렇다면 다행이야. 혹시 힘들면 언제든 말하고."

레베카가 서둘러 끄덕였다. 그리고 무언가 생각났는지 '아차!'라며 작게 외쳤다.

"자하르트 귀부인과 관련된 얘기를 드린다는 걸 잊을 뻔했어요!"

"……새어머니?"

나는 눈가를 가늘게 좁히고 어서 얘기해 보란 듯이 턱짓했다.

"아무래도 자하르트 귀부인이 이교도에 빠진 것 같아요."

"……이교도?"

"네, 늘 참석하던 파티에 모습도 드러내지 않으시고…… 요새 함께 어울리는 가문들이 전부 이교도를 섬기는 분들이라 하더라고요."

갑자기 이교도라고?

문득 재판장에서 퇴장할 때 새어머니가 신이 어쩌고 등의 말을 했던 게 떠올랐다.

'어쩌면 동선 파악이 쉬울지도 모르겠는데?'

"레베카, 그거 자세히 알아봐. 이교도라면 무슨 교인지, 신전은 어디에 있는지 몇 시에 주로 움직이는지."

"네!"

레베카가 열정 넘치게 답하며 슬쩍 대화 주제를 바꿨다.

"참. 아데우스와 친구가 되셨다면서요?"

나는 화장대 거울 너머로 레베카를 유심히 살피며 끄덕였다.

"아데우스를 만났니?"

"대공비 전하의 심부름이 없어서 요 며칠 저택 사람들을 도왔거든요. 저택 사람들의 심부름을 대신 해주다가 우연히 밖에서 만났어요."

"그래. 잘했어."

"좋은 선택이에요. 아데우스는 아는 정보가 많으니 분명 대공비 전하께 많은 도움이 될 거예요!"

레베카가 배시시 웃었다. 많은 도움이라…… 실제로 도움을 받았으니 아니라고 할 순 없지.

대충 고개를 끄덕거리자 레베카가 탄성을 흘리며 물었다.

"참! 대공비 전하, 아데우스가 이상한 걸 물어보던데요."

응? 아데우스가 뭘 물어봐?

"이상한 걸 물어봤다고?"

"네, 대공비 전하께서 어디 아프신 곳은 없냐고 하더라고요. …… 혹시 아데우스랑 무슨 일이 있었나요?"

그때 내가 알약을 먹을 뻔했으니 아마 그걸 물어본 거겠지.

"아니, 아무 일 없었어. 괜찮아."

대충 대답하자 레베카가 가슴을 크게 쓸어내렸다.

"휴, 다행이에요. 전 또 대공비 전하께서 어디 아프신 줄 알고 걱정했어요."

"그런 거 아냐."

"어디 아프시면 저한테 꼭 말씀해 주셔야 해요! 아셨죠?"
"그래. ……그보다 레베카."
"네, 대공비 전하."
레베카가 콧노래를 흥얼거리며 머리를 부드럽게 빗겨주었다.
"아데우스한테 조만간 만나자고 연락해 둬. 만날 장소와 시간을 정해서 알려달라고 하고."
"……네?"
레베카가 머리를 빗기던 걸 멈추고 놀란 눈을 크게 떴다.
"아데우스를 만나시게요?"
"응. 물어보고 싶은 것도 있고 겸사겸사."
"……제가 연락을 하나요?"
"응, 네가 아데우스와 친하니까."

포츤 자작가에 연락을 넣어도 되지만…… 사생아인 그가 괜한 꼬투리를 잡히지 않도록 나름의 배려였다.

"밖에서 만나시게요?"
"그래. 저택은……."

저택은 편하고 좋지만, 외부에 알려져서는 안 될 비밀이 있다. 굳이 내가 외부인을 부르는 것보단 조심하는 게 낫지.

"저택은 지겨워서."

덤덤하게 답하자 레베카가 고개를 몇 차례나 끄덕였다. 아마 갑자기 내가 아데우스를 만난다고 하니 놀란 모양이었다.

"그, 그러면 제가 연락을 해볼게요."
"그래."

한참의 치장이 끝난 후 나는 자리에서 일어섰다. 침실을 나서려 하자 하녀들이 눈치껏 문을 열었다.

침실 문이 열리자 나는 그대로 얼어붙었다.

"……?"

내가 뭘 잘못 보나?

눈을 한참 깜빡였지만 달라지는 건 없었다.

"여기서 뭐 해요?"

침실 문을 열자마자 바로 코앞에 테르데오가 서 있었다.

'늘 아침이 되면 씻은 후 서재에서 일을 정리하고 다이닝 룸으로 바로 가던 사람인데?'

의아함이 담긴 시선으로 보자 테르데오가 덤덤한 표정으로 내게 향기로운 꽃 한 송이를 건넸다.

얼결에 그가 건넨 꽃을 받자 뒤에서 하녀들과 레베카가 흥분한 듯이 격한 숨소리를 내는 게 들렸다.

"이게 뭐예요?"

갑자기 무슨 꽃이지?

고개를 갸웃거리자 테르데오가 덩달아 고개를 비스듬히 기울이며 답했다.

"셀피가 전해주라던데."

"……셀피가요?"

아직 아침 이슬이 맺혀 있는 꽃잎을 보니 분명 오늘 새벽에 가지를 꺾어온 게 분명했다.

"……저한테 직접 주면 될 텐데. 왜 굳이 당신한테 전해주라고 한 거죠?"

"나도 그건 몰라. 이 꽃을 그대에게 전해주라고 이른 아침부터 욕실에 들어와 툴툴대길래 그러겠다고 했지."

나한테 직접 주기가 창피했나? 아닌데. 요새는 그런 기미가 보이지 않았는데.

나는 연신 고개를 갸웃거렸다. 그러다 고개를 아래로 숙여 셀피우스가 꺾고 테르데오가 전해준 꽃의 향기를 맡았다.

가슴 가득 달콤한 꽃내음이 가득 퍼졌다.

"향 좋다."

이러니저러니 해도 아침부터 달콤한 꽃향기를 맡으니 기분이 좋아졌다. 나는 꽃잎을 매만지며 입꼬리를 위로 끌어 올렸다.

그 순간 머리 위에서 테르데오의 나지막한 웃음이 들렸다.

"아침부터 왜 꽃을 주라고 하나 궁금했는데 이렇게 보니 알 것 같기도 하군."

"네?"

"그대는 꽃과 무척 잘 어울리는 사람이야."

평소와는 다른 테르데오의 모습에 할 말을 잃었다.

'그냥 웃어넘길까? 아니면 아예 못 들은 척할까?'

괜스레 부끄러워져 나는 꽃향기를 맡는 척 고개를 아래로 숙여 시선을 피했다. 그러자 테르데오가 내 손을 슬며시 쥐고는 자신의 단단한 팔 위로 얹었다.

"가지. 오늘은 내가 다이닝 룸까지 직접 에스코트하겠어."

"그, 그래요."

나는 뒤에 있는 하녀와 레베카에게 물러나라는 손짓을 보냈다.

테르데오와 나란히 계단을 걸어 내려오니 기분이 이상했다.

"……보통 사람이 이렇게 급변하면 뭔가 있다던데."

"뭐가 있다고?"

"큰 잘못을 저질렀거나 죽……."

죽을 때가 다 됐다는 말을 하려다 입을 꾹 다물었다. 그 말을 하면 어쩐지 테르데오는 '그렇군, 난 이제 죽는군!' 등의 헛소리를 할 것 같았다.

"왜 말을 하다 말지?"

테르데오가 뒷말을 기다리며 고개를 기울였다. 나는 어색하게 웃으며 대충 말을 얼버무렸다.

"큰 잘못을 저질렀거나 뭐 심경에 큰 변화가 있거나 그렇다고요,

하하. 어서 가죠. 셀피가 기다리겠어요."

다이닝 룸으로 내려오자 미리 기다리고 있던 셀피우스가 환히 웃으며 우릴 반겼다.

"대공 각하! 엄마! 좋은 아침입니다!"

셀피우스의 즐거운 시선이 내가 잡은 테르데오의 팔로 향했다. 어쩐지 셀피우스가 무척이나 기분 좋은 것처럼 보였다.

"셀피, 오늘 무슨 좋은 일이라도 있었어? 간밤에 좋은 꿈을 꿨니?"

"그냥 오늘은 해도 좋고, 바람도 좋고, 이렇게 아침에 눈을 떠서 엄마를 보니 기분이 좋네요!"

해? 바람? 셀피우스가 그런 것도 신경 썼었나?

나는 고개를 갸우뚱 기울이며 착석했다. 손에 들린 꽃을 식탁 위에 올리자 셀피우스가 연기 톤으로 크게 외쳤다.

"우와, 엄마! 그건 갑자기 무슨 꽃이에요?"

"응?"

"……?"

우리 두 사람은 동시에 고개를 기울이고 셀피우스를 바라봤다. 그러거나 말거나 셀피우스의 어색한 연기는 계속 이어졌다.

"헉! 설마 대공 각하께서 아침부터 꺾어서 주신 거예요? 우와!"

"……?"

"셀피?"

"아침부터 꽃 선물을 하시다니!"

뭔가 이상한데?

나는 어색하게 웃는 얼굴로 손뼉 치기에 여념 없는 셀피우스를 보며 걱정스럽게 물었다.

"셀피, 왜 그래? 기억 안 나? 이거 네가 꺾어준 꽃이잖아."

셀피우스의 몸이 굳었다. 박수를 보내던 손이 우뚝 허공에서 멈췄다.

"아침부터 테르데오의 욕실에 찾아가서 내게 전해달라 했다고 들었는데…… 아니야?"

셀피우스가 빳빳하게 굳은 고개를 삐거덕 돌렸다. 셀피우스의 얼굴이 오랜 가뭄에 시달린 땅처럼 쩍 갈라졌다.

"대공 각하……."

싸늘하게 굳은 셀피우스의 목소리가 식탁 위를 가득 채웠다. 테르데오가 태연하게 끄덕였다.

"그래, 셀피."

"제가 분명…… 대공 각하께서 드렸다고…… 하시라고 했잖아요!"

셀피우스가 버럭 소리를 질렀다. 갑작스러운 외침에 식사하려던 테르데오가 뭐가 문제냐는 듯이 셀피우스를 바라봤다.

"그래. 셀피. 그래서 네가 원하는 대로 내가 직접 꽃을 줬는데, 뭐가 문제지?"

"아니! 그게 아니라요……!"

테르데오의 태연한 답변에 셀피우스가 답답한지 소리 지르며 가슴을 내리쳤다.

'왜 저러지?'

테르데오가 왜 저러는지 이유를 알고 있냐는 눈으로 물었다. 나는 고개를 가로저어 답을 대신했다.

'……부끄러운가?'

하긴. 셀피우스는 워낙 부끄러움이 많은 성격이니까.

자기가 나한테 꽃을 주려는 걸 들키고 싶지 않았나 봐.

"셀피, 부끄러웠구나?"

"그게 아니라요……!"

"부끄러워하지 않아도 돼. 나는 셀피가 꽃을 줬다길래 엄청 기뻤어."

셀피우스의 발악이 멈췄다.

"정말 고마워, 셀피. 네가 전해줘서 꽃이 더 예쁜 것 같아."

나는 부끄러워하는 셀피우스를 위해 평소보다 더 과장된 목소리로 말하며 꽃 내음을 맡았다.

얌전해진 셀피우스가 큼큼 목을 가다듬었다. 퉁명스러운 표정으로 고개를 홱 돌린 셀피우스가 작은 목소리로 물었다.

"······정말 기뻐요?"

힐끗 옆으로 보이는 셀피우스의 얼굴이 접시 위 토마토처럼 붉게 물들어 있었다.

정말 귀엽다니까.

나는 활짝 웃으며 귀에 셀피우스가 꺾어준 꽃을 꽂았다.

"당연하지! 누구 아들이 준 건데! 어때? 예뻐?"

나를 생각해 주는 셀피우스의 마음이 너무도 행복해서 한 행동이었는데.

"예쁘군."

답은 다른 곳에서 들려왔다.

나는 깜짝 놀라 답이 들려온 곳으로 고개를 홱 돌렸다.

"네, 네?"

"예쁘냐고 묻길래 예쁘다고 답한 건데."

테르데오가 접시 위 잘 구운 아스파라거스를 자르듯 태연하게 말했다.

예상도 못 한 답변에 얼굴이 붉게 달아올랐다. 나는 슬그머니 귀에 꽂았던 꽃을 빼서 테이블에 올려뒀다. 그리고 뜨겁게 달아오른 얼굴에 괜히 손부채질을 했다.

아무리 봐도 아침부터 이상한데.

'혹시 아직 열이 안 떨어졌는데 떨어진 척하는 거 아냐?'

나는 합리적인 의심을 하며 여전히 덤덤하게 식사하는 테르데오를 곁눈질로 살폈다.

그래서 맞은편에 앉은 셀피우스가 우리를 아주 흐뭇한 얼굴로 바라보며 끄덕이고 있다는 것도 눈치채지 못했다.

※ ※ ※

아침 식사를 끝낸 후 나는 셀피우스를 아카데미에 데려다줬다. 지난번의 일을 되풀이하지 않도록 유심히 살핀 후에야 저택으로 돌아왔다.

마차에서 내리자 기다리고 있던 레베카가 내 손을 잡아주며 비밀스럽게 말했다.

"아데우스한테 오전에 말씀하신 내용을 전달했어요."

이렇게 남들 몰래 비밀처럼 말 안 해도 되는데. 숨길 만한 일도 아니고.

"수고했어. 답은?"

나는 귓속말을 하는 레베카를 살짝 밀어내며 저택 안으로 들어섰다. 당황한 레베카가 황급히 내 뒤를 따르며 조금 크게 외쳤다.

"일주일 뒤, 지난번 만나기로 한 식당 앞에서 같은 시간에 기다리고 있겠답니다."

"답도 빨리 가져왔네."

레베카가 칭찬으로 받아들였는지 흐뭇하게 웃으며 끄덕거렸.

그 순간 우측에서 불쾌하다는 투의 중얼거림이 들렸다.

"일주일 뒤 지난번 만나기로 한 식당에서 같은 시간?"

고개를 돌리니 이제 막 외출 준비를 끝낸 건지 테르데오가 미간을 구기며 서 있었다.

"테르데오?"

"누구를 만나길래 그리 비밀스럽게 얘기했지?"

"이 시간에 왜 여기 있어요? 요즘 바쁘잖아요."

"……뭐 좀 하다 보니까. 그리고 안 바빠."

물어보면 맨날 안 바쁘다고 하더라. 거의 입버릇 수준이야.

테르데오가 내 앞으로 가까이 다가오자 뒤를 따르던 하녀와 레베카가 눈치껏 자리를 비켰다.

모두가 물러서는 것을 확인한 후 테르데오가 다시 물었다.

"누군가와 비밀스러운 약속이 있나?"

"그건……."

"아, 혹시 내가 몰라야 하는 거였다면 먼저 사과하지. 일부러는 아니고 우연히 들린 거야."

"상관없어요. 어차피 숨기려고 한 것도 아니에요. 당신에게 말하고 가려고 했거든요."

테르데오의 입가가 만족스럽게 씰룩거렸다.

"일주일 뒤 아데우스를 만나러 갈 거예요."

씰룩거리던 테르데오의 입가에 경련이 일어났다.

"……포츤 영식?"

테르데오의 미간에 짙은 주름이 잡혔다.

"얼마 전 신전 앞에서 도움 준 일도 있었고 겸사겸사 물어볼 게 있어서요."

테르데오는 무척이나 마뜩잖은 표정이었다. 얼굴을 구긴 그가 하고픈 말이 많은지 한참 입술을 벙긋거렸다.

하지만 꾹 참는다는 듯이 테르데오는 모든 말을 삼켰다. 그가 인내하는 목소리로 힘주어 말했다.

"지난번에도 말했듯이 나는 그 영식이 무척이나 마음에 들지 않아. 행동거지가 수상쩍기 그지없거든. 하지만……."

테르데오가 차오르는 분노를 참으며 한숨을 가볍게 내쉬었다.

그리고 손에 끼고 있던 검은색 장갑 끝을 입술로 물어 벗었다.

"일방적인 내 감정으로 감히 그대의 행동까지 내 맘대로 할 순 없지. 그대는 내 부인이지, 내 소유의 물건이 된 게 아니니까."

장갑을 벗은 커다란 그의 손이 내 머리 위로 부드럽게 다가왔다. 군데군데 굳은살이 박여 단단한 손이 내 머리를 부드럽게 쓸어 넘겼다.

"대신."

"……?"

"만나는 장소는 나도 알고 있는 게 좋을 것 같군. 혹시라도 무슨 일이 생겼을 때 대비할 수 있으니까."

여전히 눈썹을 잔뜩 구기고 있는 테르데오를 보자 풋 웃음이 절로 터졌다.

"지금 날 걱정하는 거예요?"

기분이 좋았다. 마치 바짝 말라 포근한 햇빛 냄새가 나는 이불에서 뒹구는 것만큼이나.

내 질문에 테르데오가 눈가를 좁히더니 손을 거뒀다. 그리고 허공을 맴도는 손으로 자신의 눈가를 짚었다.

꽤 당황한 기색이었다.

"나는 그대를 걱정하는 게 아니라……."

"네, 알아요. 제가 라피레온가에 있으니 혹시 모를 불상사를 걱정한다고 하려는 거죠? 비밀이 알려지면 안 되니까요."

벌어진 손가락 사이로 테르데오의 붉은 눈동자와 시선이 마주쳤다. 나는 다 이해한다는 듯이 활짝 웃어 보였다.

그 순간 테르데오의 손이 아래로 힘없이 툭 떨어졌다. 그는 마치 어딘가에 홀린 사람처럼 멍하니 서서 나를 응시했다.

'응? 왜 그러지?'

역시 열이 덜 내린 게 분명해.

나는 그의 이마를 확인하기 위해 손을 뻗었다. 그때 테르데오가 마른 입술을 움직였다.

"……아니."

"네?"

"아니, 맞아."

부정문과 긍정문이 한 문장에 같이 있네.

'아직 다 안 나왔나 봐.'

"테르데오, 당신 오늘 일 나가지 말고 저택에서 쉬는 게 좋을……."

"나는 그대를 걱정하는 게 맞는 것 같아."

그가 나를 빤히 바라보며 조그맣게 중얼거렸다.

"……네?"

너무 작은 중얼거림이라 잘못 들었나 싶어 되물었다. 하지만 테르데오는 답이 없었다.

그저 진지한 표정으로 무언가를 한참 고민하고 있었다.

"테르데오?"

기다리다 못해 이름을 부르자 테르데오의 눈가가 움찔 떨렸다. 그러더니 이제야 알겠다는 것처럼 정돈된 머리를 쓸어 넘기고 끄덕였다.

"그렇군, 알 것 같아."

"네?"

"그대는 온정과 배려가 넘치는 사람이지. 남의 잣대에 상관없이 사람을 볼 줄 알고 타인에게는 한없이 세심해."

"……네?"

"그대에게 우호적인 사람은 차갑게 뿌리치질 못하고 의심하지도 못하더군."

"지금 무슨……."

"게다가 순수하게 웃고 꽃과 잘 어울리며, 무척이나 아름답기까지 하지."

"잠깐만요."

"그래, 그러니 내가 걱정하는 게 당연하지."

속사포처럼 쏟아내는 테르데오의 말에 나는 반문하는 것도 멈춘 채 눈을 깜빡거렸다.

"지금 무슨……."

너무 빨리 말해서 잘못 들었나 싶기도 한데.

'내가 지금 뭘 들었지?'

그가 한 말을 곱씹자 얼굴이 달아오르다 못해 터질 것 같았다.

당황한 내 얼굴을 본 테르데오가 고개를 돌렸다. 그리고 머리를 헤집으며 낭패라는 듯이 혀를 쯧 내찼다.

우리가 서 있는 지금 이 장소만 마치 시간이 멈춘 것 같았다.

"……내 말은, 그러니까."

테르데오가 애꿎은 머리를 쓸어 넘기며 말했다.

"그러니까……."

"……."

"……원한다면 호위를 데려가도 좋다는 뜻이야."

그가 필사적으로 대화 주제를 넘겼다. 나는 마른침을 꿀꺽 삼키고 테르데오에게 맞춰 대화를 돌렸다.

"호, 호위 말이죠?"

내 목소리가 뒤집혔다. 그러나 태연한 척 대화를 이어갔다.

"좋은 생각 같아요. 그냥 외출할 때는 호위를 생각 못 했는데, 아데우스와 만날 땐 필요할 수도 있으니까요."

내가 뭐라고 말하는지도 모르겠다. 그저 이 어색함을 떨쳐내고자 쉬지 않고 입을 움직였다.

그의 제안을 기꺼이 받아들이자 테르데오의 얼굴에 화색이 돌았다.

"하지만 알아보고 싶은 게 있으니 방해받지는 않았으면 해요."

"걱정하지 마. 두 사람이 대화를 나눌 땐 방해하지 않도록 먼발치에서 호위할 수 있게 내가 조치하지."

"그, 그렇다면 그러는 게 좋겠어요."

"내게 맡겨."

테르데오의 자신만만한 대답으로 대화가 일단락됐다.

분위기가 다시 어색해지려는 찰나 멀찍이 떨어져 있던 집사가 일부러 발소리를 내며 다가왔다.

"대화 도중 죄송합니다."

순간 집사가 이 어색한 분위기를 깨뜨릴 수 있는 구세주처럼 보였다.

"각하, 이미 시간을 많이 지체하셨습니다. 이러다 오늘 일정이 모두 취소될지도 모릅니다. 이제는 정말 출발하셔야 합니다."

테르데오가 옳다거니 끄덕였다. 벗었던 장갑을 다시 끼며 그가 급한 발걸음을 옮겼다.

"아."

급하게 걸어가던 테르데오가 우뚝 걸음을 멈췄다. 그러더니 상체를 뒤로 젖혀 날 바라봤다.

"두 사람이 만나는 장소는 돌아와서 내가 직접 듣겠어."

어떻게든 그 장소를 듣고야 말겠다는 의지를 강하게 남긴 후 테르데오는 사라졌다.

'……그러니까 대충 날 걱정한다는 말을 했던 거겠지?'

나는 테르데오가 사라진 곳을 바라보며 한참 고개를 갸웃거렸다.

❄ ❄ ❄

황실 기사단의 연무장.

테르데오가 날이 무딘 검을 손에 든 채 다른 생각에 빠져 있었다. 평소 연습할 땐 다른 생각하는 걸 무척 싫어하던 사람이었기에 모두 놀랄 수밖에 없었다.

처음 보는 테르데오의 낯선 모습에 단원들은 혹시 그가 죽는 게 아닌가, 자기들끼리 내기를 하기도 했다.

그러거나 말거나.

'쓸데없는 소리를 했어.'

테르데오의 머릿속은 온통 오늘 오전에 있었던 일들만 되풀이하고 있었다.

사실 페레샤티와 무슨 대화들을 했는지 기억은 제대로 나지 않았다.

생각나는 건 그저 놀란 듯이 토끼처럼 크게 뜬 눈과 잘 익은 사과처럼 탐스럽게 홍조를 띤 두 볼.

그게 전부였다.

그 순간엔 여태껏 느낀 모든 걸 고해 성사 하듯 털어낸 것 같았다.

"제길, 그 책 때문이야. 괜히 읽었군."

테르데오가 나지막이 욕설을 뱉었다.

오늘 아침, 페레샤티가 셀피우스를 아카데미에 데려다주겠다며 나선 후.

테르데오는 습관처럼 서재로 걸음을 옮겼다.

그리고 서재에 도착한 그가 발견한 건 책상에 가지런히 올려진 책 네 권이었다.

「사랑, 그 솔직한 감정에 대하여.」

「이 책만 읽으면 당신도 사랑 마스터!」

「사랑은 표현하는 사람의 것.」

「사랑 또한 전쟁이다, 쟁취하고 승리하자!」

책의 제목을 훑은 테르데오가 딱딱한 얼굴을 비스듬히 기울였다.

"내 책은 아닌 것 같은데 누가 이곳에 뒀지?"

뒤를 따르던 집사가 책상 위를 힐끔 보더니 웃음으로 답했다.

"아마 셀피우스 도련님께서 잠시 올려뒀다가 까먹고 아카데미를 가셨나 봅니다."

"……이게 셀피의 책이라고?"

"네. 아카데미에서 배우는 데 필요한 책이라고 하셔서 제가 준비해 드렸습니다."

테르데오가 괴상한 소리를 들은 것처럼 헛웃음을 뱉었다.

"요즘 아카데미에선 이상한 걸 가르치는군. 원래 이런 걸 가르치나?"

물론 가르치지 않지만, 아카데미를 다녀본 적 없는 테르데오가 그런 걸 알 리가 없었다.

테르데오가 책 한 권을 짚었다.

「사랑 또한 전쟁이다, 쟁취하고 승리하자!」

웃기는 제목이었다. 그는 손에 쥔 책을 흔들며 비웃었다.

"사랑이 전쟁이라니. 이 책의 저자는 전쟁을 겪어보지 못한 사람인가? 전쟁은 더 혹독하고 무서운 것인데."

"어떤 이들은 사랑을 치열한 전쟁이라고 표현하기도 합니다."

"웃기는군."

서늘한 조소를 날린 테르데오가 무심결에 책을 펼쳤다.

책에는 도무지 동의할 수 없는 이상한 말들만이 쓰여 있었다.

그는 매 장을 넘기며 조소했다.

그렇게 한 권을 그 자리에서 다 읽은 테르데오가 입꼬리를 비틀어 웃었다. 그리고 책상에 걸터앉아 다음 책을 집어 들었다.

여긴 또 무슨 헛소리들이 쓰여 있을지 궁금했다.

그렇게 두 권의 책을 다 읽고 난 후, 테르데오는 별다른 말 없이 의자에 앉아 세 권째의 책을 들었다.

옆에서 집사가 말을 걸었던 것 같긴 한데 뭐라고 대답했는지 기억은 나지 않았다.

테르데오는 그렇게 연달아 쉬지 않고 네 권의 책을 제자리에서 모두 읽고 나서야 아주 오랜 시간이 흘렀음을 알아챘다.

급하게 준비를 마치고 나왔을 땐 셀피우스를 아카데미에 데려다 준 페레샤티가 저택으로 돌아온 후였다.

아침의 기억을 떠올린 테르데오가 검을 세게 쥐며 이를 바드득 갈았다.

"그 책의 저자, 혹시 책에 사람을 홀리는 주문이라도 쓴 건가?"

페레샤티한테 낯간지러운 소리를 지껄인 자신의 괴상한 모습이 다시 떠오르자 자괴감이 들었다.

"그래서 내가 그런 쓸데없는 소리까지 하게 만든 건가."

그렇지 않고서야 자신이 그런 말을 할 리가 없지.

사랑에 빠진 라피레온 가문의 사람들 끝이 어떤지는 이미 숱하게 봤다. 이런 저주에 걸린 상태로 절대로 누군가를 가까이 두지 않으리라 다짐했다.

그러니 그 책에 무슨 주문이라도 걸린 게 분명했다.

테르데오가 서늘하게 굳은 얼굴로 중얼거렸다.

다른 생각에 빠진 그 순간.

테르데오와 대련하던…… 아니, 일방적으로 당하던 시프가 지금이 기회라고 생각했는지 검을 들고 달려왔다.

퍽!

그리고 둔탁한 소리와 함께 찢어질 것 같은 비명이 들렸다.

"으아아악!"

검 등으로 목과 팔, 그리고 다리를 차례로 맞은 시프가 바닥에 처참히 나뒹굴었다.

"아, 너였나."

테르데오가 바닥에서 뒹구는 시프를 무심히 내려다봤다.

"정말이지 기사도는 눈 씻고도 찾아볼 수가 없군."

"크윽……!"
"기습 공격이라니. 무의식중에 그만 죽일 뻔했어. 그만하길 감사히 여기도록 해."
"팔, 팔과 다리를 부러뜨려 놓고 감사히 여기라고?!"
시프가 얼굴을 구기며 버럭 소리를 내질렀다.
"내가 평소에 죽이지 않도록 얼마나 힘 조절을 하는지 몰랐나 본데……."
"……."
"내가 조금이라도 늦게 힘을 뺐으면 조금 전 너는 그대로 죽었을 거다."
테르데오의 위협적인 기세에 시프가 위축되어 입을 다물었다. 그 모습을 한심하게 바라본 테르데오가 명백한 조소를 흘렸다.
"도대체 어떻게 기사가 된 건지 알 수가 없군. 기습하는 기사라니. 돼먹지도 못했어."
시프의 얼굴이 모멸감으로 붉게 달아올랐다. 이를 꽉 문 시프의 턱이 바들바들 떨렸다.
"누가 묻거든 기사라고 하지 마. 우리 가문의 후계자인 아홉 살의 셀피우스가 요즘 기사도에 대해 배우던데. 옆에서 같이 배워야겠군. 원한다면 말해. 아카데미에 한 자리 만들어 줄 테니."
"……."
"너는 황실 기사단의 수치다."
"크, 크윽! 대, 대체 난 언제까지 대련만……! 나만 훈련을 못 받으니까 이러는 거……!"
팔과 다리가 비틀린 시프가 악 받친 눈으로 테르데오를 노려봤다. 서슴없이 드러내는 악의에 테르데오가 입가를 비뚜름히 올렸다.
"언제까지 대련만 하냐고? 네가 황실 기사단을 나갈 때까지."

"……!"

"그전까진 매일 이렇게 부러뜨리고."

테르데오가 검으로 부러진 시프의 팔을 꾹 눌렀다.

"크아아악!"

고통스러운 비명이 크게 퍼졌다.

"나으면 또 부러뜨리고, 계속할 거다."

그 모습을 지켜보는 단원들은 테르데오의 잔혹함에 절로 혀를 내둘렀다. 하지만 테르데오는 전혀 아랑곳하지 않았다.

"걱정하지 마. 죽이진 않을 테니까."

"크, 크윽……!"

"쉽게 죽는 건 재미없잖아. 비슷한 맥락으로 널 황실 기사단에서 내보낼 생각도 없어."

테르데오가 마치 버러지를 보듯 혐오스러운 시선을 깔았다.

"다 낫거든 다시 훈련에 참여해. 그때 또 내가 직접 깔끔하게 부러뜨려 줄 테니까."

그는 태연하게 고개를 돌려 뒤의 단원을 향해 시프를 치료실로 데려가라 눈짓했다.

시프가 억울한 목소리로 눈물을 흘리며 호소했다.

"내가, 내가 뭘 했다고……!"

"뭘 했다고?"

시프의 울부짖음에 테르데오가 눈썹을 비뚜름히 올렸다. 그리고 발을 들어 시프의 손을 지르밟으며 어금니를 악물었다.

"너 때문에 매일 밤 악몽에 시달리는 사람이 있는데, 뭘 했는지 몰라서 물어?"

희번덕거리는 붉은 눈동자가 흉포한 짐승 같았다.

여기서 멈추지 않았다간 오늘 끝을 볼 수도 있겠다는 생각이 들었다.

멀리서 이 상황을 지켜보던 단장이 슬쩍 테르데오의 곁으로 다가왔다.

"각하."

단장의 부름에 테르데오가 행동을 멈췄다.

"오후 일정을 가실 시간입니다."

"……벌써 그렇게 됐군."

호흡을 가다듬은 테르데오가 시프의 손에서 발을 내렸다. 단장은 엉망이 된 시프를 측은한 시선으로 내려다봤다.

'그러게 왜 라피레온 대공비 전하를, 쯧쯧.'

시프는 황실 기사단에 입단 후 제일 먼저 라피레온 대공비와 있었던 일들을 무용담처럼 늘어놓았다.

라피레온 가문과의 인연을 어필하고 싶었던 모양이지만…….

안타깝게도 황실 기사단의 총책임자는 바로 그 라피레온 대공비의 남편, 테르데오 라피레온 대공이었다.

'저딴 놈이 잠시나마 내 부인의 애인이었다니.'

주제에 맞지 않게 과분한 사랑을 받고도 페레샤티를 배신했다는 생각이 들자 다시금 분노가 들끓었다.

검을 쥔 테르데오의 손등에 핏줄이 도드라졌다.

"각하, 가셔야 합니다."

단장의 부름에 테르데오가 퍼뜩 정신을 차렸다.

여기서 죽일 순 없지. 그가 호흡을 가다듬었다.

"……마차는 준비해 뒀나?"

"네, 준비되어 있습니다."

"오늘따라 시간이 빨리 가는군."

"……네?"

단장의 의아한 질문에 테르데오는 별다른 말을 하지 않았다.

몇 분 한 것 같지도 않은데 그새 오전 훈련이 끝났다.

페레샤티 생각을 한두 번밖에 안 한 것 같은데 벌써 시간이 이렇게 흘렀다니.

'내게 무슨 수를 쓴 게 틀림없어. 역시 그 책의 저자를 만나봐야겠어.'

테르데오가 매몰차게 몸을 돌렸다.

후에 아카데미에서 돌아온 셀피우스는 테르데오가 네 권의 책을 모두 읽었다는 말을 전해 듣고 씩 웃었다고 했다.

첫 번째 계획에 성공했다나 뭐라나 혼자 중얼거리면서 말이다.

❄ ❄ ❄

일주일이 흐르고 아데우스와 만나기로 약속한 날이 되었다.

덜컹거리며 한참을 잘 달리던 마차가 부드럽게 멈췄다.

"대공비 전하, 도착했습니다."

약속 장소에 도착한 모양이었다.

나는 호흡을 가다듬고 일어나 마차의 문을 열었다. 그리고 내리자마자 놀라운 광경에 입을 떡 벌렸다.

"이, 이게…… 뭐야?"

라피레온 대공가의 기사들이 아데우스와 만나기로 한 식당을 틈도 없이 빽빽하게 에워싸고 있었다.

맛있기로 소문난 유명한 식당은 휑하게 비어 있었고, 지나가던 행인들은 신기한 광경을 보듯 힐끔거리며 지나갔다.

"대공비 전하를 뵙습니다."

내가 얼빠진 표정으로 가까이 다가가자 대공가의 기사단장이 인사했다.

"대체 여기서 뭘 하는……."

"대공 각하께서 대공비 전하의 호위를 명령하셨습니다."

아, 이 미친 테르데오.

"건물 정문과 후문, 비상구, 그리고 이 층의 창문 밑까지 모두 빠짐없이 기사단을 배치했습니다."

먼발치에서 호위하게 조치한다며? 너만 믿으라며? 맡기라며!

"대공비 전하 일행을 절대 방해하지 말라는 추가 명령이 있어 식당 안은 아무도 배치하지 않았습니다."

"그것참 고맙다고 해야 할지······."

"그리고 대공비 전하가 편히 대화하실 수 있도록 대공 각하께서 식당을 통째로 빌리셨습니다."

"뭐?"

"평소 매출의 세 배를 결제하셨으니 식당 쪽에서도 손해는 아닐 겁니다. 그러니 오늘 편하게 사석을 즐기시면 됩니다."

아니야, 미친놈아. 그거 아니라고.

"대공비 전하의 신변에 위험한 기척이 느껴지면 기사단들이 모두 구하러 갈 테니 걱정하지 않으셔도 됩니다."

아, 머리야. 두통이 해일처럼 밀려오는 것 같다.

나는 자랑스럽게 늘어놓는 단장의 말을 들으며 손으로 이마를 짚었다.

그러자 그때 옆에서 놀란 탄성이 들렸다.

"어······."

익숙한 목소리였다. 고개를 돌리니 아데우스가 손에 꽃다발을 들고 서 있었다.

그가 식당을 빼곡하게 둘러싼 기사들을 보고 당황한 듯 걸음을 주춤했다.

"대공비 전하······."

아데우스가 난감한 표정으로 웃었다.

"혹시 오늘 절 보자고 하신 이유가······."

말끝을 흐린 그가 슬쩍 뒤로 한 걸음 물러섰다.

"저를 죽이기 위해서인가요?"

아, 그거 아니라고.

나는 질린 얼굴로 마른세수를 연거푸 했다. 오해를 풀고자 여차하면 도망가려고 기회를 엿보는 아데우스에게 정답게 손짓했다.

"오해니까 어서 와."

내 말이 끝나기 무섭게 옆에 있던 기사들이 빠르게 달려갔다. 그리고 도망갈 수 없도록 아데우스를 양쪽으로 포박해 내 앞으로 끌고 왔다.

물론 아데우스의 손에 들린 꽃다발도 뺏고.

"데려왔습니다, 대공비 전하."

"꽃을 낱낱이 파헤쳐 확인했으나. 무기를 숨긴 것 같진 않습니다."

꽃잎이 모두 떨어지고 줄기만 앙상히 남은 꽃다발을 본 아데우스가 미래를 직감한 것처럼 새하얗게 질렸다.

아, 그거 아니라고. 이 미친놈들아!

※ ※ ※

나는 기사들의 손에서 아데우스를 구출해 식당 안으로 들어섰다.

우리는 귀족 중에서도 일부만 들어갈 수 있는 식당 이 층으로 향했다. 높은 난간에서 일 층을 내려다보자 식당 홀 전체가 눈에 들어왔다.

착석하자 계속 눈치를 살피던 아데우스가 슬그머니 물었다.

"……도망가지 않을 테니까 혹시 절 죽일 생각이시라면 꼭 미리 말해주세요. 마지막 편지는 쓰고……."

"안 죽여."

아데우스가 의심스러운 눈초리로 나를 바라봤다.

다른 사람도 아니고 행동거지 하나하나가 의심스러운 아데우스한테 저런 시선을 받게 될 줄이야!

'돌아가면 두고 보자, 테르데오.'

나는 속으로 이를 갈고 해명했다.

"밖에 서 있는 기사들은 내 호위야."

"호위……치고는 수가 많으시네요. 전 오늘 이 식당에 테러 예고가 있었나 싶었어요."

"만약 내가 널 죽이려고 했으면 넌 진작에 죽었……."

아데우스가 흠칫 놀라며 의자를 뒤로 뺐다.

"……'진작에'요?"

아차. 나도 모르게 속마음이 그만.

"방금은 말실수."

"……본심이 실수로 나온 건 아니시겠죠?"

정곡을 찌르는 질문에 뜨끔했지만 나는 태연하게 넘겼다.

"널 진심으로 죽이려고 했다면 아까 기사들한테 잡혔을 때 구하지 않았을걸?"

내 타당한 대답에 아데우스가 능글맞은 표정으로 끄덕였다.

"설령 절 죽이실 예정이라고 해도 어쩌겠어요. 대공비 전하의 말씀이라면 믿고 따라야죠."

저 입을 꿰맬까 생각할 때였다. 아직 주문도 하지 않았는데 주방장이 직접 음식을 든 채 이 층으로 올라왔다.

"잠시 실례하겠습니다."

메인 주방장의 뒤로 보조 주방장들과 직원들이 따랐다. 이윽고 커다란 식탁이 휘청거릴 정도로 많은 음식이 나왔다. 음식이 나올 때마다 메인 주방장이 옆에서 설명을 덧붙였지만 뭐라고 하는지 귀에 들어오지 않았다.

나는 주방장의 말을 끊고 물었다.

"우린 아직 주문하지 않았는데."

"네, 오늘의 식사 금액을 이미 결제하셨기에 그에 걸맞은 최고급 음식으로 특별히 준비했습니다."

아, 맞아. 테르데오가 일 매출의 세 배를 미리 결제해 뒀다고 했지? 신나서 멋대로 음식을 준비할 만도 했다.

나는 식탁을 빼곡하게 채운 음식을 가볍게 훑었다.

'이거 한 입씩만 먹어도 배부르겠는데?'

고개를 끄덕인 내가 손을 휘휘 젓자 모든 주방장과 직원이 아래층으로 내려갔다.

마찬가지로 식탁을 둘러본 아데우스가 웃으며 물었다.

"혹시 배를 터뜨리는 신종 고문인가요?"

"……아니, 지난번 신전 앞에서 재밌는 이야기를 해준 답례야."

"재밌는 이야기 한 번에 이 정도의 답례라니……."

아냐, 뭔가 오해하는 것 같은데 이 음식은 내가 주문한 게 아니야.

"대공비 전하께서 위험한 상황에 놓여 있을 때 돕는다면 더 큰 보상도 있겠네요."

"없어."

나는 식기를 들며 단호하게 말을 잘라냈다. 그런 내 대답을 이미 예상한 것처럼 아데우스가 유쾌하게 웃음을 터뜨렸다.

우선은 본론으로 들어가기 전에 식사부터 하자.

아데우스는 묘한 미소와 함께 스테이크를 자르며 흥얼거렸다.

"아쉽네요. 더 큰 보상으로 대공비 전하의 사랑 같은 걸 바랐는데."

"너는 얌전히 입만 다물고 있어도 그 얼굴이 일을 다 할 텐데. 꼭 그렇게 안 해도 될 말을 하더라."

"제가 그랬나요?"

"늘 언제나. 혹시 일부러 나한테 미움받고 싶은 건 아니지?"

내 타박에 아데우스는 답을 하지 않았다. 그저 시선을 내리깐 채 웃으며 음식을 먹는 것으로 대화를 단절시켰다.

'기분 나쁠 법한 말인데 왜 웃지?'

생각해 보면 그는 처음 만났을 때부터 그랬다.

나는 늘 그를 의심하거나 혹은 수상하게 생각하며 귀찮아했고, 아데우스는 그걸 알면서도 웃으며 다가왔다.

지금처럼 가끔 일부러 자존심 긁는 말을 해도 반응은 언제나 똑같았다.

'그래서 오늘 부른 거지만……'

내가 생각에 빠지려는 찰나였다.

맞은편에서 식기를 내려놓는 청량한 소리가 나를 깨웠다. 고개를 돌리니 아데우스가 냅킨으로 입가를 닦고 있었다.

"뭐야?"

누가 봐도 식사가 끝난 모습이었다.

나는 황당한 표정으로 식탁 위 음식들을 훑었다. 물론 음식량은 조금도 줄어 있지 않았다.

"설마 다 먹었어?"

"네."

"지금 이게?"

"그렇습니다."

"더 안 먹고?"

"배가 부릅니다."

"벌써?"

고작해야 몇 입 먹은 게 전부인 것 같은데? 심지어는 손도 대지 않은 음식도 있었다.

'나는 이제 시작인데?'

한눈에 척 봐도 우리 셀피보다 먹는 양이 더 적어 보였다. 놀란 눈으로 아데우스를 보자 그가 어색하게 웃으며 설명했다.

"이 제국으로 오기 전 굶는 날이 허다했습니다. 아마 그때부터 많이 못 먹게 된 것 같아요. 일정량을 넘기면 목에서 턱 막히거든요."

제국으로 오기 전이라면 타국 유학 때 난봉꾼으로 지내던 시절?

'그때 무슨 문제가 있었나?'

의문이 생겼지만, 곧 머릿속에서 깔끔히 지웠다. 아직 우리가 그런 문제까지 공유할 사이는 아니니까.

"이제 절 부르신 이유를……."

"그래, 그럼 식사는 그쯤 하고."

나는 아데우스의 말허리를 자르며 식탁 위 탁상 벨을 흔들었다.

"디저트를 맛보도록 해."

아데우스가 턱을 괴더니 가늘어진 눈매로 나를 살폈다.

"절 부르신 이유는 말씀 안 해주실 겁니까?"

"식사부터 끝내고."

식사 중에 체하고 싶진 않으니까.

단호하게 말한 후 칼로 썬 스테이크를 먹자 아데우스가 기분 좋은 웃음을 흘렸다.

"좋습니다. 저야, 뭐…… 이렇게 대공비 전하와 오랫동안 함께 있을 수 있는 게 더 좋으니까요."

"내가 조금 전에 분명 입을 다물면 얼굴이 일한다고 했던 것 같은데."

"저는 어정쩡한 건 싫어서요."

어휴, 내가 무시하는 게 더 빠르고 편하지.

나는 콧노래를 흥얼거리는 아데우스를 무시하고 식사에만 집중했다.

잠시 후, 아까 식사를 가져온 주방장들과 직원들이 양손에 디저트를 들고 왔다.

"저쪽 디저트 먼저."

내가 아데우스를 턱으로 가리키자 모든 디저트가 그의 앞에 놓였다.

티라미수, 치즈케이크, 생크림케이크, 와플, 수플레팬케이크, 몽블랑, 다쿠아즈, 초코케이크, 레드벨벳케이크 그렇게 말한 레몬 셔벗 등. 끊이지가 않는다.

'혹시 이 가게 주인과 주방장…… 정말 우리 배를 터뜨려 죽이려고 하나?'

음식량과 종류를 보면 아주 합리적인 의심이었다.

끝도 없이 놓이는 디저트를 보니 아데우스가 말한 '목에서 턱 막힌다'라는 뜻이 조금 이해 갔다.

순간 정말 목이 턱 막혔으니까!

그렇게 직원들이 이 층 계단을 몇 차례나 더 들락날락한 후에야 디저트의 끝을 볼 수 있었다.

"이건 오늘 감사의 인사로 만든 케이크입니다. 판매되는 상품은 아니니 맛있게 즐겨주셨으면 합니다."

꽤 큰 크기의 곰돌이 인형 모양 케이크가 마지막을 장식했다.

"하."

모든 사람이 아래층으로 내려가기 무섭게 나는 한숨을 토해내듯 뱉었다. 보기만 해도 속이 더부룩했다.

아데우스도 놀랐는지 앞에 놓인 디저트를 멍하니 바라보고만 있었다.

"억지로 먹을 필요는 없어. 부담 갖지 말고 맛만 봐. 저 곰 인형 케이크는 비판매 상품이라고 하니까 먹어봐도 좋고."

아데우스는 여전히 초점을 잃은 눈동자로 곰 인형 케이크를 보고 있었다.

혹시 너무 놀라서 얼어버렸나?

"왜 그래?"

"……."

"아데우스?"

부름에도 아데우스는 답이 없었다. 나는 고개를 갸웃거리며 포크로 접시를 힘주어 긁었다. 끼기긱, 듣기 싫은 소리가 퍼지자 그제야 아데우스가 정신을 차렸다.

"아……."

"왜 그래? 디저트 안 좋아해?"

내 질문에 아데우스가 천천히 고개를 저었다. 그는 무기력하게 한참이나 손을 쥐었다 폈다만 반복했다.

"아니요."

아데우스가 디저트 포크를 쥐더니 낮게 읊조렸다.

"무척 좋아했습니다."

'응? 무척 좋아했다고?'

그러기엔 너무 노려보는데…… 혹시 좋아한다는 뜻을 잘못 알고 있나?

말과는 달리 디저트를 내려다보는 아데우스의 표정은 차갑게 굳어 있었다. 마치 원수를 보듯 노려보는 것 같기도 했다.

"그럼 어서 먹지, 뭐 하고 있어?"

아데우스가 포크를 손에 든 채 곰 인형 케이크 앞에서 한참 고민했다.

"먹을까 말까 고민하고 있습니다."

먹으라고 나온 디저트인데 왜 먹을까 말까를 고민한다는 거지?

'아, 혹시…….'

사생아라더니 저택에서 눈치를 보며 지내느라 잘 못 먹나? 그래서 먹을까 말까 고민하는 습관이 있나?

아니면 혹시 너무 좋아하는 나머지 지금 먹기가 아깝다는 뜻인가? 어느 쪽이든 충분히 있을 법한 일이었다. 나는 나름대로 아데우스의 행동을 이해한 후 끄덕였다.

"돌아갈 때 몇 개 포장해서 줄 테니까 가져가서 먹어."

"아니요."

아데우스가 처음으로 내 제안을 단호히 거절했다.

"이젠 많이 좋아하지 않으니 괜찮습니다."

아데우스는 차갑게 딱 잘라 말한 후 곰 인형 모양의 케이크를 잘라 입에 쏙 넣었다. 달콤한 케이크를 삼킨 그의 목울대가 크게 꿀렁이는 순간 아데우스의 눈시울이 붉어졌다.

"정말 맛있네요."

"……설마 맛있어서 우는 거야?"

여기가 그 정도로 케이크 맛집인가?

나는 놀라 황급히 앞에 놓인 케이크를 한 입 먹었다. 맛은 아주 훌륭했으나 눈물이 날 정도는 아니었다.

'설마 포츈 자작이 사생아라고 먹고 싶은 것도 못 먹게 하나? 그래서 너무 오랜만에 좋아하는 음식을 먹으니 눈물이 난 건가?'

그것 말고는 설명할 길이 없었다. 케이크를 먹고 눈시울이 붉어지는 사람은 보통 없으니까!

'아무리 사생아라고 해도 자기 피가 흐르는 혈육인데!'

나는 아데우스가 상처받지 않도록 표정 관리를 하며 속으로 울분을 터뜨렸다.

"혹시 이 케이크…… 대공비 전하께서 미리 준비하신 겁니까?"

"나?"

아데우스가 턱을 괸 채 날 바라보고 있었다. 분명 눈을 부드럽게 휘고 있었으나 미묘하게 위험한 분위기가 풍겼다.

"아니. 평소 판매되지도 않는 케이크를 내가 미리 어떻게 알고 준비했겠어? 오늘 음식과 디저트는 모두 주방장이 결제 금액에 맞춰 알아서 준비한 거야. 어쩌다 보니 큰 금액을 결제했거든."

아데우스가 가늘어진 눈매로 나를 한참 살폈다.

"그 케이크가 그렇게도 맛있어서 물어보는 거야?"

"……대공비 전하의 말씀대로 미리 준비하신 건 아닌 것 같네요."

한층 누그러진 표정의 그가 시선을 내리깔더니 포크로 곰 인형 모양의 케이크를 툭툭 건드렸다.

"……제게 동생이 있었습니다."

"……?"

"인형과 케이크를 무척 좋아하는 평범한 동생이었죠. ……이젠 만날 수 없게 됐지만요."

갑자기 이렇게 뜬금없이 가족사를 얘기한다고?

나는 냅킨으로 입가를 닦으며 포츤 자작가를 떠올렸다. 이번에 데뷔탕트를 치른다고 했던 포츤 자작 영애들이 있었지.

이제 만날 수 없게 됐다는 건 영애들이 어딘가로 떠난다는 뜻인가?

"이번에 데뷔탕트를 한다고 했지?"

자연스럽게 물었으나 아데우스는 단호하게 고개를 저었다. 미련 없는 고갯짓이 유난히도 힘없어 보였다.

"아니요. 그 애들 말고 제 진짜 동생 얘기입니다."

"진짜 동생?"

동생이 따로 더 있었나?

"동생은 인형 모양의 케이크를 무척이나 좋아했습니다. 아마 어머니의 영향이 클 거예요. 어머니께서 동생을 위해 매일 인형 모양의 케이크를 직접 구우셨거든요."

아데우스의 입가에 쓸쓸한 미소가 걸렸다. 아마 본인도 의식하지 못하는 것 같았다.

"그래서 저도 케이크를 좋아하게 된 것 같아요. 집에 가면 늘 이 달콤한 케이크 냄새가 풍겼으니까요. 어머니와 동생은 나란히 앉아 케이크를 먹으며 절 반겼죠."

"……."

"전 그 웃는 얼굴이 너무 좋아서 집으로 갈 땐 늘 인형과 케이크를 잔뜩 사서 돌아가곤 했어요."

아데우스의 어머니는 평민이라고 했었지.

그가 포츈 자작가로 들어오기 전, 어머니와 함께 살던 동생이 있던 모양이었다.

동생을 볼 수 없다는 건 귀족가로 들어와서 만나지 못한다는 뜻이겠지.

"……이 곰 인형 케이크를 보니 그때의 추억이 떠오르네요. 여기서 이렇게 보게 될 줄 몰랐거든요."

"아……."

"그래서 대공비 전하께서 미리 준비하신 건가 했습니다."

아데우스의 반쯤 감긴 눈동자 사이로 씁쓸함이 일렁였다. 늘 장난기 넘치던 평소의 모습과는 달랐다.

'어머니랑 동생이 그립나?'

사생아인 그가 포츈 자작가에서 지내기 위해서는 평민인 어머니와 동생을 멀리했어야 할지도 모른다.

나는 잠시 고민하다가 자리에서 일어서며 말했다.

"주방장에게 곰 인형 케이크를 하나 더 만들어 포장하라 할 테니, 갈 때 가져가."

케이크를 마저 먹던 아데우스가 고개를 들었다. 그는 평소처럼 다시 가면을 쓴 채 그럴 줄 알았다는 듯이 웃었다.

"아니요, 괜찮습니다. 대공비 전하."

"어차피 결제는 이미 끝났으니 상관없어. 네 동생이 맛있게 먹는다면 주방장도 영광스러운 일이겠지."

내가 주방장에게 말을 전달하기 위해 아래층으로 내려가려는 순간이었다.
"정말 괜찮습니다."
아데우스의 씁쓸한 웃음과 딱딱한 목소리가 내 발목을 붙잡았다.
"이미 두 사람 다 죽었거든요."
"……!"
나는 마치 못에 박힌 것처럼 한 발자국도 움직일 수 없었다.
혹시 잘못 들었나 싶어 고개를 뒤로 돌리자 슬프게 웃는 아데우스와 눈이 마주쳤다.
"이젠 먹을 사람이 없습니다, 대공비 전하."
그의 목소리가 수분 빠진 빵처럼 퍼석했다. 나는 무슨 말을 해야 할지 몰라 멍하니 서 있었다.
아데우스가 자리에서 일어나 내게 가까이 다가왔다. 그리고 직접 의자를 빼준 후 나를 다시 앉혔다.
"그러니 대공비 전하께서는 신경 쓰지 않으셔도 됩니다."
명백하게도 선을 긋는 목소리가 차가웠다. 아데우스는 내 귓가에 속삭인 후 자리로 돌아갔다.
"그래서 전 이제 케이크를 좋아하지 않습니다. 즐기지도 않죠."
아까 이젠 좋아하지 않는다는 말이 이 뜻이었구나. 동생을 만날 수 없다는 것도…….
그가 미리 따라둔 와인으로 입을 헹궜다. 아니, 정확히는 떠오른 그때의 기억을 헹궈내려는 것 같았다.
"제가 대공비 전하를 놀라게 했나요?"
그래, 그것도 아주 많이 놀라게 했지.
나는 놀란 가슴을 쓸어내리며 한숨과 함께 사과를 건넸다.
"일부러 그런 건 아니야. 사과할게, 미안."
"모르셨으니 괜찮습니다."
아데우스가 실소를 흘리더니 마저 케이크를 먹었다. 맛을 음미하는 게 아니라 마치 제 앞에 있는 그 흔적을 지우고자 전투적으로 씹고 삼키는 것 같았다.
"천천히 먹어. 체하겠어."
"어떤 음식을 먹고 제대로 체하면, 후에 몸이 거부하여 그 음식을 보기만 해도 헛구역질이 올라와 평생 못 먹게 된다는 속설이 있더군요."
"……."
"그렇게 된다면 더할 나위 없이 환영이죠."
아데우스한테 인형 모양의 케이크는 가족과의 추억이자, 상기시키고 싶지 않은 괴로운 흔적이었다.
무슨 일이 있었는지는 모르지만, 가족의 죽음이 아데우스에게 큰 상처로 남았다는 건 분명히 알 수 있었다.
지금 그는 그 괴로운 흔적을 집어삼키는 것이나 다름없었다.
나는 조용히 포크를 들고 아데우스처럼 묵묵히 케이크를 먹기 시작했다.
"……식사 아직 안 끝나셨잖아요?"
"응, 그래서 케이크로 배 채우려고."
아데우스가 이해할 수 없다는 듯이 고개를 갸웃거렸다. 나는 어설프게나마 그에게 위로를 건넸다.
"혼자서는 힘들지만 다른 사람과 나누면 괜찮아질 거야."
내 작은 중얼거림을 들은 아데우스의 손이 허공에서 멈췄다.
"……케이크 말하는 거야. 혼자 다 먹기는 힘들지만 나와 나눠서 먹으면 괜찮을 테니까."
아데우스의 굵은 목울대가 크게 움직였다.
"혼자서도 충분합니다. 도움을 바란 적 없어요."
"나도 그랬어."
"……?"

맞은편에서 아데우스가 날 바라보는 시선이 느껴졌다. 나는 모른 척 시선을 내리고 케이크를 먹는 데 집중하며 말했다.

"나도 네 도움 바란 적 없었어. 그런데도 넌 네 멋대로 날 도왔잖아."

"그건……."

"그러니까 케이크를 같이 먹는 것도 내 마음대로 할 거야."

아데우스가 반박할 말이 없었는지 입술을 꾹 다물었다.

"그리고 네가 혼자 먹고 체하게 되면…… 그래서 네 말마따나 앞으로 케이크를 못 먹게 되면……."

"……."

"가족과의 기억이 담긴 그 케이크 맛을 평생 못 느끼게 될 텐데. 그게 좋아?"

고개를 들자 아데우스의 얼어붙은 눈동자와 눈이 마주쳤다.

"네 어머니와 동생이 그렇게 좋아했던 음식. 그게 좋아서 너도 함께 즐겼던 음식. 언젠간 가족이 그리운 네게 위로가 될 테고, 또 어떨 땐 보고 싶은 가족들을 떠올리며 살아가게 할 원동력이 될 텐데."

아데우스의 속눈썹이 파르르 떨렸다.

"……다 지난 일이에요."

마치 눈앞에서 가족들의 환상이 보이는 것처럼 아데우스가 두 눈을 질끈 감았다. 일그러진 얼굴이 고통으로 물들었다.

아데우스가 힘겹게 한마디를 뱉었다.

"이젠 그런 거 다 부질없습니다."

"부질없긴. 그걸 평생 못 먹어도 정말 좋아?"

그는 답하지 않았다.

"나는 가족끼리 그런 따스한 기억 같은 거 없어. 나는 위로고 원동력이고 없거든."

"……."

"그러니까 그 소중한 기억, 버리려고 하지 말고 잘 간직해."

우리 테이블이 마치 바닷속에 잠긴 것처럼 고요히 침묵했다. 우린 그저 함께 남은 케이크를 먹어 치울 뿐이었다.

식사를 조금 먹던 것과는 달리 아데우스는 아주 열심히 케이크를 먹었다. 우리는 결국 그 많은 케이크를 거의 다 먹어 치웠다.

'아직도 케이크 좋아하면서.'

나는 거의 텅텅 비어버린 케이크 접시를 가볍게 바라봤다. 아데우스는 아까와는 달리 후련한 표정이었다.

"덕분에 잘 먹었습니다, 대공비 전하."

"나도."

이렇게 배 터지도록 케이크만 먹은 건 살면서 처음인 것 같다. 부른 배를 가볍게 두드리고 있자 아데우스가 깍지 낀 두 손을 테이블 위로 올렸다.

"보상은 미끼고."

"……?"

"사실은 제게 궁금한 게 있어서 부르신 거죠?"

아차. 케이크를 먹느라 집중해서 오늘 만난 본론을 잊을 뻔했다.

"……그래, 맞아."

긍정하는 뜻으로 끄덕이자 아데우스가 은근한 미소를 지으며 천연덕스럽게 말했다.

"궁금한 게 있다면 마음껏 물어보세요. 성심성의껏 진심으로 답하겠습니다."

"뭐든?"

"……네, 케이크를 먹고 난 후라 기분이 좋거든요."

아데우스의 상처를 알고 난 바로 직후라 본론을 꺼내도 될까 잠시 고민됐다. 아데우스는 마치 그런 내 속을 읽은 것처럼 평소와 다름없이 너스레를 떨었다.

"대공비 전하께서 드디어 제게 관심을 주시니 기쁘네요. 참고로 저는 워낙 갈대처럼 가볍고 제멋대로인지라 지금이 아니면 성심을 다해 답하는 일은 없을지도 모릅니다."

그래, 네가 그렇다면야 사양하지 않겠어.

나는 아데우스를 훑은 후 바로 본론을 꺼냈다.

"질문은 한 번만 할 거니까 잘 들어."

"네, 대공비 전하께서 하시는 질문인데 당연히 그래야죠."

나는 호흡을 가다듬고 내내 속으로 되뇌던 질문을 꺼냈다.

"나는 아데우스 네가 내게……."

"이런, 잠시만요."

"응?"

뭐야? 마음껏 물어보라며?

아데우스가 내 말을 자르더니 주변을 획획 둘러봤다.

"아데우스, 무슨 일이야?"

아데우스는 내 질문을 가볍게 무시하며 찡그린 얼굴로 자리에서 일어섰다. 그리고 난간으로 걸어가 일 층을 힐끔 살폈다.

'일 층은 왜 보지?'

그러고 보니까 일 층이 아까부터 조금 소란스러운 것 같기도 하고. 귀를 기울이니 저 아래 일 층에서 '주방에서 졸던 놈 다 집합해!'라고 소리치는 주인의 목소리가 들렸다. 아마 손님이 우리밖에 없으니 졸다가 걸린 직원이 있는 모양이었다.

"대공비 전하."

"응."

"이상한 냄새가 나는 것 같지 않나요?"

이상한 냄새?

나는 허공을 향해 킁킁 냄새를 맡았다. 그러나 앞에 놓인 음식

냄새가 너무 강한 탓인지 다른 냄새는 느껴지지 않았다.

"잘 모르겠어. 왜?"

어디서 이상한 냄새라도 나나?

난간에서 시선을 뗀 아데우스가 내게 다가왔다.

"자리를 옮기시는 게 어떨까요?"

"뭐?"

"예쁜 찻집을 알고 있습니다. 그쪽으로 모시겠습니다."

"아까 질문하면 성심성의껏 답하겠다며?"

나는 가늘어진 눈매로 아데우스를 훑었다.

"설마 갈대처럼 가볍고 자유자재인 사람이라 그새 대답해 주지 않는 쪽으로 마음이 바뀐 거야?"

"이런. 제가 그렇게도 가벼운 남자로 보였나요?"

나는 조금의 주저 없이 단번에 끄덕였다.

"대답하기 어려운 질문이면 도망갈 것 같아."

"저런, 제가 대공비 전하를 홀로 두고 도망가는 일은 절대 없을 겁니다."

"거짓말하긴. 밖에 기사들이 지키고 서 있으니 도망갈 수 없을 것 같아서 자리 옮기자는 거잖아."

아데우스가 크게 소리 내 웃었다.

"밖에 서 있는 놈들로 과연 절 막을 수 있을까요?"

허세를 부리긴.

"장소 옮길 필요 없어. 네게 궁금한 건 딱 하나거든. 네 대답에 따라 앞으로 우리 관계가 달라지겠지."

나는 나갈 의지가 없다는 뜻을 피력하듯 의자 등받이에 허리를 기대어 앉았다.

"대공비 전하께서 하실 질문이 퍽 기대되네요."

아데우스가 어쩔 수 없다는 듯이 의자를 끌고 와서 내 옆에 앉앉다. 그가 비스듬히 턱을 괸 채 농염한 시선으로 바라봤다.

"아데우스."

"네, 대공비 전하."

그가 한쪽 입가를 비뚜름히 올렸다.

더 시간을 끌 필요도 없다. 어차피 궁금한 건 하나였으니.

내게 빙빙 돌려 말하는 재주는 없다. 나는 직구를 던졌다.

"내게 의도적으로 접근한 이유가 뭐지?"

질문이 끝나기 무섭게 아데우스의 입가가 딱딱하게 굳었다. 그의 얼굴에 금이 간 것처럼 균열이 일어났다.

그의 녹안이 흉흉하게 빛났다.

가면이 발가벗겨지고 그 뒤에 감춰둔 얼굴이 비로소 드러났다.

"처음부터 내게 의도적으로 접근한 이유를 말해. 널 부른 이유는 이걸 묻기 위해서야."

아데우스의 무채색 시선과 건조하게 말라비틀어진 내 시선이 허공에서 얽혔다.

그가 입술을 벌리려던 그때였다.

쾅!

일 층에서 커다란 폭발음이 터졌다. 동시에 큰 굉음과 함께 땅이…… 아니, 건물이 전체적으로 심하게 흔들리기 시작했다.

"꺄아악!"

갑작스러운 진동 울림에 식탁 위 올려져 있던 많은 접시가 바닥으로 떨어졌다. 접시가 깨지는 날카로운 파편음이 사방에서 들렸다.

"불이야! 불!"

"화덕이 폭발했어! 다들 당장 나가!"

"살, 살려줘! 누가 좀 도와줘!"

"불이…… 불이 붙었어! 으아악! 살려줘!"

모든 것을 집어삼킨 뜨거운 불씨가 아비규환과 함께 난간을 타고 스멀스멀 올라왔다.

"뭐, 뭐야? 대, 대체 무슨……!"

나는 갑작스러운 상황에 놀라 자리에서 벌떡 일어섰다. 그 순간 황급히 다가온 아데우스가 내 어깨를 쥐고 강하게 끌어당겼다.

그때 천장에 달린 샹들리에가 소름 끼치는 소리를 내며 흔들렸다.

챙! 쿠궁!

"꺄악!"

큰 굉음에 놀란 나는 비명을 지르며 본능적으로 머리를 감쌌다.

시계추처럼 흔들리던 샹들리에가 아래로 곤두박질쳤다.

파편들이 무자비하게 튀어 올랐다. 샹들리에가 처참히 떨어진 곳은 바로 조금 전 내가 서 있던 장소였다.

'만약 아데우스가 날 끌어당기지 않았다면…….'

생각만으로도 온몸에 모든 피가 빠져나가는 것 같았다.

"갑자기 몸을 일으키면 위험합니다, 대공비 전하."

창백해진 얼굴로 손을 떨자 마치 그런 나를 달래듯 나긋나긋한 목소리가 들렸다.

"그러게 제가 우선 나가자고 말씀드렸잖아요."

아데우스가 나를 보호하듯 품에 꽉 끌어안은 채 샹들리에를 등지고 있었다. 나는 희게 질린 얼굴로 빠르게 주변을 살폈다.

일 층으로 내려가는 나무 계단이 불에 휩싸인 채 아래로 주저앉듯 부서졌고, 난간은 뜨거운 불에 집어삼켜지고 있었다.

"무, 무슨 일이 벌어진 거야?"

혹시 어디서 테러나 전쟁이 벌어진 건 아닌가 싶었다. 이때쯤 테러가 있었나?

아니. 과거에는 없었다. 없던 과거였다.

아데우스가 슬쩍 품에서 날 놓아주며 질문에 답을 하려는 찰나.

쾅!

"대공비 전하!"

아래층 바깥에서 문이 열리더니 익숙한 목소리가 들렸다. 아까 가게에 들어오기 전 대화를 나눈 기사였다.

"대공비 전하! 어디 계십니까!"

"아이고, 기사가 왔나 봐! 잘됐어! 우리 좀! 우리 좀 꺼내줘요! 살려줘! 주방에서……!"

"저기 직원 휴게실에서 못 빠져나온 사람이 있어요! 제발! 도와줘요!"

"대공비 전하! 저희는 대공비 전하를 지키기 위해 온 대공가 기사들입니다! 대공비 전하께선 어디에……!"

소란스러운 대화들이 들리자 정신이 번쩍 들었다.

'여기서 나가야 해!'

건물의 떨림이 점차 멎었지만 이대로 있다간 불에 타 죽거나, 연기 때문에 질식해 죽을 게 분명했다.

"살려줘! 여기 있어!"

나는 있는 힘껏 소리쳤다. 매캐한 연기가 불쾌하게도 폐부를 가득 채웠다.

마치 목에 석탄가루가 낀 것처럼 눈물이 찔끔 나고 기침이 절로 터졌다.

"콜록! 콜록!"

피어나는 연기 때문에 눈이 매웠다. 내 외침은 족히 서른 명은 넘어 보이는 직원들의 고함과 비명으로 인해 기사들에게 제대로 전달되지 않은 것 같았다.

"우릴 살려줘!"

"내, 내보내 주세요! 비켜요!"

"왜 자꾸 들어오는 거야! 비켜! 나가야 한다고!"

이미 공황 상태에 빠진 가게 사람들은 밖으로 나가야 살 수 있다는 생각 때문인지 기사단과 치열하게 대치 중이었다.

"잠시만요! 저희가 안으로 들어간 후 모두 내보내 드리겠습니다!"

"안에 대공비 전하께서 계십니다! 라피레온 대공비 전하를!"

그야말로 아비규환이었다.

그 상황을 이 층에서 내려다보던 아데우스가 물에 흠뻑 적신 손수건을 건넸다.

"이걸로 코와 입을 가리시고 숨을 최대한 적게 쉬세요."

"너, 너는?"

"전 이 정도는 괜찮습니다."

나는 아데우스가 건넨 손수건으로 코와 입을 막고 질문했다.

"지금 무슨 일이 벌어진 거야? 아까 그 폭발음은? 이 불은 대체…… 어디서 테러라도……."

"침착하세요. 테러가 벌어진 건 아닙니다. 아까부터 미세하게 타는 냄새가 났어요. 아마 주방에서 불이 붙었겠죠."

아까부터 타는 냄새?

"설마 아까 이상한 냄새가 난다고 했던 게……."

"멍청하게 주방을 모두 비우는 바람에 불이 붙은 걸 몰랐나 봅니다. 온도가 올라가 화덕이 폭발한 거 같아요."

"그럼 아까 그렇게 말했어야지!"

타는 냄새가 난다고 말했으면 바로 나갔을 텐데!

"제가 아까 사실대로 말했다면 대공비 전하께선 직원들에게 불이 난 상황을 알리고 모두 함께 나가려고 하셨겠죠?"

"그야 당연히……!"

"사람이 갑작스러운 상황에 놓이면 어떻게 되는 줄 아시나요? 불을 꺼야 한다는 당연한 생각보다 내가 살기 위해 어서 여길 먼저 빠져나가야 한다는 이기적인 생각이 먼저 듭니다. 그렇게 되면 나가기 힘들었을 거예요."

"……뭐?"

"그래서 말씀드리지 않고 대공비 전하를 먼저 가게 밖으로 모시고 나가려 했습니다. 직원들은 그 후의 얘기였죠."

직원들은 그 후의 얘기?

아데우스가 비교적 차분히 대답하며 주변을 빠르게 확인했다.

"어쨌든 제겐 일면식도 없는 저 사람들보다 대공비 전하가 우선순위였으니까요."

평소와는 달리 정이라고는 눈곱만큼도 찾아볼 수 없는 차가운 목소리였다.

"결국은 이렇게 됐지만 말이죠. 그보다 계단은 무너져서 갈 수 없겠어요. 난간에서 가게 문 근처까지 뛰어내리면 탈출할 수야 있겠지만……."

아데우스가 고개를 뒤로 젖혀 날 바라봤다. 그리고 회의적인 목소리로 말하며 고개를 저었다.

"저는 가능하다고 해도 대공비 전하께서 뛸 수 있는 거리가 아닐 겁니다."

대화를 나누는 사이 점점 거세진 불은 우리에게 점점 가까워지고 있었다.

조금 전 아데우스가 한 말이 맞았다. 당장 눈앞에서 타오르는 불을 보니 어서 여길 빠져나가야 한다는 생각만이 가득했다.

시야가 좁아지고 사고가 멈췄다.

"날 구하러 온 대공가의 기사들한테 도움을 청하면? ……물을 가져와서 불을 끈다거나!"

부질없는 실낱같은 희망이었다.

"우릴 제시간 안에 구할 수 없을 거예요. 강은 거리가 멀고 근처에서 물을 가져온다고 해도 우리가 먼저 타 죽겠죠. 방금 말씀드렸다시피 계단도 난간도 막혀서 불길을 뚫고 오기 힘들 겁니다."

이러는 사이에도 불은 점점 거세졌다. 주방과 바로 연결된 일 층은 이제 진입이 어려울 정도였다.

'탈출 방법을 생각해야 해.'

마치 당장이라도 날 잡아먹을 것처럼 아가리를 벌리는 불길을 보며 어떻게든 생각하려 애썼다.

그때 아데우스가 겉옷을 벗더니 내 어깨 위로 걸쳐주며 덤덤히 뇌까렸다.

"낭비할 시간이 없군요."

"겉옷은 왜······."

"입으세요. 여기서 탈출할 겁니다."

탈출? 지금 탈출이라고 했어?

"계단도 난간도 저 모양인데 어떻게 탈출하려고······."

아데우스는 자신을 믿으라는 듯이 부드럽게 웃었다. 그리고 몸을 돌려 식탁에 깔린 테이블보를 거칠게 빼냈다.

몇 개 남아 있던 접시가 아래로 떨어지며 날카로운 소리가 났다.

"뭘 하려고? 무모한 짓 하지 마!"

아데우스를 향해 손을 뻗자 내 어깨에 걸쳐진 그의 겉옷이 툭 떨어졌다. 떨어진 옷을 주워들자 손에 끈적한 액체가 묻어났다.

"······!"

겉옷 등 부분이 붉게 물들어 축축한 채 젖어 있었다.

놀란 나는 아데우스의 겉옷을 두 손으로 꽉 쥐고 고개를 들었다.

"아데우스, 너 등······!"

나를 등지고 선 아데우스의 뒷모습이 보였다. 그의 등에서 붉은 선혈이 흐르고 있었다. 아데우스의 아래로 발자취를 남기듯 피가 뚝뚝 떨어졌다.

비명 섞인 내 외침에도 아데우스는 태연했다. 아데우스가 주전자에 있던 물을 테이블보 위로 쏟았다.

아데우스는 흠뻑 젖은 테이블보를 꼼꼼히 확인한 후 뒤돌았다. 그리고 여태 가만히 서 있는 날 보고 미간을 세게 찌푸렸다.

"탈출할 거니 입으시라고 겉옷 드렸잖아요. 한시가 급합니다."

"너 지금 등에서 피 난다니까!"

아데우스가 내 앞으로 성큼 다가왔다.

"아프지 않으니 괜찮아요."

가볍게 대꾸한 아데우스가 테이블보를 의자에 내려뒀다. 그리고 내 손에서 겉옷을 빼앗아 어깨에 걸쳐주곤 손수 단추까지 잠갔다.

"아까 샹들리에가 떨어질 때 날 감싸다 다친 거지?"

"글쎄요. 기억이 나질 않네요."

"넌 지금 안 보여서 모르겠지만 상처가 꽤 깊어! 지혈이라도 해야……."

"대공비 전하, 지금 이깟 상처가 먼저는 아니잖아요."

아데우스가 내 말을 자르고 단호하게 웃었다.

"어차피 여기서 못 빠져나가면 죽는 건 똑같습니다."

틀린 말은 아니었다. 지금도 당장 우리를 집어삼킬 것처럼 불이 넘실댔으니까.

마지막 단추까지 다 잠근 아데우스가 날 보며 만족스럽게 미소 지었다.

"나쁘지 않네요."

그의 겉옷은 너무 커다란 탓에 품이 맞지 않아 심하게 헐렁했다. 게다가 허벅지까지 내려올 정도로 길었다.

"이렇게 큰 옷을 걸치고 어떻게 탈출하겠다는 거야? 행동에 제약이 생길걸."

"걱정하지 마세요."

이런 상황에서조차 그는 여유로웠다. 아니, 이런 상황이 익숙한 것처럼 군더더기 없이 움직인 탓에 여유롭게 보이는 걸지도 몰랐다.

"대공비 전하를 혼자 두고 가는 남자는 아니라고 말씀드렸잖아요."

아데우스가 물에 흠뻑 적신 테이블보를 들더니 별안간 내 머리 위로 덮어씌웠다.

"앗! 차가워!"

예고도 없이 갑자기 차갑게 젖은 천이 머리부터 발끝까지 온몸을 뒤덮었다.

깜짝 놀라 허우적거리는 사이.

"으앗!"

갑자기 몸이 허공으로 붕 뜨는 게 느껴졌다.

나는 괴상한 소리를 내며 천 사이로 얼굴을 간신히 내밀었다. 그러자 아데우스의 가슴팍과 더불어 가까운 곳에 그의 얼굴이 보였다.

"지, 지금 뭘 하는……!"

나는 그의 품에 '공주님 안기' 자세로 안긴 상태였다.

날 너무도 가볍게 안아 든 아데우스가 불길이 닿지 않는 난간의 끝으로 태연히 걸어갔다.

"불 안 붙게 천 잘 뒤집어쓰고 계세요."

"뭐?"

"피부에 유리 안 박히도록 제 옷도 잘 여미고 계시고요."

지금 대체 무슨 소리를 하는 건지 이해가 가지 않았다.

불이 붙다니? 유리가 박힌다니? 나는 자세히 설명해 달라는 눈빛으로 아데우스를 응시했다.

"사실 이렇게까지 할 생각은 아니었는데요."

아데우스가 마치 당장 달려나갈 소처럼 자세를 낮추고 한 발을 뒤로 뺐다.
"아까 함께 먹어주신 케이크값을 갚는 셈 치죠."
"뭐?"
"그리고 하셨던 질문은 이곳을 무사히 나가면 답하겠습니다."
아데우스가 마치 적을 보듯 매섭게 정면을 노려봤다. 나도 그의 시선을 따라 고개를 돌렸다.
뜨겁게 타오르는 불길 뒤, 이 층 창문이 보였다.
응? ······이 층 창문? 설마······.
불길한 예감이 든다.
"잠, 잠깐. 아데우스······! 살, 살려줘!"
"네, 살려드리려고 하는 겁니다. 대공비 전하."
내 외침에도 아랑곳하지 않은 아데우스가 날 안고 이 층 창문을 향해 힘차게 달렸다.
"허억······! 아, 아데우스!"
이건 같이 죽자는 거잖아!
단말마의 비명을 지른 나는 아데우스의 가슴팍에 얼굴을 묻었다. 그리고 살고자 하는 본능으로 그의 목을 있는 힘껏 꼭 끌어안았다.
나를 품에 안은 아데우스의 손에도 힘이 들어갔다. 그는 내가 다치지 않도록 천을 여미고 속도를 높였다.
빠르게 달린 아데우스가 자신의 온몸을 날려 창문으로 도약했다.
챙!
날카로운 소리와 함께 내부의 뜨거운 열기로 약해져 있던 유리 창문이 맥없이 부서졌다.
"꺄아악!"
그리고 하늘을 날지 못하는 우린 아래로 곤두박질쳤다.
떨어지는 그 짧은 몇 초가 마치 몇 시간처럼 길게만 느껴졌다.

어딘가에 걸리는 느낌이 들더니 동시에 우두둑 나무 부러지는 소리가 들렸다.

두 눈을 감고 있던 터라 보진 못했지만 떨어지는 속도가 조금 줄어든 기분이었다.

쿵!

그리고 우리는 큰 소리와 함께 바닥으로 구르며 추락했다.

다행히 아데우스가 나를 온몸으로 꽉 감싸 안은 채 아래에서 쿠션 역할을 해준 덕인지 큰 고통은 느껴지지 않았다.

"하아, 하아……."

나는 움직임이 멎은 후에야 지금껏 참아온 숨을 거칠게 내쉬었다. 뜨거운 열기가 아닌 차가운 공기가 코끝으로 스몄다. 억눌린 숨통이 트였다.

비로소 밖으로 나왔다는 게 실감 났다.

나는 꾹 감았던 눈을 뜨며 엉거주춤 상체를 일으켰다. 온몸을 감싸고 있던 테이블보가 미끄러지듯 벗겨졌다.

몸을 일으키자 내 아래에 깔린 채 고통스럽게 얼굴을 일그러뜨린 아데우스가 보였다.

"……아데우스!"

내 머리와 등을 감싸고 있던 그의 손이 힘없이 아래로 떨어졌다.

나는 놀란 눈으로 아데우스를 자세히 살폈다.

헝클어진 머리엔 나뭇잎이 덕지덕지 붙어 있었다. 얇은 셔츠는 창문을 깨고 나올 때 유리에 찢겨 졌는지 너덜너덜해진 채로 붉게 물들어 있었다. 베였는지 곳곳에 피가 묻어나오는 것 같았다.

그뿐만 아니라 불에 그을려 화상을 입은 피부도 보였다. 더군다나 떨어질 때 팔이 잘못 부딪쳤는지 팔과 발목이 비상식적으로 통통 부어 기괴하게 어긋나 있었다.

최악의 상태였다.

나는 도움을 청하기 위해 황급히 주변을 살폈다. 우리가 빠져나온 가게 건물의 이 층 창문이 눈에 들어왔다.

이 층을 점령한 불길이 창문을 뚫고 넘실대며 춤을 췄다. 우리가 뛰어내린 창문 밑에는 부러진 나뭇가지들이 있었다.

'창문 가까이에 있던 큰 나무의 나뭇가지가 떨어질 때 완충 역할을 했구나!'

중간에 속도가 줄어드는 기분이 들었던 이유가 설명됐다.

'바보같이!'

나는 두 주먹을 세게 쥐었다. 아데우스와는 달리 나는 아주 작은 상처도 없었다.

그가 자신의 겉옷을 단단히 입히고 젖은 천으로 머리부터 발끝까지 꽁꽁 감싸 품에 안은 덕이었다. 게다가 떨어질 때도 아데우스의 등 쪽으로 떨어졌기에 충격도 느끼지 못했다.

그의 모든 행동은 날 보호하기 위함이 분명했다.

"여기 누가 좀……!"

"대공비 전하!"

도움을 청하려는 찰나 대공가의 기사들이 앞다투어 달려왔다.

"대공비 전하! 다친 곳은……!"

"마침 잘됐어. 의사! 의사는 어디 있어?"

"건물에 불이 붙자마자 불렀으니 이제 곧…….."

"난 괜찮으니까 당장 의사부터 끌고 와!"

나는 기사의 말을 자른 후 초조함을 담아 크게 외쳤다. 갑작스러운 고함에 기사가 끄덕거리며 황급히 달려갔다.

남은 기사가 몸을 긴장시키며 나를 바라봤다.

"건물 화재는 어떻게 됐어?"

"대공비 전하께서 계시는 이 층으로 들어가기 위해 기사단이 화재를 진압하고 있었습니다. 곧 불길이 잡힐 것 같습니다."

"다른 인명 피해는 없어? 이 층에는 우리밖에 없긴 했어도 일층에 직원들이 많았는데."

"네, 전신 화상을 입은 직원과 휴게실에서 빠져나오지 못하고 연기를 너무 많이 들이마셔 기절한 직원 셋 빼고는 이상 없습니다. 그들은 의사에게 먼저 보냈습니다."

테르데오 덕에 가게 안에 다른 손님이 없어 천만다행이었다. 또 대공가의 기사들도 지키고 있었기에 큰 인명 피해도 없었다.

정말 불행 중 다행이었다. 안도의 한숨을 작게 내쉴 때였다.

"으……."

두 눈도 제대로 뜨지 못한 아데우스가 억눌린 신음을 간신히 토했다.

"아데우스! 정신이 들어? 나 알아보겠어?"

"아, 아픕니다."

"어디가? 어디가 아파? 의사가 곧 올 거야! 조금만 참……."

"위에서…… 내려와 주세요……."

아차!

정신이 없던 탓에 내가 여전히 아데우스의 몸 위에 앉아 있다는 사실도 망각했다. 나는 서둘러 내려와 아데우스를 살폈다.

"괜찮아? 어디 아파? 말해봐!"

"그……."

"미쳤어? 죽고 싶어서 그래? 뛰어내리기 전에 기사들한테 미리 말하고 준비를 해달라고 했어도 됐잖아!"

나는 아데우스의 말을 듣기도 전에 그를 나무랐다. 아데우스가 미소를 흘렸다. 그의 웃음에서는 기분 나쁜 쇳소리가 났다.

"……준비하는 동안 우리가 불탔을……겁니다."

아데우스는 힘에 부친지 한 문장을 제대로 이어 말하지 못했다.

알고 있다.

기사들에게 준비해 달라고 했어도 준비할 게 없었을 거고, 우린 준비를 기다릴 시간도 없었을 거다.

나를 대신해서 다친 아데우스의 모습을 보니 미안함과 고마움에 괜한 억지를 부렸을 뿐이다.

나는 흥분을 가라앉히고 안도의 숨과 함께 제일 먼저 해야 했을 말을 꺼냈다.

"……살려줘서 고마워, 아데우스."

"……!"

진심이 담긴 감사 인사에 아데우스가 나를 향해 고개를 돌렸다. 커다랗게 뜨인 그의 동공이 풍파를 만난 배처럼 거칠게 흔들렸다.

나는 그의 겉옷을 벗어 누워 있는 몸 위로 덮어주며 말을 이어갔다.

"아데우스, 네가 아니었더라면 나는 불타 죽거나 떨어져서 크게 다쳤을 거야. 네 덕에 나는 상처 하나 없이 멀쩡히 탈출할 수 있었어. 정말 고마워."

아데우스는 놀란 기색으로 한참 날 바라봤다. 하지만 평소처럼 씩 웃으며 천천히 답했다.

"……제게 또…… 목숨을 빚지셨네요."

"그래. ……정말 빚졌어."

인정하지 않을 수 없었다. 순순히 인정하는 내 모습을 본 아데우스가 입가에 선명한 미소를 그렸다.

"……대공비 전하를…… 살리길 잘……했네요."

진심이 담긴 미소였다.

아데우스가 자신의 의지를 벗어나 떨리는 손을 간신히 들었다. 그리고 내 얼굴을 향해 뻗으려던 그때였다.

뒤에서 다급하고 초조한 부름이 들렸다.

"페레샤티!"

아데우스가 뻗은 손을 힘없이 내렸다. 내가 익숙한 목소리를 따라 뒤로 돌려는 순간.

"……!"

황급히 달려온 커다란 품이 나를 그대로 꽉 안았다. 그의 심장 뛰는 소리가 거세게 울렸다.

"테, 테르데오. 뛰어왔어요?"

테르데오는 답하지 않았다. 그러나 내 어깨에 얼굴을 묻은 매우 거친 숨소리가 그 답을 대신 해주고 있었다.

나를 품에 안은 테르데오의 견고한 두 팔이 미세하게 떨렸다.

"……놀랐어요?"

그는 마치 악몽을 꾼 어린아이 같았다. 늘 굳건하던 테르데오의 이런 모습은 처음이라 당혹스러움이 앞섰다. 눈동자만 이리저리 굴리자 그가 나를 안은 팔에 힘을 줬다.

"아픈 곳은? 어디 다친 곳은 없지?"

나를 품에서 놓지 않은 채 테르데오가 낮게 읊조렸다. 듣기 좋은 저음이 온몸에 퍼져갔다.

"없어요. 아데우스가 저 대신……."

"당장 저택으로 돌아간다."

내 대답을 끝까지 듣지도 않고 말을 자른 테르데오가 나를 번쩍 안아 올렸다.

아마 바닥에서 움직이지도 못한 채 다쳐 누워 있는 아데우스는 보이지도 않는 것 같았다.

"잠, 잠깐만요. 의사가 오는 것만 보고……!"

내 다급한 외침에도 테르데오는 나를 품에 안은 채 성큼 걸음을 옮겼다. 내 말은 들을 생각도 없어 보였다.

긴 다리가 걸음을 빠르게 재촉하자 금세 거리가 벌어졌다. 뒤를 돌아보니 아데우스는 웃으며 손을 힘겹게 흔들고 있었다.

"잠, 잠깐만요!"

벗어나고자 필사적으로 발버둥 쳤으나 테르데오의 품을 벗어나긴 역부족이었다.

게다가 많이 놀란 탓인지 테르데오는 내 말도 제대로 전달이 안 되는 것 같았다.

"테르데오!"

그는 아무런 미동 없이 묵묵히 걸었다.

하는 수 없지. 이럴 땐 충격요법이 최고야.

"……테오!"

나는 그의 애칭을 힘주어 불렀다. 그러자 드디어 테르데오의 걸음이 우뚝 멈췄다.

갑자기 애칭이 불린 그가 얼떨떨한 표정으로 품에 안긴 나를 바라봤다.

나는 이때다 싶어 크게 외쳤다.

"테오! 아데우스가 많이 다쳤어요. 나를 보호하려다가 그렇게 된 거라 의사가 올 때까지는 지켜보는 게 좋을 것 같아요."

하지만 이어지는 말에 테르데오가 표정을 갈무리했다. 그는 들끓는 분노를 잠재우듯 서늘한 목소리로 말했다.

"내가, 내가 무슨 심정으로 여길 왔는지 알아?"

그의 목소리가 지진이 난 것처럼 떨렸다.

"네가 폭발로 인해 불길이 휩싸인 건물에 갇혔다는 보고를 들었을 때 내 기분을 상상이나 해?"

"……"

"더군다나 이 층에서 맨몸으로 뛰어내렸다고? 하."

끔찍한 상상을 했는지 테르데오의 미간이 깊게 주름졌다. 나를 안아 올린 그의 팔에 절로 힘이 들어갔다.

"미쳤군."

어찌나 놀랐는지 테르데오는 내게 쓰는 경어도 생략하고 있었다.
"너도 당장 의사에게 가야 해."
"테오."
내가 애칭을 부를 때마다 테르데오의 몸이 눈에 띄게 움찔했다. 하지만 그뿐이었다. 그는 단호했다.
"페레샤티."
그가 더는 입을 열지 말라는 듯이 경고 섞인 목소리로 말했다.
"더 이상 내 인내심을 시험하지 마."
그가 어금니를 바득 갈며 걸음을 다시 옮겼다. 조금 전보다는 느려진 걸음이었다.
"하지만 아데우스가 날 구했어요. 그건 사실이라고요."
"내가 지금 사실과 거짓을 따지자고 이러고 있는 줄 알아? 보고받았고 의사를 보냈어. 의사가 확인할 거야."
"나도 어서 의사한테 가고 싶어요. 내가 내 몸보다 남을 생각할 만큼 착해 보여요? 아닌 거 알잖아요."
테르데오는 반응하지 않았다.
"나 때문에 다쳐서 꼼짝도 못 하고 누워 있어요. 내가 뭘 어쩌겠다는 게 아니에요. 아데우스가 다 나을 때까지 지켜보겠다는 것도 아니고요. 그냥 의사가 오기 전까지 저렇게 바닥에 두고 가는 건 너무 매정해요."
"……."
"날 목숨 걸고 구했으니까요."
그는 애써 내 말을 무시했다. 하지만 한껏 구겨진 눈썹이 내 말을 듣고 있음을 증명했다.
"아데우스가 절 돕지 않았다면 지금 저기에는 내가 누워 있었을지도 모르죠."
"그런 끔찍한 말을 잘도……!"

테르데오가 걸음을 우뚝 멈추고 나를 노려봤다. 그가 이를 드러내며 으르렁거렸다.

"저렇게 방치하면 저택으로 돌아가서도 신경이 쓰여 제대로 쉴 수 없을 거예요. 의사가 도착하는 것만 보고 가요. 그때까지만요."

테르데오가 답하지 않은 채 나를 한참이나 매섭게 쏘아봤다.

그러기를 몇 분.

한참 눈싸움하던 테르데오가 먼저 시선을 돌렸다. 그의 메마른 입술 사이로 한숨을 흘렸다.

"젠장."

결국 승리자는 나였다.

테르데오가 작게 욕설을 흘리며 몸을 돌렸다.

"의사가 올 때까지만이야. 의사가 오면 바로 저택으로 돌아갈 준비해. 그땐 뭐라고 해도 더 안 봐줘."

"……고마워요, 테오! 저도 그 이후로는 여기 남아 있으라고 해도 갈 거예요!"

그가 입술을 꽉 물었다. 우리는 아데우스가 엉망이 된 채로 누워 있던 곳으로 돌아갔다.

그러나.

"……아데우스가 어디 갔지?"

그곳에 아데우스는 없었다.

아데우스가 누워 있던 곳을 싸늘하게 내려다보던 테르데오가 가까이 있는 기사에게 물었다.

"여기 누워 있던 놈 어디 갔어?"

"대공 각하를 뵙습니다! ……방금까지 누워 있었습니다만…… 그 이후로는 저도 잘……."

아데우스가 사라진 자리에는 붉은 선혈이 남겨 있었다. 제대로 일어나지도 못하는 몸으로 도대체 어딜 간 거지?

그때 저 멀리서 다른 기사 한 명이 의사를 끌고 급히 달려왔다.

"의사, 헉헉. 의, 의사를…… 의사를 모셔왔습니다!"

의사가 이제 막 도착했다는 건 아직 치료도 안 받았다는 뜻이었다.

'그렇게 많이 다쳐놓고 대체 어디로 사라진 거야!'

나는 테르데오의 품에 안긴 채 주변을 살폈다. 그러나 그 어디에도 아데우스는 보이지 않았다.

"제 발로 걸어서 돌아갔으면 그대가 걱정할 정도는 아니라는 뜻이야."

"하지만 분명히……."

"사라진 놈은 내버려 둬. 따라가서 치료까지 해주게? 돌아와서 확인까지 했으면 됐어."

테르데오가 차갑게 말했다.

"약속했지. 우린 이만 저택으로 돌아간다."

테르데오는 혹시 내가 가지 않겠다고 할까 걱정됐는지 급하게 걸음을 옮겼다.

"알겠어요. 저택으로 돌아가요."

적어도 아데우스의 상태가 어떤지 들었더라면 이렇게 찝찝하지는 않았을 텐데. 하지만 어쩔 수 없었다.

테르데오의 말대로 내가 그를 따라가 치료까지 해줄 순 없었으니까.

나는 조용히 테르데오의 품에 안겨 준비해 둔 마차로 향했다. 품에 안긴 날 걱정스러운 눈빛으로 보던 집사가 황급히 마차 문을 열었다.

테르데오가 나를 품에 안은 채 마차에 올랐다. 마차에 올랐으나 테르데오는 나를 내려놓지 않았다.

내려놓기는커녕 자기 무릎 위에 앉히더니 소중하게 품에 안기까지 했다.
 "내, 내려줘도 되는데."
 "어디가 어떻게 다쳤을지 모르니 가만히 있어."
 "하지만 정말 아픈 곳은 없어요."
 "지금 당장은 놀라서 안 아프다고 느끼는 거겠지. 의사의 정확한 진단이 내려지기 전까지는 조심해야 해."
 여전히 그의 목소리가 잔잔하게 떨리고 있었기에 나는 더 뭐라 할 수가 없었다.
 나는 몸에서 힘을 빼고 그의 가슴팍에 슬쩍 머리를 기댔다. 그러자 반대로 테르데오의 몸에 잔뜩 힘이 들어가는 게 느껴졌다.
 "……포츤 영식의 상태는 내가 따로 직접 알아볼 테니 더는 신경 쓰지 마."
 "……정말요?"
 "그래. 그대를 신경 쓰게 할 수 있는 건 오직 나…….''
 테르데오가 말을 이어가려다 입술을 꾹 닫았다.
 "네? 제가 신경 쓸 수 있는 건 뭐요?"
 "……아니. 그대가 신경 써야 할 건 오직 나와의 계약뿐이라고. 그러니 아무 생각 말고 치료와 휴식에만 집중해."
 "……?"
 갑자기 내뱉는 엉뚱한 말에 나는 고개를 갸웃거렸다.
 '내가 계약을 잊었다고 생각했나 봐.'
 요 며칠 내가 너무 들쑤시고 다니긴 했지. 진짜 대공비가 됐다고 착각하는 중이라 생각했을지도 모른다.
 "걱정하지 말아요. 잠시도 잊은 적 없는걸요. 우리 계약이 제일 우선인걸요."
 나는 경건한 마음으로 테르데오를 향해 우리의 계약은 잊지 않았노라 힘주어 말했다.

머리 위에서 설핏 테르데오의 한숨이 들린 것 같았다. 미처 신경 쓸 틈도 없이 마차가 저택으로 달려갔다.

❋ ❋ ❋

"허억, 헉."

숨을 들이켜고 내쉴 때마다 알싸한 통증이 몰려왔다. 아데우스는 한 손으로 가슴을 부여잡은 채 이를 악물었다.

페레샤티가 떠난 후 남아 있을 이유가 사라진 아데우스는 다친 몸을 이끈 채 마차를 빌려 탔다.

손목과 발목이 퉁퉁 부은 채 비상식적으로 꺾여 있었다. 게다가 숨 쉴 때마다 아픈 걸 보면 갈비뼈도 부서진 게 분명했다.

처참한 몰골이었다.

'나답지 않게.'

아데우스가 힘없이 웃으며 마차의 벽에 머리를 뒤로 기댔다. 눈을 감자 목을 감싸 안았던 페레샤티의 손길이 선명하게 느껴졌다.

'이런 수고까지 할 생각은 아니었는데.'

정신을 차렸을 때 자신은 어느새 페레샤티를 품에 안은 채 맨몸으로 이 층에서 뛰어내린 후였다. 그녀는 몰랐겠지만, 지극히 충동적인 행동이었다.

왜 그랬는지 아데우스 자신도 이해할 수 없었다.

감은 눈 너머로 아무것도 모르면서 함께 케이크를 먹던 페레샤티의 얼굴이 떠올랐다.

제 행동에 대한 타당한 이유를 찾아보려 했지만 딱히 답은 떠오르지 않았다. 생각하면 할수록 답 대신 페레샤티의 얼굴만 떠오를 뿐이었다.

"머리도 다쳤나 봐."

아데우스가 자그맣게 중얼거리는 동시에 마차가 포츤 저택에 도착했다. 하지만 마차는 본관이 아닌 그곳으로부터 멀리 떨어진 별채에서 멈춰 섰다.

아데우스가 마차에서 내렸다. 이곳이 바로 그가 가끔 사용하는 대외적인 주거 공간이었다.

아데우스가 피로 섞인 몸을 이끌고 별채 안으로 들어섰다. 일 층 홀 소파에 앉아 있던 사람이 반갑게 그를 맞이했다.

"지금 돌아오십니까?"

아데우스가 미간을 찌푸렸다. 그리고 다리를 질질 끌다시피 절뚝이며 상대에게 걸어갔다.

"왜 찾아왔지?"

페레샤티와 함께 있을 때는 절대 들어볼 수 없던 차가운 목소리와 고압적인 말투였다. 그러나 중년의 남자는 그게 퍽 익숙한지 불편한 얼굴로 제 할 말을 이어갔다.

"어제 월마다 돈을 주기로 한 날인데 아직……."

"일이 꼬이는 바람에 늦어지게 됐어. 오늘 줄 생각이었으니 기다려."

"그렇군요. 혹시 다음에도 늦어질 것 같으면 미리 말해주세요."

간단명료하게 고개를 끄덕인 남자가 미련 없이 일어섰다. 현관을 향해 걷던 그가 힐끔 고개를 뒤로 돌렸다.

"많이 다친 것 같은데 의사를……."

"필요 없어. 당신은 당신 일만 해, 포츤 자작."

아데우스가 거추장스럽던 겉옷을 찢듯이 벗으며 소파에 털썩 앉았다.

그 뒷모습을 보던 남자…… 아니, 포츤 자작이 고개를 휙 돌렸다.

아데우스 포츤의 서류상 아버지인 그는 그대로 아무 말 없이 별채를 빠져나갔다.

❋ ❋ ❋

어느새 날이 저물었다.

긴장이 풀렸는지 나는 테르데오에게 기댄 채 마차 안에서 그대로 잠이 들었다.

다시 눈을 떴을 땐 나는 어느새 푹신한 침대에 누워 꿀맛 같은 숙면을 즐긴 후였다.

창문 밖은 땅거미가 내리기 시작했다. 내가 깨어나길 계속 기다리던 의사가 황급히 다가와 몸 상태를 살폈다.

"……대공비께서 다친 곳은 없는 것 같습니다."

"확실한가?"

"……벌써 여섯 번째입니다, 각하."

"혹시 모르니 다시 살피도록 해."

팔짱을 끼고 비스듬히 문에 기대어 서 있던 테르데오가 날카로운 시선을 보냈다. 나는 야트막한 한숨을 내쉬며 고개를 저었다.

"됐어, 그만 물러가. ……테르데오, 당신도 그만 해요. 여섯 번이나 확인했으면 충분해요."

내 말이 끝나기 무섭게 테르데오가 얼굴을 구겼다. 무언가가 아주 마음에 들지 않는 표정이었다.

그가 별다른 반박을 하지 않자 의사는 기회라고 생각했는지 황급히 진료 가방을 챙겨 들었다.

"하지만 오늘 여러 일에 휘말려 놀라셨을 테니 통증을 줄여주는 약과 밤에 잠이 잘 오는 약을 준비해 두겠습니다."

속사포처럼 말을 뱉은 의사가 뒤도 돌아보지 않고 침실을 나섰다. 의사가 나서기 무섭게 멀리 떨어져 있던 테르데오가 가까이 다가왔다. 그의 얼굴이 돌처럼 딱딱하게 굳어 있었다.

아무래도 오늘 낮에 있던 화재 사건이 충격이었나 봐.

하긴 내가 크게 다쳤더라면 또 라피레온 가문을 물어뜯는 쓰레기 기사들이 줄지어 나왔을 테니까.

나는 테르데오를 안심시키고자 일부러 목소리 톤을 높여 밝게 말했다.

"의사가 괜찮다고 했으니까 별문제 없을 거예……."

"왜 다르게 부르지?"

"응?"

지금 뭐라고 하는 거야?

테르데오의 말이 이해가 되지 않아 나는 고개를 갸웃거렸다. 그가 눈썹을 찡그렸다.

"왜 아까처럼 안 부르냐고."

아까처럼 안 부르냐고? 나는 고개를 갸웃거렸다.

"뭘요?"

테르데오가 괜한 헛기침을 하며 고개를 돌렸다. 그리고 들릴락 말락 작은 목소리로 말했다.

"아까는 날 그렇게 안 불렀잖아."

"아까요?"

아까 내가 테르데오를 뭐라고 불렀더라?

나는 곰곰이 생각에 잠겼다. 작게 벌린 입술 사이로 나도 모르게 중얼거림이 흘러나갔다.

"……테오?"

나도 모르게 뱉은 애칭에 그의 몸이 움찔거렸다.

'어라?'

"테오."

부름이 끝나기 무섭게 테르데오의 어깨가 흠칫거렸다. 정직한 몸의 반응이었다.

옆으로 얼핏 보이는 그의 얼굴이 조금 전보다 부드러워 보였다.

'설마……'
예상치도 못한 반응에 나는 놀란 표정을 숨길 수 없었다.
"당신, 설마……."
스치듯이 잠시 마주친 테르데오의 눈동자에 알 수 없는 감정이 일렁거리고 있었다.

CHAPTER 8.

좀먹는 악몽

My in-laws are obsessed with me

Chapter 8

테르데오와 내가 동시에 입을 열었다.
"그래, 그렇게 듣기 싫던 거지 같은 애칭도 제법 괜찮게 들리더군."
"그 귀여운 애칭이 은근 마음에 들었군요?"
⋯⋯응?
테르데오의 얼굴이 볼품없는 종이처럼 와그작 구겨졌다.
'듣기 싫던 거지 같은 애칭?'
분명히 동시에 말했는데 완전히 상반된 내용이었다.
"그 애칭이 좋아서 나한테도 불러달라고 한 거 아니에요?"
"뭐?"
가족들이 '테오'라는 귀여운 애칭으로 부르는 게 내심 좋아서 그렇게 불러달라고 한 거 아닌가?
"하아."
테르데오가 커다란 손바닥으로 연거푸 마른세수하더니 대충 끄덕였다.
"나도 왜 그러는지 당최 설명할 수 없으니 대충 그런 셈 쳐."
테르데오가 체념하듯 말하며 의자에 털썩 앉았다. 이제 보니까 그는 아까와 옷이 같았다. 아직 제복도 벗지 못한 상태였다.

"아직 씻지도 못한 거예요?"

"그럴 틈이 있었어야지. 혹시라도 잠든 그대가 갑자기 아프다고 할까 걱정돼서 눈을 뗄 수가 없었거든."

테르데오가 긴장으로 뻐근했던 자신의 목을 주무르며 태연하게 말했다.

나한테 눈을 뗄 수 없었다는 말을 듣자 아까 그 불길 속에 갇혔던 것처럼 얼굴이 뜨거워졌다. 테르데오는 당연한 것처럼 아무렇지 않게 나를 걱정했다고 말했다.

그 말을 들은 귓가가 괜히 간지러웠다.

나는 슬그머니 달아오른 귓불을 매만지며 시선을 돌렸다. 다른 손으로는 울렁거리는 가슴을 꾹 눌렀다.

'아무래도 오늘 있던 일 때문에 너무 놀랐나 봐.'

이런 걸 흔들다리 효과라고 한다고 들은 적 있다.

놀라거나 무서운 상황 때문에 빨리 뛰는 심장이 상대를 보고 두근거린다고 착각하는 효과.

정확하게는 내가 상대방 때문에 두근거린다고 착각하도록 뇌를 속이는 거지만.

'후…… 진정하자. 나는 오늘 매우 놀랐고 그 일 때문에 심장이 빨리 뛰는 거야. 하필 앞에 테르데오가 있을 뿐이고.'

나는 가슴을 쓸어내리며 조용히 심호흡했다. 몇 차례 쓸어내리니 언제 그랬냐는 듯이 심장도, 달아오르던 얼굴도 평소처럼 돌아왔다.

'역시.'

이런 거짓 현상에 속지 않은 내 모습이 뿌듯했다. 만족스러운 미소를 그리며 턱을 치켜들자 테르데오와 눈이 마주쳤다. 그가 의아한 표정으로 고개를 비스듬히 기울였다.

"아까부터 혼자 뭘 하는 거지?"

"……!"

나 혼자 얼굴이 빨개졌다가 안절부절못하지 않나 대뜸 갑자기 가슴을 쓸어내리며 안도하는 모습을 모두 봤다고 생각하니 민망해졌다.

"아, 아니요."

나는 목을 가다듬고 서둘러 대화 주제를 바꿨다.

"제, 제복을 입고 있는 걸 보니 아까 일하던 도중에 온 거죠?"

"……그렇지."

"나 때문에 괜히 일까지 내팽개치고 오게 됐네요. 바빴을 텐데……."

"됐어."

"또 습관처럼 바쁘지 않다고 하려고요?"

"아니."

짤막하게 답한 테르데오가 시선을 내리깔았다. 그의 씁쓸한 눈동자에 자기 혐오가 깃들었다.

"애초에 오늘 일은 신경 끄고 싶었으니 오히려 잘됐어."

"신경 쓰고 싶지 않았던 일이요?"

테르데오한테도 그런 게 있나? 늘 그냥 묵묵히 일하는 것 같던데.

"그게 뭔데요?"

깊게 생각하지 않았다. 그저 대화 주제를 바꿀 수 있다고 생각한, 대수롭지 않은 질문이었다.

그런 내 질문에 테르데오가 숨을 멈췄다. 그는 여전히 시선을 아래로 진득하게 내리깐 채였다.

테르데오가 자조적인 냉소를 지었다.

"도망친 노예를 잡아 오라더군."

뭐? 내가 지금 잘못 들었나? 나는 튀어 나갈 것처럼 상체를 앞으로 끌어당겼다.

"지금 노예라고 했어요?"

너무 놀란 눈이 번쩍 뜨였다. 나도 모르게 숨을 크게 들이켠 채로 멈췄다.

"노예 제도는 사라졌다고 알고 있는데 제가 잘못 알았나요?"

"아니, 정확히는 사라진 게 맞지."

"그건 제국법 중에서도 엄중하게 다뤄지는 사안이잖아요."

"그래."

테르데오의 수긍과 동시에 나는 어이없는 실소가 절로 터졌다.

"그런데도 감히 당신한테 노예를 잡아달라고 하다니. 대체 어떤 정신 나간 사람이죠?"

대놓고 '내가 제국법을 어겼으니 날 잡아가시오'라고 하는 것이나 다름없었다. 그런 바보 같은 사람이 있다니.

"누구인지는 중요하지 않아."

"제가 보기엔 그게 제일 중요한 것 같은데요."

"내가 이 일을 맡을 뻔했다는 게 중요하지."

"······네?"

그게 무슨 소리야? 테르데오의 말이 이해가 가지 않아 고개를 갸웃거렸다.

"그대 말마따나 노예는 제국법을 어긴 셈이야. 그런데도 내가 도망친 노예를 잡아 와야 했던 건."

테르데오가 의자 팔걸이를 세게 쥐었다. 우지끈 소리와 함께 팔걸이가 단숨에 부서졌다.

"황제가 그 일을 도우라 했기 때문이야."

"네?"

황제가 도우라고 했다니? 이 무슨? 그 말인즉슨 지금······.

"황제께서 직접 제국법을 어겼단 말인가요?"

그게 사실이라면 당장 폐위된다고 해도 이상하지 않을 정도였다. 내 질문에 테르데오는 다른 답을 내놓았다.

"도망친 노예는 슈와츠 왕국 출신이었다."

"슈와츠 왕국이라면······."

"지난 전쟁에서 패한 패전국이지. 더불어 내가 또 큰 공을 세우게 된 전쟁이기도 하고."

"······."

"이번 축제를 열게 된 원인이자 내 동상이 세워졌던 근본적인 이유지."

테르데오가 짜증스럽게 머리를 쓸어 넘겼다.

워낙 길게 이어졌던 전쟁이라 나도 단번에 기억이 났다.

게다가 전쟁이 끝난 후 슈와츠 왕가를 모두 멸살했다고 소문을 들었던 기억도 있었다.

순식간에 왕권은 붕괴했고 그 영토는 자연스레 제국의 것이 되면서 슈와츠 왕국의 이름은 사라졌다.

슈와츠 왕국민들도 앞으로는 제국민으로서 자긍심을 가지고 살아가라는 황제의 낭독을 들었던 것 같은데.

"······황제께서 제국법을 어긴 것과 노예가 슈와츠 왕국 출신인 것이 관련이 있나요?"

"그뿐만 아니라 슈와츠 왕국 출신의 사람이 노예 시장에서 팔리고 있다."

"······노예 시장은······!"

"불법이지. 하지만 아직도 주기적으로 노예 시장이 몰래 열리고 있다는 비밀 제보가 있었어."

테르데오가 소름 끼칠 정도로 낮게 읊조렸다.

"황제는 이미 그걸 알고 있다."

"네?"

"하지만 아무것도 하지 않아."

"어째서······."

"슈와츠 왕국의 출신이니까."

그게 무슨 뜻이지? 머리를 굴려도 도무지 이해할 수 없는 말이었다. 슈와츠 왕국 출신이라고 한들 이제는 제국민이 되었을 텐데?

"패전국 출신의 사람들은 모두 제국법의 보호를 받지 못해."

어안이 벙벙해졌다.

"황제는 제국법을 어기지 않았어. 그들은 제국법의 보호를 받지 못하는 사람들이거든."

"그, 그게 무슨…… 황제께서 그들 앞에서 직접 제국민으로서 자긍심을 가지라 낭독한 걸 들은 기억도 있어요!"

"그건 말뿐이지."

"……!"

"서약도 선서도 아니야. 심지어 카스터 제국민 앞에서 맹세한 것도 아니지."

테르데오의 붉은 눈동자가 맹수처럼 사납게 번뜩였다.

"그저 폭동이 일어나지 않게 패전국의 사람들 앞에서 달콤한 말들을 던져줄 뿐이야. 그들은 자신이 머물 곳을 찾았다 여기지만 실상은 아니지."

"하, 하지만 이걸 다른 사람들이 알게 되면 분명……."

테르데오가 짤막하게 고개를 저었다.

"노예 시장을 여는 건 제국민들이야. 그리고 그 노예를 사는 것도 제국민이지."

뭐라고? 도대체 왜?

"……어째서죠? 그 누구보다 노예 제도를 없애길 바랐던 것 아닌가요?"

테르데오가 복잡한 표정으로 입술을 다물었다. 하지만 이내 잔인한 현실을 끄집어냈다.

"나만 아니면 된다고들 하더군. 더군다나 패전국 출신의 사람들과 똑같은 대우는 오히려 공평하지 못하다고 했지."

어떻게 그럴 수가.

충격에 빠진 날 보며 테르데오가 힘없이 실소했다.

"그러니 황제도 마음껏 편히 모른 척하는 거겠지."

"……."

"어쨌든 나는 오늘 중간에 일을 내팽개친 채 왔고 그대를 살펴야 하니 당분간은 휴가야."

테르데오가 좋지 않은 기억을 지우려는지 고개를 가볍게 저었다.

"그러니 내가 더 신경 쓸 일은 아니지. 지금 나는 반란군의 뒤를 쫓기도 바쁘거든."

그의 표정이 어딘가 힘들어 보이기도 했다. 나도 모르게 위로하고자 테르데오를 향해 손을 뻗었다. 그러자 커다란 그의 손이 단번에 다가와 내 손을 움켜잡았다.

"걱정할 것 없어."

"테르데, 아니…… 테오."

"익숙하니까."

그렇게 말하면서도 테르데오는 의지하듯 내 손을 필사적으로 잡았다. 맞잡은 두 손에 절로 힘이 들어갔다.

우린 서로를 말없이 진득하게 바라봤다. 허공에서 얽힌 시선이 마치 서로를 갈구하듯 끌어당기고 있었다.

그의 상체가 천천히 나를 향해 기울어졌다. 느릿하게 다가오는 그가 보였지만 이상하게 피해야겠다는 생각은 들지 않았다.

그때였다.

똑똑.

한 뼘을 남긴 채 테르데오가 내게 가까워지던 찰나, 침실 문을 두드리는 소리가 들렸다.

"대공비 전하, 간단한 식사와 약을 가져왔습니다."

문 너머로 레베카의 울먹거리는 목소리가 들렸다. 그 목소리를 들으니 순간 정신이 번쩍 돌아왔다.

가까이서 마주한 나른한 눈동자에는 붉은 열기가 담겨 있었다. 그의 붉은 눈동자가 다른 날보다 한층 더 붉게 물들어 보였다.

매료되듯 나도 모르게 마른침을 삼켰다.

똑똑.

"……대공비 전하?"

명한 표정으로 테르데오를 바라보자 다시 레베카의 부름이 들렸다. 그제야 테르데오가 시선을 돌렸다. 그가 언제 그랬냐는 듯이 내 손을 놓고 뒤로 멀리 떨어졌다.

'방, 방금 뭐지?'

그가 멀리 떨어지고 나서야 멈췄던 심장이 미친 것처럼 뛰었다. 감당할 수 없는 속도였다.

'심장이 미쳤나.'

나는 주먹으로 심장 부근을 꾹 눌렀다. 그렇게 하지 않았다간 튀어 나갈 것만 같았다.

"……그대의 시녀가 보러 온 것 같은데."

멀찍이 떨어진 테르데오가 나지막이 중얼거렸다. 이대로 둘만 남아서는 안 된다는 생각이 강하게 들었다. 위험한 적신호를 감지한 나는 문을 열어도 좋다는 뜻으로 황급히 고개를 끄덕였다.

그러자 귀가 살짝 붉어진 테르데오가 아쉽다는 표정으로 느릿하게 문을 열었다.

"대, 대공비 전하."

레베카가 열린 문 안으로 들어섰다. 레베카의 두 눈에 그렁그렁 눈물이 고여 있었다.

"레베카, 너는 왜 또 그렇게 울상이야?"

레베카는 천천히 다가와 트레이를 내려둔 후 붉어진 눈가를 비볐다.

"소식을, 소식을 듣고 제가 얼마나 놀랐는지 몰라요. 혹시나 대공비 전하께서, 대공비 전하께서 화라도 당하셨……."

"거기까지."

뒤에 서 있던 테르데오가 불쾌한 티를 내며 레베카의 말을 싹둑 잘랐다.

"말을 조심하라는 가르침을 배운 적 없나? 아니면 대공비가 그런 일을 당하길 바랐던 건가?"

테르데오가 차갑게 얼어붙은 겨울 산처럼 싸늘한 눈으로 레베카를 내려다봤다. 순식간에 그녀의 얼굴이 희게 질려갔다.

"아, 아닙니다! 저, 저는 정말 대공비 전하가 걱정돼서……!"

"그렇다면 그런 불길한 말은 입에 담지도 마. 생각도 하지 마. 기분 나쁘니까."

졸지에 테르데오의 날카로운 눈초리를 받게 된 레베카의 몸이 덜덜 떨렸다. 전장을 숱하게 겪은 장군들도 무서워할 정도니 당연한 반응이었다.

"저, 저는 그저 대, 대공비 전하께서 아데우스를 만나러 갔다가 사고가 났다고 들어서…… 건물에 불이 났다기에 혹시 아데우스랑 무슨 일이 있던 건 아닐까 불안해서……!"

"포츤 영식?"

테르데오가 미간을 찌푸렸다. 그의 압도적인 분위기에 눌린 레베카가 입을 꾹 다물고 고개를 숙였다.

"여기서 포츤 영식의 이름이 왜 나오지?"

테르데오가 섬뜩하게 고개를 기울였다. 레베카가 자칫 잘못 대답했다가는 당장 목을 벨 기세였다.

잠시의 침묵이 마치 몇 년 같이 길게만 느껴졌다.

"대답해."

테르데오가 보란 듯이 허리춤에 달린 검을 쥐며 재촉했다. 그의 눈빛이 칼날처럼 매섭게 번뜩였다.

잔뜩 겁에 질린 레베카는 저도 모르게 뒷걸음질 쳤다. 그녀는 손이 하얘지도록 치맛자락을 꽉 쥐었다.

"아, 아데우스가 타국에서 유학 시절을 보낼 때 사건 사고가 끊이지 않았다고 했어요. 당, 당시에 아데우스한테 다가오는 귀부인들도 많, 많다고 했거든요. 그래서 악의를 가진 귀족들이 사, 사고로 위장해서 아데우스를 죽이려 하는 일이 빈번하다고 들었어요……."

레베카가 토해내듯 말을 뱉었다.

"그, 그래서 아데우스랑 무, 무슨 일이 있었는지 불안해서…… 돌, 돌아와서는 안, 안 그런다고 했지만…… 혹시 그런 일이 생긴 건 아닐까 해서…… 흑."

레베카가 몸을 바들바들 떨더니 결국 눈물을 흘렸다. 진주알처럼 굵은 눈물이 방울져 아래로 떨어졌다.

'타국에서 난봉꾼이라고 소문났다지?'

영애들은 물론이고 다가오는 귀부인들도 마다하지 않았다면야…….

아데우스를 떠올리니 문득 마지막으로 했던 질문에 대한 답을 못 들었다는 게 생각났다. 경황이 없어서 대답을 못 들었다는 것도 잊었다.

'하필이면 질문하자마자 폭발이 일어나는 바람에.'

저택에는 잘 돌아갔을까? 그렇게 다친 몸으로 도대체 어딜.

나는 속으로 한숨을 내쉬며 테르데오를 저지했다.

"테오, 됐어요. 그만해요."

내 부름에 테르데오가 혀를 쯧 내차며 쥐고 있던 검을 놓았다. 나는 고개를 돌려 아직 바들바들 떨고 있는 레베카를 바라봤다.

"아데우스의 문제는 아니고 정말 사고였어."

"아아……!"

레베카가 두 손으로 입가를 막고 그대로 털썩 주저앉았다. 안도하는 표정 위로 연신 눈물이 흘렀다.

"다행! 다행이에요, 정말……! 정말 다행이에요, 대공비 전하…… 흑."

"그래."

나는 몸을 일으킨 후 가까이 다가가 레베카의 등을 천천히 다독였다.

"레베카."

"흐흑, 네, 네!"

"내가 널 매번 울리는구나."

"그, 그렇지 않아요……."

"가족들은 잘 있니?"

갑작스러운 질문에 레베카가 숙였던 고개를 들었다. 당황한 눈동자에서 하염없이 눈물이 흘렀다.

"무슨……. 갑자기 가족은 왜……."

"휴가를 줄게. 이번에 많이 놀랐을 테니 잠시 가족들과 시간을 보내고 오도록 해."

"저는 괜찮아요. 저는 대공비 전하의 곁에……."

"테오, 레베카가 타고 갈 마차를 준비해 달라고 집사에게 전해 줘요."

테르데오는 그러겠노라고 답하고 침실을 나섰다. 나는 레베카의 등을 천천히 다독이며 말했다.

"내가 걱정돼서 그래."

"대, 대공비 전하."

"난 정말 괜찮으니까 쉬고 와, 레베카."

선택 없는 제안에 레베카는 결국 다음 날 자택으로 휴가를 떠났다.

※ ※ ※

 포츈 자작가의 별채에는 늘 아데우스 혼자였다. 그곳은 언제나 어둠이 내려앉은 것처럼 적막했고, 봄을 맞은 적 없는 겨울처럼 항상 한기가 가득했다.
 똑똑.
 그러니 적막을 깨는 노크에 아데우스의 신경이 곤두설 수밖에 없었다. 잠에서 깬 아데우스가 침대 옆에 세워둔 검을 쥐고 힘겹게 상체를 일으켰다.
 "누구냐."
 목울대를 긁는 것처럼 거친 목소리가 방 안을 가득 채웠다. 문 너머에서 잔뜩 겁에 질린 시종의 답이 즉각 돌아왔다.
 "손, 손, 손님이 찾, 찾아와서……."
 이곳에는 자신을 찾을 사람이 없다. 손님이 있을 리가 없었다.
 아데우스는 검을 쥔 손에 힘을 실었다.
 건물 폭발 사고 때 다친 상처가 아직 아물지 않아 홀로 몸을 일으키기가 힘들었다. 일어서려는 것만으로도 온몸이 불타는 것처럼 이루 말로 할 수 없는 고통이 잇따랐다.
 하지만 그를 도울 사람은 없었다. 아데우스가 식은땀을 흘리며 상체를 겨우 일으키는 순간.
 벌컥.
 허락도 없이 문이 열렸다.
 "실례."
 전혀 실례하지 않는다는 뻔뻔한 표정의 사내가 멋대로 밀고 들어왔다. 그를 확인한 아데우스의 눈동자가 형형하게 빛났다.
 "내가 시간이 많지 않아서."
 "그렇게도 바쁘신 대공 각하께서 이곳은 어쩐 일이십니까?"

"확인할 게 있거든."

대수롭지 않게 대꾸한 테르데오가 좁은 방을 둘러봤다. 문밖에 어정쩡하게 서 있던 시종은 눈치를 보더니 인사도 없이 황급히 줄행랑을 쳤다.

테르데오가 실소를 흘리며 뒤를 돌아봤다.

"저런. 누가 죽이기라도 한다나? 겁에 질려 꽁무니를 내빼는 꼴이 우습군."

"무엇을 확인하러 오셨나요? 확인할 것만 확인하고 가주시죠."

테르데오가 침대에 간신히 기대고 있는 아데우스를 무심히 훑었다.

비틀린 발목과 어긋난 한쪽 팔이 붕대에 감겨 어설프게 고정되어 있었다. 탈의한 상체 역시 붕대가 감겨 있었고, 군데군데 화상을 입은 피부와 긁힌 상처도 보였다.

자신의 힘으로는 제대로 서지도 못하는 아데우스를 보며 테르데오가 피식 입꼬리를 비틀었다.

"멀쩡하군."

"멀쩡…… 하, 싸움을 걸러 오신 겁니까?"

"싸울 순 있고?"

검을 쥔 손에 힘이 들어갔다. 아데우스가 한 치의 물러섬도 없이 팽팽하게 대꾸했다.

"싸울 수 있는지 직접 확인해 보시는 건 어떤가요?"

테르데오가 서슬 퍼런 시선을 내려 검을 쥔 아데우스를 바라봤다. 검을 지탱한 한쪽 팔이 볼품없이 떨리고 있었다.

"겨우 그렇게 떨리는 몸으로?"

"해보시죠."

"영식. 난 대공비를 구해줘서 고맙다는 인사를 대신하러 온 거야."

아데우스가 미간을 구겼다.

"대공 각하를 위해서 한 일이 아니었습니다. 각하께서 고마워할 일이 아니죠."

"음, 여긴 대공비가 없다는 걸 잊은 모양이군."

"그게 무슨 뜻이죠?"

"내가 지금 당장 여기서 널 죽일 수도 있다는 뜻이야."

테르데오는 재빠르게 움직여 검을 쥔 아데우스의 손목을 묵직하게 내리쳤다. 손에서 힘이 빠진 아데우스가 검을 놓치자 동시에 테르데오가 발로 검을 먼 구석으로 찼다.

"착각하지 않는 게 좋아."

아데우스의 검을 멀리 날린 후 테르데오가 어깨를 으쓱거렸다.

"이제껏 영식을 죽이지 못해서 살려둔 게 아니라."

"……."

"늘 대공비가 옆에 있었기 때문에 살려뒀던 거다. 내게 사람 한 명 죽이는 것쯤은 별것 아니거든."

감정이 조금도 느껴지지 않는 무미건조한 눈빛이었다. 하지만 아데우스는 조금도 동요하지 않았다.

마치 테르데오가 이런 사람이라는 것을 진즉에 알고 있던 것처럼.

테르데오가 아데우스를 살폈다.

옷에 가려져 몰랐으나 그의 다부진 상체엔 제법 단단한 근육이 자리 잡고 있었다. 꽤 오래된 것처럼 보이는 흉터도 여럿 보였다.

"검을 쓰나?"

초대받지 않은 손님의 방문에 검부터 쥐는 귀족은 없다. 어딘가 이상한 환영 인사였다.

"제 몸을 지킬 정도로만 배웠죠."

"아닌 것 같은데."

술과 여자만 끼고 놀았다는 난봉꾼의 소문과는 조금 다른 모습이었다. 저 정도의 근육과 흉이 남으려면 꽤 오랫동안 훈련을 한 것이 분명했다.

"그러고 보니 예전 행렬 때도 몸을 꽤 잘 썼었지."

"제가 원래 몸을 쓰는 걸 잘합니다. 그래서 난봉꾼이라는 소문도 퍼진 거죠."

"몸만 잘 쓰는 줄 알았더니 혀도 잘 놀리는군."

"몸만 잘 써서 되겠습니까? 기본적으로 혀는 화려해야죠. 대공각하께선 뭘 잘 모르시는군요."

아데우스는 죽음을 겁내지 않았다. 두려움조차 느끼지 않는 것 같았다.

아데우스가 눈을 부드럽게 휘었다. 그의 조소에 테르데오가 코웃음을 쳤다.

"의사는 안 불렀나?"

"상관하실 바가 아닙니다."

"나도 그러고 싶은데."

테르데오가 볼품없는 침대에 걸터앉았다.

"페레샤티가 걱정하거든. 네가 치료조차 받지 않고 사라졌다고 말이지."

테르데오가 빠르게 아데우스의 발목을 붙잡았다. 어설프게 고정된 발목이었다.

"큭!"

갑작스러운 고통에 아데우스가 이를 물었다.

"좋아. 고통을 잘 참나 보군."

소리를 지르지 않고 이를 악무는 아데우스를 보며 테르데오가 흡족하게 웃었다. 그리고 그의 발목을 순식간에 강하게 비틀었다.

아데우스가 두 눈을 질끈 감고 고개를 숙였다. 꽉 다물린 입술 사이로 고통의 신음이 흘렀다.

"뼈를 제때 맞추지 않으면 평생 제대로 못 걸어."

테르데오가 아데우스의 팔을 살폈다. 발목뼈는 어설펐는데 팔은 그나마 제대로 맞춰져 있었다.

"팔은 몇 번 해봤나 보네."

테르데오가 자리에서 일어섰다. 그리고 멀리 던진 아데우스의 검을 쥐었다.

"당분간 제대로 걷지도 못하는 그 다리와 팔로는 필요 없겠지."

테르데오가 삐걱거려 열리지 않는 창문을 힘으로 열더니 아데우스의 검을 아래에 떨어뜨렸다.

"걸을 수 있게 되면 그때 주우러 가. 포츤 자작한테는 치우지 말라고 내가 말해두지."

아데우스가 테르데오를 매섭게 노려봤다. 테르데오가 피식 웃더니 몸을 돌렸다.

아데우스가 돌아가려는 테르데오의 뒷모습을 보며 입술을 열었다.

"크읏…… 대공비 전하를 무척 아끼시는군요. 아주 애틋하게요."

페레샤티의 언급에 테르데오가 걸음을 우뚝 멈췄다. 뒤돌아선 그의 붉은 눈동자가 건조하게 일렁였다.

"어울리지 않는 짓은 그만두시죠."

"어울리지 않는 짓?"

"대공비께서 대공 각하의 실체를 알고 싫어할까 두려우신가요?"

"내 실체라."

테르데오가 끄덕거렸다. 돌아가려던 그가 다시 아데우스한테 다가왔다.

그리고 그대로.

휙.

"큭."

아데우스의 멱살을 움켜잡았다.

"아데우스 포츤."

"크윽."

"난 네가 무슨 꿍꿍이를 꾸미는지 하나도 안 궁금해. 너 같은 놈들이 여태 한둘이었는 줄 아나?"

감정이라고는 전혀 느껴지지 않는 무미건조한 표정이었다.

"나를 이용하려는 자들, 나를 죽이려는 자들, 나를 궁금해하는 자들. 이제까지 수도 없이 많았다. 네가 그냥 설치도록 내버려 두는 게 아니라 옆을 날아다니는 벌레 한 마리를 잡기 귀찮을 뿐이야."

"……."

"하지만 주위를 맴도는 건 나 하나로 끝내. 더러운 벌레가 내 부인의 옆에 꼬이는 건 그냥 두고 볼 수 없거든. 그 입으로 부르지도 마. 감히 너 같은 놈이, 그리고 나 같은 놈이 함부로 부를 수 있는 사람이 아니야. 내겐 곁에 있는 것만으로도 과분한 사람이거든."

아데우스가 충혈된 눈으로 테르데오를 무섭게 노려보았다.

"명심해. 두 번은 없어. 내 부인을 위험하게 만들지 마."

경고한 테르데오가 아데우스의 멱살을 놓았다.

"먼지 청소 좀 해. 침실이 이게 뭐야? 그리고 의사도 부르고. 페레샤티가 그나마 볼만한 건 얼굴이니까 흉터가 생기지 않게 조심하라고 전해달라고 했거든."

말을 마친 테르데오가 몸을 돌렸다.

"아. 그리고 이건 선물."

테르데오가 가져온 연고를 내려두고 침실을 나섰다.

변변치 않은 가구도 없는 침실, 먼지가 쌓인 복도, 인사도 없이 도망간 시종, 열린 적 없는 것처럼 삐걱거린 창문, 사람의 온기가 없는 별채, 누가 봐도 의사가 아닌 개인이 한 치료까지.

이곳은 어딘가 아주 많이 이상했다. 테르데오의 눈이 무섭게 반짝였다.

※ ※ ※

"이제 정말 괜찮으세요?"

"그래, 벌써 열 번째 묻고 있어. 셀피."

"하지만."

"정말이야. 테오가 의사도 네 명이나 불러서 확인했잖아."

사고를 겪은 날 밤, 나는 밤새 극심한 몸살 때문에 앓아누웠다.

테르데오는 새벽임에도 불구하고 저택의 불을 밝혔고 중간에 잠에서 깬 셀피우스도 어서 고치라며 의사를 닦달했다.

일시적인 근육통이라 시간이 흐르면 자연스레 나아진다고 했으나 테르데오는 귀담아듣지 않았다. 결국 그 이른 새벽에 네 명의 의사가 더 불려와야 했다.

그 지독한 근육통이자 몸살은 삼 일이 더 흐르고 나서야 말끔히 사라졌다.

"이제는 약도 안 먹고 잘 자."

아무리 달래도 셀피우스의 얼굴에는 걱정이 가득했다. 아무래도 내가 아프지 않다는 주장에 힘을 실어줄 의견이 필요할 것 같았다.

"테오, 당신이 말해줘요. 나 이제 약 안 먹어도 안 아프고 잘 자잖아요."

나는 셀피우스를 안심시키기 위해 어서 그렇다고 답하라며 테르데오에게 눈짓했다. 내 신호를 받은 테르데오는 마뜩잖은 표정으로 나를 응시하더니 입술을 열었다.

"그대는 너무 약해. 지금 당장은 괜찮은 것 같아도 놀란 근육이 또 아파질지 몰라."

"네?"

"거봐요! 대공 각하께서도 인정하셨잖아요!"

네가 거기서 그렇게 나오면 안 되지! 참 손발 안 맞게!

'라피레온가 사람들은 과보호가 너무 심해!'

내가 미간을 찌푸리자 셀피우스는 좋은 생각이 났는지 옳거니 환히 웃었다.

"그러지 말고 오늘 대공 각하께 마사지를 해달라고 하는 건 어떠세요?"

"뭐?"

"하녀들이 하는 마사지는 시원하지 않다고 불평하셨잖아요! 대공 각하는 손힘이 세니 분명 시원하실걸요!"

지금 누구한테 뭘 해달라고? 내가 잘못 들었나?

검지로 날 가리키며 두 눈을 크게 뜨자 셀피우스가 뿌듯한 표정으로 끄덕였다.

'미쳤어, 이 제국 그 누가 감히 테르데오한테 안마를 시켜!'

슬쩍 고개를 돌리니 테르데오가 진지한 얼굴로 이 대화를 듣고 있었다.

"셀피, 그, 그건 별로 좋지 않은……."

"좋은 생각이군."

내가 빠르게 정정하려는 찰나 테르데오가 내 말을 가로챘다.

"……네? 지금 뭐라고요?"

"하녀들보다 내가 하는 게 효과가 클 거야. 이걸 생각하지 못했다니. 진작 내가 했으면 좋았을걸."

세상에. 피의 전장귀라 불리는 라피레온 대공이 겨우 내 마사지를 하겠다고? 그것도 진즉에 했으면 좋았을걸, 이라고 한 거야?

실소가 절로 나왔다. 지금은 황제보다 더 귀한 대접을 받는 기분이었다. 소리 내서 웃자 테르데오가 사뭇 진지하게 말했다.

"그 식기도 지금 그대가 들기에 무거운 것 같은데."

"……뭐라고요?"

"어제까지 팔이 욱신거린다고 했잖아. 아직 하루밖에 안 됐으니 몸을 혹사하지 마.”

나는 어이없는 눈으로 손에 쥔 포크와 나이프를 바라봤다.

식사하는 게 몸을 혹사하는 거라고요?

“저만 그렇게 생각하는 게 아니었네요! 앞으로 엄마가 사용하실 식기는 특별히 가볍게 주문 제작을 해야겠어요.”

셀피우스가 팔짱을 끼고 의기양양하게 소리쳤다.

이 사람들 도대체 왜 이래? 나한테 뭐 잘못했나? 그래서 이러나? 이러다가 곧 있으면 중력도 버티기 힘들어 보인다고 하겠어.

나는 식기를 쥔 손에 힘을 주며 이 말도 안 되는 대화의 원인인 테르데오를 힘껏 노려봤다. 그러자 그의 미간이 순식간에 깊게 주름졌다.

“……손이 떨리는데. 아무래도 당장 식기를 바꾸는 게 좋겠…….”

“무거워서 떨리는 거 아니거든요!”

누가 봐도 화나서 힘주니까 떨리는 거잖아! 이 사람들 진짜 과보호에 미쳤나 봐!

“이게 대체 어디가 무겁다는 건데요!”

나는 보란 듯이 식기를 머리 위로 몇 번이나 번쩍 들어 올렸다. 지켜보던 셀피우스가 안절부절못하며 아이 달래듯이 부드럽게 말했다.

“알, 알겠으니까 이제 그만하세요, 엄마. 와아, 우리 엄마 정말 힘세다!”

“식기도 못 드는 사람이 어딨냐구!”

“그러니까 이제 내려두세요. 그러다가 정말 내일 팔 아프면 어떻게 해요!”

“나 건강하거든! ……윽.”

너무 흥분했나. 갑자기 팔을 빠르게 움직였더니 뻐근함이 밀려왔다. 고통을 호소하며 슬그머니 내리자 셀피우스가 황급히 옆으로 달려와 내 팔을 주물렀다.

테르데오가 걱정스러운 표정으로 내 팔을 바라보며 작게 중얼거렸다.

"오늘 당장 주문을 넣는 게 좋겠군."

"아니에요! 갑자기 움직여서 그래요! 원래 멀쩡한 사람도 갑자기 이렇게 팔 움직이면 뻐근한 게 정상이에요!"

내 말이 끝나자마자 두 사람이 동시에 이해할 수 없다는 표정으로 나를 바라봤다.

"난 안 그러는데."

"저도 한 번도 그런 적 없어요, 엄마."

이 우월한 유전자들! 너희가 일반 사람이 아닌 거라고!

"아, 그리고."

"이번엔 또 뭐요? 내가 입고 있는 드레스도 무겁다고 하려고요?"

"포츤 영식을 확인했어."

"그럴 거면 드레스도 벗기지 그래…… 뭐라고요? 누굴 확인했다고요? 아데우스요?"

생각지도 못했던 이름이 나오자 나는 깜짝 놀라 두 눈을 크게 떴다. 근 며칠간 내색하지 않았지만 못내 마음속에 계속 남은 짐이었다.

품에 안겨서 가볍게 굴러떨어진 내가 이렇게 아프다면 아데우스는 나보다 열 배, 아니 백 배는 더 아플 게 뻔하니까.

"어, 어떻대요?"

혹시 상처가 덧나거나 깊어 안 좋은 소식이 있는 건 아닐까. 저번에 얼핏 봤을 때 손목과 발목이 괴상하게 틀어져 있었는데 영영 사용을 못 한다고 하면 어쩌지?

나는 침을 꼴깍 삼키고 긴장하며 물었다.

테르데오는 어딘가 석연찮은 표정으로 뚱하게 나를 바라봤다. 그리고 느릿하게 입술을 열었다.
"멀쩡해."
"……네?"
"아주 멀쩡해. 치료도 잘 받았고 걱정할 것 없이 매우 멀쩡하니 그대가 신경 쓸 건 없어."
"정말요?"
"응. 의사를 불러서 치료까지 잘 받았더라고."

멀쩡하다는 말을 듣자마자 안도의 한숨이 절로 터졌다. 나는 가슴을 쓸어내리며 긴장으로 굳혔던 어깨를 이완시켰다.
"손목과 발목도 잘 고정되어 있었고 화상을 입은 피부도, 상처가 심한 등도 아주 잘 치료되어 있더군. 시간이 지나면 깔끔히 나을 것 같아."

다행이다. 혹시 나로 인해 큰일이 나는 건 아닐까 걱정했는데, 정말 다행이야.

'……응? 잠깐만.'

안도하던 나는 뭔가 이상한 이질감을 느끼고 고개를 갸웃거렸다.
"아데우스 상태를 어떻게 그리 잘 알아요?"

그저 보고를 받았다고 하기에 테르데오는 아데우스의 상태를 아주 잘 알고 있었다. 내 질문에 테르데오가 대수롭지 않게 대꾸했다.
"직접 보고 왔으니까."

그의 대답을 듣자마자 입이 떡 벌어졌다.
"테오, 당신이 직접 아데우스를 보고 왔다고요?"
"그래."
"왜, 왜요?"

그렇게 싫어할 땐 언제고 직접 상태를 확인하고 왔다니. 대체 왜?
"그때 마차에서 포츈 영식의 상태를 내가 직접 따로 알아보겠다고 약속했으니까."

그제야 그날의 기억이 희미하게 떠올랐다. 그냥 그 상황을 대충 넘기려고 하는 말인 줄 알았는데!

'그 약속을 정말 지켜줬단 말이야?'

놀람의 연속이었다.

그러고 보면 그는 언제나 말을 허투루 하는 적이 없었다. 내게 한 말은 시간이 걸려서라도 반드시 지키려 늘 애썼다.

가슴 한편이 마치 구름을 먹은 것처럼 뭉클해졌다.

"……고마워요, 테오."

진심이 담긴 감사를 건네자 테르데오의 입가가 미세하게 씰룩였다. 목을 가다듬은 그가 의자에 등을 기댔다.

"이 정도로 뭘."

테르데오가 팔짱을 낀 채 기세등등하게 어깨를 으쓱였다.

"부인의 사념을 없애는 건 응당 내가 할 일이지."

맞은편에 앉아 있는 셀피우스가 두 손으로 턱을 괸 채 우리를 보며 아주 흐뭇하게 웃고 있었다. 훈훈한 분위기가 이어졌다.

그때였다.

"실례하겠습니다."

하인의 보고를 받기 위해 잠시 자리를 비웠던 집사가 돌아왔다. 그는 한 손엔 화병을, 다른 손에는 초대장을 든 채였다.

"식사와 대화를 방해해서 죄송합니다."

집사는 먼저 테르데오와 셀피우스에게 정중히 예의를 차린 후 내 옆으로 다가왔다.

"대공비 전하. 시키신 대로 나이츠 영애가 본가에 무사히 도착하는 걸 확인했습니다."

나는 하인을 시켜 레베카가 본가에 잘 도착하는지, 가족들이나 영지에 별다른 문제는 없는지 뒤를 밟아 확인하라 명령했었다.

다행히 레베카는 무사히 본가로 돌아간 모양이었다.

"가족들과 별문제도 없는 것 같고 영지도 문제없이 깔끔했습니다."

집사가 들고 있던 화병을 식탁 테이블 가운데에 올려두었다.

"그리고 말씀하신 대로 나이츠 저택의 정원에서 꽃을 가져왔습니다."

레베카가 머무는 저택의 정원을 보고 싶으니 올 때는 정원에 핀 꽃을 가져오라 함께 부탁했었지.

"처음 보는 꽃이네."

"네, 타국에서 들여왔다고 하더군요. 정원사가 직접 가꾸어 잘 자랐다고 합니다."

"……그래, 수고했어."

나는 흐드러지게 핀 채 화병에 꽂힌 꽃을 가만히 내려다보다 집사의 손으로 시선을 돌렸다. 내 시선이 머무는 것을 확인한 집사가 초대장을 내밀었다.

"초대장이 다시 돌아왔구나."

작게 중얼거리자 순간 얼굴을 구긴 테르데오가 집사를 살벌하게 추궁했다.

"그건 어디서 온 초대장이지?"

"네, 대공 각하. 이 초대장은……."

"만약 그 황녀한테서 온 거라면 내가 분명 전달 말고 태워버리라고 말했을 텐데."

어쩐지 요새 도돌레아의 초대장이 안 온다 했었는데. 나한테 도착하기도 전에 태워지고 있었구나?

나는 재빨리 집사가 건넨 초대장을 받으며 오해를 풀었다.

"이건 내가 받은 게 아니라 보낸 초대장이에요. ……정확히는 보냈지만 다시 돌아온 초대장이죠."

"그대가 보냈다고?"

테르데오가 의아한 표정으로 고개를 비스듬히 기울였다.

"누구한테? 이 저택에 초대할 사람이 있나? 파티를 연다는 이야기는 못 들었는데."

"파티는 아니고요."

나는 초대장을 가볍게 허공으로 흔들었다.

"내 새어머니요."

테르데오의 얼굴이 무섭게 일그러졌다. 그럴 만도 했다. 그는 새어머니가 건넨 알약을 먹고 며칠간 고열에 시달려 앓아누웠으니까.

"그때 하다 만 이야기를 마저 하려고요. 혹시나 하고 보내봤는데 역시나 돌려보냈네요."

"뭐?"

내 말이 끝나기 무섭게 테르데오가 한기를 담은 목소리로 반문했다. 셀피우스는 테이블을 쾅 내리치며 일어서기까지 했다.

두 사람이 동시에 싸늘하게 외쳤다.

"엄마의 초대장을 돌려보냈다고요? 제가 당장 가서……!"

"그 여자가 감히 그대의 초대를 거절했다고?"

내 초대를 거절한 게 마음에 안 드는 모양이었다. 두 사람의 격한 반응에 놀란 나는 얼떨떨한 표정으로 끄덕였다.

"괜, 괜찮아요. 어차피 거절할 거라고 예상했어요. 아무리 멍청해도 적의 아가리 속으로 직접 걸어 들어오는 미친 짓은 안 하겠죠."

나는 아쉬운 입맛을 다시며 손에 든 초대장을 있는 힘껏 세게 구겼다.

'역시 자하르트 저택 앞에서 기다리고 있다가 아무도 모르게 납치해 와야 하나.'

차마 셀피우스가 있는 자리에서는 말할 수 없는 온갖 범죄를 속으로 떠올렸다. 나를 유심히 살피던 테르데오가 자신의 턱을 쓸며 물었다.

"그 여자를 만나면 어쩌려고?"

"역시 지하 감옥부터…… 아, 아니! 이게 아니라!"

물 흐르듯 너무 자연스러운 질문에 그만 상상 속 범죄의 현장을 입 밖으로 꺼낼 뻔했다. 화들짝 놀란 나는 서둘러 고개를 저었다.

"신, 신사적이고 합법적이게 대화를 해야죠!"

순진무구한 표정으로 날 바라보는 셀피우스를 보니 양심이 콕콕 찔렸다. 내 변명에도 테르데오는 여전히 미간을 구기고 있었다. 그가 고개를 삐딱하게 기울이며 검지로 툭툭 테이블을 두드렸다.

"죽일 생각인가?"

"미, 미쳤어요? 셀피 앞에서 그런 무서운 말은 하지 마요!"

물론 상상 속에서는 이미 오십 번도 넘게 다양한 방법으로 죽였지만.

강한 부정은 긍정이라고 했던가.

내가 강하게 부정하자 테르데오는 제대로 된 답을 들은 것처럼 고개를 끄덕였다.

"그대에게 어울리지 않는 일이야."

테이블을 두드리던 손이 멈췄다. 그가 시선을 아래로 나른하게 내리깔았다.

"난 신사적이고 합법적이게 대화한다고 했어요!"

"하지만 혹시라도 정말 그러고 싶거든."

권태롭게 내리깔린 서슬 퍼런 시선에 살기가 느껴졌다.

"그냥 내게 말만 해."

"네?"

"손에 피를 묻히는 건 내겐 이미 익숙하거든. 이 손으로 한 명쯤 더 죽인다고 해도 별반 다를 거 없어."

그가 자조적인 냉소를 지었다. 그는 진심이었다.

내가 만약 죽여달라 말하면 당장 이 길로 새어머니를 찾아가 죽일 생각인 것 같았다. 새어머니가 죽는 건 상관없지만 테르데오의 손을 더럽힐 수는 없었다.

 나는 빠르게 고개를 저었다. 그의 손에 내 복수로 인한 피를 묻히고 싶지 않았다.

 "……정말 말마따나 대화를 원하는 거라면 만날 방법이 있어."

 "만날 방법이 있다고요?"

 신사적이고 합법적으로? 납치 안 하고?

 테르데오는 말하면서도 무언가가 마음에 들지 않는지 얼굴을 못마땅하게 구겼다.

 "……며칠 뒤, 황실 주최 사냥 대회가 열려."

 아, 그러고 보니 이맘때쯤 사냥 대회가 열렸었지. 회귀 전엔 크게 관심이 없어서 잊고 있었네.

 "초대 명단에 그 여자를 올리면 황실의 초대를 거절할 수 없으니 당연히 참석하게 될 거야"

 "……!"

 그렇구나. 맞는 말이다. 황실에서 주최하는 모임에 빠져 황제의 눈 밖에 나길 바라는 귀족은 없을 테니까.

 나는 활짝 밝아진 표정으로 끄덕였다.

 "좋은 방법이에요! 그렇게 할 수 있나요?"

 "가능하지만 한 가지 문제가 있어."

 "문제요?"

 "그곳엔 그 미친 황녀도 올 거야. 간다면 다시 마주쳐야 해."

 도돌레아.

 내게 선물을 준비했다고 웃는 그 얼굴이 생각나자 절로 주먹에 힘이 들어갔다.

 "상관없어요. 지금까지 행동으로 미루어 보니 사람이 많은 곳에서는 조심하는 것 같았어요. 게다가 황실에서 여는 대회인 만큼 명예가 걸렸으니 난동을 부리거나 내게 위협을 가할 수 없어요."

"그대가 그렇다면야."

사냥 대회라…….

'……응?'

그리고 보면 사냥 대회에서는 라피레온 가문을 한 번도 본 적이 없는 것 같다. 의문에 잠기자 테르데오가 내 생각에 대한 답을 하듯 말했다.

"본래라면 우리 가문은 특별히 황제의 허가를 받아 참석하지 않지만."

"아."

"내 부인을 위해서라면 말이 달라지지."

테르데오가 손깍지를 낀 채 상체를 앞으로 숙였다. 그가 나른한 목소리에 힘을 실어 말했다.

"올해 사냥 대회에는 라피레온 가문도 참석하지."

❈ ❈ ❈

식사가 끝나기 무섭게 테르데오와 셀피우스는 준비된 마차에 올랐다.

셀피우스는 아카데미를 향하는 길이었고, 테르데오는 사냥 대회 초대 명단을 확인하러 가는 길이었다. 그는 명단을 확인하기 위해 오늘 있던 모든 일정을 깔끔히 취소했다.

맞은편에 앉은 셀피우스가 후후 소리 내서 웃었다.

"대공 각하, 사냥 대회에 나가는 거 정말 싫어하셨잖아요. 아무 이유 없이 죄 없는 동물까지 죽이고 싶지 않다고 하신 걸 기억해요!"

셀피우스가 테르데오를 향해 싱글벙글 웃으며 능청스럽게 말했다.

"엄마를 위해 그렇게 싫어하던 사냥 대회에도 참석하겠다고 하시다니."

"……."

"역시 대공 각하께선 엄마를 참 많이 사랑……."

"셀피."

잠자코 이야기를 듣던 테르데오가 셀피우스의 말을 단호하게 잘랐다. 팔짱을 낀 채 긴 다리를 꼰 테르데오의 얼굴이 딱딱하게 굳어 있었다.

"혹시나 해서 말하는 건데. 방금 셀피, 네가 하려고 했던 말, 대공비 앞에서는 절대 꺼내지 마."

"네? 왜요?"

테르데오가 부끄러워할 거라는 예상과는 달리 잔뜩 날이 선 분위기였다. 셀피우스가 분위기에 눌려 우물쭈물한 채 고개를 갸웃거렸다.

오랜 시간 테르데오를 지켜본 셀피우스는 알 수 있었다. 조금 서툴고 무뚝뚝하게 보이지만 그가 페레샤티에게 특별한 감정을 키우고 있다는 사실을.

"대공 각하께서는 엄마를……."

"셀피."

테르데오가 다시 셀피우스의 말허리를 잘랐다.

셀피우스가 도무지 이해할 수 없다는 표정을 지었다. 테르데오는 감고 있던 눈을 슬며시 뜨더니 바닥을 응시했다.

"우리 가문의 끝이 비극이라는 건, 너도 잘 알겠지."

허공을 맴도는 나지막한 목소리였다. 셀피우스가 마치 달콤한 꿈에서 막 깨어난 것처럼 멍한 표정을 지었다.

"내 형이, 그러니까 너의 아버지가 내 나이 때 죽었지. 오늘은 이렇게 함께 식사했지만 당장 내일의 나는 저 자리에 없을 수도 있어."

"……."

"내가 사라지고 홀로 아픔을 끌어안고 살아갈 사람을 만들고 싶지 않다."

테르데오의 붉은 눈동자가 텅 비었다. 마차가 유난히도 심하게 덜컹거렸다. 그 때문인지 셀피우스의 심장도 심하게 요동쳤다.

"게다가 지금은 우리의 독이 통하지 않아 다행이지만."

"……"

"어느 날 갑자기 내 피로 인해 죽게 된다면?"

"그건……"

셀피우스가 황급히 입술을 열었다. 하지만 할 말을 찾지 못하고 다시 꾹 다물어야만 했다.

"난 누군가에게 소중한 사람이 되고 싶지도 않고 소중한 사람을 만들고 싶지도 않아."

테르데오는 여태껏 꼭꼭 깊이 숨겨두었던 두려움을 꺼냈다. 입 밖으로 소리 내보는 건 처음이었다.

그가 꺼내놓은 진심에 셀피우스는 망치로 머리를 여러 대 두들겨 맞은 것처럼 멍했다.

"아마 내가 죽을 때까지 난 내 감정을 외면하려 들 거야. 절대 꺼내지 않겠지."

"하지만…… 하지만……."

테르데오는 이미 자신의 감정을 깨달았다. 그저 외면할 뿐. 그건 너무 외롭고 끔찍한 일이었다.

그 속내를 읽었는지 테르데오가 피식 조소하며 물었다.

"가혹하게 느껴지나?"

셀피우스가 손가락을 꼼지락거리며 서둘러 끄덕였다.

"너도, 나도 이만큼 불행해져 봤잖아."

"……!"

"난 이 불행을 누군가에게 물려줄 생각 같은 거 없어."

무슨 말이라도 꺼내고 싶었지만 어떤 말을 해야 할지 알 수 없었다.
 저주는 불행이었다. 제일 오래된 기억은 이렇게 고통스러울 걸 알면서도 왜 나를 낳았냐는 원망이었다.
 라피레온 가문은 언제나 사랑하는 사람을 잃었다.
 죽거나 혹은 외면당하거나.
 잠시 잊고 있었다. 이 추악한 현실에서 눈을 돌려 행복할 수 있다고, 다른 평범한 사람들처럼 평범하게 지낼 수 있다고 생각했었다.
 그래서 셀피우스는 좋아하는 페레샤티를 붙잡고 싶었다. 그녀와 평생 가족으로 남고 싶었다.
 하지만 이곳은 불행이자 지옥이었다. 빠져나갈 수 없는 구렁텅이였고 빛이 보이지 않는 어둠이었다.
 좋아하는 사람을 붙잡을 수 없는 곳이었다. 좋아하는 사람이 있다면 벗어나게 해줘야 할 늪이었다.
 셀피우스가 두 눈을 질끈 감았다.
 "셀피, 널 후계자로 삼고 별다른 조치를 하지 않았던 것도 같은 이유에서였다."
 "……."
 "네가 날 의지하게 되면 내가 죽은 후 더 힘들었을 거야."
 테르데오가 내내 죄인처럼 숙이고 있던 고개를 들었다. 죽음을 이야기하는 그의 표정은 담백했다.
 이런 일을 한두 번 생각해 본 사람이 아닌 것처럼 평소와 다름없었다. 아니, 어쩌면 평소에도 같은 생각을 해서 표정이 같은 걸지도 모른다.
 "그러니까 셀피, 대공비 앞에서는 그런 얘기 꺼내지 말도록 해."
 "……네."
 아카데미에 도착했는지 마차가 멈춰 섰다. 무심하게 마차의 창밖으로 시선을 돌린 테르데오가 다짐이라도 하듯이 중얼거렸다.

"나는 누구도 사랑하지 않아."

나 자신조차도.

❈ ❈ ❈

사냥 대회의 날이 다가왔다.

대회 장소에 도착하자 새어머니의 얼굴이 제일 먼저 보였다.

언제나 그렇듯 라피레온 가문은 참석하지 않을 줄 알았는지 우리를 보자마자 새어머니의 당황한 얼굴이 희게 질렸다.

나와 눈이 마주치자마자 꽁무니 빠지게 도망갔지만 실상 독 안에 든 쥐나 다름없었다. 이 대회 장소에서 빠져나갈 순 없으니까.

"셀피, 정말 너까지 사냥 대회에 나가야겠어?"

두 사람은 도착하자마자 사냥복으로 갈아입었다. 심드렁한 테르데오와는 달리 셀피우스는 의욕이 활활 불타올랐다.

"당연하죠. 라피레온 가문의 후계자가 누군지 똑똑히 보여줘야죠."

나는 걱정스러운 표정으로 셀피우스의 양팔을 잡고 당부했다.

"셀피, 그럼 참가만 하고 사냥터 근처에 가지 않는 게 어때? 다치지 않게 입구 근처에만 앉아 있자. 응?"

"엄마도 참! 라피레온 가문의 용맹함을 보여줘야죠!"

"용맹함은 무슨! 그런 거 다 집어치워! 사냥하다가 다치기라도 하면 어쩌려고!"

"걱정하지 마세요! 저도 비밀을 지킬 줄 아는걸요!"

셀피우스가 입술에 검지를 가져다 대며 쉿 숨소리를 냈다. 나는 셀피우스의 손을 붙잡고 진지하게 말했다.

"나는 비밀이 아니라 네 몸을 걱정하는 거야, 셀피."

"……제 몸이요?"

"다치면 네가 아프잖아. 나는 내 아들이 아픈 거 싫어."

셀피우스의 두 볼이 새빨갛게 물들었다. 아이의 입가가 씰룩씰룩 통제를 잃고 움직였다. 하지만 셀피우스는 단호했다.

"하지만 엄마, 저도 라피레온 가문의 후계자예요. 제가 할 일은 해내야죠."

아카데미에서 이상한 걸 배운 건지 근래 셀피우스는 갑자기 후계자 공부에 열중했다. 시간이 나면 테르데오를 졸졸 따라다니며 보고 배우거나 혹은 검술 연습에 매진했다.

특히 테르데오가 하는 일은 똑같이 하려고 하는 성향이 강해졌다.

'원래 이 나이 땐 아빠가 하는 걸 다 따라 하고 싶다던데.'

셀피우스한테 아빠는 테르데오니까……. 그래서 그런 걸까?

셀피우스의 고집을 꺾을 기미가 보이지 않자 나는 한숨을 푹 내쉬었다.

"그럼 다치지 않겠다고 꼭 약속해야 해. 알았지?"

"네, 엄마! 안 다칠게요. 약속해요!"

셀피우스가 확답하며 자신의 장비를 재정비했다. 걱정스러운 눈길로 바라보자 옆에서 잠자코 대화를 듣던 테르데오가 마뜩잖게 말했다.

"그렇게 걱정할 것 없어. 어차피 우리는 그냥 시간만 보내다가 돌아올 거니까."

"그럼 다행이고요."

"그보다 나도 사냥 대회에 참가한다는 걸 잊은 건 아니겠지?"

"네?"

"나는 어디에 있는 게 좋을까?"

테르데오가 기대에 가득 찬 눈빛으로 나를 바라봤다.

어디에 있는 게 좋냐니…… 사냥이 잘 잡히는 장소를 물어보는 걸까?

'나도 사냥 대회는 처음이라 장소는 잘 모르는데…….'

하긴 테르데오는 사냥 대회 참가가 처음이니까 긴장도 되고 우승도 하고 싶겠지.

"미안해요, 내가 장소는 잘 몰라서 도움이 안 되겠네요."

"뭐?"

"하지만 대신 응원은 해줄게요."

나는 두 주먹을 불끈 쥐었다.

"사냥 너무 어려운 거 아닐 거예요. 힘내요! 한 마리도 못 잡아도 괜찮으니까 너무 걱정하지 말고요!"

"……그 뜻은 내가 한 마리도 못 잡을 것 같다고 생각하는 건가?"

"그, 그럴 리가요. 그냥 부담 갖지 말라는 뜻에서 말한 거죠."

내 말이 끝나기 무섭게 사냥 대회의 시작을 알리는 나팔 소리가 크게 들렸다.

"이제 가봐야겠어."

테르데오가 도돌레아의 티 테이블이 놓인 곳을 바라보았다. 참가자들이 사냥을 즐기는 동안 남은 귀부인과 영애들은 함께 티타임을 즐기는 것이 관습이었다.

"그래도 무슨 짓을 할지 모르니 조심해."

"나는 걱정하지 말고 테오, 당신이나 걱정해요. 다치지 말고요."

"그 말을 나도 드디어 듣는군."

바람이 살랑 불었다. 머리카락이 휘날리며 테르데오의 입가에 희미한 미소가 걸렸다. 밝은 햇살이 그의 얼굴을 비춘 것처럼 반짝빛이 났다.

"헉!"

"라피레온 대공 각하께서 웃으신 거야?"

처음으로 보이는 다정한 미소에 주변에서 숨을 들이켜는 소리가 난무했다. 모든 사람의 시선이 그를 향해 있었다.

그 순간.

나는 나도 모르게 두 손을 들어 아무도 보지 못하도록 테르데오의 얼굴을 가려버렸다.

"……뭘 하는 거지? 앞이 안 보이는데."

"저, 저도 몰라요."

나도 내가 왜 이러는지 모르겠지만 그냥 지금은 이 얼굴을 가려야 할 것 같았다. 나도, 남도 보지 못하도록.

오늘 햇볕이 너무 뜨거운가? 이상하게 얼굴이 터질 것처럼 뜨겁게 달아올랐다.

"이, 이제 얼른 가요. 사냥 조심하고요."

말이 끝나기 무섭게 그의 커다란 손이 내 손을 꽉 잡았다. 그가 잡은 내 손을 슬쩍 내렸다.

아까 짓던 미소는 사라지고 평소와 똑같이 무덤덤한 표정을 한 테르데오가 보였다. 이상하리만큼 그의 붉은 눈동자가 뜨거웠다.

"페레샤티."

그가 이름을 부르자 구름 위에 올라와 있는 것처럼 기분이 몽실해졌다. 테르데오는 그대로 나를 뜨겁게 응시한 채 마주 잡은 내 손바닥에 자신의 입술을 꾹 눌렀다.

"허억!"

"……!"

주변에서 다시 커다란 숨소리가 터졌다. 비록 짧은 시간이었지만 그의 뜨겁고 말캉거리는 입술이 선명하게 느껴졌다. 햇볕이 강한 게 틀림없다. 그래서 내 얼굴이 이렇게 익어버릴 정도로 뜨거운 거겠지.

"응원 잘 받았어. 고마워. 다치지 않을게."

내 손을 살며시 놓은 테르데오가 뒤로 돌더니 빠르게 멀어졌다. 옆에서 장비를 재정비하며 우리를 보던 셀피우스가 어이없다는 듯 웃으며 작게 중얼거리는 것 같았다.
"……외면이고 뭐고 간에 이미 돌아올 수 없는 강을 건너셨는데?"

※ ※ ※

두 사람이 사냥터로 떠난 후에도 나는 그 자리에 뿌리를 내린 나무처럼 한참 움직일 수 없었다. 그의 입술 감촉이 남은 손바닥에 벼락을 맞은 것처럼 전율이 일었다.
'남들에게 보여주기 위함이야, 정신 차려.'
조금 전 벌어진 상황에 대해서 혼자 한참 생각했다.
그래, 나올 수 있는 답은 하나였다. 우린 겉으로 보기에는 문제 없는 부부처럼 보여야 하니까. 그러니까 그런 거겠지.
동요해서는 안 되는데.
나는 주먹을 세게 쥐고 산들바람에 홧홧해진 볼을 식히려 애썼다. 몽글거리는 기분은 오래가지 못했다.
뒤에서 잔디 밟는 소리와 더불어 조소가 들렸다.
"모두가 보는 앞에서 남사스럽네요."
조롱 섞인 목소리를 듣자 머리 위로 찬물을 끼얹은 것처럼 정신이 번쩍 들었다. 고개를 돌리니 비릿한 미소를 짓는 도돌레아가 보였다.
나는 마치 이런 상황 정도는 매우 익숙한 것처럼 어깨를 으쓱거렸다.
"……부부끼리 이 정도로 뭘요."
내 태연한 대답에 도돌레아가 눈살을 찌푸렸다. 그녀의 뒤로 새어머니와 레이나가 보였다.
'내가 보이자마자 도돌레아한테 달려가서 숨었나 보네.'
내 시선이 새어머니를 향하는 걸 눈치챈 도돌레아가 손가락을 까닥거리며 웃었다.

"그러고 보니까 전 자하르트 백작 부인을 초대한 적이 없는데, 자하르트 부인이 초대 명단에 있더라고요."

"……."

"게다가 라피레온 가문은 늘 사냥 대회에는 참석하지 않았다던데 올해는 특별히 참가 의사를 밝혔네요."

도돌레아가 입술을 비죽거렸다.

"누가, 왜, 무슨 이유로 자하르트 부인을 초대 명단에 올렸는지 너무 뻔하잖아요."

나는 야트막하게 한숨을 내쉬었다.

"이번에야말로 가족끼리 대화하고 싶은데."

"어머."

"이번에도 훼방을 놓을 생각이신가요?"

"저번 신전 앞에서 했던 대화가 아직도 안 끝났어요?"

도돌레아가 해맑게 웃었다. 맑은 웃음소리가 퍼지자 주변에 있던 귀족들이 우리를 힐끔 바라봤다.

아마 남들이 보기엔 좋은 사이처럼 보일 테지.

겨우 웃음을 멈춘 도돌레아가 손으로 입술을 가리고 남들이 듣지 못하도록 속삭이듯 물었다.

"우리 대공비께선 뭐가 그렇게 궁금한지 내가 한번 맞혀볼까?"

"……."

"음."

도돌레아가 침음하더니 이내 활짝 웃으며 말했다.

"가령 그날 밤 부인이 백작에게 더 좋은 약이라 속이고 독이 든 알약을 먹여 죽였는지가 궁금해?"

"……!"

다 알고 있다. 역시 다 알고 있었어.

"그게 아니면 그 알약이 아무런 흔적도 남지 않는 강력한 독이라는 걸 알고 있는지 궁금한가?"

미소를 짓는 도돌레아의 모습에서 순간 기시감이 느껴졌다.

'뭐지?'

눈살을 찌푸리자 도돌레아가 손뼉을 치며 아이처럼 좋아했다.

"알겠다! 그 알약을 먹은 라피레온 공이 왜 대공비의 꿈을 꿨는지 궁금한 거구나!"

"……!"

그걸 어떻게 알고 있지?

당황한 표정을 차마 숨길 수가 없었다. 내 표정을 본 도돌레아가 하하하 눈가에 고인 눈물을 닦으며 웃었다.

"그렇게 노려보지 마. 내가 대답해 줄게."

도돌레아가 손가락 하나를 쭉 피더니 한 걸음 앞으로 걸어왔다.

"첫 번째. 자하르트 백작은 부인에게 살해당한 게 맞아."

세게 쥔 주먹에 절로 힘이 들어갔다. 나는 도돌레아의 뒤에 선 새어머니를 강하게 노려봤다. 자신이 살인했다는 증언이 드러났음에도 그녀는 여전히 입술을 열지 않았다.

"대체 왜 그랬어?"

"그런 것도 궁금해? 이미 지나간 일인데 참."

도돌레아가 장난스럽게 말하며 이번엔 두 번째 손가락을 펴며 한 걸음 더 가까이 다가왔다.

"그런데 그건 그 남자가 너무했어."

"뭐?"

"자하르트 부인은 가문을 이을 아이를 낳고 싶었대. 자기랑 백작 사이에서 낳은 아이를 가지고 싶었던 거야. 그런데 백작이 거부했어."

도돌레아의 얼굴이 벌레를 본 것처럼 혐오스럽게 일그러졌다.

"부인의 아이는 후계자로 올릴 수 없다고 했대. 평민이었던 부인과 레이나한테 귀족의 삶을 즐기게 해줬으니 그 이상은 넘보지 말고 선을 지키라고 했다나."

"……아버지가?"

아버지는 평생을 귀족으로 살았던 사람이었다. 내게 자상했고, 내게 좋은 가족을 만들어 주고 싶다고 했었다.

"백작 부인한테 선을 지키라고 경고했다더군. 외모가 반반하고 자기 딸한테 좋은 어머니가 그리고 좋은 가족이 되어주니 옆에 두는 거라고 말이야."

눈동자가 흔들렸다.

아버지와 나는 사이가 좋았다. 어린 나와 새어머니도 사이가 좋았다.

하지만 아버지와 새어머니의 사이는? 어린 나는 그런 걸 알지 못했다. 그저 가족이 생겼다는 것에만 행복해했으니까.

"그리고 그 선을 넘는 순간 가차 없이 버릴 거라고."

도돌레아의 뒤에 서 있던 새어머니의 얼굴이 수치심에 붉어졌다. 그때의 기억이 떠올랐는지 새어머니의 표정이 일그러졌다.

"그래서 죽이기로 했대. 그럼 자하르트 백작가의 모든 걸 가지겠다고 결심한 거지! 멋있지 않아? 만약 그때 백작이 그런 말만 안 했어도 부인과 대공비는 사이좋은 모녀가 됐을지도 모르겠네."

"어째서."

나는 움직이지 않는 입술을 억지로 움직였다. 메마른 입술을 비집고 거친 목소리가 흘렸다.

"어째서 나한테 다 얘기해 주는 거지?"

도돌레아가 자기 입술을 톡톡 두드리더니 이내 망설임 없이 답했다.

"이래야 재밌잖아."

그녀가 다시 내게 한 걸음 다가왔다.

"부인은 몰래 숨기고 싶었던 것 같은데…… 이런 건 몰래 하면 재미없거든."

재미라니. 지금 이 모든 것들이 도돌레아한테는 그저 재밌는 유희에 불과하다는 걸까?

주먹이 분노로 떨렸다.

"음, 그럼 그 알약을 알고 있었냐는 질문에는 피차 대답을 한 것 같고."

도돌레아가 다시 손가락을 펼쳤다. 어느새 그녀와 내 사이는 한 발자국의 거리만 남긴 채 가까워져 있었다. 손을 쭉 뻗으면 닿을 거리였다.

"그때 그 알약을 먹고 난 후 라피레온 공이 아팠지? 고열에 시달리고 며칠간 깨어나지 못했지?"

"……! 그걸 어떻게……."

밖으로 이야기가 새어나가지 않도록 조심하고 또 조심했다. 아는 사람은 아무도 없을 텐데.

"그거 사실."

도돌레아가 자기를 가리키며 배시시 웃었다.

"내가 한 거거든."

나도 모르게 몸이 먼저 움직였다. 다른 생각이 들지 않았다. 나는 도돌레아의 손목을 세게 움켜잡았다.

"지금 뭐라고 했어?"

도돌레아가 잡힌 자신의 손을 내려다보더니 시선을 내게 돌렸.

"내가 그 알약에 이것저것 좀 해뒀거든."

뭐라고?

"하지만 이건 내가 아니라 네 탓이야."

도돌레아가 얼굴에서 미소를 지우고 날 노려보았다.

"그때 알약을 먹기로 한 건 너였잖아? 네가 먹었으면 라피레온 공이 아팠을 일도 없었겠지."
 그게 지금 할 말인가? 테르데오를 사랑한다며? 테르데오와 결혼하고 싶다며? 그런데 아픈 테르데오를 알고 있었으면서도 아무것도 하지 않았어?
 웃으면서 내가 한 일이라고 말할 수 있어?
 "사실 그 악몽도 라피레온 공이 아니라 네가 꾸길 바랐지만, 뭐."
 도돌레아가 태연하게 허공을 응시했다.
 "두 명 중 누가 꾸든 상관없어."
 "그 알약을 먹고 테오가 죽을 뻔했어."
 도돌레아가 날 보았다. 나도 그녀의 시선을 피하지 않고 노려봤다.
 귀에서 이명이 들리는 것 같았다. 도돌레아의 손목을 잡은 손이 분노로 떨렸다.
 새어머니가 아버지를 죽였다는 이야기를 들었을 때부터 쌓이던 분노가 폭발한 것만 같았다.
 "그 알약을 먹고 테오가."
 나는 입술을 꾹 다물었다.
 얼마나 아파했는데. 그대로 자기가 죽는 게 아닌가, 얼마나 걱정했는데. 테르데오는 자기 죽음을 덤덤하게 기다리기까지 했다고.
 입 밖으로 꺼낼 수 없는 말을 꾹 삼켰다.
 도돌레아가 이해할 수 없다는 표정으로 입꼬리를 비틀었다.
 "안 죽었잖아?"
 "뭐?"
 "왜 이렇게 야단법석이야? 안 죽었잖아."
 그 말을 듣는 순간 머리가 멍해졌다.
 이게 정말.
 이게 정말로 사랑인가? 아니다. 이건 사랑이 아니라 그저 미친 집착에 불과했다.

"그리고 정말 혹시 만에 하나 죽었다고 해도 어쩔 수 없지. 괜찮아, 나는 또 기다릴 수…….."

만에 하나 죽었다고 해도 어쩔 수 없지.

그 말을 듣는 순간 나도 모르게 손이 먼저 움직였다. 나는 활짝 웃는 도돌레아의 어깨를 그대로 세게 밀쳤다.

퍽.

도돌레아가 힘없이 뒤로 밀려나며 넘어졌다.

"꺄! 황녀 전하! 감, 감히 선택받은 분을……!"

여태껏 뒤에서 묵묵히 입을 다물고 있던 새어머니가 소리쳤다.

새어머니가 비명을 지르자 모든 이들의 시선이 집중됐다. 주변이 술렁거렸다.

하지만 나는 자리를 옮기지 않았다. 넘어진 도돌레아가 붉은 입술로 킥킥 웃으며 날 올려다보았다.

"방금 한 말 다시 해봐."

죽지 않았잖아, 라고? 혹시 만에 하나라도 죽었다고 해도 어쩔 수 없다고?

자신이 죽는 줄 알았다고 덤덤히 말하던 테르데오의 모습이 떠올랐다.

"너는 그 사람이, 아니, 그 사람들이 죽지 않으려고 얼마나 애쓰는지 모르지."

"난 그런 거 몰라."

도돌레아가 순진무구한 표정으로 바닥을 짚었던 손바닥을 툭툭 털었다. 그 태연함에 다시 화가 솟구쳤다.

"테오는 자기가 이대로 죽는 게 아닌가 걱정했어."

"과장하지 마."

도돌레아가 조롱하듯 웃으며 날 바라봤다. 입술이 터져 피가 맺혔음에도 그녀는 여전히 기세등등했다.

"그 정도로는 안 죽어."

"넌 모르겠지."

그들에게 걸린 저주가 뭔지 알 수 없을 테니까. 그러니까 그렇게 쉽게 말할 수 있지.

"아니."

도돌레아가 고개를 저었다.

"내가 너보다 더 잘 알아."

도돌레아가 자리에서 일어섰다. 레이나와 새어머니가 황급히 도돌레아의 드레스를 털었다.

하지만 그녀는 그런 것쯤은 괜찮다는 듯이 신경 쓰지 않았다.

"그 정도로는 절대 안 죽어."

말을 마친 도돌레아가 마지막 손가락을 펴더니 피할 새도 내 이마를 툭 밀쳤다. 이마가 뒤로 살짝 밀려났다.

"……지금 뭘?"

나는 도돌레아가 가볍게 밀친 이마를 매만졌다. 그녀가 선득하게 웃었다.

그때였다.

"당장 떼어내!"

큰 호통이 들리더니 누군가 힘으로 날 멀리 떨어뜨렸다. 나는 끌려가듯이 도돌레아로부터 멀어졌다.

"도돌레아!"

절박한 고함이 들렸다. 고개를 드니 도돌레아를 살피는 황제가 보였다.

'아.'

그제야 주변이 보였다. 잠시 장소를 망각했다.

황실이 주최한 사냥 대회에서 황제가 제일 아끼는 황녀를 밀친 상황이 되었다.

도돌레아가 날 보며 미소 지었다.

나는 주먹을 세게 쥐었다.

"라피레온 대공비."

황제가 몸을 홱 돌렸다. 나를 보는 그의 얼굴이 분노로 붉으락푸르락했다.

"지금 이게 무슨 짓이지. 감히 내가 보는 앞에서 황녀에게 손을 대다니!"

황제가 호통치기 무섭게 뒤에 서 있던 새어머니가 앞으로 쪼르르 달려 나왔다.

"지엄하신 황제 폐하! 제가 직접 봤습니다!"

새어머니는 마치 자기가 내게 밀쳐진 것처럼 원통한 눈으로 모두가 들을 수 있도록 크게 소리쳤다.

"황녀 전하께선 가족끼리 싸우지 않는 게 좋다며 저와 라피레온 대공비의 오해를 풀어주고자 웃으며 도와주셨는데!"

새어머니가 눈을 부릅뜨고 날 쏘아보며 삿대질했다.

"대공비가 가족끼리의 일에는 끼어들지 말라며 고귀하신 황녀 전하의 몸에 손을 댔습니다!"

주변이 다시 술렁였다. 사람들은 우리의 대화를 듣지 못했으나 내가 일방적으로 미소 짓는 도돌레아를 밀치는 모습을 봤을 테니까 말이다.

테르데오와 셀피우스가 사냥 대회에 참석한 지금 이곳에 내 편을 들어줄 사람은 없었다.

"폐하, 전 괜찮습니다."

도돌레아가 더러워진 손을 털며 상냥하게 웃었다.

"제가 가족의 일에 너무 깊게 관여한 탓이죠. 전 괜찮으니 걱정하지 마세요."

털어낸 도돌레아의 손바닥이 까졌는지 피가 나고 있었다. 황제가 그걸 봤는지 희게 질린 얼굴로 호통쳤다.

"당장 의사를 불러와라!"

황제가 도돌레아를 얼마나 아끼는지 아는 사람들은 빠르게 움직였다. 황제가 도돌레아한테 아픈진 않은지, 괜찮은지 몇 가지를 더 물어본 후 나를 노려보았다.

황제가 떨리는 손으로 날 가리켰다.

"황녀의 몸에 함부로 손을 댔으니 라피레온 대공비라고 해도 그냥 넘어갈 수 없다!"

조금 전 어떤 상황이었는지 말할 수는 없었다. 새어머니가 아버지를 죽였다고 한들 증거는 없다. 아일렛의 피를 담은 알약으로 죽였다고 말하려면 응당 그 알약이 무엇인지부터 꺼내야 했다.

그러면 라피레온 가문의 저주가 세상에 알려질 게 당연했다.

"변명도 안 하는군, 라피레온 대공비."

황제가 어이없다는 듯 냉소했다.

나는 주변을 가볍게 둘러보았다. 모인 귀부인과 영애들이 부채로 입가를 가리며 숙덕거리고 있었다.

'나도 할 말이 아예 없는 건 아니야.'

나는 도돌레아를 보며 웃었다. 도돌레아가 미간을 구겼다.

"폐하."

내가 입술을 열자 모두가 나를 바라봤다. 과연 무슨 말을 할지 궁금해하는 눈빛들이 모였다.

"변명하지 않은 게 아니라 여기서 제가 입을 열면 황녀 전하께서 곤란해지실까 봐 입을 다물었습니다. 하지만 그리 궁금해하시니 말씀드리겠습니다."

"뭐?"

"이곳에 초대받은 모두가 황실에서 주최하는 대회라는 걸 모르는 사람이 없습니다. 그런데 제가 고작 가족 일에 끼어들었다는 이유로 황녀 전하께 손을 대겠습니까?"
 날 쏘아보던 새어머니가 입술을 꽈득 깨물었다. 나는 황제의 뒤에서 미소를 짓는 도돌레아를 노려봤다.
 "황녀 전하께서 제 남편을 너무도 사랑해서 가지겠다고 말씀하고 다니신다죠. 사교계에 널리 퍼진 소문이니 폐하께서도 당연히 들으셨을 겁니다."
 황제가 말없이 눈썹을 구겼다.
 "그 고귀하신 황녀께서 낯부끄러운 줄도 모르고 제게 와서 남편을 내놓으라고 하시더군요."
 모든 사람의 시선이 힐끗 도돌레아를 향했다. 그녀의 얼굴이 석상처럼 굳어갔다.
 "제 남편은 이미 황녀 전하께 수차례 거절한 것으로 알고 있습니다. 그런데 남편을 내놓지 않으면 황실의 모든 권력을 동원하여 저와 남편을 죽이겠다고 협박하시니."
 나는 도돌레아를 하찮게 내려다보며 냉소를 지었다.
 "저도 가만히 있을 수는 없었습니다."
 이미 모두가 공공연하게 아는 사실이었다. 바보 같은 도돌레아가 제 입으로 널리 외치고 다녔으니까.
 "제 남편은 물건이 아니지만, 그래도 굳이 소유권을 따지자면야."
 "……."
 "제 것입니다."
 내가 못을 박자 도돌레아가 나를 죽일 것처럼 노려봤다.
 "신께 부부의 맹세를 했고 제국의 모든 사람이 아는 일입니다. 아무리 고귀한 황녀 전하라고 하실지라도 이러실 수는 없습니다."
 황제가 미간을 구긴 채 나와 도돌레아를 번갈아 응시했다. 도돌레아가 아니라고 부정하지 않자 황제가 손바닥으로 눈가를 덮었다.
 "감히 황녀 전하의 몸에 손을 댄 벌은 받겠다만 전 조금 전 상황이 오면 똑같은 행동을 할 겁니다."

"대공비."

"황녀 전하라는 이유로 이미 결혼한 제 남편을 가져가시는 선례를 남기게 되면, 제국도 혼란스러워지지 않겠습니까?"

모든 귀부인과 영애들이 침묵했다. 황제의 기세에 눌려 섣불리 내 편을 들 수는 없지만 다들 내 의견에 동의하는 눈치였다.

아마 그들도 이런 선례를 남기고 싶지 않을 것이다.

누군가 권력으로 마음에 드는 사람을 쟁취하려 한다면, 그다음에 또 똑같은 일이 벌어질 테니까.

황제가 뭐라고 말을 하려던 찰나였다.

"내 아가가 맞는 말만 했네."

처음으로 내 편을 들어주는 연륜이 묻은 목소리가 지엄하게 퍼졌다.

황급히 고개를 돌리니.

"내 손주며느리가 맞는 말 했네."

"감히 누가 라피레온 가문을 멋대로 하겠다는 거야?"

내 뒤로 다가온 글로리아와 세르시아가 보였다.

"……셋시, 글로리아 님."

가까이 다가온 세르시아가 내 어깨를 감싸고 날 안았다. 마찬가지로 걸음을 옮긴 글로리아는 내 앞을 슬그머니 막아서며 황제를 응시했다.

"오랜만에 뵙는군요, 폐하."

"……지난번 호외 일 이후로 처음이군, 글로리아."

버럭 소리칠 줄 알았던 황제는 이를 갈며 분노를 잠재우려 노력했다. 황제가 글로리아를 노려보았다.

눈보라가 부는 것처럼 사늘한 분위기가 이어졌다. 황제가 턱에 힘을 싣고 먼저 말했다.

"감히 황녀의 몸에 손을 댔으니 대공비는 처벌을 피할 수 없어. 나설 생각하지 마시게, 글로리아."

"이 글로리아가 두 눈을 부릅뜨고 있는 앞에서 지금 제 아이를 어쩌시겠다는 건가요, 폐하?"

글로리아가 허리를 꼿꼿하게 세웠다. 나를 지키고 선 그녀의 모습에 황제가 두 주먹을 세게 쥐고 실소를 흘렸다.

"설마 저깟 대공비 때문에 당신이 두 번이나 나서겠다는 건가, 글로리아?"

"저깟 대공비가 아니라 제 가족인 아이죠."

황제의 시선이 글로리아의 어깨를 넘어 뒤에 있던 내게 향했다. 그의 얼굴이 불쾌감으로 잔뜩 뒤덮였다.

"퍽 아끼는군."

"내 아이를 데리고 돌아가겠습니다. 허락해 주시겠죠, 폐하?"

글로리아의 말이 끝나기 무섭게 황제의 얼굴이 일그러졌다.

"글로리아. 내 말을 못 들었나? 감히 황녀의 몸에 손을 댔어. 황실 법으로 다스려도 시원찮은 마당에 뭐가 어째?"

"폐하."

황제의 분노에 글로리아도 덩달아 웃음기를 싹 뺀 목소리로 낮게 읊조렸다.

"선황제의 유언을 아직 기억하고 계시겠죠?"

선황제의 유언?

그 말이 나오자 황제가 거짓말처럼 조용해졌다. 그가 이를 바드득 갈며 날카롭게 읊조렸다.

"글로리아, 그대는 이제 두 번의 기회밖에 남아 있지 않아. 그중 한 번을 이렇게 사용하겠다는 건가?"

분노에 가득 찬 협박에도 글로리아는 태연했다. 서슬 퍼런 시선을 아무렇지 않게 받아친 글로리아가 몸을 돌렸다. 그리고 내 어깨를 부드럽게 감싸 안았다.

"그럼 내 아가를 데려가도 된다는 뜻으로 알겠습니다, 폐하."

글로리아가 날 안은 채 걸음을 옮겼다. 하지만 황제가 허락하지 않았기 때문인지 황실 기사단이 우리의 앞을 가로막았다.

옆에서 지켜보고 있던 세르시아가 글로리아를 보호하듯 섰다.

"지금 누구 앞을 가로막은 건지 알고 있지?"

세르시아가 서늘하게 중얼거렸다. 그 기세에 눌린 기사단의 몸이 움찔거렸다.

"죽기 싫으면 비켜."

세르시아가 고개를 까닥거렸다. 하지만 황실 기사단은 눈치만 볼 뿐 앞을 비켜서지 않았다.

"폐하."

글로리아가 고개를 뒤로 젖혔다. 그리고 태연하게 황제를 바라보았다. 황제가 당장 모두를 찢어 죽일 것처럼 노려봤다.

"이 제국을 위해 누구의 피가 뿌려졌는지 잊지 마세요, 폐하."

글로리아가 거칠게 중얼거렸다.

혹시 내 편을 들다가 글로리아와 세르시아가 함께 처벌받는 건 아닌지 걱정이 앞섰다. 그런 내 속마음을 눈치챈 건지 글로리아가 내 어깨를 꾹 세게 잡았다.

괜찮다는 듯이 그녀는 날 보고 태연히 미소 짓고 있었다. 무거운 분위기가 이어졌다.

그리고 잠시 후, 황제가 미간을 구긴 채 천천히 손을 들었다.

"비켜줘."

'뭐?'

비켜주라고? 내가 잘못 들었나?

미동도 하지 않던 황실 기사단이 황제의 명령을 받자 길을 텄다. 글로리아는 이런 상황을 예상한 것처럼 피식 웃더니 고개를 가볍게 까닥거렸다.

'정말 이대로 가도 된다고?'

나는 분명 조금 전 모두가 보는 앞에서 황제가 제일 아끼는 황녀를 밀쳤다. 그런데 아무런 처벌 없이 이렇게 돌아가도 된다고?

얼떨떨한 표정을 짓자 눈치챈 글로리아가 나를 돌아봤다.

"왜? 여기서 뭐 할 일이라도 있니?"

"아, 아니요. 그건 아니지만."

나는 슬쩍 곁눈질로 황제를 가리켰다. 저렇게 무섭게 째려보고 있는데, 정말 이대로 가도 될까?

"아."

내 눈짓을 본 글로리아가 이제야 알았다는 듯이 고개를 끄덕거렸다.

"테오랑 셀피 때문에 그렇구나? 걱정하지 말렴. ……셋시, 페레샤티 양은 내가 데려갈 테니 두 아이를 네게 부탁하마."

네?

"네, 글로리아 님. 제가 두 사람에게 상황 전달을 할게요. ……샤샤, 걱정하지 말고 놀랐을 텐데 글로리아 님을 따라가서 얼른 쉬도록 해요."

경악한 내 모습에도 글로리아는 개의치 않고 나를 이끌었다. 신기하게도 분명 조금 전까지 나를 처벌하겠다며 분노를 토하던 황제는 잠잠했다. 힐끔 뒤를 돌아보자 그는 돌아가는 우리를 험악하게 노려볼 뿐, 잡지 않았다.

'황제가, 정말 보내준다고?'

나는 물론이거니와 갑작스러운 행보에 지켜보던 귀족들도 당황한 눈치였다. 당황하며 글로리아를 따라 마차에 오르자 기다렸다는 듯이 마차가 출발했다.

"우리가 머무는 라피레온 별장으로 갈 거란다."

"……우리요?"

"아일렛의 입양과 아카데미 입학이 무사히 끝났거든. 피니어스와 아일렛도 함께 있단다."

"……!"

아일렛이 왔구나. 아이들은 하루가 다르게 큰다. 오랫동안 보지 못한 아일렛은 또 얼마나 컸을까? 그 귀여운 눈동자를 떠올리며 슬그머니 미소 짓자 글로리아가 내 손등을 다독거렸다.

"일전에 큰 사고에 휘말렸다는 얘기를 들었는데. 지금은 괜찮니?"

"네, 화재 사고에 휘말리기는 했는데 괜찮아요. 도와준 친구가 있었거든요."

"그것참 고마운 친구네. 나중에 내게 누군지 알려주렴. 마땅한 사례를 해야지."

"……걱정 끼쳐서 죄송해요."

"나한테 미안할 게 뭐 있니? 나보다 아일렛을 다독거려 주렴. 네가 사고에 휘말렸다는 얘기를 듣자마자 걸어서 돌아가겠다는 걸 막느라 힘들었거든."

하긴. 아일렛은 처음에도 맨몸으로 혼자 라피레온 저택까지 찾아왔지. 그때 처참했던 모습을 생각하면 지금도 마음이 아프다.

"네게 무슨 일이 벌어지면 아파할 이들이 많단다."

글로리아가 손을 뻗어 흘러내린 내 머리카락을 귀에 꽂아주며 씁쓸히 웃었다.

"그러니 넌 특별히 남들보다 더 몸 관리를 잘하렴. 아까도 우리가 없었으면 어쩔 뻔했니."

충동적인 감정으로 무모하게 행동했었다. 나는 인정하며 고개를 숙였다.

"죄송합니다. 그리고 구해주셔서 감사해요."

"죄송할 건 없어. 감사할 것도 없지, 넌 내 가족이잖니."

"그런데, 하나 여쭤봐도 되나요?"

"응?"

"어떻게 제가 이렇게 멀쩡히 돌아갈 수 있는 거죠? 황제 폐하께서 왜 절 그냥 돌려보내 주신 거예요?"

사실 아까부터 계속 궁금했었다.

분명 모두가 보고 있었다.

모두가 보는 앞에서 도돌레아를 밀쳤고, 황제는 라피레온 가문과 정면으로 맞붙어서 날 처벌하겠다고 소리쳤다.

그런데도 그는 결국 아무것도 하지 못한 채 우리를 보내줬다.

"궁금하니?"

글로리아가 생각을 읽은 것처럼 피식 웃었다. 그러더니 턱을 괸 채로 시선을 돌렸다. 창밖을 바라보는 붉은 눈동자가 회상에 잠겼다.

"선황제의 유언이 있었기 때문이란다."

"······선황제의 유언이요?"

"내 남편과 나, 그리고 선황제는 소꿉친구였거든."

"소꿉친구요?"

"두 사람한테는 내가 첫사랑이니까 친구라고 불러도 되는지 모르겠네."

글로리아가 아득히 먼 과거를 떠올리듯 웃었다.

"아마 내 남편이 먼저 고백하지 않았더라면 나는 이 제국의 황후가 되어 있었을지도 모르겠구나."

"네, 네?"

"그럼 황제가 내 아들이 됐으려나. ······그건 좀 끔찍하네. 어릴 땐 나름 귀여웠는데 지금은 상태가 영······."

글로리아가 태연하게 농담하며 얼굴을 찌푸렸다. 장난스러운 얼굴에 이내 씁쓸함이 감돌았다.

"내 남편은 선황제의 정복 전쟁을 따르다가 죽었거든. 제국이 빠르게 영토를 넓힐 수 있었던 건 라피레온의 피가 흩뿌려졌기 때문이지. 아주 먼 옛날부터 말이다."

초대 대공. 라피레온 저택의 도서관에서 봤던 그 계보가 떠올랐다.

"내 남편이 죽으니 어쩔 수 없이 어린 내 아들들도 전쟁을 나가야 했단다. 테르데오의 아빠가 되겠구나."

"······!"

"전쟁은 승리했지만 내게 남은 건 상처뿐이었어. 그 일로 선황제와의 관계를 아예 끊고 공적인 일 아니면 거들떠보지도 않았단다."

"그럼 유언장은······."

"그게 마음에 걸렸는지 선황제가 공적으로 유언을 남겼어. 라피레온의 피로 만들어진 땅이니 라피레온의 의지를 받들어 달라고 말이야. 물론 횟수가 제한되어 있지만 말이다."

아까 그래서 선황제의 유언이라는 말을 쓰고 이제 기회가 두 번밖에 남지 않았다는 말을 한 거였구나.

잠깐만. 그때 마지막으로 본 게 호외 일이라고 했는데 설마······.

나는 아까 황제와 글로리아가 했던 대화를 떠올리고 물었다.

"설마 지난번 호외 일도······."

"그래."

그래서 그렇게 마법을 건 것처럼 한 번에 사라질 수 있는 거였어. 아무도 언급하지 못하는 것도 당연했고.

그런 일로 황실을 부려먹을 수 있는 건 글로리아뿐이었으니, 그래서 그때 테르데오가 글로리아 님이 수도에 왔었다고 단언했구나.

"······감사합니다. 그런 소중한 기회를 제게 사용해 주셔서요."

"그래. 다음엔 조심하렴."

내가 끄덕거렸다.

"혼자 다니지 말고 시녀라도 데리고 다니렴. 늘 같이 다니던 애가 있던 것 같은데."

"시녀가 한 명 있긴 한데 지금은 휴가 중이에요."

"저런. 대공비의 공식 일정이 있는데도 휴가를 가다니."

"그게 아니고 제가 보냈어요."

"네가?"

"나이츠 가문은 파산 직전까지 갈 정도로 빚이 많다고 들었거든요."

글로리아가 끄덕거렸다.

"그래, 나도 그런 얘기를 들은 기억이 있단다."

"그런데 제가 보기엔 달라 보여서요. 확인하고 싶은 게 있어서 휴가를 보냈어요."

"확인하고 싶은 게 있다면 테오나 아니면 셋시, 그것도 힘들면 나한테 부탁하면 될 텐데?"

"의지만 하고 싶지 않아서요."

글로리아가 웃으며 내 머리를 쓰다듬었다. 그녀의 반짝거리는 눈빛이 '우리 아가, 이런 생각도 할 줄 알아?'라며 외치고 있었다.

레베카를 향해 피어난 의심은 아직 확실하지도 않았다.

'역시 라피레온 사람들한테는 절대로 말 안 해야지.'

※ ※ ※

별장에 도착하자 어느새 석양이 지고 있었다.

"피니어스는 나갔고 아일렛은 아직 아카데미에 있다는구나."

"아."

글로리아가 티 테이블을 가리켰다. 별장의 하녀들이 바쁘게 티 테이블을 정비하고 있었다.

"셋시가 올 때까지 차나 한 잔 마시자꾸나."

자리를 옮기자 고소한 디저트 냄새가 연신 코를 찔렀다.

"기회가 된다면 이렇게 둘이 대화를 나누고 싶었는데 잘됐구나. 피니어스에게 들었는데 셀피가 엄마라고 부른다며?"

진짜 라피레온 사람들은 모두 내 얘기만 하면서 지내나 봐. 나는 수줍게 웃으며 조심히 끄덕였다. 긍정적인 대답에 글로리아가 희미하게 웃었다.

"내가 뿌린 짐을 네가 짊어졌구나."

씁쓸함과 죄책감이 미묘하게 섞인 미소였다.

"짐이라뇨. 그렇게 생각한 적 없어요."

확고하게 힘을 실어 답하자 글로리아가 어깨에 걸친 숄을 여몄다. 부드럽게 미소 짓던 글로리아가 별안간 얼굴을 딱딱하게 굳혔다.

"이런 질문은 예민할지 모르겠다만 물어보고 싶은 게 있단다."

"네, 말씀하세요."

"아이는 몇이나 낳을 생각이니?"

순간 마시던 차를 내뿜을 뻔했다. 사레들리는 바람에 황급히 고개를 돌리고 기침했다.

얼굴이 새빨개지도록 기침이 멎지 않자 글로리아가 태연하게 일어서서 옆으로 다가왔다. 그리고 앙상한 손바닥으로 내 등을 쓸어내리며 회의적으로 말했다.

"네가 나처럼 평생을 죄책감으로 살지 않았으면 한단다."

"……네?"

간신히 기침이 멎었다. 나는 눈가에 글썽이는 눈물을 닦으며 글로리아를 바라봤다. 아래로 내리깔린 글로리아의 표정에는 슬픔이 가득했다.

"나도 젊은 날엔 사랑만 있으면 다 될 줄 알았어. 경솔했던 거지. 내 사랑이 내 자식들에게 고통을 줄 수 있다고 생각 못 했거든."

"……."

"네가 나와 같은 길을 걷지 않았으면 하는 노파심이란다."

슬픔에 젖은 목소리에는 염려가 가득했다. 라피레온 가문에게 있어 글로리아는 나와 같은 외부인이다.

"아무것도 하지 못한 채 내 자식들의 고통을 지켜보고, 또 먼저 떠나보내는 게 내게 걸린 저주란다."

그녀는 오랜 시간 동안 저주로 인해 고통스러워하는 자식들을 지켜봐야만 했다. 그건 또 다른 고통이었겠지.

저주가 대물림될 걸 알면서도 아이를 낳고 후에는 그 아이가 무서워 버리거나 학대하는 사람들을 보며 그녀는 무슨 생각을 했을까? 글로리아는 내가 자신과 같은 길을 걸어갈까, 혹은 다른 이들처럼 변절자가 될까 두렵고 걱정한 것 같았다.

"아직 생각해 본 적은 없지만."

하지만 그건 괜한 걱정이다. 왜냐면 테르데오와 내 사이에서 아이가 태어날 일은 절대 없을 테니까.

"글로리아 님의 말대로 후회할 일을 만들진 않을게요."

"현명하구나. 어떨 땐 사랑만으로도 안 되는 일이 있지. 나는 그걸 너무 늦게 깨달았단다."

"저주에 걸린 아이들 말인가요?"

글로리아가 입술을 열지 못한 채 간신히 웃었다. 그리고 떨리는 걸음으로 자신의 자리에 앉았다. 그러더니 마음을 가라앉히려는 것처럼 따뜻한 찻잔을 손에 쥐었다.

"그래, 맞아. 젊었을 적의 나는 내 자식들과 마주 보기가 무서웠어."

"저주 때문에요?"

"아니."

그녀가 엄지로 찻잔을 뭉툭하게 쓸며 회상에 잠겼다.

"왜 자기를 태어나게 했느냐고, 나를 원망하고 있을까 봐 두려웠거든."

"……!"

"그런 생각이 드니 날 원망하고 있을 것 같은 아이를 사랑해 주지 못했었어. 어떨 땐 우는 아이를 놓고 저택을 나간 적도 있단다. 너무 힘들어서 죽고 싶은 적도 있었지."

그 누구도 글로리아를 욕할 수 없었다.

만약 나도 그들의 저주에 죽지 않는 상황이 아니었다면 똑같았을 테니까. 죽음을 무서워하고 피하고자 발버둥 쳤겠지.

"그런데 문득 그런 생각이 들더구나. 이렇게 배척받는 내 자식들을 내가 사랑해 주지 않으면 누가 사랑해 줄까, 하는."

"……."

"어느 누가 깔볼 수 없는 힘이 필요했단다. 죽은 남편을 대신하여 내가 직접 전쟁에 참여한 적도 있었지. 공을 세워야 했어. 아이들을 지키기 위해서."

글로리아가 직접 전쟁에 참여했다고?

나는 어안이 벙벙한 표정으로 그녀를 살폈다. 그저 의자에 앉아 있는 것만으로도 고고한 분위기를 풍기고 있었다.

젊은 날의 글로리아라면…….

"젊을 땐 내가 검을 꽤 잘 썼어. 손주들이 검을 잘 쓰는 것도 날 닮은 거란다."

"……상상이 안 가요."

"나중에 기회가 된다면 직접 보여주마. 검을 안 잡은 지 오래고 늙은지라 실력은 녹슬었겠다만."

글로리아의 낮게 웃었다. 하지만 곧 그녀는 떨리는 두 손으로 자신의 얼굴을 가렸다.

"내가 해줄 수 있는 건 이런 것뿐이라. 감히 누구도 내 자식들을 입에 올리지 못하도록 애썼단다."

글로리아가 피곤한 얼굴을 손바닥으로 문질렀다. 오랜 세월의 피로가 누적되어 보였다.

"그게 옳았는지는 모르겠다만."

"글로리아 님께서 가족을 사랑하는 걸 다들 알고 있어요."

나는 조금의 주저 없이 확답했다.

굳이 묻지 않아도 알 수 있었다. 다들 큰일이 생겼을 때 글로리아를 찾는 것만 봐도 그랬다. 모두가 글로리아를 의지하고 있었다. 확신할 수 있었다.

그러나 글로리아는 예상치 못한 답을 들은 것처럼 놀란 눈을 크게 떴다.

"어떻게 그리 확신할 수 있니? 의심 없이 확신하는 데 나도 몇십 년이 걸렸는데."

"사람을 위로하는 최고의 방법은 옆에 있어 주는 거라죠."

"……?"

"글로리아 님께서는 늘 모두의 곁에 있어 주셨잖아요."

내가 라피레온 가문의 희망이라는 것도 어떻게 보면 같은 이유였다.

나는 죽지 않으니까.

나는 라피레온 가문 사람들 곁에서 떠날 일이 없으니까.

그러니까.

"떠나고 싶어도 꾹 참고 결국 그 곁을 떠나지 않은 글로리아 님은 모두의 희망이세요."

확신하는 게 당연했다.

내 말이 끝나기 무섭게 글로리아가 웃음을 터프렸다. 마치 떠오르는 태양을 마주 보는 것처럼 눈이 부시고 아름다운 모습이었다. 후련하면서도 호쾌한 웃음이 별장 곳곳에 스몄다.

"넌 정말 나와는 다르구나."

글로리아가 팔걸이를 손으로 내리치며 남은 웃음을 마저 흘렸다.

그녀는 기분이 무척 좋아 보였다.

기분이 좋으면 나도 좋은 거지만.

"그래, 셀피가 너를 엄마라 부르고 셋시가 매일 네 얘기만 하는 이유도 알겠다."

"네?"

"무겁게 짓누르는 돌을 가볍게 바꾸는 신기한 재주가 있었구나."

나는 무슨 뜻인지 이해가 가지 않아 고개를 갸웃거렸다. 하지만 글로리아는 작게 중얼거릴 뿐 부연 설명을 하지는 않았다.

"널 부인으로 맞이하다니. 테오는 앞으로 있을 행운을 한 번에 다 사용한 모양이야."

"……."

"네 곁에 있으면 사랑을 모르는 그 아이도 바뀔 수 있을지도 모르겠어."

흡족하게 웃은 글로리아가 멀찍이 서 있던 하녀를 향해 손짓했다.

"차 말고 술을 내오렴. 저번에 셋시가 좋은 양주가 들어왔다며 가져다 둔 게 있을 거야. 최고급으로."

글로리아의 명령에 하녀가 종종걸음으로 사라졌다.

"사실 난 밋밋한 차보다는 술이 취향에 맞거든. 마셔보면 입에 잘 맞을 거야. 먹어본 놈이 잘 안다고, 셋시가 술을 잘 볼 줄 안단다."

"아, 셋시가 사업을 하죠."

"그래, 걔가 한때 미쳐서 술에 절어 살았던 건 들었지? 그때 안 먹어본 술이 없을 거라 술맛을 잘 알거든."

저런 말을 저리 태연하게 하다니. 당황해하는 사이 하녀가 독한 향을 풍기는 양주와 얼음 잔, 그리고 치즈와 레몬, 크래커와 소금을 가져왔다.

"혹시 술을 싫어하니?"

"아, 아니요! 그렇지는 않아요."

딱히 즐기는 편도 아니지만 술에 안목이 있다는 셋시가 맛있다고 한 양주 맛이 궁금하긴 했다.

글로리아가 웃으며 직접 내 술잔을 채웠다. 빈 술잔이 그녀의 애정으로 가득 채워졌다. 내가 잔을 들자 글로리아가 가볍게 잔을 부딪쳤다. 청량한 소리가 종소리처럼 곳곳에 퍼졌다.

"페레샤티 양을 위하여."

글로리아가 환히 웃으며 단숨에 술잔을 쭉 들이켰다. 얼떨결에 단숨에 마시자 뜨겁고 독한 술이 식도를 타고 내려가는 게 느껴졌다.

분명 독한데 이상하게 뒷맛은 깔끔하고 달았다. 눈을 찡그린 것도 잠시. 나는 빈 술잔을 보며 입맛을 다셨다.

"테오랑 지내는 게 많이 불편하겠지. 이해한단다. 걔는 어릴 때부터 주변 불행을 보고 큰 아이라."

글로리아가 내 입술 앞으로 치즈를 건넸다. 엉겁결에 입을 벌리자 글로리아가 흐뭇하게 웃으며 직접 치즈를 먹여줬다. 그녀는 마치 여섯 살의 아이를 보는 것처럼 나를 귀엽다는 듯 바라보고 있었다.

"그래서 걔는 타인은 물론 자기 자신도 사랑할 줄 모르는 불쌍한 애란다."

테르데오가?

나는 고소하면서 짭조름하니 입 안에 풍미가 감도는 치즈를 먹으며 기억을 더듬었다.

분명 자기혐오가 보이긴 했지만, 내가 본 테르데오는 타인을 잘 사랑할 줄 아는 사람이었다.

"음, 제가 본 테오는 조금 다른 것 같아요."

처음으로 반박 의견을 내세우며 술잔을 슬쩍 내밀었다. 글로리아가 술을 따라주며 이해할 수 없다는 것처럼 고개를 기울였다.

"다르다고? 뭐가 다르단 말이니?"

"자기 자신은 모르겠지만 제가 본 테오는 타인을 사랑할 줄 아는 사람이었어요. 테오는 셀피가 저주로 인해 자기 자신을 탓하지 않도록 악역을 자처했죠. 그만큼 아이를 아꼈고."

"……."

"상처받은 아일렛을 위해 화를 낼 정도로 소중히 여겼죠. 상처받았던 셋시의 과거를 안쓰럽게 생각하기도 했고, 또 제가 다쳤을 땐 모든 일을 제쳐두고 제게 달려오기도 하는걸요."

글로리아가 의외라는 표정을 지었다. 그래, 말할수록 확신이 섰다. 처음은 주저하는 목소리로 시작했으나 끝에는 어깨를 펴며 당당히 말했다.

동시에 별장 문밖이 소란스러워졌다.

"테오는 남을 사랑할 줄 아는 사람이에요."

"너는……."

글로리아가 떨리는 눈동자로 나를 바라봤다. 어떻게 걔를 보고도 그렇게 단언할 수 있는지 도무지 모르겠다는 얼굴이었다. 그러나 곧 이해하기를 관둔 것처럼 헛웃음을 지었다.

"그래, 내가 본 테오와 네가 본 테오가 다르다면 그 이유가 있겠지."

소란스러움이 점점 가까워졌다. 글로리아는 기다리던 손님이라도 온 것처럼 문으로 냉큼 고개를 돌렸다. 그녀의 얼굴에 기대감이 만발했다.

"너라면 정말 저주에서 그 아이를 꺼내줄지도 모르겠구나."

글로리아가 등받이에 기대며 흐뭇하게 웃는 순간.

문이 벌컥 열리더니 익숙한 목소리가 들렸다.

"페레샤티!"

남을 사랑할 줄 모른다던 테르데오가.

"페레샤티!"

날 부르며 걱정스러운 표정으로 달려와 한쪽 무릎을 단번에 꿇었다.

'뛰어왔나.'

이마에 송골송골 맺힌 땀에 제일 먼저 눈이 갔다.

누군가를 사랑할 줄 모르는 사람이라면 이렇게 날 걱정하지도 않았을 거야.

"미친 황녀와 싸웠다던데."

"헛소문이 돌았나 봐요."

짤막한 내 답변에 테르데오의 얼굴이 아주 조금 환해졌다.

"싸운 게 아니라 제가 일방적으로 황녀를 밀쳤죠."

그러나 이어지는 내 말에 다시 우중충한 먹구름이 드리워졌다. 그가 경악스러운 표정으로 내 손을 잡아 살폈다.

"어느 손으로 밀쳤지? 손에 상처는 안 났나?"

"멀쩡해요."

"손은 씻었어? 부정이 탔을지 모르니 당장 씻는 게 좋겠어. 대신 전에 가서 성수를 구하자."

"아주 깨끗하게 씻었어요."

"그거 말고는? 그 황녀가 그대에게 나쁜 짓을 하진 않았지?"

"그냥 질문에 솔직하게 답한 것 말고는……."

한 게 없었다고 답하려는 찰나. 문득 도돌레아가 손바닥으로 내 이마를 스쳤던 게 떠올랐다.

'그건 뭐였지?'

갑자기 내 머리를 쓰다듬거나 칭찬한 건 아닐 테고.

'혹시 이마에 독이라도 묻혔나?'

내가 말을 멈춘 채 얼굴을 찡그리자 테르데오가 걱정스러워 죽겠다는 듯이 답을 재촉했다.

"역시 그 황녀가 뭔가를 한 건가?"

발까지 동동 구를 기세였다. 글로리아는 생전 처음 보는 테르데오의 반응에 놀랐는지 헛웃음을 지으며 연거푸 술을 들이켜고 있었다.

"황녀를, 황녀를 진작에 내가 처리했어야만 했어. 내가, 내가 직접……."

당장 답하지 않으면 황실로 달려갈 기세였다. 나는 황급히 손을 내저으며 달려나가려는 테르데오의 소매를 꽉 잡았다.

"그냥 내 이마를 만진 게 전부예요!"

"이마를 만졌다고? 황녀가 그대의 이마를?"

"네."

"감히 그대의 이마를 때린 거야?"

뜨겁게 분노를 토해내는 그의 소매를 놓지 않고 재빠르게 소리쳤다.

"아니요! 그냥 만졌다고요! 그냥 툭, 이렇게요!"

"그냥 만졌다고? ……왜?"

"그건…… 나도 모르겠어요."

그러게. 왜 내 이마를 만졌을까? 아무리 생각해도 짐작 가는 부분조차 없다.

"어디를 만졌지?"

"여기요."

꺼림칙한 기분에 이마를 만지지는 않고 도돌레아가 만진 부분을 가리켰다. 도돌레아가 만진 부분을 유심히 살펴보던 테르데오가 스산하게 읊조렸다.

"설마 독을 묻힌 건 아니겠지."

"네?"

테르데오는 가까이 있는 나도 잘 안 들릴 만큼 작게 중얼거리더니 눈 깜짝할 새 움직였다. 그의 커다란 손이 이마를 가리키던 내 손목을 부드럽게 움켜쥐었다.

그리고 뭘 하려는지 알아차리기도 전에.

쪽.

마시멜로처럼 달콤하고 부드러운 입술이 내 이마를 가볍게 짓누르고 떨어졌다. 주변에 달콤한 꽃 내음이 퍼졌다.

테르데오가 붉은 입술을 느릿하게 핥았다. 나는 타액으로 번들거리는 그의 입술을 멍하니 바라봤다.

'지금 무슨?'

진중하던 테르데오가 다행이라는 듯이 나와 시선을 맞추며 끄덕였다.

"다행히 독 맛은 느껴지지 않는 것 같아."

"……헉!"

그의 입술이 닿았던 이마에는 아직도 선명한 감촉이 남아 있었다. 인지하기 무섭게 열병이라도 난 것처럼 얼굴이 뜨겁게 타올랐다.

"지, 지, 지금 뭘……!"

깜짝 놀란 나는 도돌레아의 얘기는 어느새 잊고 두 손으로 이마를 숨기듯 감쌌다. 그러나 얼굴색 하나 변하지 않은 테르데오는 뭐가 문제냐는 것처럼 당연하게 말했다.

"그 황녀가 좋은 뜻으로 그대 이마를 만진 건 아닐 테니까. 독을 묻혔을 수도 있으니 당장 확인해야지. 여기서 확인할 수 있는 사람은 독을 먹어도 죽지 않는 나뿐이니까 내가 맛으로 확인한 건데, 문제 있나?"

"손, 손, 손으로 닦으면 되잖아요!"

"그대든 나든 혹은 누구든. 손으로 섣불리 닦았다간 자칫 방심해서 입에 들어가면 어쩌려고? 그대가 처음에 내 피를 먹었을 때 일을 잊었어? 내 피가 묻은 반지를 만지고 쿠키를 먹다가 죽을 뻔했잖아."

"그, 그, 그래도……!"

목소리가 바들바들 떨렸다. 심장이 몸 밖으로 도망갈 것처럼 크게 뛰었다. 오죽하면 내 귀에 내 심장 뛰는 소리가 들릴 정도였다.

시간으로 따지면 일 초도 안 되는 짧은 시간이었다. 저 붉고 도톰한 입술이 맞닿았던 건 정말 그 정도밖에 안 되는 짧은 시간이었는데!

"왜 그러지?"

화산이라도 폭발한 것처럼 터질 것 같은 내 얼굴과는 달리 테르데오는 여전히 태연했다. 그는 오히려 이런 내 반응을 이해할 수 없다는 얼굴이었다.

"그, 그래도 뽀, 뽀뽀는……!"

"……뽀뽀?"

내 외침에 테르데오가 황망한 얼굴로 단어를 곱씹었다. 그리고 그 단어를 뱉기 무섭게.

"……!!!"

그가 고개를 옆으로 홱 돌렸다. 자세히 보니 얼굴이 잘 익은 새빨간 토마토보다 훨씬 빨갛게 물들었다. 입술을 꽉 깨문 그가 나와는 시선을 마주치지 않은 채 떨리는 목소리로 말했다.

"……나는 그럴 생각이 아니었어."

목이나 귀까지 잔뜩 빨개진 테르데오의 모습을 보니 이상하게 내 얼굴도 함께 더 뜨거워졌다. 아마 날 위해 독이 있는지 확인해야 한다는 마음이 앞서, 자신의 행동을 인식하지 못한 것 같았다.

"아니, 그렇다고 그대와의 뽀뽀가 기분 나빴다는 뜻은 아니고……!"

처음 보는 테르데오의 붉은 얼굴이 낯설었다. 뜨거운 열기가 더 고조되는 것 같았다.

"나, 나도 기분 나쁘다고 한 적은 없…… 아니! 이, 이게 아니라!"

"절대 억지로 하려던 게 아니야. 그건 알아줬으면 좋겠어."

횡설수설하는 나와 달리 테르데오는 평정심을 유지하고 있는 것 같았다.

"……물론 나도 하고 싶었…… 하, 아니. 이게 아니라."

……평정심을 유지 못 하는 것 같다. 얼굴을 구긴 그가 자기 머리를 헤집었다.

"뭘, 뭘 하고 싶었다는 거죠!"

"내 말은 그대의 허락 없이 멋대로 하려고 했던 게 아니란……!"

테르데오가 버럭 외치며 날 바라봤다. 옆에서 봤던 것보다 그의 얼굴은 훨씬 더 빨갰다. 붉은색의 잘 익은 사과를 똑 따다 얼굴에 그대로 색칠한 것만 같았다.

안 봐도 알 수 있다.

'나도 분명 목까지 빨갛게 달아올랐을 거야.'

나는 이마를 만지던 손을 내려 얼굴을 가리고 두 눈을 질끈 감았다.

"말, 말하지 마요. 우리 잠깐 서로 말하지 마요. 지, 지금 말하면 바보가 되는 것 같으니까."

"……그게 좋겠군."

테르데오가 크게 심호흡하며 흥분을 가라앉히려 애쓰는 소리가 들렸다.

뒤를 이어 우리 두 사람을 보던 글로리아가 술을 원샷 하며 어이없다는 투로 말했다.

"……너희 첫날밤도 치렀잖아. 첫날밤에 뽀뽀도 안 하고 보냈니?"

민망한 침묵이 끝없이 이어졌다.

우리는 글로리아가 건넨 독한 술을 연거푸 몇 잔이나 마시고 난 후에야 비로소 진정했다.

"황녀는 내 질문에 솔직하게 답했어요. 새어머니가 내 아버지를 죽였고 또…….”

나는 그제야 잊고 있던 답이 떠올랐다. 이걸 제일 먼저 말해주려고 했었는데 아까 그 뽀…… 그래, 그것 때문에 놀라서 그만!

"테오, 그때 당신이 신전 앞에서 먹은 알약이요. 도돌레아의 짓이었어요."

"뭐?"

"그때 내가 먹을 뻔한 걸 당신이 대신 먹고 고열에 시달렸잖아요. 이상한 악몽도 자꾸 꾸고요."

그때의 나쁜 기억이 떠올랐는지 테르데오의 얼굴이 단번에 살기를 드러내며 굳었다.

"자기가 그랬다고 직접 순순히 말하더라고요. 아마 알약에 어떤 약을 묻혔겠죠."

그 정도로는 죽지 않았다거나 죽어도 별수 없다고 했던 말은 하지 말자. 괜히 그런 말까지 전해서 테르데오의 기분을 나쁘게 할 필요는 없으니까.

"그러니까."

조금 전에 벌어진 일은 금세 잊고, 나는 마치 기도하듯이 두 손으로 테르데오의 손을 세게 쥐었다. 그의 손가락이 미세하게 움찔거렸으나 신경 쓰진 않았다.

"당신이 죽을 일이 아니었다는 거예요."

그때 테르데오는 자기 죽음을 얘기했다. 그런 그에게 나는 '너는 절대 죽을 일이 없다.', 그렇게 강하게 말했다.

평소 이렇게 대화하고 차 마시며 웃는 중간에도 그가 은연중에 언제나 죽음을 생각하고 있을까 겁이 났다.

계약으로만 얽힌 사람. 분명 그런 존재였었는데 나는 어느새 이 사람이 살아주기를 진심으로 바라고 있었다.

라피레온 사람들의 일을 낱낱이 알게 된 후로 모두가 웃으며 살아가길 바랐다. 고통이나 슬픔 따위 없이 아무런 고뇌 없이 웃으며 보잘것없는 하루를 살아가길 바랐다.

의지 결연 한 내 표정을 한참 바라본 테르데오가 입가를 씰룩거렸다.

"내가 죽을까 봐 걱정했나?"

"……네?"

그게 맞긴 하는데…… 이야기가 왜 그쪽으로 빠지지? 이 대화의 주제는 죽음을 생각하지 말고 살아달라는 거 아닌가?

대답 대신 멍하니 입술을 벌리자 테르데오가 마주 잡은 손에 힘을 주며 집요하게 물었다.

"혹시 내가 죽을까 걱정했냐고."

붉게 빛나는 눈동자는 이 답을 기필코 듣고야 말겠다는 듯이 집착하고 있었다. 저건 무엇에 대한 집착일까.

'삶에 대한 집착인가?'

살고 싶어졌구나! 드디어 살고 싶어진 게 분명해. 그래서 나한테 확답을 받기 위해……!

제멋대로 결론을 내린 나는 환해진 얼굴로 테르데오의 손을 꼬옥 쥐었다. 그리고 고개를 위아래로 격렬하게 흔들었다.

"네! 테오, 당신은 살아야 해요!"

내 대답이 흡족한지 테르데오의 정적인 분위기가 부드럽게 변했다. 분명 평소와는 전혀 다르지 않은 얼굴인데 나를 보는 눈동자가, 그리고 다물린 입가가 웃고 있는 기색이었다.

그때 옆에서 나지막한 한숨이 들렸다.

"아무래도 너희 둘은 아까부터 내가 보이지 않는 것 같구나."

아차.

나는 황급히 잡은 손을 털어내며 테르데오한테서 멀리 떨어졌다.

'할머니 앞에서 손주와 뽀뽀하고 손잡는 걸 보여드리고 있었잖아!'

쥐구멍을 파서 들어가고 싶다, 정말.

어설프게 시선을 돌리자 독한 양주를 혼자 거의 비운 글로리아가 턱을 괸 채로 질린다는 듯이 우리를 보고 있었다. 분명히 독한 양주를 거의 다 비웠는데도 그녀는 흐트러지지도 않은 채 멀쩡해 보였다.

한탄 섞인 나긋한 목소리에 테르데오도 아차 싶었는지 황급히 글로리아에게 인사했다.

"글로리아 님을 뵙……."

"이제야 인사하려거든 그냥 하지 말렴."

웃으면서 단호히 끊어내는 글로리아의 말에 테르데오가 입술을 꾹 다물고 일어섰다.

"셀피와 셋시는?"

"……황녀가 대공비를 괴롭혔다는 이야기를 듣고 셀피가 흥분했습니다. 어떻게든 황녀한테 따지겠다며 난동을 부리는 바람에 혼자 둘 수가 없어서 세르시아가 저택으로 데리고 갔습니다."

"그럼 너는 네 부인을 데리러 온 거고?"

능청스러운 글로리아의 질문에 테르데오가 당연하다는 것처럼 막힘없이 끄덕였다.

"네."

조금의 망설임 없는 답변이었다. 조금은 주저할 줄 알았던 테르데오가 망설임도 없이, 조금의 생각도 없이 인정하자 놀라웠는지 글로리아가 경악스러운 표정을 지었다.

"네가 남을 위해 움직이는 날을 보다니. 오래 살고 볼 일이구나."

"남이 아니라 제 부인입니다."

"죽기 전에 이런 말을 들을 거라곤 생각도 못 했는데. ……하긴, 죽기 전에 아까 그런 장면을 볼 거라고도 생각 못 했지."

뜨끔. 아까 그 장면이라면 분명 그 장면과, 그 장면이겠지.

경악스러운 목소리에서 그녀의 기쁨이 묻어났다. 글로리아는 테르데오의 변화가 무척이나 마음에 드는 것 같았다.

"셋시가 말하길, 페레샤티 양이 테오 네게 아깝다고 하던데, 그 말이 정말이구나."

"……."

"정말 과분한 사람이야."

인정하기 싫은 것처럼 얼굴을 구기던 테르데오가 어쩔 수 없다는 듯이 웃었다. 그의 눈동자가 바람에 실려 날아온 꽃잎처럼 향긋하고 보드라웠다.

"……네, 정말 제겐 과분한 사람입니다."

덩달아 글로리아의 얼굴에도 웃음꽃이 완연하게 흐드러졌다. 몇 번을 들어도 사람의 웃음소리만큼 듣기 좋은 악기는 없는 것 같다. 귀를 풍요롭게 해주는 두 사람의 하모니를 들으며 덩달아 발그레 미소지었다.

"소중히 대해야겠구나. 잘 지켜야겠고."

"그럴 생각입니다."

역시나 조금도 망설임 없는 확고한 답변이었다. 함께 듣는 내 가슴은 마치 솜사탕을 먹은 것처럼 간지럽고 달콤하게 하늘로 두둥실 떠올랐다.

자리에서 일어선 글로리아가 내게 다가와 손을 맞잡았다.

"아까도 말했듯이 내 자식들을 위해서라면 나는 물불 가리지 않고 모든 일이든 할 수 있단다. 수단과 방법도 상관없어."

그러니 테르데오를 함부로 건들지 말라고 충고하시는 건가! 역시 아까 뽀…… 큼. 그 일과 손잡은 일이 충격이셨나 봐!

조심하겠다고 말하려는 찰나 손을 뻗어 나를 가볍게 품에 안은 글로리아가 속삭였다.

"……그리고 내 자식들에는 너 역시 포함이란다. 너 역시 내가 지켜야 할 아이 중 한 명이야."

"……!"

"혹시 오늘 같은 일이 또 벌어지거든 언제든 날 이용하렴. 진심이란다. 내 이름, 내 지위, 내 평판, 내가 만든 자리와 내 주변 사람까지도. 모두가 다 너희를 위한 거니까."

회귀 전 삶에서는 느껴보지 못했던 따뜻한 어머니의 품이었다. 그녀의 품에 안겨 있자니 어머니의 무릎을 베고 산들바람을 느끼며 잠이 들던 유년 시절이 떠올랐다.

글로리아한테는 엄마 냄새가 났다. 생각만 해도 마음이 편해지고 절로 미소가 나오는 그 냄새.

아무런 걱정도, 근심도 없이 그저 세상에 엄마가 전부였던 신생아로 돌아간 것처럼 글로리아의 품에 안겨 있던 나는 진짜 엄마에게 말하듯 얘기했다.

"……알아보고 싶은 게 있어요."

"말하렴. 너희들을 돕는 것. 그것만이 유일한 내 낙이고 삶의 이유란다."

"새어머니가 이교도에 빠진 것 같다는 이야기를 들었어요. 함께 어울리는 귀부인들 모두 이교도를 섬기는 분들이라고 했어요."

레베카가 내게 알려준 새어머니의 행보였다.

"이교도를 섬기는 귀부인 중 한 명을 만나고 싶어요."

"그래, 나도 들은 기억이 있기는 하다만. 만나서 뭘 하게?"

내가 도돌레아를 밀쳤을 때 새어머니는 분명 도돌레아를 향해 '선택받은 분'이라고 했었어.

황녀가 이교도를 섬긴다는 사실이 발각되면? 이 수도에는 더 머물지 못하고 당장 쫓겨나게 되겠지. 든든한 방패를 잃은 새어머니와 레이나를 끌어내리는 건 어려운 일이 아니었다.

"그 이교도에 대해 알고 싶어서요. 새어머니한테 직접 복수하고 싶거든요."
 내 아버지를 죽이고, 또 날 죽인 그 사람.
 대충 무슨 상황인지 인지한 글로리아가 내 등을 손바닥으로 다독였다.
 "어려운 건 아니구나. 그것만 알아봐 주면 되겠니?"
 "하나 더 부탁드려도 괜찮나요?"
 "기분이 좋구나. 또 말해보렴."
 "혹시 아데우스 포츤에 대해서도 알아볼 수 있나요?"
 몰래 뒷조사를 하고 싶지 않아서 그의 입으로 내게 의도적으로 접근한 이유를 들으려 했었지만.
 포츤 자작가에 편지를 보내도 답이 없고 아데우스는 나를 찾아올 기미도 보이지 않았다.
 이런 상태로 어영부영 시간이 흘러가는 건 더 원하지 않았다. 더 깊은 인연이 되기 전에 확실히 해두는 게 좋겠지.
 "아데우스 포츤?"
 글로리아가 품에서 날 떼어내며 눈가를 좁혔다. 외교적으로 일하는 테르데오와 달리 글로리아는 들어본 적 없다는 반응이었다.
 "포츤 자작가의 사생아래요."
 "아아, 그래. 기억이 난다. 분명 말썽꾸러기 꼬마가 하나 있다고 소문으로 들은 적이 있었지."
 "타국으로 유학을 갔다가 얼마 전에 제국으로 들어왔는데……유학 시절 이야기가 궁금해요."
 내 부탁이 끝나기 무섭게 테르데오가 대화에 불쑥 끼었다.
 "그놈은 왜."
 많이 참는다는 것처럼 억눌린 목소리. 이마 위로 도드라지게 튀어나온 핏줄이 이 상황에 대한 불만을 말하는 것 같았다.
 "지난번에 물어볼 게 있어서 만났는데 사고 때문에 질문에 대한 답을 제대로 못 들었거든요."

"그놈에 대해 알아볼 게 있나?"

"당신도 아데우스가 수상하다면서요. 나도 그랬거든요."

나 또한 아데우스를 수상하게 생각했다는 말에 테르데오가 흡족하니 입가를 씰룩거렸다. 그러다 표정을 갈무리하고 미간에 힘을 주었다.

"수상하다는 사람과 친구까지 하지 않았나."

"어차피 그때 다시는 오지 말라고 했어도 똑같이 곁을 맴돌았을 걸요. 결과가 같다면 수상한 자를 적으로 두느니 아군으로 가장하는 게 낫죠."

"……따로 만나기까지 하고."

말끝마다 삐딱하게 반응하는 테르데오의 집착 가득한 모습을 처음 본 글로리아가 입가를 가렸다. 자신의 손자가 귀여워 죽겠는지 웃음을 꾹 참는 그녀의 어깨가 떨렸다.

"겨우 자작 영식 따위에게 그리 초조해하는 거니, 테오?"

"……초조한 적 없습니다. 그리고 그놈은 겨우 자작 영식 주제에 제 앞에서 대공비의 정부가 되고 싶다고 하지 않나, 대놓고 적의를 드러내는 멍청한 놈입니다."

"목숨이 열 개라도 되는 모양이구나."

그래, 보통 자작 영식이라면 절대로 할 수 없는 행동들이다.

아니, 테르데오한테 하는 행동뿐이 아니었다. 그의 모든 행동은 은근 귀족과는 거리가 멀었다.

맨 처음 행렬 길에서 마주쳤을 때. 더러워진 옷을 제 손으로 아무렇지 않게 툭툭 털어냈을 때부터.

그 모습을 볼 때부터 수상하다고는 생각했지만.

"부탁드려도 될까요?"

글로리아가 흔쾌히 웃으며 끄덕였다.

"그래."

※ ※ ※

그리고 바로 다음 날.

글로리아는 하인을 보내 이교도에 빠진 귀부인, 베르딕트 백작부인을 소개했다. 무척이나 빠른 답변이었다.

어제 사냥 대회가 끝난 다음 날이라 마침 테르데오도 쉬고 있었기에 우린 함께 마차를 타고 베르딕트 백작가로 떠났다.

이교도가 관련되어 있으니 조심해서 나쁠 게 없다는 테르데오의 의견이었다. 백작가는 꽤 멀리 있어서 마차를 타고 한참을 가도 도착하지 않았다.

조금씩 지루해지려는 찰나.

"……그런데 이 복수, 꼭 그대가 직접 해야겠어?"

테르데오가 구겨진 얼굴로 허공을 바라보며 황망히 중얼거렸다.

"복수라면 내가 대신해 줄 수 있다고 했는데."

"알아요. 기억하고 있어요."

"그대의 손을 더럽힐 것 없이……."

"그것도 기억하고 있어요."

나는 마차의 창틀에 팔을 괴고 기댄 채 즉답했다. 내가 모두 기억하고 있음에도 상황이 바뀌는 게 없자 테르데오가 이해할 수 없다는 듯이 고개를 기울였다.

"그럼 어째서 날 이용하려 들지 않지?"

이런 일에 이용당하지 않으면 쓸모가 없다는 것처럼. 테르데오가 초조하게 물었다. 나는 힐끔 고개를 돌려 그를 정면으로 바라보며 단호히 말했다.

그거야 당연히.

"나도 당신 손에 피를 묻히고 싶지 않으니까요."

순간 테르데오가 한 대 얻어맞은 것처럼 굳었다. 당신 손에 피를 묻히고 싶지 않다는 말, 즉 자신을 배려하는 그 말이 낯설고 어색한 것 같았다.

글로리아가 말하길, 테르데오는 자신도 그리고 타인도 사랑할 줄 모르는 불쌍한 아이라고 했다.

자신을 사랑할 줄 모르는 그는, 자신을 향한 배려가 무척이나 낯설어 보였다.

"그리고 난 당신을 충분히 이용하고 있어요. 설마 잊은 건 아니죠?"

"……뭘."

"당신은 내가 안 죽게 지켜야 하잖아요. 우리 계약요. 난 지금 제국 유일무이한 대공을 방패로 이용하는 어마한 사람인걸요."

"궤변이군."

테르데오가 주먹을 쥐었다.

"그건 단지 우리 계약이었어. 내가 할 일은 아니었지."

"하지만 이용하는 건 맞잖아요?"

"……나는 이미 손에 숱한 피를 묻혔어. 몇 명쯤 더 죽인다고 해서 달라질 건 없어."

테르데오가 강력한 의지를 드러냈다. 정확히는 자기의 쓸모에 대해 열심히 어필하는 것 같았다.

"그냥 내가……."

"테오, 꼭 무언가를 해야만 당신의 쓸모가 다하는 건 아니에요."

"……!"

"마찬가지로 누굴 죽여야만 당신이 살아 있는 이유를 찾을 수 있는 것도 아니고요."

그가 사람을 죽이는 걸 좋아하지 않는 건 진즉에 파악했다.

매 전쟁에서 큰 공을 세운 테르데오는 아이러니하게도 전쟁을 좋아하지 않았다. 그저 전쟁에 참여해 승리하는 것으로 제 쓸모를 다하려는 것처럼.

어떻게든 저주에 걸린 자신이 살아갈 이유를 찾으려는 것처럼 행동할 뿐이었다.

"당신은 사람을 죽이기 위해 태어난 게 아니잖아요."

테르데오의 눈동자가 잘게 떨렸다. 그가 아래턱에 세게 힘을 줬다. 순간 눈에 보이는 격한 반응에 혹시나 테르데오가 우는 건 아닐까 하는 생각이 들었다.

그러나 우려가 채 끝나기도 전에 테르데오는 고개를 힘차게 돌렸다. 그건 마치 처음 듣는 낯선 말에 어떤 반응을 해야 할지 모르는 어린아이 같기도 했다.

그가 타인을 사랑할 줄 모르는 건 자신을 사랑하지 않기 때문이다. 자기한테 자신감이 없는 거다. '이런 나를 사랑할 사람은 없어'라며 언제나 비약하기에 타인을 사랑할 줄도, 사랑받을 수도 없는 거다.

"테오."

살아가면서 꼭 무언가를 할 필요는 없는데.

"아무것도 하지 않아서, 무얼 해야 할지 몰라서. 그래서 자신을 미워하는 마음이 들면."

누군가에게 꼭 쓸모 있는 사람이 될 필요도 없고.

꼴사납다고 할지라도 우리는 그렇게 호흡하며 매 순간을 살고 있다.

내가 그저 숨을 쉬고 살아간다는 이유만으로 누군가한테는 행복하고 고마운 일이 될 수 있음을 모른 채.

"……그런 마음이 들면?"

"내가 잘 먹고 있는지. 내가 잘 쉬고 있는지. 잘 웃고 있는지 돌아봐요."

"뭐?"

"당신은 오늘도 날 지켰어요. 나는 당신의 보호 아래 하루를 무사히 보내 잘 먹고 잘 쉬고, 이렇게 잘 웃고 있으니까요."

꽉 쥔 테르데오의 손등 위로 핏줄이 튀어나왔다.

"눈이 마주치면 내가 당신한테 고맙다고 말해줄게요."

당신의 삶이 하찮게 느껴지더라도.

"테오."

대단하지 않아도, 특별하지 않아도 좋다.

"오늘도 당신 덕에 하루를 살았네요. 고마워요."

당신이 살아 있음에 감사를 느끼는 건 내가 할 테니까.

순간 마차 안이 고요함에 잠겼다. 테르데오는 마치 혼이라도 나간 것처럼 멍했다. 마차 창문을 통해 산들바람이 불어왔다.

"날씨가 참 좋네요."

분위기라도 환기할 겸 창밖으로 시선을 돌렸는데 따사로운 바람과는 달리 하늘이 어두워지고 있었다.

"……날씨가 참 좋았는데 안 좋네요."

"그대는 정말."

테르데오가 못 이기겠다는 듯 고개를 저으며 웃었다. 순간 어두워진 하늘 위에서 햇볕이 내리쬔 것 같은 느낌이 들었다.

웃고 있는 테르데오의 뒤로 후광이 비쳤다. 깜짝 놀라 두 눈을 비비자 금세 사라졌지만.

'내가 미쳤구나.'

어이없는 한숨을 내쉬며 창밖으로 고개를 돌렸다. 험한 비탈길을 벗어난 마차는 백작가로 가는 광장에 접어들고 있었다.

그때였다.

'어?'

마차가 광장을 지나는 순간 눈앞에 흐릿한 잔상이 보였다. 마치 그림자 같기도 하고 꿈을 보는 것 같기도 했으며 신기루 같기도 했다.

어쨌든 현실감이 들진 않았다.

'뭐지?'

뭘 잘못 보는 걸까, 싶어서 눈을 비볐다. 하지만 잔상은 사라지지 않았다. 광장 중앙 커다란 나무에 묶인 여자와 그 주변을 둘러싼 사람들의 모습이 흐릿하게 보였다. 묶인 여자는 추레한 모습이었고 흩날린 머리카락에 얼굴이 가려 제대로 보이지 않았다.

주변 사람들은 여자에게 화가 난 얼굴로 씩씩 흥분해 있었다.

'내가 지금 헛것을 보는 건가?'

갑자기 심장이 빠르게 뛰기 시작했다. 어제 독한 술을 먹을 때처럼 몸이 뜨겁게 느껴졌다.

'설마 어제의 여파가 남았었나?'

말도 안 되는 생각이다.

게다가 흐릿한 잔상은 내 눈에만 보이는 건지 지나가면서도 신경 쓰는 사람은 아무도 없었다.

'테오도 안 보이나?'

나와 마찬가지로 뜨거운 얼굴을 식히기 위해 창밖을 내다보는 테르데오를 살폈다. 그는 분명 정면을 응시하고 있었지만 별다른 반응은 없었다.

그 순간.

'죽어! 이 마녀!'

'죽여!'

시끄러울 정도로 머릿속에서 큰 외침이 울렸다. 낯선 이방인을 쫓아내듯 적대감이 가득한 목소리였다.

"으."

귀로 들려오는 소리가 아니라 머리 깊숙한 곳에서부터 울리는 외침에 찌릿한 두통이 일었다. 눈을 제대로 뜨기가 힘들 정도로 심한 고통이 이어졌다.

이 소리가 어디서 나는지 알 것 같았다.

나는 관자놀이를 꾹 누른 채 찌푸린 눈으로 흐릿한 잔상을 응시하려 애썼다.

그래, 바로 저 헛것들.

저기서부터 소리가 나오고 있었다.

묶인 여자가 피딱지가 앉은 입술을 힘겹게 움직였다.

'나는 마녀가 아니에요……'

그러자 동시에 내 머릿속에서 목소리가 울렸다.

여자는 울고 있었다. 물기에 젖은 목소리가 가냘프게 떨렸다. 상황도 모른 채 목소리만 들리는데도 내 가슴이 미어질 정도로 슬픈 말투였다.

'나는, 나는 아무도 저주하지 않았어요!'

억울함이 가득한 여자의 외침이 퍼졌다. 그럴수록 내 두통도 점점 심해져만 갔다.

"으윽."

"왜 그러지?"

맞은편에 있던 테르데오가 내 상황을 깨닫고 황급히 날 살폈다. 하지만 그의 목소리가 들리지 않았다. 테르데오의 목소리보다 저 외침이 더 크기 때문이었다.

다시 큰 외침이 퍼졌다.

'죽여야 해! 마녀를 죽여야 해!'

'불태워! 불!'

귀가 아파. 아니, 머리가 아파. 왜 자꾸 소리치는 거야? 조용히 대화해도 될 텐데.

"페레샤티?"

"윽. 시끄러워. 제발, 그만."

작게 중얼거리자 테르데오가 충격받은 얼굴로 나를 가만히 내려다봤다. 자신한테 한 말로 착각한 것 같지만 그를 신경 쓸 틈은 없었다.

흐릿한 잔상이 움직이기 시작했으니까.

큰 외침이 들린 후 모인 사람들 틈에서 한 여자가 앞으로 나섰다. 그녀의 손에는 뜨겁게 타오르는 횃불이 들린 채였다.

뭘 하려는 건지 생각도 하기 전, 여자가 조금의 미련도 없이 횃불을 묶인 여자의 발 근처에 놓여 있던 짚더미로 던졌다.

화르륵!

불이 붙었다. 동시에 얼마 전 화재 사고에서 느꼈던 위화감이 들자 속이 울렁거렸다.

현실이 아닌 환각이라는 걸 알지만.

'아아악!'

지금까지와는 전혀 다른 살려달라는 외침이었다. 이상하게 내 손끝이 뜨거워지는 것 같았다. 마치 내가 불에 타는 것처럼 말이다.

놀란 나는 저 환상 속으로 뛰쳐나가고자 손을 뻗으며 외쳤다.

"안 돼!"

"페레샤티!"

그 화재 사고 때처럼 매캐한 냄새가 코끝을 찌르는 착각이 들었다. 동시에 숨을 쉬기가 어려울 정도로 목이 답답해졌다.

이 환상은, 이 헛것들은 도대체 뭐지? 뭐길래 왜 나도 이렇게…….

그때 횃불을 던진 여자가 갑자기 몸을 뒤로 돌렸다.

흐릿한 그 잔상은 정확히 마차 안의 나를 보고 있었다. 눈이 마주치자 잔상 속 여자가 킥킥 소름 끼치게 웃으며 날 봤다.

알고 있는 얼굴이다.

"허억!"

바로 도돌레아였다.

잔상의 주인공이 누군지 알아보기 무섭게 몸이 파르르 떨렸다. 옆에서 테르데오가 뭐라 소리치며 나를 흔들었지만, 시선을 돌릴 수가 없었다.

'킥킥.'

도돌레아를 닮은 잔상은 마치 현실에 있는 날 보는 것처럼 킥킥 비웃었다. 발끝부터 머리끝까지 전신에 소름 돋는 웃음소리가 퍼져 갔다.

"으윽!"

온몸에 털이 쭈뼛 설 정도로 기괴한 웃음이었다. 피해 보고자 두 손으로 귀를 막았으나 별반 소용은 없었다.

그때, 도돌레아의 잔상이 웃음을 뚝 멈췄다. 그리고 천천히 손을 들어 묶인 여자를 가리켰다.

그 손을 따라 떨리는 시선을 옮기자.

"……!"

나무에 묶인 채 불타고 있는 여자의 얼굴이 선명하게 드러났다.

그건 바로 나였다.

"꺄아아아악!"

불길에 휩싸인 채 고통에 일그러진 모습을 보자 동시에 정말 불에 타고 있는 것처럼 온몸이 뜨겁게 느껴졌다.

지난 화재 사고와는 달랐다. 정말 몸에 불이 붙은 것처럼 뜨겁고 따가웠다. 맨정신으로는 도저히 참을 수 없는 고통이 잇따랐다.

깜짝 놀란 나는 비명을 지르며 발작을 일으키듯 몸서리치며 내 두 팔을, 그리고 다리를 손바닥으로 털어내기 시작했다.

뜨거운 불꽃을 잠재우려는 것처럼.

"페레샤티!"

테르데오가 급하게 나를 붙잡았다. 발작하는 내 시선이 창밖으로 향해 있다는 걸 눈치챈 그가 빠르게 커튼을 내려 시야를 차단했다.
"내, 내가 불타고! 불! 불이 너무 뜨거워! 살려줘!"
"페레샤티! 정신 차려, 나를 봐!"
테르데오가 발작하는 나를 힘으로 제압했다. 그리고 두 손으로 내 양 볼을 강하게 감싸 억지로 시선을 맞췄다.
따뜻한 체온이 피부에 닿자 정신이 번쩍 들었다.
나는 여전히 마차 안이었고 불타고 있지도 않았다.
나는 그제야 내가 불타는 것처럼 뜨거웠던 게 아니라 얼음물에 몸을 담갔다가 막 나온 것처럼 차갑다는 사실을 깨달았다.
온몸이 덜덜 떨렸다.
'킥킥킥킥킥.'
마치 창밖을 다시 보라는 듯이 유혹의 웃음소리가 또 들렸다. 나도 모르게 홀린 듯 창밖으로 고개를 돌리려 했다.
테르데오가 내 얼굴을 강하게 감싸고 고개를 돌릴 수 없도록 힘을 줬다.
"페레샤티!"
찡그린 짙은 일자 눈썹 아래로 불처럼 붉은 눈동자가 눈에 담겼다.
"어딜 봐. 나를 봐!"
분명 커다란 외침이었는데 이상하게 뭐라고 하는지 귓가에 제대로 전달이 되지 않았다.
아니, 어쩌면 머릿속에서부터 쉴 새 없이 울리는 이 기분 나쁜 웃음소리가 방해하고 있기 때문일지도 모른다.
생각을 멈추라는 것처럼 칼에 찔리듯 날카로운 두통이 동반됐다. 하지만 여기서 생각하기를 멈췄다간 그대로 정신이 먼 곳으로 날아가 버릴 것 같은 두려움이 앞섰다.
"젠장, 페레샤티! 정신 차려!"

다시 몸이 앞뒤로 세게 흔들렸다. 아무것도 생각하기 싫은 나는 눈을 질끈 감았다.

"……제길!"

그러자 그때.

얼굴을 붙잡았던 따뜻한 온기가 떨어져 나갔다. 동시에 내 머리카락 사이로 커다란 손이 다가오더니 그대로 강하게 날 끌어당겼다.

익숙한 향이 코끝을 자극하고 이내 입술 위로 따뜻하고 말캉거리는 촉감이 느껴졌다.

"……!"

감고 있던 두 눈을 뜨자 가까이서 나른하게 내려다보는 붉은 눈동자가 보였다. 뜨거운 열기로 타오르는 눈동자를 보자 이상하게 눈물이 핑 돌았다.

맞닿은 입술로 전해지는 뜨거운 온기가 혼란스러움을 잠재웠다. 빛을 잃고 멍하던 눈동자에 빛이 들어왔다.

테르데오를 중심으로 색이 채워져 갔다.

머릿속을 시끄럽게 울리던 기괴한 웃음소리도 더는 들리지 않았다.

이 안도감에 매달리듯 그의 소매를 붙잡자 누구의 것인지 모를 뜨거운 숨이 얽혔다. 그가 다른 팔로 허리를 감싸며 나를 품에 밀착시켰다.

CHAPTER 9.

저주라는 악몽

My in-laws are obsessed with me

Chapter 9

 그의 품에 안긴 채 따사로운 키스를 받자 동시에 내 눈가를 적시던 안도감의 눈물이 기어코 볼을 타고 흘렀다.

 "……!"

 눈물을 보자마자 테르데오가 황급히 탐닉하던 입술을 뗐다. 따스했던 체온이 떨어지자 한겨울에 꽁꽁 언 호수에서 헤엄을 치고 나온 것처럼 입술이 떨렸다.

 턱선을 타고 바닥으로 눈물이 툭 떨어졌다. 어느새 내 얼굴은 눈물로 흠뻑 젖어 있었다.

 "테, 테오."

 "제길."

 테르데오가 입술을 짓씹더니 자기가 아픈 것처럼 얼굴을 구겼다. 거친 욕설과는 달리 그가 부드러운 손길로 내 눈물을 닦았다.

 "울지 마. 내가 미안해."

 그가 손을 뻗더니 나를 달래듯 부드럽게 품에 안았다. 작은 몸뚱이가 커다란 품에 완벽히 안겼다.

 그의 사과에 나는 멈출 줄 모르는 눈물을 뚝뚝 흘리며 고개를 저었다.

  테르데오 때문에 눈물이 나는 게 아니었다. 조금 전 겪었던 현상이 무서워서, 그리고 옆에 테르데오가 있다는 게 안심돼서 절로 눈물이 나는 거였다.

  이것 봐. 당신은 역시 살아야만 해.

  "다 내가 잘못했어. 제발 울지 마."

  나를 끌어안는 견고한 팔과 단단한 몸이 현실 감각을 일깨웠다. 커다란 심장 박동이 나를 진정시키듯 다독거렸다.

  "……일종의 인공호흡 같은 거였어. 미안해."

  "알, 알아요, 흡. 어제의, 흐읍, 이마 뽀뽀 같은 거죠, 홀쩍."

  당연히 공황 상태에 빠진 내 정신을 깨우려고 한 거겠지.

  홀쩍거리며 답하자 테르데오가 힘없이 웃으며 마치 아기를 어르고 달래듯 내 등을 토닥였다.

  "이제 내가 누군지 알아보겠어?"

  나는 천천히 고개를 끄덕거렸다.

  "갑자기 놀라길래 나도 덩달아 깜짝 놀랐어. 밖에서 무서운 거라도 본 거야?"

  "밖, 밖에서 도돌레아 황녀가 나를 닮은 사람을 불태우고 있었어요."

  "……황녀가?"

  테르데오가 손을 길게 뻗어 커튼 너머의 창밖을 살짝 확인했다. 그가 창밖을 본다고 생각하자 다시 불안감으로 심장이 크게 뛰었다.

  누군가 가슴을 꽉 누른 것처럼 숨 쉬기도 힘들었다.

  "밖은 아무것도 없어."

  뭐? 그럴 리가.

  "자세히 봐요. 정말 아무것도 없어요?"

  "그래. 시간대가 한산한 시간이라 평소보다도 사람이 없는걸."

테르데오가 직접 확인해 보라는 듯이 내게 손을 뻗었다. 손을 잡자 테르데오가 힘 있게 나를 일으켰다. 그는 볼품없이 떨리는 내 손을 꽉 붙잡아 주었다.

"……!"

테르데오의 말대로였다. 창밖 너머 광장은 한산했다.

불에 누가 탄 흔적도 없었고 중앙에 세워진 나무도 없었다. 나를 닮은 사람도, 도돌레아도, 구경꾼도 아무도 없었다.

"나를, 나를 닮은 사람이 불타는데. 마치 내가 겪은 것처럼 생생했어요."

그 기억을 다시 되살리자 사시나무 떨듯이 내 몸이 떨렸다. 다리에 힘이 풀려 바닥에 주저앉자 겨우 멎었던 눈물이 다시 앞다투어 흘렀다.

"너무, 너무 뜨거워서."

"됐어, 말 안 해도 돼."

테르데오가 마차 벽을 내리쳤다. 명령을 받은 마부가 마차를 멈춰 세우고 황급히 달려왔다.

"대공 각하, 부르셨습니까?"

"마차를 돌려. 저택으로 돌아간다."

"예? 하, 하지만 이미 반 이상을 넘어왔는데……."

"나는 두 번 말하는 걸 싫어해."

반박은 듣지 않겠다는 단호한 어조에 마부가 입술을 꽉 다물었다.

"돌, 돌리겠습니다."

두려움에 사로잡힌 마부가 겨우 답하고 멀어졌다. 테르데오가 커튼을 내린 후 놀란 나를 진정시켰다.

"저택으로 돌아갈 거야. 오늘은 가서 쉬지."

"……하지만 약속이."

"괜찮아. 내가 알아서 할게."

그가 쉬이 나를 달랬다. 멈춘 마차가 머리를 돌려 다시 먼 길을 떠나기 위해 출발했다.

"그 누구도 감히 그대를 건드리지 못해. 그게 현실이든 꿈이든 간에."

"……."

"네가 잘 먹고 잘 쉬고 또 잘 웃을 수 있도록 내가 늘 옆에서 지킬 테니까. 그게 내 일이라고 네가 말해줬잖아."

나는 본능적으로 안정감이 느껴지는 그를 향해 두 손을 뻗었다. 지극히 충동적인 행동이었다. 바다처럼 넓은 그의 품에 안기자 불안감과 두려움이 눈 녹듯 사라졌다.

"죽지 마요, 테오."

그의 근육이 딱딱하게 굳었다.

"곁에서 날 지켜줄 거라고 약속해 줘요."

안겨 있던 테라 테르데오가 무슨 표정을 짓고 있는지 볼 순 없지만 웃고 있을 것 같지는 않았다.

"내가 살면서."

그가 손을 뻗어 날 으스러질 것처럼 꽉 안았다. 온몸 강하게 느껴지는 악력에 이상하리만큼 안심이 된다.

"누군가한테 미래를 약속한 적이 없는데 처음으로 단언하지."

흔들림 없는 그의 목소리가 내 공포를 잠재웠다.

"그대가 울지 않고 웃을 수 있게 늘 곁에 있겠어. 내 목숨을 바쳐서라도."

"……."

"네가 우는 걸 보고 싶지 않아. 나는 이제 그냥 보고 있을 자신이 없거든."

그가 내 등을 세게 껴안았다. 숨이 막힐 것만 같았다.

나는 철옹성 같은 단단한 품에 안겨 두 눈을 감았다.

❈ ❈ ❈

어둑한 밤이 내린 후에야 우린 다시 저택으로 돌아왔다.

안정되자 대담한 짓을 했다는 게 떠올라 돌아오는 내내 우린 침묵을 유지했다. 시선 교환도 전혀 없는, 그야말로 고문이 따로 없었다.

'키스라니……!'

아무리 제정신이 아니었다고 해도 어제에 이어 다가온 급격한 스킨십에 정신을 차릴 수 없었다.

마차에서 먼저 내린 테르데오가 자연스럽게 내게 팔을 뻗었다. 그의 에스코트가 이제는 물 흐르듯이 자연스러웠다.

내민 손을 잡자 당연하다는 듯이 그가 나를 품에 번쩍 안아 들었다.

"……! 걸, 걸을 수 있어요."

"알아."

"아픈 곳도 없는데……!"

"안다고."

그가 긴 다리로 성큼성큼 저택을 향했다. 내게 눈길 한 번 주지 않은 테르데오가 무심하니 중얼거렸다.

"그냥 내 마음이야."

나는 손가락을 꼼지락거리며 뜨거워진 얼굴을 밤바람에 식히려 노력했다. 힐끗 위를 바라보자 입을 맞췄던 붉은 입술이 제일 먼저 눈에 들어왔다.

'……예뻐.'

태연한 척하려 해도 맞닿았던 입술 감촉이 생생하게 떠올랐다.

그의 입술은 도톰한 체리 같기도 하고, 먹어달라 유혹하는 푸딩 같기도 했다. 한 입 깨물면 붉은 과즙이 넘쳐 흐르는 앵두가 생각

날 법도 했다.

어쨌든 있는 힘껏 날 유혹하는 자태는 분명했다.

'저러니까 자꾸 생각나지!'

원래 음식도 맛있는 걸 먹고 나면 자기 전까지 자꾸 생각나다가 '아까 조금 더 먹을걸' 후회하는 게 정석…… 아니야! 내가 지금 뭐라고 하는 거야! 테르데오의 입술은 음식이 아니잖아!

생각에 잠겨 내 머리를 콩콩 쥐어박고 있자 테르데오의 멋쩍은 목소리가 들렸다.

"그만 봐."

"……네?"

"언제까지 내 입술을 그렇게 보고 있을 건데."

"……!"

고개를 드니 걸음을 멈춘 채 귀가 붉게 물든 테르데오와 시선이 정면으로 마주쳤다. 언제부터인지 몰라도 그가 나를 바라보고 있던 게 분명했다.

'내가 무슨 생각 했는지도 분명 들켰겠지!'

입술만 하염없이 보고 있었으니 아까 마차에서의 키스를 떠올리고 있었다는 게 당연히 티 났을 거야!

얼굴이 빨갛게 달아오르다 못해 이대로 터져 사라지고 싶었다. 나는 민망함에 고개를 숙이고 입술을 꽉 깨물었다.

그때, 테르데오가 내 정수리에 자신의 이마를 기댔다. 낮게 울리는 웃음소리가 아름답게 울렸다.

테르데오는 무척 기분이 좋아 보였다.

"……페레샤티, 나는……."

마치 악마가 유혹하듯 홀리는 목소리였다. 그러나 그의 말은 끝맺지 못했다.

"대공 각하, 대공비 전하. 돌아오셨습니까. 마부에게 미리 서신을 받아 두 분이 돌아오시길 기다리고 있었습니다."

 불청객인 집사가 뒤에서 나타났기 때문이다. 눈썹을 찡그린 테르데오가 집사를 쫓아내듯 턱짓했다.

 "이따가 다시 와."

 평소라면 눈치껏 자리를 피했을 집사가 오늘은 어쩐 일인지 물러나지 않았다.

 "대공 각하, 보고드릴 일이 있습니다."

 "지금 말고 이따가."

 "잠시면 됩니다."

 "이따가 얘기하라고."

 "정말 잠시."

 "쯧."

 물러날 기미가 보이지 않는 집사의 집요함에 테르데오가 혀를 내차고 멈췄던 걸음을 다시 옮겼다. 집사가 우리의 뒤를 따라붙었다.

 "중요한 거면 지금 해."

 정원을 지난 테르데오가 짧게 명령하자, 집사가 난감하다는 듯이 나를 힐끔 살폈다. 그리고 우물쭈물 거절했다.

 "……대공비 전하께서 없는 곳에서……."

 "대공비가 없어야 할 수 있는 보고라면 급한 게 아닌가 보네."

 "그건 아니지만……."

 "그보다 의사 좀 불러."

 "……네? 이 시간에 말입니까?"

 "그래, 대공비가 오늘 좀 놀랄 일이 있었거든."

 집사가 놀란 눈으로 날 살폈다. 어디 다친 게 아닌지 꼼꼼히 살피는 면모였기에 나는 황급히 고개를 저어 멀쩡하다는 걸 피력했다.

 "그리고 백작가에 약속을 미루겠다고 서신을 보내고."

 "그건 이미 조치해 뒀습니다."

"잘했어. 그럼 의사나 불러와. 지금은 대공비가 우선이야."

"……알겠습니다. 그럼 보고를 올리고 가겠습니다."

왜 저렇게 보고에 집착하지? 원래라면 늘 눈치껏 융통성 있게 일하는 사람인데.

내가 고개를 갸웃거리는 사이 집사가 입을 열었다.

"대공 각하."

그리고 그의 입이 떨어지는 동시에 테르데오가 문을 열라 눈짓하며 저택 안을 디뎠다.

"아크만 영애께서 방문해 계십니다."

저택 안으로 들어선 순간, 눈앞에 낯선 여자의 모습이 제일 먼저 눈에 들어왔다. 나가려던 그녀는 안으로 들어서는 우리를 보고 잠시 당황한 기색이었다.

그러나 곧 평정심을 유지하고 우리를 반겼다.

"드디어 오셨군요."

우리를 반기는 낯선 목소리가 들리자 테르데오의 얼굴이 눈에 띄게 구겨졌다.

"한참 기다려도 오시지 않기에 돌아갈까 했습니다만…… 이렇게 만나게 되네요."

여자가 테르데오를 향해 무미건조하게 읊조렸다.

'누구지?'

아마 정황상 아까 집사가 보고했던 아크만 영애일 것이다.

낯선 여자를 살피기 위해 목을 쭉 빼자 테르데오가 나를 품에 가뒀다. 마치 보여주기 싫다는 것처럼. 아니, 반대로 내가 저 여자를 못 보게 하려는 것처럼.

"결혼하셨다고 들었는데."

나는 발버둥 쳐서 겨우 눈을 빼꼼 내밀었다. 그러자 품 너머로 칼날처럼 날카로운 여자의 시선이 내게 무섭게 박혔다. 악의로 가득한 시선을 보자 나도 모르게 어깨가 움츠려졌다.

"정말이셨네요."

한껏 조롱이 담긴 말투였다. 날카로운 눈매가 어디서 많이 본 것 같기도 하다. 그리고 아크만 영애도 들어본 것 같은데…….

"다른 피해자를 만들지 않겠다는 말은 역시 거짓이었네요."

나를 유심히 살피던 여자가 차가운 시선을 돌려 경멸스럽다는 듯 혀를 내찼다.

보아하니 여자와 테르데오는 서로 아는 사이인 것 같다. 나는 테르데오의 부인이긴 하지만…… 내가 이 대화에 껴도 되는지 판단이 서지 않았다.

"초대받지 않은 불청객 주제에 말이 많군. 누가 저택에 들였지."

뒤에 서 있던 집사가 다가와 분노로 얼굴을 구긴 테르데오에게 작게 속삭였다.

"각하께서 자리를 비운 터라 들이지 않았습니다만."

"그런데?"

"아카데미에서 돌아오시던 셀피우스 도련님께서 보시고 응접실로 데려가라 하셨습니다."

그렇다는 건 셀피우스도 아는 사람이라는 건데.

'셀피가 남한테 그렇게 호의적인 아이가 아닌데…….'

고개를 갸웃거리며 낯선 여자의 정체를 추리하자 테르데오가 분노를 겨우 참는 듯 눌린 목소리로 말했다.

"미안하지만 침실까지 혼자 갈 수 있겠어?"

"괜찮기는 한데……."

애초에 다친 것도 아닌걸. 그런데 나를 혼자 침실로 보내는 테르데오가 조금은 야속했다.

'아니지! 내가 왜 속상해하는 거야?'

테르데오한테는 테르데오의 생활이 있잖아. 나는 진짜 부인도 아니고 어디까지나 계약인걸!

……그런데 저 여자는 대체 누구길래? 테르데오의 전 부인? 아니, 전 부인이라고 하기에 여자는 너무 공격적이었다.

그녀가 전 부인이었다면 날 싫어해야 할 텐데, 여자에게 그런 기미는 보이지 않았다.

오히려 반대로 그녀의 경멸과 조롱은 대부분 테르데오를 향하고 있었다.

"곧 갈게."

내가 샘이 났다고 생각했는지 그가 다정한 목소리로 달랬다. 그리고 나를 조심히 내려주며 집사에게 명령했다.

"대공비를 침실로 모셔. 그리고 의사를 불러서 상태부터 확인하고."

"네, 알겠습니다. ……대공비 전하, 제가 모시겠습니다."

어쩔 수 없지.

나는 여자를 지나쳐 집사의 뒤를 따랐다. 내가 걸음을 옮기자 낯선 여자의 시선이 졸졸 따라왔다.

"대공비께서 들으면 안 될 것도 없는데. 전 오히려 대공비 전하와 함께 대화하고 싶은걸요."

"이런 대화로 내 부인을 지치게 하고 싶지 않아."

그녀가 오만방자한 조소를 흘리며 날을 세웠다.

"그게 아니라 대공비께서 실체를 알고 도망갈까 두려워 자리를 피하게 하신 거겠죠."

걸음을 옮길 때마다 두 사람의 대화가 점점 멀어졌다. 하지만 여자는 일부러 내가 들으라는 듯 크게 외치고 있었다.

"모든 걸 버리고 두 번 다시 돌아올 리 없다고 단언했던 것 같은데. 그 얼굴을 이 저택에서 다시 볼 줄이야."

"저도 이곳에 두 번 다시 오고 싶지 않았어요. 당신들 얼굴도 보고 싶지 않았고요."

"형수님, 아니, 이제 남이니 '하라리 아크만' 영애라고 부르는 게 낫겠군."

형수님? 아크만 영애?

들려오는 단어를 곰곰이 곱씹던 나는 숨을 크게 들이켜며 계단 위에서 걸음을 멈췄다.

"네, 그래서 저도 도련님이 아니라 대공 각하로 불러드리고 있잖아요."

죽은 테르데오 친형의 전 부인이자 어린 셀피우스를 두고 떠났다던……

'셀피우스의 친모!'

고개를 번쩍 들자 앞을 걷던 집사와 눈이 마주쳤다. 마치 내 질문을 들은 것처럼 집사는 고요히 웃으며 끄덕였다.

뒤에서 테르데오의 살기 흐르는 목소리가 들렸다.

"여기서 나눌 대화는 아닌 것 같으니 응접실로 따라와."

테르데오는 근처를 지나던 하인에게 응접실 근처는 아무도 오지 못하게 하라 명령하고 걸음을 옮겼다. 두 사람의 발소리가 점점 멀어졌다.

"정말 저 사람이……?"

"네, 예상하시는 바가 맞습니다."

셀피우스의 친모가 확실했다.

어쩐지 눈매가 누군가와 닮았다 했더니 셀피우스와 미묘하게 닮았었구나! 아크만 가문도 이전에 라페레온 가문과 결혼했다는 얘기를 들은 적이 있던 것 같아.

그런데…….

"그럼 같이 대화하면 되지. 왜 날 먼저 침실로 보냈지?"

"아크만 영애께선 저주의 간접적인 피해자이시거든요. 그 전례를 보여 괜한 두려움을 심어드리고 싶지 않았을 겁니다."
 하라리 아크만은 테르데오 형의 부인이었지. 형이 죽고 셀피우스를 감당하지 못해 버리고 도망갔고.
 혹시 나도 그렇게 될까 봐 겁이 났나? 나는 한참 생각에 잠기다 문득 떠오른 대화에 희게 질린 고개를 들었다.
 "……아까."
 "네?"
 "아까 저 여자를 이곳에 들여보낸 게 셀피라고 하지 않았어?"
 집사가 긍정의 의미로 눈썹을 일그러뜨리며 웃었다.
 '……셀피!'
 자기를 버린 친모를 갑작스럽게 만나게 된 셀피우스의 걱정이 앞섰다. 나는 품위를 차리는 것도 잊은 채 집사를 지나쳐 계단을 뛰어올랐다.

※ ※ ※

 테르데오는 응접실로 들어서기 무섭게 다소 거친 몸짓으로 소파에 앉으며 물었다.
 "혹시 셀피를 데리러 왔나?"
 "설마."
 저택의 물건에는 손을 대는 것도 싫은지 하라리가 치를 떨며 소파 위에 자신의 손수건을 깔고 앉았다.
 "내가 버렸는데 다시 데리러 올 리가."
 테르데오의 붉은 눈동자가 아까와는 전혀 달리 스산하도록 검게 빛났다.
 "아아, 보는 것만으로도 끔찍하고 무서우니 죽든 말든 상관할 바 아니라고 버리고 갔었지, 참."

테르데오가 조소를 띠며 크라바트를 거칠게 잡아당겼다. 명백한 조롱에도 하라리는 얼굴색 하나 변하지 않았다.

그녀에겐 그저 이미 알고 있는 사실을 굳이 한 번 더 들은 셈이었다.

"왜 왔지? 스스로 걸어 들어온 이유가 뭐야. 글로리아 님이나 세르시아 눈에 띄었다면 살아 나갈 수 없다는 걸 알고 있을 텐데."

"당신들 때문에 나 같은 피해자가 또 생기는 걸 그냥 두고 볼 수만은 없어서요."

"피해자?"

태연자약한 모습에 테르데오가 눈동자를 흉흉하게 빛냈다. 그의 손이 검으로 향했으나 하라리는 흐트러짐 없이 단정한 자세를 유지했다.

"네, 피해자요. 대공 각하께서도 그러니 대공비 전하를 먼저 침실로 올려 보내신 것 아닌가요?"

정곡을 찔린 테르데오가 눈가를 찌푸렸다. 이러니저러니 해도 하라리는 저주의 피해자였다. 그녀는 이 저주로 인해 사랑하는 사람과 행복을 잃었고 나락으로 떨어졌다.

테르데오는 그 끝을 페레샤티에게 보여주고 싶지 않았다.

자신과 함께 있을 얼마 남지 않은 날 동안, 페레샤티가 두려움에 떨지 않길. 자신을 경멸스럽게 바라보지 않길 바랐으니까.

"지금 대공비께선 이 가문의 비밀을 알고 있나요?"

"……만일 모르고 있다 해도 이제 남이 된 당신이 신경 쓸 부분은 아닌 것 같은데."

"결혼이나 여자에는 관심 없으니 저주로 인한 피해자를 더 만들고 싶지 않다더니."

하라리의 무미건조한 눈동자에 테르데오를 향한, 아니, 라피레온 가문 전체를 향한 경멸이 깃들었다.

"각하께서도 결국은 이기적인 라피레온 가문이셨군요. 어쩔 수가 없네요."

"내 결혼을 축하하러 일부러 온 거였나 보군. 결혼한 지 시간이 꽤 흘렀으나 축하, 감사히 받지."

"각하께선 다를 줄 알았어요."

하라리가 무릎 위에 포갠 손을 올리고 허리를 꼿꼿하게 폈다.

"당신의 형이 죽고 혼자 남은 내가 얼마나 힘겨웠는지. 당신 누나의 실수로 인해 아무 죄 없는 두 사람이 얼마나 허무하게 죽었는지."

"……."

"각하께선 직접 두 눈으로 보셨으니. 당신만은 이기적인 굴레를 벗어나 피해자를 더 만들지 않을 거라 믿었죠."

알고 있다. 구태여 짚지 않아도 눈을 감고 뜨는 매 순간순간 자신을 옥죄는 현실이니까.

사랑스럽다고 생각이 드는 그 여자를 품에 안고 맹렬하게 입 맞춰 머리부터 발끝까지, 세포 하나하나마저 모두 자기로 채워버리고 싶은 그 충동을 하루에도 수천 번을 넘게 참고 있으니.

아주 잘 알고 있었다.

"고작 그 얘기를 하러 온 건가?"

테르데오가 주먹을 세게 쥐고 하라리를 매섭게 노려봤다.

"각하껜 고작일지 몰라도 저 같은 사람이 볼 땐 인생 전부가 걸린 일이죠."

"오지랖이 과하군."

"네, 오지랖이죠. 그런데 이 오지랖으로 사람 한 명 살릴 수 있다면 오지랖 부리려고요."

"그렇게 오지랖 부리고 싶었으면 셀피를 버리지 말고 잘 키워보지 그랬어?"

허를 찌르는 테르데오의 말에 하라리의 눈썹이 처음으로 일그러졌다.
 "라피레온 가문 소문을 그렇게 속속들이 다 알고 있다면, 이 저택에 셀피우스가 있다는 것도 알고 있었을 텐데."
 한 줌 남은 양심이 활을 맞은 것처럼 하라리가 고통스럽게 얼굴을 찌푸렸다. 그녀가 무릎 위 포갠 두 손이 하얘지도록 꽉 쥐었다.
 "여기에 오면 셀피우스를 마주칠 수 있다는 생각은 해본 적 없나?"
 "……."
 "당신을 보게 되면 셀피우스가 괴로울 거란 생각은 안 했느냐고."
 "……난 그 애를 사랑하지 못해요. 할 수 없어요. 내가 데려갔으면 난 그 애를 방치하거나 혹은 학대, 그것도 아니라면……."
 하라리가 말을 멈추고 숨을 골랐다.
 "……끝내는 죽였겠죠."
 "그 입 닥쳐. 이 저택에 셀피우스가 있다고 내가 조금 전 말하지 않았어?"
 "난 두 번 다시 이 저주와 엮이고 싶지 않아요."
 "그래서 셀피도 버리고 갈 수 있도록 내보내 줬잖아. 그럼 이곳에서 무슨 일이 벌어지든 간에 귀를 막고 눈을 감고 살아갔어야지."
 테르데오가 이를 드러내며 흉흉하게 포효했다. 마치 찢어발겨 씹어 먹듯이 그가 한 글자마다 힘주어 말했다.
 "아무리 머리에 든 게 없어도 당신을 볼 셀피의 기분이 어떨지 정도는 생각했어야지."
 "그런 걸 생각할 수 있었으면."
 "……."
 "애초에 버리지 않았겠죠."
 "하."
 테르데오가 냉소를 지으며 흐트러진 머리를 짜증스럽게 쓸어 올렸다.

 하라리는 예전 우아하고 기품이 넘치던 태도는 여전했으나 행색은 달랐다. 모자는 색이 바랬고 드레스 끝은 해져 있었다.

 사랑으로 모든 걸 극복할 수 있을 거라 믿고 저주를 뛰어넘으려던 여자의 끝은 비참했다.

 형의 장례식 날, 울다 지쳐 실신 직전까지 갔던 하라리의 모습을 테르데오는 아직도 기억하고 있었다.

 그녀는 모든 것을 잃은 사람처럼 절망했다. 더는 항해할 수 없는 난파선 위에 홀로 남은 것처럼, 하라리는 모든 행복이 끝났다고 말하며 죽어갔다.

 하라리는 사랑하는 사람을 잃게 만든 저주를 증오하면서도 한편으로는 두려워했다. 상처투성이가 된 그녀는 살기 위해 똑같은 저주를 가진 셀피우스를 버리고 도망갔다.

 "셀피우스를 그리 불쌍히 여기시니 그 아이처럼 가여운 아이를 또 만들 생각은 아니겠죠?"

 "뭐?"

 "대공비께서 지금은 각하를 의지할지 모르지만."

 하라리가 텅 빈 눈동자로 아래를 내려다봤다.

 "그 저주에 걸린 사람들은 언제 갑자기 죽을지 모르잖아요? 각하의 형, 내 전남편처럼요. 각하께서 그렇게 죽으면 대공비께선 저처럼 혼자 살아가시겠죠."

 칼로 난도질을 하는 것처럼 가슴이 따끔했다. 테르데오가 페레샤티를 보며 행복을 느낄 때마다 떠오르던, 그리고 가슴을 무겁게 짓누르던 죄책감들이었다.

 바로 어제도, 그리고 오늘도. 벌써 몇 차례나 느꼈던 비참한 현실이자 절망이었다.

 "그게 아니면 각하의 누나처럼 사소한 실수로 당신이 대공비를 죽게 할지도 모르죠."

그녀의 목소리가 건조하다 못해 모래를 씹어 먹은 것처럼 버석했다. 아무것도 담기지 않은 눈동자는 사막의 모래 폭풍을 만난 것처럼 메말랐다.

"당하는 피해자가 아닌 가해자인 당신들은 죽었다 깨어나도 절대 모를 고통이죠. 당신들은 자기들이 저주받아 제일 불쌍하다고 생각할지 모르지만."

"……."

"사실 불쌍한 건 아무 저주도 받지 않았는데 그런 당신들과 엮여서 같이 불행해진 사람들이죠."

테르데오가 얕게 떨리는 손을 감추려 세게 주먹을 쥐었다.

"옛정을 생각해서 그 충고 달게 받지."

그의 낯빛이 처음보다 더 어둡게 그늘졌다. 몰래 창문을 타고 들어온 어둠이 테르데오한테 덕지덕지 달라붙었다.

"그래서 대공비를 위해 그녀를 놓아달라 청하러 온 건가?"

"그래요. 얼굴도 모르는 대공비가 나처럼 갑자기 사랑하는 사람을 잃고 죽음의 그림자가 드리워진 이곳에서 저주받은 아이와 지낸다고 생각하니 가만있을 수가 없었어요."

"거짓말은."

테르데오의 얄팍한 조소에 발끈한 하라리가 고개를 들었다. 그러다 모든 것을 꿰뚫어 보는 듯한 심연의 눈동자에 얼어붙고야 말았다.

"대공비를 위해 온 게 아니라 당신을 위해 온 거겠지, 아크만 영애."

"……!"

"대공비를 구해냄으로써 자신이 구원받을 수 있다고 생각하나? 이런 걸 세간에선 '대리 만족'이라고 부른다지?"

하라리의 숨소리가 떨렸다.

정곡이었다.

과거 자신은 도망가지 못했고 결과적으로는 비참해졌다. 새롭게 살아보려 해도 보이지 않는 과거는 늘 발목을 붙잡아 그녀를 되돌려 놨다.

그래서 하라리는 대공비를 구하기로 했다.

이 저주받은 지옥에서 대공비를 구하고 나면 마음이 홀가분하고 새 삶을 살 수 있을 것 같았다.

그래, 마치 과거 자신을 구하듯이.

대공비의 모습에 자신의 과거를 투영시키는지 그녀의 숨이 가빠졌다. 하라리가 떨리는 손을 들어 얼굴 반쪽을 가렸다.

"나는 이 저택을 벗어난 지금도 고통 속에 살고 있어요. 내 지옥은 아직 끝나지 않았어요."

볼품없이 까칠해진 그녀의 손은 예전처럼 부드럽지도, 아름답지도 않았다.

테르데오는 그저 가만히 그런 하라리를 바라봤다. 그녀를 내쫓고 하는 말을 듣지 않을 수 있었음에도 테르데오는 그러지 않았다.

마치 이게 자신이 해야 할 일인 것처럼 탓하는 모든 말을 듣고 감내할 뿐이었다.

"당신들은, 당신들은 사랑한다는 것만으로 나를 이 지옥 속에 끌고 와서는 안 됐어요. 내가 그러자고 했어도 나를 끝까지 말렸어야 했어요! 나는! 나는 저주가 이렇게까지 고통스러울 줄 몰랐다고요! 내가 저주에 걸린 게 아니니까 모르는 게 당연하잖아요! 하지만 나를 말리는 사람은 아무도 없었어!"

"……."

"사랑한다면 이 저주에 끌어들이지 말았어야죠! 사랑한다면 행복하게 지낼 수 있게 멀리 보내줬어야죠! 저주를 풀 방법 같은 것도 없으면서!"

하라리가 두 눈을 희번덕이며 주먹으로 탁자를 세게 내리쳤다. 고상했던 모습은 금세 사라졌다. 그때의 기억을 떠올리면 분노를 제어하지 못하는 것 같았다.

"내 연인이었던 당신 형이 내 품에서 피를 토하며 죽어가던 모습이 아직도 생생해요! 나라고…… 나라고 그 사람을 닮은 내 아이를 버리고 싶었겠어요? 그 아이가 넘어져 다쳤다고 울면서 오는데! 그게 겁나서 도망가던 내가 얼마나 구역질 나던지!"

손등에 피가 맺히도록 탁자를 내리치던 하라리가 자신의 머리를 헤집었다.

"그런 죄인 같은 기분 두 번 다시 느끼고 싶지 않아! ……이게 당신들이 이기적이라는 증거예요."

하라리의 작은 몸이 떨렸다. 그녀는 머리를 헤집던 팔을 내려 자신의 몸을 감싸 안았다.

"당신들 존재 자체가 저주야. 차라리 몰랐으면 이렇게 평생 고통 속에서 살진 않았을 텐데."

물기 젖은 목소리가 널리 퍼졌다. 테르데오가 씁쓸하게 입꼬리를 비틀며 등을 기댔다.

"그 말이 맞아. 여긴 지옥이야."

"……."

"하지만 어쩌겠어. 이기적이라고 해도 우리도 살아야지."

능청스러운 투에 하라리가 치를 떨었다.

"각하께서도 역시 이기적인 라피레온 가문이네요!"

"당연하지. 내가 왜 저주에 걸려 있겠어?"

기다란 손가락을 턱을 쓸어내린 테르데오가 자조적인 냉소를 지었다. 칼날 위에서 아슬한 외줄 타기를 하듯 그가 위험하게 웃었다.

"나는 살아 있는 지옥이나 다름없거든."

테르데오는 언제나 악역이었다.

사람은 자신을 보호하기 위해서라면, 다른 사람의 등을 주저 없이 밀어버릴 수 있는 잔혹한 동물이다.

라피레온 가문과 엮인 사람은 대부분 그랬다.

그들은 자신이 받은 상처의 이유가 자신이 아님을, 자신이 틀렸음을 인정하고 싶지 않았다.

그들에게는 등을 떠밀어 버릴 방패가 필요했고 그 역할은 언제나 테르데오가 자처했다.

"대공비를 진심으로 사랑하지도 않으시잖아요?"

"그것도."

테르데오가 소파에서 몸을 일으켰다. 낮게 내리깔린 어두운 눈빛이 하라리를 향했다.

"내가 당신한테 답할 이유는 없지."

"……!"

"말을 들어주는 건 여기까지야. 시원하게 쏟아부었으면 돌아가."

테르데오가 몸을 돌렸다. 그의 등 뒤로 하라리의 날카로운 화살 같은 외침이 날아들었다.

"나 같은 피해자를 만들게 두고 보지만은 않을 거예요! 내가 죽더라도! 당신들은 그래선 안 돼!"

어디 가서 누군가한테 말하지도 못하는 비밀을 오늘 시원하게 쏟아냈으니, 하라리는 당분간 죽지 않고 살아갈 것이다.

비록 그게 절망 속이라고 해도.

"설마 대공비를 사랑한다는 헛소리를 하려는 건 아니겠죠!"

테르데오가 우뚝 걸음을 멈췄다. 밤을 비추던 달이 구름에 가렸다. 온 세상이 지옥에 떨어진 것처럼 어둡게 물들었다.

그가 몸을 돌렸다.

"맞으면 어쩔 건데?"

어둠이 완벽하게 테르데오의 얼굴을 가렸다. 아무것도 보이지 않는 어둠 속에서 그가 웃으며 답했다.

"그래, 나는 대공비를, 페레샤티를 사랑해."

말을 남긴 테르데오가 응접실을 빠져나왔다. 문 너머로 하라리의 울분 섞인 절망이 들렸다.

반듯하게 허리를 세운 채 흐트러짐 없는 자세로 걷던 테르데오가 손을 뻗어 벽을 짚었다. 그리고 무너지듯 벽에 등을 기댔다.

그가 손바닥으로 붉게 물든 얼굴을 문지르며 중얼거렸다.

"……나는 뭘 혼자 진지하게 답하는 거야. 멍청한 것도 정도가 있지."

사랑하지 않느냐는 질문에는 그럭저럭 잘 넘어갔는데. 사랑하냐는 질문을 듣는 순간 가슴을 옥죄던 쇠사슬이 끊어진 기분이었다.

여태껏 용케 잡아뒀던 괴물이 좁디좁은 감옥을 부수고 나온 것이다.

동시에 마차 안에서 했던 짧은 키스를 떠올렸다. 그러는 사이 자기도 모르게 이미 입 밖으로 진심을 토해내고 있었다.

'바보같이 휘말려서는.'

테르데오가 후회 섞인 감정으로 혀를 쯧 내찼다.

어쩌면 괴물이라 불러야 할 이 용서받지 못할 감정은 충동적으로 페레샤티의 이마에 입을 맞춘 그때부터 몸집을 키워 감옥을 탈출할 계획을 세웠을지도 모른다.

처음이 어렵지 두 번째는 쉽다. 그 말은 사실이었다.

이마에 입을 맞추고 나니 여태껏 참아왔던 게 무색하고 허무할 정도로 입술에 키스하고 싶은 충동을 억누를 수 없었다.

"젠장."

테르데오가 기댄 벽에 머리를 세게 쿵 박았다. 키스로 가득 달아오른 머릿속을 식히려 했으나 그럴수록 달콤했던 페레샤티의 숨결이 선명하게 떠올랐다.

미처 채우지 못한 정욕이 뜨겁게 타올라 그를 괴롭혔다.

"바닥까지 무너져야 정신 차릴 거냐고."

테르데오가 자기에게 욕설을 뇌까렸다. 이렇게 통제가 안 되는 상황은 처음이었다. 분명 제어할 수 있을 줄 알았는데 마음과는 달랐다.

몽글몽글한 낯선 감정은 낯간지러우면서도 구름 위를 두둥실 떠다니는 것처럼 기분 좋게 만들었다.

휩쓸려서는 안 된다는 걸 뻔히 알면서도 불가항력이었다. 몸집을 키운 감정은 괴물로 변해 제 몸의 주체가 되어 날뛰었다.

'더는 안 돼.'

하지만 조금 전 대화로 정신을 차렸다. 뭉게구름 속을 걷던 그는 현실로 돌아왔다.

이런 일은 마지막이어야 했다. 이 비극을 더 만들 수 없었다.

하라리의 말마따나 자신이 사랑하는 사람을 지옥 속으로 끌어당길 순 없었다. 그녀는 자신과 달리 행복해야 했다.

이건 어디까지나 혼자 삭이며 쓰레기통에 처박아 둘 몹쓸 감정이었다.

"……중증이야."

이 감정을 더 키워서는 안 됐다. 시간이 지날수록 감당할 수 없으리라는걸 뻔히 알고 있다.

하루를 살아가는 게 고통인 건 저 하나로 족하다.

쌀쌀한 밤바람에 뜨겁게 달아오른 얼굴을 식힌 테르데오가 몸을 추켜세웠다. 주변에 제 모습을 보거나 이야기를 들은 자가 없는지 꼼꼼히 확인한 후 그가 평소처럼 복도를 거닐었다.

멀리 걷자 대기하고 있던 집사가 자연스럽게 다가왔다.

"대공 각하. 대화는……."

"끝났어. 형수…… 아니, 아크만 영애는 돌아갈 거다. 타고 갈 마차를 준비…….”
 테르데오가 말을 멈추고 황망하게 웃었다.
 "아니, 라피레온 마차는 타지 않겠다고 난동을 부리겠지. 대충 명분을 만들어서 돈을 쥐여줘. 행색이 무른 걸 보니 생활비가 바닥 난 것 같더라고.”
 "그렇게 준비하겠습니다.”
 "오늘 일은 세르시아나 다른 가족에게 말하지 마. 알면 죽이겠다고 시끄러워질 거야. 다른 식솔들도 입단속시키고.”
 "네, 알겠습니다.”
 "……대공비는?”
 다짐한 게 바로 조금 전인데 망각의 물을 마시기라도 한 것처럼 몇 걸음 걷고 나니 그 다짐마저 잊었다.
 의사한테 진찰은 받았는지, 잠이 들었는지, 오늘 제대로 된 식사를 한 끼도 못 했는데 누가 챙겨주긴 했는지. 아까 저녁을 준비하라 명령하고 나올 걸 후회했다.
 더군다나 혹시 자신과 저 여자의 관계를 오해하는 건 아닌지.
 별의별 생각이 다 들었다.
 하필이면 입맞춤을 한 뒤라 자신을 파렴치한 인간으로 생각하는 게 아닌가 싶은 우려도 있었다.
 '……정말 중증이군.'
 테르데오는 미간을 찌푸리면서 집사의 답을 초조히 기다렸다.
 "대공비 전하께선 셀피우스 도련님 침실에 계십니다.”
 "셀피의 침실에?”
 혹시 뭔가 오해가 생겨 이제 자신과는 같은 침실을 사용하지 않겠다는 뜻인가? 순간 심장이 철렁 내려앉았다.
 "네, 셀피우스 도련님께서 잠 못 들어서 책을 읽어주고 계십니다.”
 "책? 갑자기 왜…… 아아.”

테르데오가 긴장을 풀며 알 만하다는 듯이 희미하게 웃었다.

"아크만 영애가 셀피 친모라는 걸 눈치챘나 보네."

"네."

"의사한테 진찰도 안 받고 셀피한테 먼저 달려갔겠군. 식사는 당연히 안 했겠고."

뻔한 일이었다. 보나 마나 셀피가 걱정된다고 자기 몸은 돌보지도 않고 아이부터 위로하고 있겠지.

페레샤티는 굳이 따지자면 양초 같은 사람이었다. 자신을 태우고 희생해 어둠을 밝게 비추는.

어둠을 쫓는 데에만 급급해서 자신의 상처는 돌아볼 틈도 없는, 그런 사람이었다.

"의사는?"

"대기하고 있습니다."

"계속 기다리라 하고 주방장에게 간단한 요깃거리를 만들라고 해. 허기가 달래질 만한 것으로."

명령을 받은 집사가 사라지자 테르데오가 걸음을 재촉했다. 그는 계단을 단숨에 훌쩍 올라 셀피우스의 침실로 향했다.

문 앞에서 노크하려던 테르데오가 멈칫했다. 그리고 조용히 기척이 나지 않도록 문을 열었다. 열린 문 너머로 어둠을 쫓는 따사로운 침실 빛이 쏟아졌다.

"……그때 마녀가 공주님에게 말했어요. '왕자의 저주를 풀고 싶으면 네 목숨을 주렴! 낄낄!'"

셀피우스에게 동화책을 읽어주는 페레샤티의 목소리가 흘렀다. 제법 실감 나게 목소리를 바꿔가며 연기하는 모습에 절로 웃음이 났다.

가슴 언저리를 간지럽히는 목소리가 듣기 좋아 저 시간을 깨고 싶지 않았다.

테르데오는 구태여 안으로 들어가지 않았다. 그저 문을 열어둔 채 팔짱을 끼고 복도 벽에 기대 그녀가 들려주는 동화책 이야기에 귀를 기울였다.

"공주님이 말했어요. '좋아요, 마녀! 나와 거래해요! 내 목숨을 줄 테니 왕자님께 걸린 저주를 풀어줘요!'"

침실에서 흘러나온 빛이 어두컴컴한 복도에 내동댕이쳐진 테르데오를 밝게 비췄다.

그때 경비를 돌기 위해 계단을 올라오는 경비대와 눈이 마주쳤다. 테르데오가 눈살을 찌푸렸다. 주인의 불쾌한 기색을 눈치챈 경비대가 걸음을 멈췄다. 테르데오는 방해하지 말고 이따 다시 오라는 뜻으로 턱짓했다.

용케도 눈짓만으로 알아챈 경비대가 고개를 숙이고 계단을 내려갔다.

조용한 복도에 다시금 달콤한 설탕 과자 같은 목소리가 울려 퍼지자 테르데오가 흡족하게 웃었다.

❄ ❄ ❄

"……모두 행복하게 살았습니다."

책의 마지막 페이지를 덮고 옆을 보니 셀피우스는 어느새 깊은 잠에 빠져 있었다.

나는 셀피우스가 깨지 않도록 조심스럽게 의자에서 일어섰다. 그리고 이불을 잘 덮어준 후 불을 끄고 침실을 나섰다.

"셀피는 이제 잠들었어?"

"허억!"

침실을 나서기 무섭게 캄캄한 복도에서 들리는 목소리에 기겁해 주저앉았다. 일렁이는 촛불 밑에서 놀란 날 보며 미안한 표정을 짓는 테르데오가 보였다.
"놀, 놀랐잖아요!"
"미안. 많이 놀랐어? 놀라게 할 생각은 아니었는데."
너무 미안해하는 모습을 보니 순간 치밀던 짜증이 가라앉았다.
"여기서 뭐 하고 있어요?"
"……그냥 지나가던 길이었어."
"아, 대화가 이제 끝났나 보네요."
"그런 셈 치지."
테르데오가 주저앉은 나를 일으켜 주었다.
"아직 의사한테 진찰도 안 받았지?"
"아! 의사!"
갑작스러운 셀피우스 친모의 등장 때문에 까먹었네.
 복도의 커다란 창을 바라보니 모두가 잠이 들었을 밤이었다. 나는 우리 침실 쪽으로 걸음을 옮겼다. 테르데오가 내 옆으로 태연하게 바짝 따라붙었다.
 컴컴한 복도가 무섭지 않았다.
"내일 진찰받으면 되죠. 어차피 어디 아픈 곳도 없으니까요."
"그럴 것 없어. 침실 앞에서 의사가 기다리고 있을 거야."
"이렇게 늦었는데요?"
"……아, 낮에 잠을 많이 잤는지 잠이 안 온다고 그대가 돌아올 때까지 앞에서 기다린다더군."
 테르데오가 능청스럽게 어깨를 으쓱거렸다.
"의사를 매번 너무 괴롭히는 거 아니에요?"
"내가 언제 괴롭혔다고. 그는 사람을 치료하는 것을 직업으로 삼은 사람이야. 사람을 치료함으로써 뿌듯함을 느끼는 거지. 의사한테 아픈 환자를 치료할 수 있는 것만큼이나 행복한 일이 어딨겠어."

당연한 말이지만 어쩐지 의사가 들었으면 속상해하며 울었을 것 같다.

"백작가에는 몸이 좋지 않아 돌아간다고 서신을 보냈어. 몸이 낫고 다시 방문한다고 했으니 무리하지 않아도 돼."

그러고 보니 그 마차에서 봤던 흐릿한 잔상은 뭐였을까. 너무 피곤하고 근래 많은 일이 벌어져서 환각을 본 걸까?

'의사가 기다리고 있다고 하니 진찰받아 보는 게 좋긴 하겠어.'

나는 마차에서 생겼던 일을 곱씹으며 걷다가 이내 떠올려서는 안 될 일을 떠올리고야 말았다.

"……!"

우뚝.

그 순간 다리가 마비된 것처럼 움직이지 않고 우뚝 멈췄다.

"페레샤티?"

테르데오가 갑자기 멈춘 나를 걱정스럽게 바라보며 덩달아 멈췄다. 셀피우스 친모의 등장으로 잠시 잊고 있었다.

'우리 키스했잖아!'

겨우 지웠던 사실이 다시금 떠오르자 얼굴이 뜨겁게 달아올랐다.

"왜 그래? 얼굴이 붉은데. 역시 어디 아픈 거 아냐?"

"그, 그런 건 아니고요."

누가 마차 얘기 꺼냈어? 누구야! 잊고 있었는데!

"열이 나는 거 아냐?"

테르데오가 열을 확인하기 위해 내 이마로 손을 뻗었다.

"촛, 촛불 때문에 뜨거워서요!"

나는 황급히 그의 사정거리를 벗어나 걸음을 재촉했다.

안 돼, 머릿속에서 지워. 생각을 바꾸자! 다른 생각 해!

"아! 아, 아까 그 여자! 그 여자는 왜 온 거예요?"

"여자? 아, 아크만 영애."

"혹시 셀피를 데리러 왔다거나……."

"그건 아니고."

짤막하게 부정한 테르데오가 입술을 꾹 닫았다. 셀피우스 친모 얘기를 하자 뜨거운 열기가 파시식 식었다.

어둠 속을 헤집고 걷는 동안 그는 답하지 않았다.

"그건 아니고 뭐요?"

나는 결국 인내심이 바닥나 먼저 답을 재촉했다. 그러자 테르데오가 어설프게 웃으며 고개를 대충 도리질했다.

"그냥."

"……그냥요?"

"우리 결혼을 축하하기 위해 왔을 뿐이야."

결혼을 축하하기 위해 왔다고? 그런 사람이 그렇게 적의를 드러내고 있었다고? 저주하기 위해 왔다고 해도 과언이 아닐 정도였는데.

"혹시 셀피를 찾아올 리는 없겠죠? 내 아이를 가끔 만나고 싶다고 한다거나."

"오늘 와서 셀피 얼굴 한 번 안 보고 갔는데 그럴 리가 있겠어?"

"그건 그거대로 또 화나네요."

이 저택에 셀피우스가 사는 걸 몰랐나? 설령 몰랐다고 해도 자기의 아이를 버려놓고 뻔뻔하게 다시 찾아오다니!

"난 그 여자가 저택에 다시 안 왔으면 좋겠어요. 그 여자를 이 저택에서 두 번 다시 보고 싶지 않아요. ……내가 '진짜'가 아니라 이런 말은 오지랖일지도 모르지만 적어도 내가 이곳에 있는 동안은요."

"오지랖은 그 여자가 오지랖 부렸지."

"네?"

"아니, 피차 마찬가지라고. 그 여자 얘기는 하고 싶지 않아. 다시 만날 일도 없을 테니 신경 꺼."

그러면 다행이겠지만.

아까 차갑고 집요하게 날 보던 아크만 영애의 시선을 떠올리자 소름이 돋았다. 힐끔 내 눈치를 살핀 테르데오가 큼, 크게 헛기침했다.

"……그것보다 오늘 말인데."

"네?"

"혹시 기분 나빴다면 사과할게. 아까 제대로 못 한 것 같아서. 키…… 아니, 그 일이 있고 돌아와 제대로 얘기도 못 한 것 같아서."

"……네?"

지금 이거 그 키스 얘기하는 거 맞지?

필사적으로 대화를 벗어났는데 다시 원점으로 돌아왔다.

"책임을 회피하려거나 그런 의도는 전혀 없었어. 아니, 그렇다고 내가 일부러 그랬다는 건 아냐."

그의 변명이 길어질수록 이상하게 내 입꼬리가 길게 위로 치솟았다.

"그렇게 변명 안 해도 괜찮은데……."

"다른 사심을 갖고 한 건 아냐. 오해하지 않았으면 좋겠어."

……응?

"어떻게 보면 사고였고, 또 어떻게 보면 충격요법으로 그대를……."

순간 위로 치솟던 입꼬리가 일자로 제자리를 찾았다. 황당해서 고개를 돌리자 딱딱하게 굳은 채로 정면만 바라보며 마치 대사를 외우듯 줄줄 말하는 테르데오가 보였다.

'내가 화낸 적이 있었나?'

그래서 지금 저렇게 필사적으로 변명하고 부정하나?

쉬지 않고 변명을 늘어놓는 모습에 어안이 벙벙했다.

'다른 사심을 갖고 한 건 아냐? 그건 즉, 사심이 없다는 거잖아? 게다가 사고라고?'

분명 조금 전까지는 나도 사고이자 일종의 치료였다고 생각했다.
 그런데 테르데오가 저렇게 필사적으로 변명하는 모습을 보니 짓밟힌 것처럼 기분이 더러웠다. 나는 종이처럼 꽉 구겨진 얼굴로 이를 갈았다.
 이미 옆에서 늘어놓는 변명은 귀에 들리지 않았다.
 "······그러니까 나는 정말 내 감정으로 그대를 기분 나쁘게 할 생각은 없었······."
 "네, 저도 그렇게 생각해요."
 나는 구구절절 끝을 모르게 길게 늘어지는 변명을 딱 잘랐다. 단호한 목소리에 테르데오가 당황한 표정으로 나를 돌아봤다.
 "게다가 우린 그냥 입술만 아주 잠깐 접촉했을 뿐이잖아요? 그런 입맞춤에 의미를 부여할 사람이 누가 있겠어요. 이건 접촉 사고나 다름없죠."
 환히 웃자 반대로 테르데오의 얼굴이 점차 어두워졌다. 한참 변명을 늘어놓던 그가 발끈한 표정으로 미간을 구겼다.
 "예전에 배운 건데, 어떤 타국에서는 이 정도 입맞춤은 인사 수준이라고 하더라고요. 전혀 신경도 안 쓴다는 소리죠."
 "······인사?"
 "그리고 이런 입맞춤은 요새 어린이들도 하는걸요. 이런 건 키스나 뽀뽀라고 부르기도 어렵죠. 그냥 입술 스치기죠."
 "······입술 스치기?"
 "설마 테오, 그걸 키스라고 생각한 건 아니죠? 에이, 우린 성인이잖아요. 첫 키스도 아니고."
 네가 그렇게 필사적으로 변명한다면 나도 같이 해주마.
 나는 어두워지는 테르데오의 얼굴을 보며 흡족한 승리의 미소를 지었다. 그의 표정은 마치 사고가 끊어진 사람처럼 멍했다.
 '내가 이겼다.'

걸음이 느려진 테르데오를 지나쳐 홀가분한 표정으로 앞서 걸으려 할 때였다. 돌연 걸음을 멈춘 테르데오가 내 손목을 움켜쥐더니 그대로 벽에 밀어붙였다.

"……!"

눈 깜짝할 사이 나는 그의 두 팔 사이에 갇히고 말았다. 나른하게 풀린 붉은 눈동자가 뜨거운 욕정을 품고 있었다.

"키스라고 부르기도 어렵다고?"

그가 권태롭고 오만하게 고개를 비틀었다. 위험한 모습이 마치 한 마리 풀려난 괴물을 보는 것 같았다.

"그럼 이번엔 제대로 키스하면 되겠네."

내가 지금 잘못 들었나? 나도 모르게 테르데오의 붉은 입술을 바라봤다. 번들거리는 도톰한 입술이 유혹하듯 자태를 뽐냈다.

테르데오가 한 손으로 내 턱을 잡아 부드럽게 올렸다. 긴장으로 마른침을 삼키자 소리가 유독 크게 들렸다.

그도 나처럼 긴장한 건지 굵은 목울대가 우람하게 꿀렁였다.

촘촘하고 기다란 속눈썹이 깔리자 붉은 눈동자에 차양이 드리워졌다. 소용돌이처럼 빨려 들어갈 것 같은 그 눈동자를 한참 바라보느라 어느새 테르데오가 가까이 다가온 줄도 모르고 있었다.

세상 모든 것이 정지된 것 같았다. 우리를 둘러싼 공기의 흐름마저도.

비스듬히 고개를 꺾은 채 느릿하게 내게 다가오는 테르데오를 보며 문득 악마가 존재한다면 이렇게 홀리겠구나 싶었다.

'흐읍.'

본능적으로 크게 들이켠 숨을 참고 눈을 살며시 감았다.

점점 가까워지는 테르데오의 향기 때문인지 심장이 미칠 것처럼 뛰었다.

쿵쿵 심장이 뛴다. 참은 숨에 슬슬 한계가 임박했다. 호흡 곤란으로 인해 어깨가 파르르 떨리고 두 볼 또한 발그레 달아올랐다.

아니, 이건 긴장 때문인가?

동시에 테르데오의 날렵한 콧대가 내 코끝에 살짝 닿았다. 서로의 코끝만 아주 살짝 맞닿았을 뿐인데 전기가 통한 것처럼 온몸이 짜릿했다.

테르데오가 지금 내 앞에 있어. 그 생각만으로도 손바닥에 땀이 흥건히 배어났다.

그가 내 턱을 감싸던 손가락을 천천히 움직였다. 기다란 손가락이 목덜미를 야살스럽게 훑었다. 건반을 두드리듯 돌아다닌 커다란 손이 내 얼굴을 부드럽게 감쌌다.

그의 체취가 한결 강해졌다. 내뱉는 뜨거운 숨마저도 느껴질 정도로 가까웠다. 나는 본능적으로 두 주먹을 세게 쥐었다.

그때 좌측에서 주춤거리는 타인의 호흡 소리가 들렸다.

"어, 어……."

갑작스러운 소리에 놀란 나는 감았던 소리가 난 곳으로 고개를 홱 돌렸다. 의사가 우리를 보며 제자리에 얼어붙어 있었다.

"언, 언제까지 대기하면 될지를 여, 여쭤보려고……."

아차. 의사가 침실에서 대기하고 있다고 했었지! 고개를 돌린 테르데오가 얼음장보다 더 차가운 목소리로 읊조렸다.

"분명 기다리라고 했을 텐데."

"죄, 죄, 죄송…… 죄송합니다! 계, 계속 이어 하세요! 밤, 밤이 새도록 대기하고 있겠습니다!"

저택이 떠나가라 크게 외친 의사가 꽁무니를 빼며 후다닥 도망갔다.

의사가 사라지자 쏟아지는 장대비를 맞듯이 현실감이 온몸을 차갑게 때렸다.

'지, 지금 무슨…….'

조금 전, 벌어질 뻔했던 뜨거운 상황에 입술이 파르르 떨렸다. 내가 도대체 무슨 일을 벌인 거지?

"하."

테르데오가 뜨거운 숨을 토해내자 동시에 내 어깨가 움찔거렸다. 고개를 정면으로 돌릴 용기가 나지 않았다.

"방, 방, 방금은……."

긴장 때문인지 목소리가 잠겼다. 태연한 척하려 했는데 입술이 너무 떨리는 바람에 목소리까지 떨렸다.

한 글자를 뱉을 때마다 얼굴이 뜨거운 화덕 속 음식처럼 익어갔다. 아니, 타들어 갔다.

어색한 침묵이 어깨를 짓눌렀다. 마음 같아서는 조금 전 도망간 의사를 다시 불러오고 싶을 정도였다.

'제발 누가 좀 와줘.'

속으로 연신 외칠 그때였다.

쿵!

흡사 성벽이 무너지기라도 하는 것처럼 큰 소리가 울렸다. 나는 깜짝 놀라 반사적으로 고개를 돌렸다.

그러자.

"허억! 테, 테오!"

어느새 옆으로 옮긴 테르데오가 벽에 이마를 세게 박고 있었다. 미쳤나 봐! 머리가 부서질 정도로 큰 소리가 났는데!

"괜, 괜찮아요?"

"……침실로."

여전히 벽에 머리를 박은 채 발아래를 응시한 테르데오가 들릴락 말락 작게 중얼거렸다.

"……침실로 먼저 가서 의사한테 진찰부터 받아."

"의사는 내가 아니라 당신이 만나야 할 것 같은데……."

"……난 괜찮아. 이래야 정신 차릴 것 같거든."

인위적인 웃음을 지은 테르데오가 벽에 머리를 박은 채로 고개를 돌려 날 바라봤다.

'예쁘다.'

벽에 머리를 기댄 채 나를 바라보는 그 얼굴이 마치 신이 만든 최고의 걸작이라고 해도 과언이 아닐 만큼 아름다웠다.

흔들림 없이 타오르는 붉은 눈동자를 마주하자 잠잠하던 심장이 다시 요동치기 시작했다.

도화선에 불이 붙기라도 한 것처럼 이제는 걷잡을 수 없다는 생각이 들었다.

넋을 놓고 바라보자 테르데오가 손을 뻗었다.

만일 그가 이 세상을 타락으로 이끌 악마라 하더라도 모든 걸 바칠 만큼.

이 순간, 나는 그에게, 그리고 그의 분위기에 홀려 있었다.

기다랗고 예쁜 손가락이 내 입술에 닿으려는 순간.

쾅!

테르데오가 다시 벽에 머리를 세게 박았다.

"테오!"

이번엔 조금 과장해서 진짜 저택이 흔들린 것 같다.

"……아직 정신을 못 차린 모양이야."

테르데오가 무언가를 꾹 참듯 인내하며 먼저 가보라며 내게 손짓했다.

"……먼저 가."

"당신은…….''

"페레샤티."

말을 잘라낸 테르데오가 부탁하는 어조로 단호하게 말했다.

"지금 네가 안 가면 나는 이 저택이 무너질 때까지 머리를 박아야 할지도 몰라."

"갈, 갈게요."

내가 가는 거랑 머리를 박는 거랑 무슨 관계가 있냐고 물어보고 싶었지만.

나를 힐끔 본 테르데오가 이번엔 더 세게 머리를 박을 기세였기에 나는 황급히 침실로 걸음을 옮겼다.

"아, 그리고."

정확히 세 걸음쯤 걸었을 때, 뒤에서 테르데오가 날 불러 세웠다.

"네?"

"의사한테 각오하라고 전해줘."

나는 못들은 체 다시 걸음을 옮겼다. 마지막 말은 전하지 말아야지 생각하면서.

무색하게도 뒤에서는 연신 머리를 박는 소리가 끊이지 않고 퍼졌다.

※ ※ ※

달그락.

고요한 식탁 위, 식기 소리가 난무했다. 오늘따라 시간이 참 늦게 흘러가는 것 같다.

평소와는 달리 우리가 아무런 대화가 없이 어색하자 셀피우스가 덩달아 눈치를 살폈다. 분위기가 나아질 기미가 보이지 않자 보다 못한 셀피우스가 입을 열었다.

"어제요……."

"콜록!"

"푸읍."

'어제'라는 단어만 나왔는데 테르데오는 사례가 걸렸고 나는 먹던 음식을 뿜을 뻔했다.

갑작스러운 반응에 셀피우스가 이상한 걸 보듯이 우리 둘을 번갈아 봤다.

"왜, 왜 그래요? 두 분. 어제……."

"어제는 아무 일도 없었다."

제 발 저린 테르데오가 질문이 끝나기도 전에 단호히 답했다.

다섯 살짜리 아기도 '어제 무슨 일이 있었구나' 하고 유추 가능할 정도의 격한 부정이었다.

"네? 전 어제 제 친엄……."

셀피우스가 힐끔 날 바라보며 단어를 고쳐 말했다.

"아니, 그 여자는 이제 더 볼 일 없는지 여쭤보려고 한 건데요."

"아."

아오, 저 멍청이.

나는 셀피우스가 어제 일을 눈치채기 전에 황급히 대화에 끼어들었다.

"어제 그 여자는 잘 돌려보냈어. 다시 올 일은 없을 거니까 셀피, 넌 걱정하지 않아도 돼."

"……죄송해요, 엄마."

"네가 사과할 일도 아닌걸, 셀피."

"저택에 들이면 안 됐는데…… 무슨 변명을 하는지 들어보고 싶었어요. 나를 버리고 가서 미안하다고 사과라도 할 줄 알았나 봐요."

셀피우스가 손가락을 꼼지락거리며 고개를 숙였다.

"저는 찾지도 않는 걸 보니 목적은 따로였던 것 같지만요. 다시는 그러지 않을게요. 저한테 엄마는…… 제 앞에 있는 한 분뿐이니까요."

자신이 실수라도 한 것처럼 풀이 죽은 셀피우스의 곁으로 다가가 어깨를 다독였다.

"네 실수가 아니야, 셀피."

"하지만······."

"혹시라도 네가 만나고 싶거나 소식을 듣고 싶다면 언제든지 그래도 돼. 네가 충분히 궁금해할 수 있는 일이고, 선택할 수 있는 일이야."

"······엄마는 기분 나쁘지 않아요? 제가······ 엄마가 있는데도 그 여자를 저택에 들였잖아요."

나는 희미하게 웃으며 고개를 저었다.

"전혀 기분 나쁘지 않아. 설령 네가 또 같은 선택을 한다고 해도 그 누구도 널 욕할 수 없어. 넌 아직 어려. 그리고 또······."

아직 엄마의 품이 필요한 나이지.

"어쨌거나 내 눈치를 볼 필요 없어, 셀피. 다만 난 네가 상처받지 않길 바랄 뿐이야. 그 여자는······ 좋은 엄마로 보이진 않거든."

내 다독거림에 셀피우스가 의젓한 얼굴로 미련을 털었다.

"같은 실수는 반복하지 않아요. 절 낳은 건 그 여자지만 제 엄마는······."

셀피우스가 어깨에 얹은 내 손을 붙잡았다.

"여기 있는 엄마뿐이니까요. 저도 엄마가 상처받지 않길 바라거든요."

셀피우스는 점점 라피레온 후계자의 모습을 갖춰가고 있었다.

아이들은 정말 훌쩍 큰다. 눈 잠깐 돌렸을 뿐인데 어느새 이렇게 성숙해지다니.

못내 서운하면서도 대견하고, 뿌듯하면서도 아쉬운 느낌이 들었다. 나는 복잡한 양가감정을 느끼며 셀피우스를 꽉 안았다.

어느새 키도 크고 덩치도 큰 것 같다. 이대로라면 몇 년 뒤에는 나보다 더 커져 있을지도 모르겠네.

"······그러니까 두 분, 저 때문에 싸우지 마세요."

"응?"

"아침부터 서로 한 마디도 안 하고 계시잖아요."

우리의 침묵이 아크만 영애 때문에 벌어진 결과라 생각한 모양이었다. 어제 아크만 영애가 다녀간 후로 우리 사이가 서먹하게 보였으니 오해할 만도 했다.

"그런 거 아니니까 걱정하지 말고. 얼른 아침 먹어. 아카데미에 늦겠다."

나는 어색하게 웃으며 자리로 돌아와 음식을 입에 넣었다. 어서 식사를 끝내고 이 자리를 일어나고 싶었다.

기분이 풀렸는지 환히 웃으며 식사하던 셀피우스가 내 입술을 가리키며 말했다.

"어? 엄마 입술에 빵이 묻었……."

챙!

셀피우스의 말이 끝나기도 전에 바닥으로 식기가 떨어지는 소리가 들렸다. 고개를 돌리니 포크를 떨어뜨린 자세 그대로 테르데오가 얼어 있었다.

'아휴, 저 바보.'

한숨이 절로 나온다, 진짜.

"……대공 각하?"

셀피우스가 나와 테르데오를 번갈아 보며 고개를 갸웃거렸다. 테르데오는 냅킨으로 입가를 닦지도 않은 채 서둘러 자리에서 일어섰다.

"……일이 많아. 난 먼저 가볼게."

눈도 안 마주치고 딱딱하게 말한 테르데오가 나무 목석처럼 삐거덕거리며 요상하게 걸어갔다.

맞은편의 셀피우스가 나와 테르데오를 번갈아 보며 '설마……'라며 작게 중얼거렸다. 애써 못 들은 척하자 비음을 흘린 아이가 미소와 함께 테르데오를 향해 크게 외쳤다.

"대공 각하! 입술에 크림……!"

쾅!

'입술'이라는 단어가 나오자마자 잘 걸어가던 테르데오가 돌기둥에 어깨를 박았다.

"하아."

나도 모르게 한숨을 크게 내쉬며 이마를 짚었다. 테르데오는 아랑곳하지 않고 그대로 다이닝 룸을 빠져나갔다.

맞은편에 있던 셀피우스가 천진난만한 표정으로 날 향해 윙크를 하며 엄지를 치켜세웠다.

'망했네, 진짜.'

※ ※ ※

시간이 조금 흐른 뒤 아침 일을 생각하니 다시금 울화가 치밀었다.

그래, 어색해서 모른 척하고야 싶겠지. 어떻게 해야 할지 모르겠지.

그런데 나도 그러거든?

피하고 모른 척한다고 없던 일이 되는 것도 아니고.

'설마 없던 일로 치려는 건 아니겠지…….'

이대로 얼렁뚱땅 넘길 생각일까? 만약 그렇다면 책임감이라고는 눈곱만큼도 없는 거야.

한번 시작했으면 끝을 봐야지! ……아니, 이건 아니지만.

만약 이대로 없던 일로 친다면…….

"죽여버리겠어."

냉수를 벌컥 단번에 마신 후 빈 물 잔을 쾅 내려놓았다. 그러자 디저트 카페의 대표 메뉴인 케이크가 옆으로 기우뚱 쏟아졌다.
동시에 맞은편에 있던 상대의 얼굴에 화색이 돌았다.
"역시! 대공비 전하께서도 그렇게 생각하셨군요."
"……네?"
아차.
테르데오의 생각에 빠져 앞에 있던 상대의 존재를 잠시 잊었다.
"그런 불온한 가문은 사라져야 해요. 그들은 살인자니까요."
맞은편 상대, 아크만 영애가 내 말에 힘을 입어 목소리를 높였다. 아마 내가 자신과 같은 생각이라고 착각하는 모양이었다.
셀피우스를 아카데미에 데려다주고 돌아가는 길에 아크만 영애를 만났다. 무시하고 가려 했으나 자기 얘기를 들어주지 않으면 셀피우스한테 전달하겠다는 협박에 그녀를 따라나섰다.
나는 저 영애와 셀피우스가 두 번 다시 마주치지 않았으면 하니까.
"아크만 영애. 내가 딴생각을 하느라 못 들었거든요."
"네?"
"그러니까 날 만나서 하고 싶은 얘기가 뭐라고요?"
"……제 말씀 하나도 못 들으셨어요?"
"네, 하나도요."
사실은 다시 말해도 안 들을 거지만.
아크만 영애의 얼굴이 설핏 구겨졌다. 구겨진 얼굴을 보니 기분이 아주 조금 괜찮아진 것 같기도 했다.
"……그, 그럼 다시 말씀드리지요."
대화가 빨리 끝날 줄 알았는데 생각보다 길어지네.
뜨거웠던 차가 어느새 다 식어 맛을 잃었다.
'이상하네. 이 디저트 찻집은 차도 참 맛있다고 소문나 있는데.'
"대공비 전하, 그 가문…… 라피레온 가문에서 도망치셔야 해요."

아하. 이제 보니까 차 맛이 바뀐 게 아니라.

'이 여자 때문에 입맛이 떨어진 거였구나!'

나는 찻잔을 쥐고 아크만 영애를 고요히 바라봤다.

내 반응이 다소 미미했음에도 불구하고 아크만 영애는 자신이 준비해 온 말을 열정적으로 이어갔다.

"대공비 전하께서도 보고 들었으니 아시겠죠. 그 가문은 대대적으로 불행해요. 엮인 사람 모두를 지옥으로 끌고 가죠. 저는 그 끝을 직접 겪었으니 단언할 수 있어요."

"아크만 영애."

"지금 도망치셔야 해요. 더 깊게 엮이면 대공비 전하께서도 불행해지실 거예요."

그녀의 어이없는 합리화를 듣고 있자니 한숨조차 나오지 않았다.

"그 가문 사람들이 해코지할까 무서우시죠? 저도 그 마음 알아요. 저 또한 그랬으니까요. 하지만 걱정하지 마세요. 제가 별일 없도록 도와드릴게요."

"저기요."

"그들의 눈을 피해 타국으로 도망간 후 다른 귀족 신분을 사면 돼요. 빚이 많은 귀족의 신분을 사는 건 제법 흔한 일이거든요."

이미 여러 방면을 알아봤는지 아크만 영애가 자신 있게 가슴을 두드렸다.

"신분을 사서 사생아로 위장하거나 혹은 비슷한 나이대에 실종되었거나 사망한 사람의 행세를 하면 돼요."

나는 구겨져서 주름진 미간을 손가락으로 꾹꾹 눌러 폈다.

"꺼림칙하시겠지만 그렇다고 그 살인자들 옆에서 살 순 없잖아요. 기분 나쁘잖아요. 같이 생활하다가 그, 저……흠흠. 아무튼 '그게' 옮으면 어떻게 해요?"

여기서 말하는 '그게'는 저주를 뜻하는 거겠지.

이곳은 귀빈실이라 주위에 사람은 없지만 그래도 혹시 모르니 그 단어가 아예 입에 오르지 않도록 조심하는 것 같았다.

"그리고 이건 제 생각인데요. 그들은 그걸로 사람을 죽이면서 즐기고 있는 것 같아요."

그래도 일정 선을 지키면 끝까지 들어주려 했는데 선 넘네.

"대대로 전쟁에 나가는 것도 살인을 즐기고 있기 때문이겠죠. 그런 소문이 괜히 난 게 아니라니까요?"

이러니저러니 해도 셀피우스를 낳아준 친모고, 또 테르데오 형의 전 부인이었기에 최소한의 예의는 지켜주려 했건만.

'기회를 자기 발로 차버리네.'

나는 고개를 가로저으며 테이블을 두 손으로 꽉 잡았다.

"대공비께서 죄책감 가질 필요도 없어요. 그 가문은 죽어 마땅한 쓰레기들이에요. 사회의 악이죠."

더 들을 가치가 없다.

"죽으려거든 그냥 그 가문 모두 빨리 죽어버리면 좋을 텐데."

나지막한 중얼거림에 이성이 끊어진 나는 자리에서 벌떡 일어섰다. 테이블을 툭 치며 일어나자 포트와 찻잔이 넘어지며 아크만 영애 쪽으로 흘렀다.

"꺄악!"

뜨거운 차를 피하고자 아크만 영애가 그대로 의자째 넘어졌다. 테이블 위로 흐른 차가 뚝뚝 아래로 떨어졌다.

"대, 대공비 전하!"

그녀가 당황한 얼굴로 소리쳤다. 나는 무심하게 그녀를 내려다보았다.

"아크만 영애."

"네?"

"내가 언제 그런 충고를 해달라 했나? 아니면 내 남편과 아들을 욕할 권리라도 줬던가?"

아크만 영애가 믿을 수 없다는 듯이 희게 질린 얼굴로 물었다.

"지, 지금 제 얘기를 듣고도 그 가문 사람들을 남편과 아들이라고 부르시는 거예요?"

"그곳에 남을지 아니면 도망칠지는 내가 직접 결정해. 이딴 쓸데없는 이야기를 하려는 거면 앞으로는 찾아오지 않는 게 좋을 거야."

"그런 추악한 곳에 남으시겠다고요?"

답할 가치도 없었다.

"영애의 이야기는 들어줬으니 셀피우스를 찾아가지 마. 그리움이나 애정이 한 줌이라도 남아 있을까 기대한 내가 바보였지. 말하는 걸 들어보니 당신은 셀피우스의 곁에 절대 와서는 안 돼."

"피해자는 저예요. 왜 제가 아니라 그 가문을 옹호하시는 거죠?"

"찾아오지 마. 분명히 경고했어. 또 찾아오면 그땐 세르시아와 글로리아 님께 말할 거야. 그럼 어떻게 될지 알지?"

아크만 영애의 얼굴이 새파랗게 질렸다.

그녀가 테르데오를 찾아온 이유는 간단했다. 테르데오한테 무슨 말을 해도 그가 자신을 안 죽일 거라는 걸 아니까.

반대로 세르시아와 글로리아를 찾아가지 못한 이유 또한 확연했다.

둘은 영애를 보는 순간 가차 없이 죽일 테니까.

그래서 만만한 테르데오를 찾아와 제멋대로 구는 것이다.

나는 싸늘하게 식은 표정으로 아크만 영애를 보다 이곳을 나가기 위해 귀빈실 문으로 걸어갔다. 그러자 아크만 영애가 거북이처럼 엉금엉금 기어와 내 드레스를 붙잡았다.

"대공비 전하!"

"이거 놔, 영애."

"비참해지실 거예요! 대공비 전하만 상처 입고 끝난다고요!"

내가 혹여나 이대로 다시 저택에 돌아갈까 두려운 사람처럼, 아크만 영애는 내 발목을 붙잡고 놓지 않았다.

"그 사람들은 우리 상처에는 아무 관심도 없어요! 이기적이고 비열하며 자기 연민에만 빠져 사는 사람들이라고요! 사실, 사실 불쌍한 건 우리인데!"

물기 젖은 목소리가 내 발자취를 축축하게 적셨다.

"그 사람들이 아니었으면 우리도 평범하게 살았을 텐데! ……대공 각하께서 죽게 되면요? 그땐 혼자 살아갈 수 있으세요? 대공 각하께서 죽고 나면 남은 아이는요? 셀피우스는 어떻게 하시게요? 혼자 키우실 수 있으세요?"

"내가 생각할 문제지, 영애한테 신경 써달라고 한 적 없어."

"그 주기가 돌아와 피를 토해낼 때는 어떻게 하시게요? 돕자니 그 피 한 방울만 입에 튀어도 내가 죽을 테고, 외면하면 죄책감만 쌓일 텐데! 감당하실 수 있겠어요?"

나는 깊은 한숨을 뱉으며 머리를 쓸어 넘겼다.

"아크만 영애."

"그 사람들은 악마예요! 사람이 아니라고요! 우리랑은 사는 세계가 달라요. 그 지옥에서, 악마 소굴에서 벗어나셔야 해요."

"나는 당신이 아니야. 나를 구하는 척하면서 당신 사심을 채우지 마. 날 돕는다고 해도 당신 현실에서 바뀌는 건 없어."

"그게 무슨……."

"날 통해서 대리 만족 하려 하지 마."

나는 몸을 숙여 발목을 악착같이 잡고 있는 아크만 영애의 손을 강제로 떼어냈다.

"난 영애처럼 내 자식을 버리고 도망갈 일은 없을 테니까."

"……!"

아크만 영애의 얼굴이 시뻘겋게 달아올랐다. 주먹을 꽉 쥔 채 파르르 떨던 그녀가 소리쳤다.

"그럼 나보고 어쩌라고요! 내가 거기서 죽기라도 했어야 한단 말이에요? 나도 살고 싶다고요! 살고 싶은 건 당연한 거잖아요!"

"그래, 영애의 선택을 존중해. 당신의 선택을 비난한 적 없어. 당연히 그럴 수 있다고 생각해."

"그러면……!"

나는 귀빈실의 손잡이를 잡았다. 그리고 나서기 전 마지막으로 아크만 영애를 돌아봤다.

"하지만 그건 영애의 선택이지 내 선택이 아니야. 내게 강요하지 마. 난 그럴 마음이 없거든."

잠시 환해졌던 아크만 영애의 얼굴이 다시 힘껏 구겨졌다.

"그리고 그 선택으로 인한 죄책감은 영애가 감당해야 할 몫이야. 죽을 때까지. 나를 구하는 척 죄책감을 덜 생각이라면 꿈 깨."

"……."

"자기가 선택한 결과는 스스로 책임져. 앞으로는 찾아오지 마. 나도, 내 남편도, 그리고 당신이 버렸던 내 아들도."

마지막 말을 남기고 나는 귀빈실 밖으로 나왔다.

그리고 책임자에게 귀빈실을 망가뜨린 피해 보상 비용과 내가 망가뜨린 테이블, 카펫, 찻잔과 의자 비용 또한 부담하겠노라 말했다.

모든 비용은 라피레온 가문이 아닌 페레샤티 라피레온 개인의 앞으로 직접 달아두라고 한 뒤.

나는 찻집을 나섰다.

'이제 진짜 얼굴 볼 일은 없겠지.'

세르시아와 글로리아의 이야기로 협박까지 했으니. 살고 싶은 사람이라면 모습을 더 드러내진 못할 것이다.

'아침부터 진이 빠지네. 어서 저택으로 돌아가서 좀 쉬자.'

저택에 돌아가면 레베카와 함께…… 아차, 이제 레베카는 없지.

레베카를 저택으로 돌려보낸 지도 며칠이 흘렀다. 그녀는 돌아간 후 매일같이 서신을 보냈지만 나는 한 통도 읽지 않았다.

모든 것이 명확해지기 전까지는 어떠한 잣대를 세우고 싶지 않았다.

"피곤하다."

우선 저택으로 돌아가면 따뜻한 물로 씻고 잠부터 자자. 어제 그 일 때문에 신경 쓰여서 제대로 잠도 못 잤으니까.

'어제 그 일.'

다시 떠올리니 얼굴이 또 뜨거워졌다. 뜨거워진 얼굴에 손부채질을 하고 있자…….

"페레샤티 라피레온 대공비 전하 되십니까?"

누군가 옆으로 다가왔다.

정중한 부름에 고개를 돌리니 예의를 갖춘 한 사내의 모습이 보였다.

레베카를 대신해 따라와 마부석에 앉아 있던 호위가 황급히 옆으로 달려왔다. 정중한 사내는 눈 하나 깜빡하지 않고 자신의 정체를 밝혔다.

"저는 베르딕트 백작 부인께서 부리는 시종입니다. 결례를 범했다면 용서 바랍니다."

'베르딕트 백작 부인이라면…….'

내 새어머니처럼 이교도에 빠진 사람. 글로리아가 소개해 준 사람이었다.

어제 만나러 가려다가 환각 때문에 저택으로 돌아가느냐고 약속을 미뤘었지. 그런데 설마 저쪽에서 날 먼저 찾아올 줄이야? 방문해도 안 만나주는 게 아닐지 걱정했었는데.

"무슨 일로 날 찾아왔지? 내가 여기 있는 줄 어떻게 알고?"

"라피레온 저택으로 가는 길이었습니다만 마차가 있기에 실례인 줄 알면서도 기다렸습니다. ……백작 부인께서 이 서신을 전달해 달라고 하셨습니다."

시종이 내민 서신에는 백작 부인의 인장이 찍혀 있었다.

"이걸 나한테 직접?"

"네."

나는 떨떠름한 얼굴로 서신을 건네받았다. 그러나 시종은 여전히 자리를 지킨 채 서 있었다.

"……설마 지금 이 자리에서 읽으라는 거야?"

"대공비 전하께서 읽는 걸 확인한 후 바로 답을 듣고 오라 명령하셨습니다."

성격이 꽤 급한 사람인가 보네.

'그래, 어차피 나도 찾아갈 생각이었으니까.'

서신을 열자 백작 부인의 친필이 보였다. 마치 사냥꾼에게 쫓기는 한 마리 토끼처럼 휘갈겨 쓴 필체였다.

짧고 간결했다.

'이게 다야?'

아무리 봐도 한 문장이 전부였다.

약속을 미뤘다고 기분이 상해서 얼른 자길 보러 오라고 서신을 보낸 건가?

"……이 서신에 대한 답을 들려주면 되는 거야?"

"네."

그렇다면야, 뭐.

"나도 시간을 다시 잡아서 최대한 빨리 만나러 가겠다고 전해줘."

"대공비 전하께서 빨리 만나러 오겠다고 답하신다면 이 말을 전하라 하셨습니다."

시종이 몸을 옆으로 비켜서더니 길 건너편에 세워둔 마차를 정중히 가리켰다.

"베르딕트 백작 부인께서 저곳에서 기다리고 있다고 말이죠."

서신에서 본 것과 같은 가문의 인장이 박힌 마차가 서 있었다. 빨리 만나러 와달라더니 날 직접 보러 온 거야? 행동 실천력이 대단하네.

"저 마차로 가면 지금 베르딕트 백작 부인과 대화할 수 있는 거야?"

"네."

직접 먼 길을 떠나지 않아도 되는 건 좋다만.

이교도를 맹신하는 귀부인이다. 물론 위험한 사람을 글로리아가 내게 소개하진 않았을 테지만 어디로 튈지 모르는 시한폭탄인 건 변함없다.

나는 고개를 돌려 여전히 긴장한 채로 허리춤에 손을 올리고 있는 기사를 바라봤다.

만약 무슨 일이 생긴다면 내 호위는 한 명.

저쪽은…….

"호위가 한 명도 안 보이는데. 혹시 다 숨어 있나?"

겉으로 보기에 한 명의 호위도 보이지 않았다.

"아니요, 호위는 없습니다. 대화를 나누고 싶으시다며 호위도, 시녀도 대동하지 않고 혼자 수도에 오셨습니다."

혼자? 나는 새어머니 때문에 물어보고 싶은 게 있다지만 백작 부인은 왜 나와 대화를 원하는 거지?

나는 가늘어진 눈매로 마차 주변을 살피고 고개를 끄덕였다.

"그래, 좋아."

내 긍정적인 대답이 떨어지자 활짝 웃은 시종이 나를 안내하기 위해 몸을 틀었다.

"하지만."

그러나 이어지는 내 말에 그가 다시 우뚝 멈춰 섰다.

"베르딕트 백작 부인 보고 직접 내 마차로 오라고 전해. 대화는 내 마차에서 하겠어."

저 마차에는 무슨 장치가 있을지도 모르고, 괜히 마차에 탔다가 날 납치한 채 출발하기라도 하면 곤란하니까.

고개를 끄덕거린 시종이 내 말을 전하기 위해 베르딕트 백작 부인의 마차로 걸어갔다.

나는 그 틈을 타 호위 기사에게 늘 주변을 잘 살피라는 말을 전하고, 또 마부에게는 이곳에 누군가 매복해 있을지도 모르니 우리가 타면 마차를 출발시키되 사람이 많은 길가를 벗어나지 말라 전했다.

수상한 낌새가 조금이라도 보이면 당장 마차를 멈추라는 말도 함께 했다.

그리고 나는 다시 찻집 안으로 들어가 조금 전에 대화를 나눈 책임자를 찾았다.

라피레온 가문에 내가 베르딕트 백작 부인을 만났다는 말을 당장 전해달라 비싼 부탁을 했다. 많은 금화를 보여주니 그는 즉시 말을 탈 줄 아는 직원을 불러 라피레온 가문으로 출발시켰다.

혹시나 내가 무슨 일이 생기더라도 마지막에 베르딕트 백작 부인과 함께 있었다는 걸 테르데오가 알 수 있겠지.

모든 조치를 끝내고 찻집을 다시 나서자 시종이 우리 마차로 걸어오고 있었다.

그리고 그 뒤에는.

"라피레온 대공비 전하를 뵙습니다."

우아한 자태를 뽐내는 베르딕트 백작 부인이 함께였다. 가볍게 서로 인사한 우리는 곧장 마차에 올랐다. 마차에 오르기 무섭게 내 명령대로 마부가 마차를 옮겼다.

갑작스럽게 마차가 움직이는데도 베르딕트 백작 부인은 조금도 당황하지 않았다. 아니, 조금도 신경 쓰지 않았다.

그런 건 중요하지 않은 것처럼.

"베르딕트 백작 부인. 그대가 먼저 날 찾아줄 줄은 몰랐어. 우리 서로 심도 있는 대화를 할 수 있을 것……."

"대공비 전하."

베르딕트 백작 부인이 내 말허리를 잘랐다. 그리고 내 손을 꼭 잡더니 애원하는 어조로 눈물을 뚝뚝 흘리며 말했다.

"저 좀 살려주세요."

"……베르딕트 백작 부인?"

"이대로라면 저, 제물이 되고 말 거예요."

제물?

아직 한 마디도 묻지 않았는데 그녀의 입에서 먼저 이야기가 흘러나왔다. 맞잡은 손이 알 수 없는 공포로 파르르 떨리고 있었다. 자세히 보니 그녀는 식은땀도 흘리고 있었다.

눈물을 뚝뚝 흘린 베르딕트 백작 부인이 겁에 질린 목소리로 중얼거렸다.

"도돌레아 황녀 전하께서 절 죽이실 거예요."

목소리가 워낙 떨리는 탓에 내가 지금 제대로 들은 게 맞나 싶었다.

"지금 뭐라고? 도돌레아 황녀가 뭘 한다고?"

"전 그냥 그분을 섬기면 좋은 일이 있을 줄 알았어요. 제가 죽을 줄 알았다면 애초에 그런 곳엔 발을 들이지 않았을 거예요."

"그분? 그런 곳?"

"제물 같은 건 싫어요. 제발 절 살려주세요."

제물? 지금 제물이라고 했나?

나는 몸서리치며 애원하는 백작 부인을 유심히 살폈다. 이교도와 관련된 내용이 분명했으나 이것 또한 함정일 수 있으니 조심할 필요가 있다.

나는 표정을 갈무리한 후 마주 잡은 손을 놓았다.

"부인, 우선은 진정하는 게 좋을 것 같은데."

"오늘이에요."

하지만 백작 부인은 내 손이 마치 구명줄이라도 되는 것처럼 다시 꼭 잡고 놓지 않았다.

"제가 제물이 되는 날이요. 바로 오늘이에요"

그녀의 눈동자에 코앞까지 다가온 죽음의 공포와 살고 싶다는 의지가 섞여 있었다.

무언가 일이 있는 게 틀림없다. 내 생각보다 더 쉽게 정보를 들을 수 있겠어. 나는 이 기회를 놓치지 않았다.

"부인, 내가 알아들을 수 있게 차근차근 말해봐. '오늘'은 아직 남았잖아."

"……대공비 전하."

"그래야 내가 부인을 돕든 살리든 하지 않겠어?"

살려달라는 말에 답을 하듯 일부러 내가 널 살릴 수 있을지도 모른다는 뉘앙스를 풍겼다.

아니나 다를까, 백작 부인은 내 마지막 말에 실낱같은 희망을 발견했는지 고개를 끄덕거렸다.

그녀의 두 눈이 나를 향한 신뢰로 반짝거렸다. 정확히 말하자면 내가 자신을 구해줄 거라는 착각으로.

그녀가 입을 열었다.

"교단이 있어요."

"그래?"

"시초는 소수의 무리가 모여 작게 만든 교단이었어요. 아니⋯⋯ 어떤 한 주제에 관심을 보인 사람들의 모임이었죠."

생각해 보면 내가 회귀 전만 하더라도 이교도가 이렇게 기승을 부리진 않았다. 그땐 도돌레아 황녀도 병으로 죽었었지.

"어떤 주제?"

마른 입술에 침을 묻힌 백작 부인이 시선을 피하며 자그맣게 중얼거렸다.

"불로불사요."

눈매가 가늘어졌다.

영원히 늙지도 않고 죽지도 않는 그런 삶을 동경한 귀족들이 아이들의 피와 심장을 먹는다는 괴담을 한때 들은 적이 있었다.

어디까지나 괴담이라고만 생각했는데.

"내, 내가 이룬 이 많은 부와 명예, 그리고 아름다움을 두고 죽는다는 게 도무지 이해 가지 않잖아요. 이건 다 내 것들인데! 이걸 모으기 위해 내가 얼마나⋯⋯!"

제 발 저린 백작 부인이 경멸하는 내 시선을 보고 발끈하며 외쳤다.

"아, 아니. 어쨌거나 그런 관심이 있는 작은 모임이었어요."

하지만 지금 그런 자잘한 것을 따질 때가 아니라는 게 생각났는지 다시 말을 이어갔다.

"그런데 그분께서 우리 모임에 오신 거예요."

"그분?"

"도돌레아 황녀 전하요. 도돌레아 황녀께선 태어날 때부터 몸이 약하셨으니 아무도 이상하게 생각하지 않았어요."

백작 부인이 그날의 기억을 떠올리는 것처럼 몽롱한 표정을 지었다.

"그리고 그날, 황녀 전하께서 말씀하셨죠. 자기는 영원히 죽지 않는 불사의 존재라고요."

"……!"

이게 무슨 소리야? 불사의 존재? 영원히 죽지 않는? 그런 게 있어? 그럴 수가 있어?

내 놀란 표정을 보고 백작 부인이 이해한다는 듯이 조소했다.

"저희도 처음엔 같은 반응이었어요. 약하게 태어나 황궁도 나서 보지 못한 황녀가 불사의 존재라니. 누가 그 말을 믿겠어요?"

"……."

"혹시 예전에 존재했다던 '마녀'의 이야기를 아세요?"

"……마녀?"

"네, 저주를 내리는 마녀요. 아무도 믿지 않는 허무맹랑한 이야기죠. ……그런데 저주를 내리는 마녀들은 죽지 않는 삶을 산대요. 그게 그들의 저주래요."

이 얘기 들은 기억이 있다. 언제였지? 나는 눈가를 좁히고 기억을 더듬었다.

'기록된 내용 중 재밌는 게 있습니다. 저주를 내리는 마녀들은 죽지 않는 삶을 산다고 하더군요. 그게 그들에게 내려진 저주라더군요.'

그래, 분명 예전에 피니어스와 대화할 때 똑같은 이야기를 들은 적이 있었다. 그때 나는 엉터리 기록이라며 웃어넘겼었는데.

여기서 똑같은 이야기를 듣게 될 줄이야.

"……마녀 얘기는 갑자기 왜?"

"황녀께선 사실은 그게 '마녀'가 아니라 실존하는 '신'이었다고 하셨어요. 그리고 그 신에게 선택받은 자가 바로 자기라고, 자신은 신의 대리인이나 마찬가지라고요"

"하, 그런 허무맹랑한 말을 모두 믿었다고?"

"당연히 안 믿었죠. 그랬더니 죽을 만큼 싫어하는 사람을 말해보라고 하더군요. 신의 힘을 증명하겠다고요. ……그리고 다음 날, 그 사람이 마차에 치여 크게 다쳤어요."

 말도 안 되는 이야기다. 신의 힘이라니. 나는 얄팍한 조소와 함께 고개를 저었다.

 애당초 신이라는 게 진짜 존재했다면 라피레온 가문을 그냥 둘 리가 없다. 정말 마녀가 신이었다면 라피레온 가문에 저주를 내렸을 리가 없다.

 "그 후로 소문을 들은 신도들이 자연스럽게 모이기 시작했고 지금의 교단이 형성됐죠. 불로불사를 믿지 않더라도 황제 폐하께서 애지중지하는 황녀에게 눈도장 한 번 찍어보겠다는 생각 하나로 오는 사람도 꽤 있었고요."

 그렇게 발을 들였다가 빠져나올 수 없는 거구나.

 "교단의 창시자이자 교주가 도돌레아 황녀라는 건 알겠는데. 대체 제물은 뭐고, 황녀가 부인을 죽인다는 건 무슨 뜻이지?"

 "그건."

 말을 멈춘 백작 부인이 마차의 창밖을 바라봤다. 나 역시 덩달아 창문으로 고개를 돌렸다.

 아직 해가 저물려면 시간이 남았다. 하지만 백작 부인은 초조한 얼굴로 입술을 물어뜯었다.

 "대공비 전하! 절 살려주신다고 하셨죠? 오늘 제물로 선택된 이상 갈 수밖에 없어요. 부디, 부디 저와 함께 가주세요."

 "같이 가달라고? 그 신전 위치가 어딘데?"

 "그건 가면서 말씀드릴게요. 시간이 없어요. 절 도와주신다고 약속하시면 남은 모든 걸 사실대로 말할게요."

 나 역시 신전을 급습할 생각이 있긴 했다만 이렇게 아무 준비도 안 된 상태에서 갈 생각은 없었다.

 나는 백작 부인의 제안을 단호하게 거절했다.

"오늘은 아무 준비가 안 되어 있어. 다음에 함께 가도록 하고, 오늘은 부인 혼자……."

"안 돼요!"

여태껏 차분하게 대화하던 백작 부인이 겁에 질린 얼굴로 펄쩍 날뛰었다.

"오늘, 오늘 제가 참석하지 않으면 절 비롯해서 제 남편, 제 아이까지! 모두 저 때문에 말도 안 되는 온갖 누명을 쓰고 죽을지도 몰라요. 이 제국의 황녀 손바닥에서 도망칠 수 있는 곳이 있을 리가 없어요."

이야기의 흐름을 도통 따라가기가 힘들었다.

불로불사를 원하는 사람들. 그리고 마녀. 불사인 마녀를 신으로 숭배하는 교단과 창시자이자 교주인 도돌레아 황녀.

그리고 제물로 선택된 백작 부인. 도돌레아 황녀에게 죽임을 당할지 모르니 살려달라고 애원하면서 오늘 꼭 모임은 참석해야 한다는 부인.

나는 마부에게 마차를 세우라 신호 보내고 백작 부인에게 물었다.

"그러니까 그 제물로 선택되면 대체 뭘 하길래 그래?"

덜컹거리던 마차가 멈추자 공기가 숨 막힐 것처럼 침묵했다.

"……자기 생명력을 바쳐서 신의 힘을 채워요. 그러니까 제물로 선택된 사람은 죽는 거예요."

죽는다고? 제물이라고는 해도 기도하는 정도로만 생각했는데 죽는다니?

이건 살인이다.

'미쳤어.'

미쳤다는 말 외에는 다른 말이 나오질 않았다.

황녀가 미친 줄은 알고 있었는데 이 정도로 감당 안 되는 사람일 줄이야.

들으면 들을수록 기겁한 내용에 정신이 아찔해졌다.

이렇게 머리 아픈 얘기가 있을 줄 알았다면 백작 부인을 내 마차에 들이지 말걸. 조금 후회가 됐다.

'잠깐.'

제물로 선택되면 죽는다는 걸 이미 알고 있다는 건 이전에도 제물로 선택되어 죽은 사람이 있다는 뜻인데.

"그 교단의 다른 사람도 제물의 존재와 그 후 일까지 다 알고 있어?"

"……네."

"그런데 다들 나만 아니면 된다는 생각으로 방관하는 거고?"

"……네."

"부인도 이전까지는 제물로 선택된 사람들을 보면서 방관했겠네?"

"그건! ……네. 일이…… 이렇게 될 줄 몰랐으니까요……. 그리고 보통은, 흠흠, 평민들 위주여서……."

자업자득이다. 사람으로서 탐하지 말아야 할 것을 탐한 업보였다.

이 일이 수면 위로 드러난다면 내가 처음 계획했던 것처럼 도돌레아는 국경 지대로 쫓겨나게 될 것이다.

아마 살면서 죽을 때까지 도돌레아의 얼굴은 물론, 이름조차 들리지 않을 것이다.

그뿐이겠는가. 동조하던 신도들과 새어머니, 그리고 레이나도 엄중한 처벌을 받게 되겠지.

더 나아가 평민들을 데려다 제물이라는 명목으로 살인하게 된 게 알려지면 황실의 위엄과 신뢰는 바닥으로 곤두박질칠 것이다.

'……괜찮은 생각인데?'

도돌레아를 눈앞에서 치우고, 새어머니와 레이나는 사형을 받을지도 모르고. 황실의 위엄까지 바닥에 떨어진다니.

제법 만족할 만한 결과였다.

하지만 문제는 그 선택을 바로 지금, 아무것도 준비되지 않은 지금 해야 한다는 것이다.

베르딕트 백작 부인은 오늘 그 모임에 반드시 참석해야 했다. 하지만 오늘 그 모임에 참석하면 제물로서 생명력을 바치고 죽게 된다.

베르딕트 백작 부인이 죽고 나면 이렇게 모든 걸 얘기하고 협조할 사람을 구할 수 있을까? 아니, 아마 없겠지.

다신 오지 않을 절호의 기회였다. 도돌레아도, 새어머니도, 레이나도 모두 한 번에 눈앞에서 치울 기회.

내가 고뇌하는 모습을 보이자 백작 부인은 기회라고 생각했는지 생각을 밀어붙였다.

"신전에 갈 때는 얼굴이 보이지 않도록 로브를 뒤집어쓰고 참석하기 때문에 아무도 모를 거예요. 게다가 오늘처럼 제물이 선택된 정기 모임 날에는 새 신도들이 많아 일일이 확인도 어렵고요! 대공비 전하의 정체는 들키지 않을 거예요."

"그런데 왜 하필 나야? 도움을 요청할 거면 나 말고도 있었을 텐데."

"……대공비 전하께서는 황녀 전하와 대놓고 사이가 좋지 않다고 들었어요. 지난 사냥 대회에서는 황녀 전하를 밀쳤다고도 들었거든요. 그런 걸 보면, 대공비 전하께서는 황녀 전하의 사람은 아닌 것 같아서요."

베르딕트 백작 부인이 주변을 둘러보며 작게 속삭였다.

"신도가 많다 보니 누가 누군지 모르거든요. 혹시 제 제안을 거절하신다고 해도 황녀 전하에게 제 얘기를 할 것 같지도 않아서요."

제대로 보긴 했네. 내가 여기서 제안을 거절한다고 해도 도돌레아한테 쪼르르 달려가서 말하진 않을 테니까.

생각이 아예 없는 건 아닌 것 같은데.

나는 턱을 괸 채로 백작 부인을 나른하게 바라봤다.

"내가 도우면 살 방법은 있고?"

"전 얌전히 제물로 바쳐지는 척 연기할 테니, 대공비 전하께선 불을 내주세요."

"안일하네. 겨우 불을 낸다고 사람들이 놀라 도망칠까?"

"그냥 난 불이 아니라 반란군이 낸 불이라고 하면 말이 달라지겠죠. 요새 반란군이 기승이잖아요."

반란군? 여기서 반란군을 이용하자고? 베르딕트 백작 부인이 눈을 빛냈다.

"그들이 황녀 전하를 납치하기 위해 왔다고 하면 앞뒤가 맞겠죠. 저는 참석하자마자 미리 반란군 이야기를 흘릴게요. 불길이 오르면 대공비 전하께선 반란군이 쳐들어 왔다고 소리친 후 도망치세요. 아마 다들 놀라 도망칠 거예요."

확실히 내가 도우면 살 수 있긴 하네. 나쁘지 않은 방법이긴 했다. 구미가 제법 당겼다.

"제물을 바치는 날은 정해져 있고 한 번 실패한 제물은 중복으로 쓰지 않죠. 오늘만 무사히 지나면 전 살 수 있어요."

백작 부인이 제발 도와달라 두 손을 모으고 싹싹 빌며 간절히 애원했다.

나는 한참 생각에 잠기다 대답 대신 마차 벽을 두드렸다. 내 신호를 받은 마부가 황급히 마차의 창문 앞으로 다가왔다.

"대공비 전하, 부르셨습니까?"

"나는 베르딕트 백작 부인의 마차를 타고 갈 곳이 있어."

"그럼 마차를 가지고 먼저 돌아갈까요?"

"그래. 그 전에 테르데오를 찾아가서 내가 백작 부인과 함께 도돌레아 황녀 전하의 신전으로 갔다고 전해. 위치는……."

나는 고개를 돌려 베르딕트 백작 부인을 바라봤다. 그녀가 놀란 눈을 크게 뜨며 내 손을 붙잡았다.

"이 은혜는 꼭 갚겠습니다. 정말 약속할게요."

"신전 위치나 말해줘."

그녀가 눈가에 눈물을 글썽이며 황급히 마부에게 신전의 위치를 전달했다.

'무슨 일이 생길지 모르니까 예비책을 세워둬야지. 혹시 몰라.'

계획은 언제나 틀어질 수 있으니까.

나는 한 명의 호위를 끌고 베르딕트 백작 부인의 마차로 옮겨 타 신전으로 향했다.

※ ※ ※

"신전을 왜 이렇게 힘든 곳에 세웠대."

마차가 심하게 덜컹거렸다. 쿠션감이 훌륭한데도 불구하고 엉덩이가 뻐근할 정도로 산길이 험했다.

"황녀 전하께서 꼭 이곳이어야만 된다고 하셨거든요."

반면 백작 부인은 이 길이 익숙한지 낯빛 하나 변하지 않았다.

'왜 하필 이런 곳에 신전을? 단순히 남들 눈을 피하려고?'

나는 창밖을 바라봤다. 풍경이 딱히 아름다운 것도 아니고 그렇다고 꽃이 많은 것도 아닌 돌산. 길도 트지 않아 마차가 오르고 내리는 것도 험준한 산.

'어디선가……'

분명 처음 온 길인데. 예전에 온 적이 있는 것처럼 익숙했다. 멍하니 창밖을 바라보고 있자 정상에서 들려오는 메아리처럼 희미한 목소리가 들렸다.

'오늘은 고기가 하나도 없네. 산나물이라도 캐야 아힘이 돌아왔을 때 맛있는 걸 해줄 텐데.'

희미한 메아리에 나도 모르게 실소가 터졌다. 이런 돌산에서 산나물이 어딨다고.

혼자 웃고 있자 맞은편에 있던 백작 부인이 날 이상한 눈으로 바라봤다. 그러나 그것도 잠시. 그녀가 얼굴을 굳히고 마차 벽을 두드려 시종과 내 호위한테 신호를 보냈다.

이제 곧 신전에 도착하니 준비하라는 신호였다.

"곧 도착합니다."

그녀의 신호에 맞춰 나도 황급히 입고 있던 로브를 뒤집어썼다. 그리고 머지않아 마차의 덜컹거림이 멎었다.

산 정상이었다.

나는 백작 부인을 따라 얼굴이 보이지 않도록 로브를 단단히 쓰고 내렸다. 그리고 마부석에 앉은 호위와 시종에게 눈짓을 보냈다.

혹시 모를 일에 대비하여 나는 백작 부인을 따라 신전 안에 들어가기로 했고, 호위와 시종은 우리가 내리자마자 각각 산과 신전 내부에 불을 지르기로 했다.

우리의 목적은 오늘 모임이 해산되는 거였기에 아무도 다치지 않도록 퇴로 또한 친절히 열어두기로 했다.

호위와 시종이 슬쩍 사라지는 걸 확인한 후, 나는 몸을 돌렸다. 그러자 거대하고 새하얀 신전이 눈앞에 모습을 드러냈다.

"……!"

기묘한 일이다.

생전 처음 온 장소인데. 이상하게 신전을 보자마자 목에 뭐라도 걸린 것처럼 숨이 턱 막혔다.

있는 힘껏 꾹 참지 않으면 깊은 곳에서부터 이유 모를 울컥함이 쏟아질 것만 같았다. 나는 손바닥이 손톱으로 깊게 팰 만큼 떨리는 주먹을 꽉 쥐었다.

'아힘.'

메아리가 들렸다.

누구인지 모를 여인이, 아니 내 얼굴과 똑같은 얼굴을 한 여자가 사랑하는 사람을 애타게 기다리고 있는 모습이 보였다.

"대공비, 아니, ……흠흠, 저기요?"

앞으로 걸어가려던 백작 부인은 내가 작은 미동도 보이지 않자 목을 가다듬으며 날 작게 불렀다.

하지만 여전히 내 시선은 신전, 아니, 그 위로 겹쳐진 아주 예전 이곳에 있었던 것 같은 낡아빠진 오두막집을 보고 있었다.

나는 이곳을 알고 있다. 내 본능이 그렇게 소리치고 있었다.

무미건조한 눈동자에 그리움이 눈물로 번지려 할 때쯤, 백작 부인이 내 어깨를 툭 건드렸다.

"이봐요."

동시에 흐릿하게 보이던 오두막집도, 여자의 잔상도, 그리고 메아리처럼 울리던 목소리도.

모든 게 동시에 사라졌다.

한여름 밤의 꿈에서 깨어난 것처럼 정신이 번쩍 든 내가 황급히 주변을 살폈다. 수를 셀 수 없을 만큼 많은 신도가 신전 안으로 들어가고 있었다.

"……왜 그래요? 뭐 문제 있어요?"

내 옆으로 바짝 달라붙은 백작 부인이 아무도 들리지 않게 불안한 목소리로 속삭였다. 계획이 틀어진 걸까 걱정하는 것 같았다.

나는 황급히 고개를 저었다.

"아니, 괜찮아."

조금 전 그건 뭐였지?

사념에 빠지려 했으나 금세 고개를 저었다.

아니, 고민하는 건 나중 일이야. 계획이 틀어지면 위험해질 수 있으니 지금은 생각하지 말자. 그건 나중에 하자.

내가 정신을 차리자 뒤에 있던 백작 부인이 늘 함께 어울리던 신도들과 자연스럽게 섞였다. 그녀는 주도면밀하게 미리 반란군의 이야기를 늘어놓고 있었다.

나는 흐트러지는 정신을 붙잡고 파도에 몸을 맡긴 것처럼 밀려 신전 안으로 들어섰다.

"오늘 제물을 바치고 나면 신께서도 우리한테 불로불사의 기적을 보여주시지 않을까?"

"늘 슈와츠 왕국의 노예들만 제물로 바치다가 오늘은 신도 중에서 제물을 바치니까. 우리의 정성을 알아주실 거야."

"나도 황녀 전하처럼 신의 계시를 받았으면 좋겠어. 내 얼굴에 주름 보여? 어제와 달리 하루마다 늙어가고 있어. 아아, 부디 제발 신이시여."

슈와츠 왕국의 노예?

나는 대화를 엿듣다가 고개를 슬쩍 돌려 내 뒤를 따라오고 있는 백작 부인을 바라봤다. 내 시선을 눈치챈 그녀가 흠칫 어깨를 굳혔다.

'평민을 제물로 바친다는 건 거짓말이었구나.'

패전국의 사람들을 제물로 바치고 있던 거였어. 하지만 사람의 수는 한정되어 있으니 이젠 신도들을 제물로 바치는 거야.

제물을 바치는 행위는 이미 관습처럼 굳어졌고 모두 나만 아니면 된다는 생각이니 반대하는 사람도 없겠지.

나는 적당한 장소에 자리 잡은 후 주변을 둘러봤다. 모두 얼굴을 로브로 가린 터라 누구인지 확인할 순 없었지만, 말투나 행동거지로 봐서는 모두가 고위급 귀족일 것이다.

조금만 생각해 보면 당연한 이야기였다. 가진 것 없고 현생에 만족하지 못한 자들이 불로불사를 원할 리가 없을 테니까.

조금 후 불길이 거세지면 사람들이 뛰쳐나가도록 선동할 예정이었기에 나는 자연스럽게 문 근처에 자리 잡았다.

"제물을 바치는 건 어떤 식으로 진행돼?"

나는 벽을 훑는 척하며 옆에 있던 백작 부인에게 슬쩍 물었다. 그녀 역시 주변을 살피며 아무도 듣지 못하도록 답했다.

"황녀께서 직접 제물의 가슴에 단검을 꽂아 넣고 주술을 외워 생명력을 흡수하죠. 제물은 급속도로 늙게 되고 마지막엔 재로 변해요."

진짜 들을수록 말도 안 되는 일들뿐이다. 여기 있는 이 많은 사람은 그걸 다 믿는다는 거네?

나는 입꼬리를 비틀며 조소했다.

"그런 힘을 가진 대단한 신이라면 왜 신도들을 진즉에 불로불사로 안 만들었대?"

"신께서 오랜 시간 스스로 봉인했다가 억지로 깨어나느라 힘을 너무 많이 소모해서 약해지셨대요. 그렇기에 모두의 소망을 이루기 위해서는 신의 힘을 채워줄 '제물'이 필요한 거죠."

"……하지만 부인이 그렇게 죽고 나면 백작이 가만있지 않을 텐데?"

"이곳에는 그런 일들을 대수롭지 않게 만들 힘을 가진 분들이 한둘이 아니랍니다. 다들 그런 장면을 눈으로 직접 봤으니 더 매달리고 희망을 품게 되는 거겠죠. 불로불사에."

나는 어이없다는 듯이 백작 부인을 바라보다 고개를 저었다.

"그런 눈속임에도 다들 잘 속는구나."

"눈속임이 아니에요."

백작 부인이 두려움에 떠는 목소리로 반박했다.

"그건 눈속임이 아니에요. 정말 신의 힘이에요. 전 이번에 살아남으면 이제 이런 거엔 관심 두지 않을 거지만…… 그것만큼은 정말이에요."

사실 따지자면 나는 백작 부인이 불쌍해서 살리는 건 아니었다.

그저 내가 생각한 계획에 부합한 사람이라 살리려고 하는 것뿐.

"오늘 살아나면 죗값은 제대로 치러. 당신도 제물로 죽어가는 사람을 보며 방조했잖아."

내 무심한 어조에 백작 부인이 고개를 숙이며 어깨를 축 늘어뜨렸다.

'신의 힘이라.'

이들이 숭배하는 신이란 결국 과거에 마녀라 불리던 자들이다. 바꿔 말한다면 신의 힘은 마녀의 힘이란 뜻이다.

신이 아니야. 그저 마녀다. 불로불사를 원했던 이들이기에 신처럼 느껴지는 거고, 도돌레아는 그런 사람들의 심리를 이용해 마녀를 신으로 추대한 것뿐이다.

'저주를 내릴 줄 아는 마녀는 불사랬지.'

교단에서 원하는 것 또한 불로불사고.

생각에 잠기려 할 때, 고요하면서도 웅장한 외침이 나를 깨웠다.

"신의 선택을 받은 분께서 오셨습니다."

나는 생각을 멈추고 고개를 돌렸다. 익숙한 인영이 드러났다.

로브를 쓰지 않은 도돌레아 황녀와 망토만 두른 채 그 뒤를 따르는 새어머니와 레이나였다.

세 사람의 등장에 신도들이 두 손을 모은 채 광적으로 흥분했다. 그 많은 사람을 지나친 도돌레아가 제단 위로 성큼 올랐다.

그녀가 손을 한 번 휘젓자 마치 이곳에 아무도 없는 것처럼 장내가 고요해졌다. 숨소리 하나 들리지 않았다.

"과연 오늘은 우리가 신의 축복을 받을 수 있을지 기대되네."

그녀는 이미 이곳에서 신이나 다름없었다.

자신만을 바라보는 신도들을 기특하다는 듯이 훑어본 도돌레아가 마지막으로 내가 있는 곳을 빤히 바라봤다.

그녀의 시선이 나를 향하자 온몸이 밧줄에 꽁꽁 묶여 저 깊은 심해로 던져진 것처럼 옴짝달싹하지 못한 채 숨이 막혔다.

도돌레아가 나를 향해 손을 뻗었다.

"오늘 우리의 희망이 되어줄 신의 힘."

아니, 내가 아니라 내 옆에 선 백작 부인을 향한 것이었다. 도돌레아는 길게 볼 것 없다는 듯이 바로 본론으로 들어갔다.

"신의 일부로 선택된 것을 축하해."

제물이 호명되자 옆에 서 있던 사람들이 홍해 갈라지듯 길을 텄다. 백작 부인은 침을 꿀꺽 삼키며 몰래 내 소매를 꽉 쥐었다가 놓고는 태연한 척 앞으로 나갔다.

"고귀한 선택을 받았네. 신의 힘 일부가 될 수 있다니."

"영, 영광입니다."

백작 부인이 물기 젖은 목소리로 답했다. 말이 좋아 신의 힘 일부가 된다는 거지, 곧 죽어 사라질 목숨이라는 건데.

내 주위에 선 사람들은 그저 기대감에 가득한 분위기로 백작 부인을 바라볼 뿐이었다. 그녀가 제물로 바쳐진 후 자신이 불로불사를 얻길 바라며.

"드리고 싶은 말이 있어요."

"무슨 말?"

백작 부인이 깊게 심호흡했다.

"반란군이 이 신전을 노리고 있다는 정보를 입수했어요."

겁에 질려 떨리는 목소리 때문인지 아니면 눈물에 젖은 호소 때문인지 연기가 꽤 그럴싸했다.

"신의 힘이 부활하는 곳에서 황녀 전하를 납치하면 황실의 약점으로 잡을 수 있다고 생각한 것 같아요."

터무니없이 그럴싸한 이야기에 사람들이 일제히 술렁거렸다. 그러나 도돌레아는 문제 될 것 없다는 듯이 확신에 찬 목소리로 답했다.

"신의 힘이 돌아오면 상관없어."

도돌레아는 백작 부인의 어깨를 다독거리고 새어머니에게 턱짓했다. 그러자 새어머니가 앞으로 나와 성수를 뿌리며 축복을 낭독했다.

백작 부인이 말해준 순서대로였다.

'이제 슬슬.'

불길이 모습을 드러낼 시간이다.

생각하자마자 아니나 다를까, 불쾌하고도 매캐한 냄새가 코를 찔렀다. 이전에 맡았던 그 거뭇한 냄새였다.

신전의 창문을 바라보니 화마가 우리를 덮치고 있었다.

'타이밍 좋고.'

아마 그 신이라는 자는 백작 부인이 죽는 걸 바라지 않는 모양이야.

나는 로브를 꾹 눌러쓴 후 신전의 창문을 가리켰다. 어차피 날 알아볼 사람은 없겠다만 만일을 위해 평소와는 달리 목을 굵어 소리쳤다.

"반란군이다! 반란군이야!"

고요했던 장내가 내 외침으로 가득 찼다. 조금 전 반란군의 이야기로 술렁였던 사람들이 창문으로 시선을 돌렸다.

"불!"

그리고 누군가가 소스라치게 놀라며 소리쳤다. 눈으로 확인이 가능한 불이 넘실대며 춤을 추고 있었다.

"신전에 불이 붙었어!"

이어 놀란 다른 신도가 외쳤다.

나는 이런 상황을 겪은 적 있다. 사람이 공황 상태에 빠지면 멀쩡한 사고를 할 수 없다. 그저 생존 본능에 따라 위험에서 도망치려 할 뿐.

그리고 그 위험한 곳은 바로 이 신전이 될 것이다.

"반란군이 우리를 불태워 죽이려는 거야!"

나는 힘껏 소리치고 문의 손잡이를 잡았다. 그리고 과장된 몸짓으로 놀란 척 발을 동동 굴렀다.

"손잡이가 뜨거워! 이미 불길이 거세진 거야! 타 죽고 싶지 않으면 당장 여기서 나가야 해!"

물론 손잡이는 전혀 뜨겁지 않았지만, 사람들이 보는 건 멀쩡한 손잡이가 아니라 뜨거워하는 나다.

나는 발로 문을 열며 옆에 있던 신도들의 등을 밀었다. 얼결에 문밖으로 밀려난 신도들이 뜨거운 열기를 감지하고 놀라 소리를 지르며 달려나갔다.

"으아악!"

동시에 나는 소매로 코와 입을 가리며 화재의 연기 때문에 숨쉬기 곤란한 것처럼 기침을 뱉었다.

"콜록! 콜록콜록!"

이 모든 것들이 한데 합쳐져 기폭제가 되었다.

매캐한 냄새를 풍기는 후각, 창문에 넘실대는 불씨, 도망치는 사람과 화재 때문에 괴로워하는 사람이 보이는 시각. 고통을 호소하는 기침 소리, 청각까지.

"나, 나가야 해."

모든 감각이 완벽하게 위험을 감지하자 우왕좌왕하던 신도들이 중얼거리기 시작했다. 그리고 동시에 문을 향해 달렸다.

"비켜! 나가야 해!"

"여기 있다간 다 죽어!"

일전에 가게에서 봤을 때와 똑같은 상황이었다. 혼비백산 속에서 나는 고개를 돌렸다.

백작 부인은 도망가는 신도의 틈에 섞여 무사히 달려오고 있었고 도돌레아는 눈살을 구긴 채 나를 보고 있었다.

'이제 나도 도망가면.'

신전의 위치도 알았고 증인이 되어줄 백작 부인도 살렸다. 이제 황녀가 한 만행을 고발하여 황녀와 새어머니, 그리고 레이나를 쫓아내면 성공이야.

몸을 돌리려던 그때, 선득하게 눈을 빛내는 도돌레아와 눈이 마주쳤다.

그녀가 선명한 입 모양으로 말했다.

"왔구나, 페레샤티."

도돌레아는 섬뜩하게 미소를 짓고 있었다.

지금 분명 내 이름을 불렀어.

착각이 아니다. 도돌레아는 내가 누구인지 알고 있어.

'어떻게 알았지? 내 얼굴은 안 보일 텐데.'

그때, 뛰어온 백작 부인이 멍하게 서 있는 날 강하게 붙잡았다.

"나가요!"

정신을 차리니 신도들은 이미 대다수가 빠져나간 후였다.

모임은 끝났고 백작 부인은 살았다. 우리의 계획은 성공이었다.

더 지체할 이유가 없다. 백작 부인을 따라나서려는 순간, 뒤에서 킥킥 웃음이 들렸다.

'킥킥.'

익숙한 웃음소리. 내가 마차에서 들었던 바로 그 소리였다.

발을 멈추고 고개를 돌리니 제자리에 선 채로 웃고 있는 도돌레아가 보였다.

"어떻게 된 건지 궁금하지 않아? 왜 환청이 들렸는지. 얼굴을 닮은 채 불타고 있던 그 여자는 뭔지. 그뿐만이 아니지. 여기 오는 내내도 뭔가 떠올랐을걸. 가령 이곳이 원래는 누군가 살던 낡은 오두막집이 있던 터였다던가. 물어보고 싶은 게 많을 텐데?"

"……!"

 내가 뭘 보고 무슨 환청을 들었는지. 어떻게 알고 있는 거지? 족쇄가 달리기라도 한 것처럼 발목이 무거웠다.

"궁금해?"

"……너 대체 뭐야? 너…… 누구야?"

 마치 내가 이 질문을 해주길 여태껏 기다려왔던 것처럼. 도돌레아의 얼굴에 기쁨이 걸렸다.

"이제야 물어보는 거야?"

 도돌레아가 희열에 찬 얼굴로 자기 팔을 감싸 안았다. 그녀가 제단에서 내려와 느릿하게 걸었다.

 이제 이곳에 신도는 없었다.

 나를 두고 가야 할지 말지 주춤하는 백작 부인과 감정 없이 도돌레아의 뒤를 따르는 새어머니. 그리고 우리 두 사람을 불안하게 보는 레이나뿐이었다.

"나는 영원한 삶을 살고 있고."

'저주를 내리는 마녀는 영원히 사는 저주가…….'

"라피레온 가문에 뿌리내린 불행을 알고 있으며."

'누군가 최초에 저주를 걸긴 했을 텐데.'

"조금 전 그 사람들이 섬기는 자."

'사실은 마녀가 아니라 신이었다고 했어요.'

 손이 덜덜 떨렸다. 아니, 정확히는 온몸이 떨렸다.

 걸음을 멈춘 도돌레아가 억겁의 세월을 보낸 사람처럼 주름지게 웃었다.

"그래, 내가 바로 그 '마녀'야."

"……!"

 발끝부터 머리까지 전신에 소름이 끼쳤다.

"알아채는 데 너무 오래 걸린 거 아냐? 매번 힌트를 주고 있었는데."

"……말도 안 돼."

"피니어스 라피레온. 가문에 걸린 불행을 연구하는 그 사람이 유독 마녀들에 대해 잘 알고 있지 않았어? 당연하지. 내가 마녀에 관한 것들을 직접 작성해서 눈에 띄는 곳에 가져다 뒀거든. 그게 아니었으면 마녀에 관한 연구는 시작도 못 했을걸."

피니어스가 예전에 내게 했던 말과 백작 부인이 한 말이 똑같았던 건 그 이유였다.

도돌레아가 별것 아니라는 듯 어깨를 으쓱거렸다.

"테르……."

테르데오를 부르려 했던 도돌레아가 말을 멈추고 쓰게 웃었다. 그러더니 아무렇지 않게 말을 이어갔다.

"라피레온 공. 그가 알약을 먹고 왜 네가 우는 꿈을 꿨겠어? 그것도 내가 그랬다고 말해줬잖아. 전생을 기억하게 하는 일종의 주술이지. 조금만 찾아보면 답 나왔을 텐데."

"뭐……? 전생?"

"내가 기억나지 않냐고도 물어봤고 이 황녀의 몸으론 움직이는 것도 불편하고 또 입맛도 안 맞아서 불편하다고도 말해줬지. 그래, 이건 내 몸이 아니거든."

도돌레아가 마치 장난하는 아이처럼 활짝 웃었다.

"조금만 주의 깊게 생각했으면 진즉에 나왔을 답을. 아니, 내가 누구냐고 물어보기만 했어도 진즉에 알 수 있었을 텐데 바보처럼 생각도 못 하고."

도돌레아가 혀를 쯧쯧 내리 찼다.

도돌레아가 그 마녀? 그렇다는 건 라피레온 가문에 저주를 내린 장본인이라고?

……아니, 그렇다기엔 앞뒤가 하나도 안 맞아.

나는 거세지는 불길을 무시한 채 도돌레아를 바라보고 섰다.
"거짓말. 네가 정말 만약 그 마녀라면 왜 나한테 그런 걸 얘기해 주지? 얘기해서 네게 좋을 게 뭐가 있다고. 게다가 넌 라피레온 가문을 불행하게 만든 장본인이잖아. 그런데 네가 테오를 사랑한다고 했잖아. 그건 대체 왜……."
모순투성이다. 나는 조소를 띠며 불에 타는 신전을 바라봤다.
"여기도 그래. 이 신전은 그 마녀를 신으로 숭배하는 교단이라며? 교주 놀이에 심취하다 보니 너 자신을 신격화한 것 아냐? 사실은 네가 그 신이라고 착각하는 거 아니냐고."
내 말이 끝나기 무섭게 도돌레아의 얼굴에서 피어나던 웃음꽃이 말끔히 사라졌다.
도돌레아가 싸늘하게 식은 눈동자로 서늘하게 뇌까렸다.
"왜 정체를 알렸냐고? 왜 교단을 만들었냐고? 이유야 간단해."
그녀의 무채색 눈동자에 순간적으로 분노가 깃들었다. 얼굴이 일그러진다 싶더니만 도돌레아가 소름 끼치도록 돌변했다.
"날 잊으니까!"
그녀의 고함에 귀가 따가웠다.
"난 이곳에 살아 있는데, 날 기억하는 사람이 아무도 없더라고. 내가 누군지! 내 이름이 뭔지! 궁금해하는 사람이 아무도 없어. 그러니 내 정체를 내가 직접 알리는 수밖에 없지."
도돌레아가 눈을 희번덕거렸다.
"사람들은 참 간사해. 자신들과 달라 배척해야 할 '마녀'가 되는 것도, 자신과 다르므로 숭배할 '신'이 되는 것도. 종이 한 장 차이야. 손바닥 뒤집듯이 참 쉬워."
도돌레아가 불길에 휩싸인 신전을 둘러보며 손가락질했다.
"이렇게 신으로 추대되면 이젠 아무도 날 잊지 않을 테니까. 내 존재를 똑똑히 기억할 테니까. 그랬는데……."

"……."

"……네가 또 다 망쳤어!"

자신이 신으로서 존재하던 그 공간이 불타는 걸 보면서 도돌레아가 얼굴을 구겼다.

"너는 늘 날 방해해. 그래, 천 년 전에도 그랬지. 아힘은 내 것이었는데! 내 사랑이었는데! 네가 나타나 가로채 갔어."

아힘? 아힘이라면 예전에 도돌레아가 테르데오를 보며 얼결에 불렀던 이름.

그리고 오늘 내가 이곳에 마차를 타고 오면서 메아리처럼 들었던 환청이었다.

"뭘 모르는 척이야. 내가 전생을 보여줬잖아."

전생?

"전생에 이미 한 번 가져봤으면 됐지, 욕심도 많게 이번 생까지도! 나는 아힘이 '라피레온 대공'으로 환생하길 천 년을 기다렸어. 그래야 내가 사랑했던 아힘으로 완성되니까."

격해지는 분노로 쏟아내는 말들은 뭘 뜻하는지 알아듣기도 힘들었다.

내가 전생에 뭘 가졌었다고? 라피레온 대공으로 환생을 해? 도대체 이게 다 무슨 말이야.

"아힘을 죽게 한 나를 원망하며 스스로 봉인했어. 그가 환생했다는 걸 알고 무리해서 봉인을 깨고 나왔는데…… 어김없이 그의 옆엔 내가 아니라 네가 있어."

스스로 봉인? 무리해서 깨고 나와? 어디선가 들어본…… 아, 이건 아까 백작 부인이 내게 들려줬던 이야기다.

'억지로 깨어나느라 힘을 너무 많이 소모해서 약해지셨대요. 그래서 신의 힘을 채워줄 '제물'이 필요…….'

제물이 필요한 건 도돌레아였어. 생명력을 흡수해서 자신의 힘을 키우려고.

'그 신이…… 마녀가 정말 도돌레아였어?'

하지만 내가 회귀 전 도돌레아는 분명 지병으로 죽었어. 테르데오는 그때도 있었는데 왜 그땐 죽고 만 거지?

생각이 정리되지 않자 머리가 복잡했다.

아니, 복잡하게 생각할 것 없다. 저 이야기를 다 들을 필요도 없다.

전생이고 천 년 전이고 뭐고 간에, 난 천 년 전 사람이 아니니까.

도돌레아가 정말 마녀라면 짚고 넘어갈 건 오직 하나였다.

나는 성큼성큼 도돌레아를 향해 직접 걸어갔다. 뒤에서 놀란 백작 부인이 나를 잡으려 했으나 단숨에 뿌리쳤다.

내가 도망칠 기미가 보이지 않자 난감해하던 백작 부인은 결국 먼저 신전을 빠져나갔다.

그러거나 말거나 나는 기어코 도돌레아의 앞까지 걸어갔다.

"그러니까 네가 라피레온 사람들을 아프게 했다는 거잖아."

무려 천 년 전부터.

쭉 옆에 있었으면서도 그 저주를 풀지 않고 매일 삶을 갉아먹는 고통을 내버려 둔 채로.

나는 이번에야말로 도돌레아의 손목을 세게 쥐었다. 그 불행의 시초를 더는 놓치지 않겠다는 듯이.

"라피레온 가문에 걸린 그 불행, 당장 풀어."

저주를 건 마녀가 나타났으니 이제 그 저주를 풀 실마리가 생겼다.

"테오를 사랑한다면……."

아니, 테르데오가 아냐. 나는 말을 멈추고 여태껏 기억을 떠올렸다.

도돌레아는 단 한 번도 테르데오를 이름으로 부른 적이 없다. 언제나 늘 '라피레온 공'이라고 불렀다.

조금 전에도 그랬지. 테르데오의 이름을 부르려다 멈칫했어.

그리고 예전엔 테르데오를 보며 '아힘'이라 부르다 멈칫했었고.

'도돌레아한테 테르데오는 테르데오가 아니야.'

그녀는 테르데오를 테르데오로 보고 있지 않아.

'아힘?'

그 순간 예전에 봤던 라피레온가의 족보가 떠올랐다.

테르데오와 얼굴이 똑 닮았던 초대 대공. 라피레온 가문에서 저주가 피해갔던 유일무이한 대공.

아인하르트.

나는 도돌레아를 노려보며 다시 말을 이어갔다.

"아힘을 사랑한다면 당장 그에게 걸린 불행을 풀어."

바로 그 남자가 '아힘'이야. 내 말에 도돌레아가 즉각 반응했다. 그녀의 얼굴이 그 어느 때보다 무섭게 구겨졌다.

CHAPTER 10.

터지는 비눗방울

My in-laws are obsessed with me

Chapter 10

 사람이 아닌 것처럼 보이기까지 했다.
 얼굴을 구긴 그녀가 괴성을 지르며 포효했다.
 "……누구 때문에 그 불행이 시작됐는데. 네가 그런 말 할 처지가 되는 줄 알아?"
 역시 '아힘'이었어. 도돌레아는 테르데오를 보면서 늘 아힘을 떠올렸던 거야. 그래서 테르데오를 이름으로 부르지 않았어.
 도돌레아한테 그 남자는 '아힘'이어야 하니까.
 소리를 지르던 도돌레아가 일순 뚝 말을 멈췄다. 붉은 입꼬리를 위로 말아 올린 도돌레아가 선득하게 웃었다.
 "그래, 그 불행을 끝내려면 힘이 필요해. 내가 지금은 힘이 없거든."
 미처 보지 못했다. 그녀의 손에는 제물을 찌를 때 쓰는 단검이 들려 있었다. 분노가 깃든 눈동자가 나를 즐겁게 바라봤다.
 "그 불행을 풀라고? 나도 그러고 싶거든. 너도 그걸 바라는 것 같으니 내 힘의 일부가 돼서 돕도록 해."
 단검을 쥔 그녀의 손이 번쩍 들렸다.
 "어디 해봐."

나는 단검을 쥔 도돌레아의 손목을 세게 잡았다. 도돌레아가 당황한 눈으로 날 바라보았다.

"네 몸이든 아니든."

이를 꽉 물었다.

"도돌레아 황녀는 선천적인 병을 앓고 있어서 몸이 약했어. 몰라?"

도돌레아가 잡힌 손목을 빼내려 비틀었지만 나는 절대 놓아주지 않았다.

"너보다는 내가 더 힘이 강하다는 뜻이야."

"죽여, 죽여버리겠어."

도돌레아가 안광을 번뜩였다. 그리고 그대로 힘을 실어 나를 찌르려는 듯이 검을 눌렀다. 나는 반대로 힘을 실었다. 우리는 힘겨루기를 하며 서로를 노려보았다.

그때였다.

챙!

차가운 금속 소리가 퍼지더니 누군가 도돌레아의 단검을 쳐냈다. 커다란 손길이 내 어깨를 감싸 안았다. 나도 모르게 순간 테르데오를 떠올리며 감았던 두 눈을 떴다.

"……!"

신도가 쓰는 로브로 얼굴을 가린 사내가 도돌레아의 단검을 쳐내고 내 어깨를 감싸고 있었다. 나는 사내를 보며 황망히 중얼거렸다.

"누구……."

테르데오가 아냐.

테르데오였다면 굳이 신도가 쓰는 로브로 얼굴을 가리진 않았을 거야. 게다가 이 손길과 향기는 그가 아니었다.

"황, 황녀 전하! 괜찮으세요?"

뒤에 있던 새어머니가 호들갑을 떨며 도돌레아를 챙겼다. 그 틈을 타 사내가 나를 품에 가볍게 안아 올리더니 빠른 속도로 불에 타는 신전을 빠져나가기 시작했다.

"잠, 잠깐! 난 아직 할 대화가……!"

내려달라는 뜻으로 힘껏 발버둥 쳤지만, 사내의 견고한 팔은 나를 절대 놓지 않았다.

멀어진 뒤에서 도돌레아의 고함이 들렸다.

"라피레옹 가문이 불행해진 것도 다 네 탓이야!"

그 말을 마지막으로 나는 사내의 품에 안겨 신전을 빠져나왔다. 그는 불을 피해 능수능란하게 산에서 내려가기 시작했다.

"내려놔……!"

이자가 누군지도 모르는데 그냥 품에 안겨 있을 수는 없었다.

내가 불에 타 죽지 않도록 도와준 걸 수도 있고 아니면 혼란을 틈타 날 납치한 걸 수도 있으니까.

나는 힘껏 발버둥 치며 소리 질렀다.

"이거 놔! 도대체 날 어디로 데려……."

사내는 대답 대신 내가 머리에 쓰고 있던 로브를 깊게 눌러주며 좀 더 빨리 움직였다. 누구인지 대답을 안 하는 걸 보니 도와준 게 아니라 납치했다는 가설에 힘이 실렸다.

이대로는 안 되겠다 싶어 목이라도 깨물기 위해 입술을 가져다 대려는 찰나.

"정말 한시도 눈을 뗄 수 없게 하시네요, 대공비 전하."

사내가 드디어 입을 열었다. 동시에 눈앞에 흐트러진 금발이 담겼다.

"또 뵙네요, 대공비 전하."

예상외의 인물이었다. 나는 멍하니 그의 얼굴을 바라보다 중얼거렸다.

"……아데우스? 네가, 네가 왜 여기 있어?"

편지를 보내도 답이 없었고, 괜찮은지 상태를 확인하고자 만나자고 사람을 보내도 만날 수 없다는 답만 돌아왔었다.

"제가 묻고 싶네요. 대공비 전하는 대체 왜 여기 계시는 거죠? 그것도 혼자 말이죠. 배짱이 있다고 해야 할지, 겁이 없다고 해야 할지."

아데우스가 웃으며 나를 안은 팔에 힘을 주었다.

"아까 반란군이 쳐들어올 거라고 말씀하시던 걸 들었는데요."

그가 평소처럼 온화하게 웃었다.

"그 부름을 듣고 여기 반란군이 왔습니다."

아데우스를 만나는 건 그날의 화재 사건 이후 처음이었다. 만나면 몸은 괜찮은지, 어디 아픈 곳은 없는지 확인하고 그때 구해줘서 고맙다고 꼭 말하려고 했는데.

"뭐? 지금 뭐라고 했어?"

이 남자는 나의 그런 계획을 또 무참히도 짓밟았다. 아데우스는 언제나 이런 식이었다. 내 예상을 뛰어넘어 예측할 수 없는 사람.

"네가 반란군이라고?"

그는 대답 대신 벗었던 로브를 다시 뒤집어쓰며 바보처럼 웃었다.

"대공비 전하, 지금 표정 굉장히 웃긴 거 아시나요?"

내가 입을 떡 벌리고 있다는 것도 잊었다. 황급히 입을 다물자 아데우스는 내가 편하도록 자세를 고쳐 잡으며 중얼거렸다.

"우선은 불부터 피하고 보죠. 그때 화재 사건 이후로 불은 지긋지긋하거든요."

"……잠깐! 난 아직 황녀와 할 얘기가 남아 있……."

"오늘 모임이 끝났으니 황녀도 아마 지금쯤 불을 피해 내려갔을 겁니다. 그리고 지금 다시 가봤자……."

아데우스의 푸른 눈동자가 사납게 반짝였다.

"황녀의 상태가 정상적인 대화를 나누긴 힘들어 보이던데요. 차라리 다음을 기약하시죠."

말을 끝낸 아데우스가 걸음을 떼기 무섭게 얼굴을 찌푸리며 신음을 뱉었다.

"윽."

"……아데우스?"

어딘가 아프기라도 한 사람처럼 그의 얼굴이 창백했다. 내 부름에 표정을 갈무리한 아데우스가 웃었다.

그리고 아무 일 없는 것처럼 빠른 몸놀림으로 산불을 피했다.

※ ※ ※

오늘 테르데오는 온종일 멍하니 시간을 보냈다. 그저 집무실 소파에 누워 패턴이 어지러이 새겨진 천장을 의미 없이 바라봤다.

'내가 미친 거지.'

마음을 안정시키기 위해 휴식을 취했지만 별 소용은 없었다. 테르데오의 모든 정신은 언제나 페레샤티를 향해 쏠려 있었다.

숱한 다짐들이 차례대로 보기 좋게 무너지는 걸 보며 그는 쓴 패배감을 느꼈다. 그리고 동시에 깨달았다.

앞으로도 이 욕망과 싸움에서 절대 이기지 못하리란 것을.

살아생전 처음으로 겪는 열병은 더할 나위 없이 뜨거웠다. 눈앞에 안 보이면 보고 싶고, 보면 곁에 가고 싶고, 곁에 가면 만지고 싶다.

그러다 결국은 아무도 보지 못하게 제 품에만 가둔 채로 꼭꼭 숨기고 싶었다.

할 수만 있다면 자신을 떠나지 못하도록 두 다리를, 빠져들 것만 같은 그 눈이 자신만 보도록, 미치게 만드는 그 고혹적인 입술이 자신의 이름만 부르도록.

억지로라도 붙잡아 둔 채로 페레샤티의 모든 걸 자신으로 채우고 싶었다.

페레샤티한테는 절대 들킬 수 없는 추악한 욕망이자 본능이었다.

"……미친놈."

그새 또 페레샤티의 생각에 잠겼던 테르데오가 짝 소리가 나도록 자신의 뺨을 때렸다.

페레샤티를 위해 이 불행에서 놓아주기로 다짐한 게 바로 몇 시간 전인데.

차가운 현실과는 다르게 망상 속 자신은 페레샤티를 가둔 채로 그녀 아래 오만한 무릎을 꿇고 뜨거운 사랑을 속삭이고 있었다.

그녀의 애정을 끊임없이 갈구하며.

"……진짜 미친놈."

이것 봐. 뺨을 때린 지 일 분도 안 됐는데 또 페레샤티의 생각을 하고 있잖아.

테르데오가 다시 뺨을 내리쳤다. 두 볼이 후끈거렸지만 뜨거운 마음은 좀처럼 식지 않았다.

얼음물에 몸이라도 담가야 정신 차리려나 생각할 때쯤, 누군가 집무실 문을 두드렸다.

"들어와."

허락이 떨어지자 문이 열리고 기사단이 들어섰다.

반란군의 뒤를 쫓는 추격대원이었다. 테르데오가 누워 있던 소파에서 단번에 몸을 일으켰다.

"보고할 게 있나."

더운 열기를 식히느라 풀어둔 단추를 잠그며 묻자 추격대원이 흥분한 목소리로 답했다.

"반란군의 끄나풀을 잡은 것 같습니다."

"……!"

미간을 찌푸린 테르데오가 황급히 겉옷을 집어 들더니 집무실을 박차고 나섰다.

　그동안 아무리 쑤시고 다녀도 행렬 길 이후로는 이렇다 할 성과를 내지 못했다.

　겨우 잡았다 싶으면 늘 눈앞에서 놓치거나 한발 늦어 허탕을 쳤다. 미꾸라지처럼 코앞에서 빠져나가는 놈들을 보며 잡히면 가만두지 않으리라 다짐했는데.

　드디어 그 꼬리가 잡힌 것이다. 그들이 눈치채고 꼬리를 잘라 도망가기 전에 일을 해결해야 했다.

"지금 어디에 있지?"

　테르데오가 미처 단추를 잠그지 못한 셔츠 위로 겉옷을 입으며 재촉했다. 그의 뒤를 황급히 따라나선 기사단원이 빠릿빠릿하게 답했다.

"지금 지하 감옥에 구금 중입니다. 그리고……."

　기사단원이 주변을 가볍게 훑고는 테르데오에게만 작게 속삭였다.

"자백제를 먹인 상태입니다."

"……자백과 관련하여 일어나는 모든 책임은 내가 진다. 자백 또한 내가 직접 받지."

　금지된 약물을 사용했으니 무슨 일이 생길 경우, 처벌을 피하기 어려웠다. 그런 일은 자신이 맡는 게 옳다.

　테르데오가 지하 감옥으로 달려가며 경비에게 단단히 일렀다.

"지금부터 내가 나오기 전까지 아무도 들여보내지 마."

"네, 알겠습니다."

"날 찾는 사람이 있다면 기다리라고 해. 설령 황제 폐하라고 해도 말이지."

　이를 드러내는 테르데오의 명령에 경비대원은 비장한 표정으로 고개를 숙였다.

　테르데오가 경비대원을 지나쳐 눅눅한 지하 계단을 뛰어 내려왔다.

음습한 감옥 안으로 들어서자 의자째로 밧줄에 묶인 사내가 보였다. 테르데오가 등장하자 지키고 서 있던 기사단원들이 나무 의자를 끌고 왔다.

"자백제를 먹인 지는 얼마나 됐지."

"한 시간 가까이 되어갑니다."

약 효과가 돌 때군.

단원의 보고를 들으며 테르데오가 사내를 훑었다.

오래 씻지 못해 먼지로 엉키거나 기름진 머리카락, 곳곳에 때가 묻은 모습, 먹지 못해 뼈가 앙상할 정도로 말라비틀어진 허름한 모습이었다. 게다가 찢어진 옷 사이로는 오래된 상처들이 보였다.

'말 채찍?'

분명 말을 훈련하거나 사나운 맹수를 길들일 때 쓰이는 채찍의 자국이었다. 왜 사람의 몸에 그런 채찍 자국이 남은 건지 테르데오가 의아한 표정으로 고개를 기울였다.

자신의 모든 것을 꿰뚫어 보듯 속속히 살피는 시선에 사내가 추운 겨울, 맨몸으로 쫓겨난 아이처럼 벌벌 떨었다.

사내는 자신이 두려움에 떨고 있노라 생각했으나 사실은 자백제의 영향이었다. 손발이 차가워지고 근육이 굳고, 혈액 순환이 느려지며 몸이 절로 떨리는 일종의 부작용이었다.

겁에 잔뜩 질린 사내가 입을 오물거렸다. 그 순간 테르데오의 눈이 반짝였다.

"너도 이전에 잡힌 놈처럼 자살할 생각이냐."

테르데오는 답을 듣기도 전 사내의 입 안으로 손가락을 막무가내로 집어넣어 휘저었다.

"으브븝!"

갑작스러운 행동에 당황한 사내가 소리쳤으나 도와줄 사람은 없었다. 굳은 표정으로 입 안을 헤집던 손가락이 혀 밑에 감춘 무언가와 툭 부딪쳤다.

"하, 이것들 봐라."

조소한 테르데오가 사내의 입에서 손가락을 빼냈다. 그의 손에는 익숙한 알약이 쥐어 있었다. 아일렛의 피로 만든 알약이었다.

설마 했는데 이걸 또 가지고 있을 줄이야.

테르데오가 쯧 혀를 내차며 감옥 내부에 있던 기사단원들을 질책하듯 바라봤다.

"지난번에 그렇게 당하고도 수색을 안 했어?"

"……몸, 몸수색만 하느라."

"지금 변명이 나오나?"

자칫 늦었다간 어렵게 잡은 끄나풀을 그대로 또 죽이고 말 뻔했다.

테르데오가 혀를 내차곤 알약을 손수건으로 감싸 주머니에 넣었다. 지켜보던 기사단원이 황급히 손수건을 꺼내 타액으로 더러워진 테르데오의 손가락을 닦았다.

"급할 것도 없으니 이제 천천히 시작해 볼까."

죽을 기회를 놓친 사내의 얼굴이 절망으로 물들었다. 크게 숨을 내쉰 테르데오가 머리를 쓸어 넘기며 의자에 앉았다.

"우선 약 효과가 돌았나 확인하는 게 좋겠군. 너는 지금부터 내 말에 '예'라고만 답하면 돼. 알겠어?"

테르데오의 질문에 사내는 입을 열지 않았다. 되레 입술을 더 꾹 다물었다. 심기가 불편한 테르데오가 눈썹을 비뚜름히 올렸다.

동시에 기사단원이 사내의 어깨를 세게 움켜쥐었다. 상당한 악력에 어깨가 부서질 것처럼 아파 눈물이 고였다.

사내는 일순 겁이 났다. 폭력은 그의 몸 깊숙한 곳에 자리 잡은 두려움을 끌어냈다. 곳곳에 새겨진 채찍질의 상처가 욱신거렸다. 너무 잘 아는 고통이기에 다시 감당할 자신이 없었다.

살고 싶다. 죽기 싫다. 그래서 자살용 알약도 차마 쓰지 못한 거였는데.

사내가 마른침을 삼키는 것을 본 테르데오가 조금 전과 똑같은 말을 되풀이했다.

"지금부터 내가 묻는 말에 '예'라고만 답해."

"……예."

남자가 테르데오를 노려보았다.

"넌 남자인가?"

"……예."

"넌 반란군의 끄나풀인가?"

"예."

"넌 여자인가?"

"예…… 우욱."

분명 똑같이 답한 것뿐인데. 마지막 답을 하는 순간 속이 뒤틀리는가 싶더니 다문 입술을 타고 피가 한 줄기 흘렀다.

아까 분명 자백제라고 했었지!

사내가 묶인 주먹을 꽉 쥐었다. 거짓을 말하면 일시적으로 혈압이 말도 안 되게 올라 피를 토해 죽게 만드는 약이었다.

"자백제는 잘 듣는 것 같고. 그럼 이제 본격적인 질문을 해볼까?"

사내가 눈을 부릅뜨고 테르데오를 노려봤다. 감옥 내부에 긴장감이 돌았다.

과연 첫 질문이 무엇일까. 사내가 속으로 여러 질문을 떠올렸다.

반란군의 위치? 정체? 목표? 그것도 아니면 수장의 정체?

그가 긴장이 역력한 눈동자로 테르데오의 입술을 응시했다.

자신의 허벅다리에 올려둔 손가락을 톡톡 두드린 테르데오가 나른하게 물었다.

"내 부인한테 독을 먹인 건 너희들의 짓인가?"

응?

갑작스러운 질문에 사내도, 그리고 기사들도 황당한 표정이 되었다. 반란군의 끄나풀을 잡았으니 보통은 목적인 반역이나 반란군의 규모, 위치 등을 물어야 하는데.

갑자기 부인한테 독을 먹였냐니?

사내는 잠시 떨떠름한 표정을 지었으나 테르데오의 살벌한 기세에 눌려 고개를 끄덕거렸다.

"……예."

헛구역질은 없었다.

"그럼 이 신문."

대답이 끝나기 무섭게 이번엔 테르데오가 가져온 신문을 사내의 무릎 위로 툭 던졌다.

모두의 시선이 무릎 위 신문으로 향했다. 다들 한 번쯤 본 적 있는 기사가 눈에 들어왔다.

테르데오와 페레샤티가 결혼하자마자 났던, 페레샤티가 사랑하는 연인을 버리고 권력에 손을 뻗었다는 바로 그 기사.

자극적인 단어들로 그녀를 상처 줬던 바로 그 기사였다.

"이 기자, 찾을 수 없던데."

"……."

"행적을 감추는 방식이 너희와 너무 똑같더라고. 이것도 너희들이 벌인 짓인가?"

'혹시 지금 날 속이고 있는 건가? 무슨 테스트 중인가?'

사내가 눈을 깜빡거리며 옆의 기사단원을 바라봤다. 기사단원 또한 난감한 표정을 짓고 있었다. 아무래도 이 상황이 테스트는 아닌 것 같았다.

"대답해."

동시에 테르데오가 답을 채근했다. 그는 진심이었다.

반란군을 겨우 잡아놓고 묻는다는 질문이 자기 부인을 괴롭힌 게 너희 맞느냐는 질문이라니. 제국의 살인귀도 다 소문이었구나 싶은 생각이 들었다.

"……예."

이번 대답도 진실이었다.

테르데오가 주먹을 세게 쥐었다. 반란군이라면 자신의 문제였다.

결국, 자신의 문제 때문에 페레샤티가 죽을 뻔했고 페레샤티가 상처 입었다.

테르데오가 소매를 걷었다.

"왜."

테르데오가 심호흡했다.

"왜 내 부인을 죽이려 했지?"

옆에 있던 기사단원 중 한 명이 '반란군 위치를 물어야 하는 거 아닌가요?'라며 중얼거렸지만 테르데오의 귀에는 들리지 않았다. 동시에 여태껏 겁에 질려 있던 사내가 갑자기 크게 웃음을 터뜨렸다.

"으하하! 천하의 라피레온 대공이! 자기 가족이 걱정은 됐던 모양이네! 하하하! 피도 눈물도 없는 살인귀라더니! 소문이 틀렸나 보네!"

"대답해. 왜 두 번씩이나 내 부인을 건드렸지."

"그건 당신의 부인이 된 그 여자의 탓이지. 그리고 엄밀히 따지자면 당신 부인을 죽이려 한 게 아니야. 당신을 죽이려 한 거지."

숨이 넘어갈 것처럼 웃던 사내가 침을 흘리며 테르데오를 바라봤다.

"당신은 별짓을 해도 안 죽더군. 뛰어난 암살자를 보내도 안 죽고 뭘 해도 안 죽어. 그래서 어쩔 수 없이 음식에 독을 탔지. 먹는 사람 모두가 죽겠지만 어쩔 수 있나. ……하지만 안 죽더군. 당신, 무슨 불사신이라도 돼?"

"내게 원한이 있다면 나만 건드리면 될 텐데. 관련 없는 사람들을 죽일 뻔하고 일말의 양심도 없나?"

"아무리 해도 안 죽는 당신 탓이지. 그래서 '수장'께서도 직접 확인하겠다고 나서셨고."

수장?

한참 웃던 사내가 머리를 뒤로 젖히고 크게 심호흡했다.

"우리가 누군지는 안 궁금한가?"

사내의 눈동자에 슬픔이 물들었다.

"당신은 우리가 누구인지, 왜 반란을 일으켰는지. 이유 같은 건들을 생각도 없는 것 같군. 그래서 묻지 않는 거겠지."

테르데오가 미간을 찌푸렸다. 정체를 묻다 보면 왜 그랬는지 이유까지 듣게 되고 결국은 원치 않는 것도 알게 될 것이다.

그건 먼 훗날 테르데오한테 죄책감으로 남게 될 기억들이었다. 그렇기에 테르데오는 애초에 들을 생각조차 없었다.

사내가 천천히 고개를 내려 테르데오를 응시했다.

"우린 슈와츠 왕국민들이다."

"……!"

익숙한 왕국 이름이 나오자 테르데오가 눈에 띄게 동요했다. 동시에 사내의 두 눈이 붉게 충혈됐다.

"이 제국에서 노예보다 못한 삶을 사는 사람들이자 네가 죽인 사람들의 살아남은 원한이다."

❈ ❈ ❈

산 정상에서 제법 멀리 내려온 후에야 아데우스가 드디어 멈췄다. 그의 이마에는 식은땀이 비 오듯 쏟아지고 있었고 날 안은 팔은 미세하게 떨리고 있었다.

"여기서 잠깐 쉬어가죠."

거친 숨을 몰아쉰 아데우스가 힘에 부치는지 날 조심히 땅 위로 내려놓았다.

"괜찮아?"

아데우스는 말없이 뒤로 돌았다.

물어보고 싶은 게 산더미처럼 쌓여 있었다.

"아데우스, 대체 어떻게 된 거야? 네가 왜 거기에……."

그는 대답 대신 입고 있던 신전의 로브를 찢어버리듯 거침없이 벗었다.

"하, 됐고. 이건 먼저 들어야겠어. ……너 정말 반란군이야?"

아데우스는 벗은 로브를 커다란 바위 위에 정갈히 깔았다. 그리고 주변에 먼지가 없도록 맨손으로 몇 차례나 쓸고 입으로 후후 분 후에야 내게 몸을 돌렸다.

"대공비 전하."

딱 달라붙는 검은색 상의가 평소 입는 옷과는 조금 달라 보였다.

"정리했습니다. 비록 깨끗하진 않지만 여기 앉아서 좀 쉬세요."

"……내가 널 뭘 믿고? 내 말에 답부터 해. 네가 정말 반란군이라면."

"당연히 아닙니다."

그를 힘껏 경계하자 아데우스가 흐드러지게 웃으며 고개를 저었다. 나는 거추장스러운 로브를 벗으며 가늘진 시선으로 그를 훑었다.

"제가 정말 반란군이었다면 진작 대공비 전하께 무언가를 했겠죠. 이렇게 목숨 걸고 살려드리지도 않았을 거고요."

"그럼 왜 그런 말을……."

"아까 신전에서 반란군이 왔다고 소리치시길래 장단을 맞춰본 것뿐입니다."

아데우스가 손을 뻗었다. 손목을 붙잡은 그가 부드럽게 끌어당겨 나를 바위 위에 앉혔다.

"그러니 걱정하지 말고 쉬세요. 불길은 진압된 것 같으나 황녀가 자신의 사람을 산에 풀었을지도 모릅니다. 잠시 쉬고 바로 산에서 내려가죠. 날도 저물어 가고요."

"……그러게 왜 나를 이곳으로 데려왔어. 마차가 날 기다리고 있을 텐데. 마차를 타고 내려왔으면 훨씬 편하고 빠르잖아."

"대공비 전하가 위험해 보여서 어서 구해야겠다는 생각밖에는 안 들었거든요."

"……날 왜 구했어?"

"지난번 케이크를 같이 먹어주셨잖아요. 그 빚을 갚은 셈 치죠."

"그건 그때 날 살리면서 갚았잖아."

아데우스가 침묵하며 그냥 웃었다.

하여튼 참 대책 없는 사내다. 나는 한숨을 내쉬며 그를 훑었다. 딱 달라붙는 상의 때문에 그의 근육이 한층 도드라져 보였다.

"목마르진 않으세요? 근처에 냇가가 있는지 살피고 오겠습니다."

"……붕대."

나를 안고 산을 날아다니기에 당연히 다 나은 줄 알았는데. 상체에는 여전히 붕대를 감은 실루엣이 보였다.

"아직 다 안 나았어?"

미세하게 떨리는 아데우스의 손목은 사용하지 말라는 것처럼 붕대에 함께 지지대가 감겨 있었다.

"제가 다친 걸 기억하고 계셨네요."

장난스럽게 웃은 아데우스가 내 양쪽 허벅지 옆에 손을 짚었다. 그리고 상체를 숙여 나와 정면으로 눈을 맞췄다.

"병문안 한 번 안 오시길래 혹시 잊으셨나 했어요."

"내가 간다고 했잖아. 편지도 보냈고 만나자고 사람도 보냈어. 답장도 없고 거부한 건 전부 너였잖아."

아데우스가 웃었다.
"정리가 필요했어요."
"보아하니 몸 상태가 좋은 건 아닌 것 같은데."
이제 보니까 다리도 정상적이지 않았다. 나를 안고 그렇게 빨리 다니던 게 기적적으로 보일 정도로 아데우스의 몸 상태는 나빠 보였다.
"……나도 두 다리가 있어. 나보고 걸으라고 하지 그랬어."
"산이 험준합니다. 걷다가 발목이라도 삐끗하시면 어쩌시려고요."
"나는 두 눈도 있어."
"넘어지거나 부딪치기라도 하시거나 혹은 상처라도 입게 되면 어떡합니까? 그리고 산을 오르거나 내리는 건 평지를 걷는 것과는 다릅니다. 내일 근육통이 심하게 올 텐데 그건 또 어떻게 감당……."
"난 어린애가 아니야, 아데우스."
마치 라피레온 사람들과 얘기하는 것 같네. 과보호가 심한 아데우스한테 딱 잘라 단호히 말하자 그가 호쾌하게 웃었다.
"차라리 어린이였으면 호되게 혼낸 후 안고 내려갔을 겁니다."
저게 진짜.
나는 야트막하게 한숨을 내쉬고 필요 이상으로 가깝게 있는 아데우스를 손가락으로 밀쳐냈다.
"너는 왜 여기에 있는 거야?"
"그냥요. 황녀가 교단을 만들었다기에 궁금해서 와봤습니다. 황실의 위엄이 어디까지 떨어지나 보려고요. ……그보다 그 질문은 제가 묻고 싶네요. 대체 대공비께서 왜 여기 계십니까? 그것도 혼자서요."
"……누구를 좀 따라왔어."
아데우스가 어이없다는 듯이 나를 나무랐다.
"저한테는 있는 경계, 없는 경계 다 내세우시더니 덥석 잘 따라

오셨네요."

"어딘지 알고 왔고 확인할 게 있었어."

"조금 전 무슨 일이 벌어졌을 뻔했는지는 아시고 하는 말씀이죠?"

할 말이 없는 내가 입술을 다물었다. 그러자 산새 우는 소리가 고요한 침묵을 메웠다.

"제가 그 자리에 없었으면 어쩔 뻔하셨나요?"

조금 전 장난스러운 목소리와는 다르게 낮게 깔린 스산한 목소리였다.

"다치거나 어쩌면 목숨을 잃었을지도 모르죠. ……사람 목숨은 하나입니다. 죽고 나면 그다음은 없어요, 대공비 전하."

"나도 알고 있어. 너무 흥분해서 감정적으로 행동했던 것뿐이야."

"제가 볼 때마다 위험에 처해 계시는군요. 독이 든 알약을 먹으려 했을 때도, 화재 사건도, 오늘도요."

늘 그랬던 건 아닌데.

나는 항변하고 싶었으나 싸늘하게 식은 표정을 보고 입을 다물었다. 내가 순순히 침묵하자 아데우스가 크게 심호흡을 내쉬며 화를 가라앉히려 애썼다.

"……하, 그래도 산과 신전 내부에 불을 지른 어느 미친놈 덕에 오늘 모임이 와해됐고 덕분에 무사히 빠져나왔네요."

뜨끔.

"대체 어떤 정신 나간 놈이 불을 지른 걸까요? 이런 곳에 불을 질러봤자 얻는 게 뭐가 있다고. 고작해야 오늘 모임을 무산시킬 뿐인……."

말을 멈춘 아데우스가 경악하는 표정으로 손가락을 꼼지락거리는 날 돌아봤다. 하하, 어색하게 웃은 그가 '설마'를 작게 외치며 물었다.

"설마…… 아니죠?"

"뭐, 뭐가."

"불을 낸 사람…… 대공비 전하 아니시죠?"

"당연히! ……."

당연히 아니라고 당당히 외치려 했는데 양심이 찔려 소리칠 수 없었다. 머리 위에서 아데우스의 기가 찬 웃음소리가 들렸다.

"하!"

그가 머리를 마구잡이로 쓸어 넘기더니 분노를 억누르는 목소리를 겨우 쥐어짜 냈다.

"도대체 제가 없어서 못 빠져나갔으면 어쩌려고 하셨나요. 지난번 화재 사고를 겪고도 느낀 바가 없으셨나요?"

"그때와는 다르게 퇴로가 있었고 돕는 사람들이 있었어. 내가 연기를 한 거지 큰불도 아니었어. 그냥 눈에 보이는 곳곳에 장치해 둔 거였고 모두 빠져나가면 불을 진압하기로 했었어."

나는 손가락으로 산 정상을 가리켰다.

"봐, 불은 이미 진압됐잖아."

아데우스가 입술을 꽈득 깨물고 어지러운지 이마를 짚었다.

"천재지변이라는 게 사람 마음대로 움직여 준답니까?"

"……그건 아니지만."

"이렇게 매번 자기 몸을 돌보지 않으시니까 자꾸 제가 계획과는 다르게……!"

아데우스가 말을 멈추고 고개를 휙 돌렸다. 그의 분노가 나를 향한 걱정이라는 걸 알고 있다.

"걱정시켜서 미안, 아데우스."

"……누가 걱정하나요? 제가요? 누구를요? 대공비 전하 걱정을요?"

"내가 다칠 뻔해서 너 지금 화났잖아."

"누가! ……."

정곡이 찔렸는지 아데우스는 아무 반박도 못 하고 입술을 꾹 다물었다. 잔뜩 찌푸려진 얼굴이 평소와는 조금 달랐다.

'그런데 억울하네.'

나는 아데우스를 위아래로 살피며 조소했다.

"그러는 너도 남 말 할 때는 아니잖아. 보아하니 뭔가 험한 일을 하는지 여기저기 상처투성이인데."

아데우스의 몸이 움찔거렸다.

"나한테만 뭐라고 할 게 아니라 너도 네 몸 좀 챙겨."

"……제 몸요?"

"그래, 네 몸. 가만 보니 너는 네 몸 잘 안 챙기더라. 지금도 그래. 너 붕대 감고 있지? 손목도 발목도 다쳤잖아."

조금 전 큰소리치던 모습은 온데간데없이 사라지고 아데우스가 괜히 목을 크흠 가다듬으며 고개를 돌렸다.

"죽으려고 작정했니? 저번에도 분명 발목도 다쳤던 것 같은데. 무리하지 마."

"……절…… 걱정하신 건가요?"

아데우스가 놀란 눈을 크게 뜨고 바보처럼 멍하니 날 봤다.

아데우스는 여전히 수상쩍고 아직 내게 의도적으로 접근한 이유에 대해서도 못 들었다.

하지만 지난 화재 사건 때도 그리고 이번 사고에도.

그는 어쨌거나 나를 두 번이나 구했다. 따지고 보면 내가 예전에 아일렛의 피가 든 알약을 먹으려 할 때 제일 먼저 필사적으로 막았던 것도 아데우스였고.

"눈앞에서 사람이 다쳤는데 당연히 걱정하지."

의심은 산에서 내려간 뒤에 해도 되니까.

아데우스가 당황했는지 말을 느릿하게 뱉었다.

"……대공비께서 제 걱정을 해주실 줄은 몰랐습니다. 아니, 누군가 제 몸을 걱정한다는 게…… 정말 오랜만이라서……."

"됐고, 내려갈 땐 나 혼자 내려갈게. 산이 험준하면 너랑 내가 서로 의지하면서 내려가면 되니까."

"······의지하면서요?"

"그래. 걷는데 아프다 싶으면 나한테 기대. 내가 부축해 줄 테니까."

부축하는 시늉을 하며 웃자 아데우스가 나를 빤히 바라봤다. 마치 이런 말은 태어나 처음 듣는 사람처럼 그는 웃지도 않고 그저 가만히 볼 뿐이었다.

"왜, 왜 그래? 내 얼굴에 뭐 묻었어?"

"······대공비 전하는 절 의심하고 계신 거 아닌가요?"

"응?"

"제게 의도적으로 접근한 이유를 물어보셨잖아요. 그건 처음부터 절 수상쩍게 생각하고 의심했다는 걸로 들렸거든요."

내가 했던 질문을 안 잊고 있었구나.

"······그래, 맞아. 너 처음부터 너무 의심스러웠잖아. 지금도 그 생각이 바뀐 건 아니야. 오늘도 필요할 때 나타나서 날 구했고."

"그런데 그렇게 의심하는 사람과 서로 의지가 가능한가요?"

"음······ 보통은 불가능한데 일단 넌 날 두 번이나 구했잖아? 날 죽일 거였으면 구하지 않고 내버려 뒀겠지. 아까도 날 구해야겠다는 생각밖에 안 들었다며. 나한테 위험하지 않으면 우선 이 산에서 내려갈 때까진 서로 의지할 수 있겠지."

아데우스가 이해하기 힘든 것처럼 시선을 아래로 내려뜨렸다.

"산에서 내려가면 그 질문의 답도 좀 해주고."

"······네."

평소에는 늘 웃고 있는 가면을 쓰고 있는 것 같았는데 오늘은 날것의 모습을 많이 보는 것 같았다.

"그런데 아데우스."

"네."

"너 아까 어디에 있었어?"

분명 아까 신전 내부에는 나와 도돌레아 황녀, 새어머니와 레이나, 그리고 중간에 나간 백작 부인뿐이었는데.

"너 어디에 있다가 갑자기 날 구하러 등장한 거야?"

아데우스의 얼굴이 미세하게 구겨졌다. 평소처럼 웃어보려 했으나 그게 마음처럼 잘 안되는지 그의 얼굴이 이상하게 일그러졌다.

아데우스가 결국 한숨을 내쉬며 담담하게 말했다.

"당연히 안에 있었죠. 그러니 대공비 전하를 구하러 갔죠."

"……내가 볼 때 안에 너는 없었는데?"

그의 얼굴이 더 주름졌다.

"……사실 숨어 있었어요. 갑자기 불이 났다고 하니 지난번 사고가 생각나서 무섭더라고요. 그래서 구석에 숨어 있었어요."

"……정말?"

"간혹 트라우마가 생기면 그런다고 하잖아요."

도통 믿기지 않는데.

아데우스를 유심히 관찰하자 그가 얼굴을 찌푸린 채 물었다.

"저도 여쭤볼 게 있는데요. ……아까 나눈 대화요."

"대화? 무슨 대화?"

"라피레온 가문의 불행이라는 그거요."

"……!"

도돌레아 황녀와 나눈 얘기를 다 들었구나! 순간 심장이 철렁 깊은 심해로 가라앉았다.

'혹시 내가 저주라는 단어를 썼던가?'

머리가 빠르게 회전했다.

아니, 안 썼다. 그리고 다행스럽게도 도돌레아 역시 저주라는 단어를 직접 사용하지는 않았다. 그 저주는 라피레온 가문의 약점이 될 수 있기에 무조건 숨겨야만 했다.

"거두절미하고 묻겠습니다."

마치 모든 걸 다 알고 있는 것처럼 아데우스의 눈초리가 날카로웠다. 고요한 산속에 내가 마른침을 삼키는 소리만 크게 퍼졌다.

제발, 아데우스가 아무것도 못 들었길. 아니, 들었다고 해도 아무것도 유추 못 하는 바보이길.

"라피레온 가문이 대공비 전하를 힘들게 하나요?"

"……응?"

속으로 연신 빌던 나는 진지한 아데우스의 목소리에 맥이 빠졌다. 도대체 왜 저런 결론이 나오는 걸까?

저주가 안 들킨 건 다행이긴 하다만 너무 황당한 발상이었다.

'아무것도 유추 못 하는 바보였구나.'

나는 한숨을 내쉬며 손을 휘휘 저었다.

"그런 거 아니야. 라피레온 가문 사람들이 얼마나 잘해주는데."

"그런데 대공 각하께선 이렇게 위험한 곳에 왜 대공비 전하를 혼자 보냈나요?"

아데우스가 도통 믿을 수 없다는 눈초리로 나를 살폈다.

"혼자 보낸 게 아니고 내가 멋대로 통보하고 온 거야. 같이 가자고 할 시간이 없었거든."

"대공 각하랑 무슨 일이 있던 건 아니죠?"

"일은 무슨. 우린 아무 일도 없었……."

없었……나? 없었어? 정말?

되묻는 내 머릿속에서 아찔하게 농염하던 테르데오의 모습이 떠올랐다.

'그럼 이번엔 제대로 키스하면 되겠네.'

"허억……!"

아니, 미쳤나. 이게 왜 갑자기 떠올라?

미쳤지? 미쳤구나! 내 뇌! 일 안 할래?

"……대공비 전하? 왜 그러세요?"

"아, 아니……."

산의 정상까지 전력 질주한 사람처럼 심장이 미치게 뛰었다. 분명 쌀쌀한 산바람이 불어오는데도 얼굴은 석양보다도 더 뜨겁게 타오르고 있었다.

'잊어! 잊으라고!'

나는 황급히 고개를 내저으며 성큼 바위에서 내려왔다.

"쉴, 쉴 만큼 쉬었으니 마저 내려가는 게 좋겠어. 늦었다간 날도 저물 테고."

"……괜찮으세요?"

아데우스가 조금 전보다 그늘진 얼굴로 나를 걱정스럽게 살폈다.

"괜, 괜찮지. 아, 그리고 아무 일도 없었어. 정말! 절대! 전혀! 무슨 일 없었어."

아. 이렇게 필사적으로 부정하면 오늘 아침, 셀피우스한테 티 나게 부정하던 테르데오랑 다를 게 뭐람.

"……지키겠다고 큰소리치더니."

"응? 뭐라고?"

"아니요. 아무것도 아닙니다."

나는 고개를 젓는 아데우스를 보다 앞으로 걸어갔다. 지금 중요한 건 그게 아니니까.

"그럼 가자. 아직 걸을 순 있지?"

한시라도 빨리 산에서 내려가고 싶었다. 테르데오에게, 그리고 라피레온 사람들한테 어서 도돌레아의 정체를 알려주고 싶었으니까.

아니, 그보다 더 중요한 것.

'저주를 풀 수 있어.'

저주를 풀 방법이 있을지도 모른다는 희망.

어쩌면 이 얘기를 듣고 테르데오가 웃을지도 모른다 생각하니 마음이 다급했다.
 앞으로 달려나가려 하는 그때였다. 나는 한 걸음도 채 떼지 못하고 아데우스한테 잡히고 말았다.
 "그렇게 서둘러야 하나요?"
 "그래! 어서 라피레온 사람들에게……!"
 합.
 속으로 너무 그 생각만 하다 보니 나도 모르게 입 밖으로 말할 뻔했다. 서둘러 말을 끊자 아데우스가 눈썹을 구겼다.
 "……어서 가지 않으면 라피레온 사람들이 대공비 전하께 뭐라고 하나요?"
 "응?"
 얘기가 왜 또 그렇게 되는 거지?
 고개를 갸웃거림과 동시에 아데우스가 결심한 표정으로 순식간에 나를 들어 올렸다.
 "그렇게 마음만 급해서 내려가다간 다칩니다."
 "너, 너도 다쳤……."
 "가만히 계세요."
 두 팔에 세게 힘을 주는 걸 보니 아데우스는 날 놓아줄 생각이 없는 것 같았다.
 보아하니 놔달라고 해봤자 내려줄 것 같지도 않고. 여기서 시간을 끌 바에야 일단 얌전히 안겨 내려가는 게 나을 것 같다.
 나는 짙게 한숨을 내쉬었다.
 "산에서 내려가면 내려줘."
 "저택까지 모셔다드릴까요?"
 "지금 이 꼴로? 내일 사교계의 가십 주인공이 되고 싶진 않거든."
 아데우스가 공기 섞인 맑은 웃음을 크게 터뜨렸다.
 "전 사실 대공비 전하께서도 그 가문의 사람과 똑같을 줄 알았어요."

"그게 무슨 뜻인데?"

"사교계에 도는 대공 각하, 아니 라피레온 가문의 소문 알고 계시죠?"

알고 있다마다.

테르데오는 여자에 관심도 없고 전쟁과 살육에만 미친 전장귀.

라피레온 가문은 곁을 내어주지 않고 자기들끼리 한데 모여 황실 최측근을 차지하는 데 열혈이 된 가문.

원하는 걸 위해선 살인도 마다할 정도로 성정이 잔인하고 거칠다는 소문이었다.

"차갑고 주변에서 누가 다치든 아니면 누가 죽든 아무런 상관도 하지 않으실 줄 알았죠."

"그런 사람이 어딨어."

나는 미간을 구겼다. 테르데오도 그런 사람이 아니니까.

"대공비 전하께서는 참 영리한 분이세요. 웃으며 선을 그으시죠. 절 경계하면서도 '친구'로 족쇄를 채워 제가 아무것도 할 수 없게 만드시질 않나."

"……."

"살짝 건드리기만 해도 부서질 것처럼 연약하시면서 매번 강단 있게 나서는 바람에 눈을 못 떼게 하시고."

"난 잿더미가 아니야. 사람은 건드린다고 부서지지 않아."

"제가 의심되면서도 절 걱정하시거나 의지하라고 하시질 않나. 참 싫어할 수 없게 만드는 분이세요."

나를 보며 입꼬리를 비틀던 아데우스의 눈매가 일순 사납게 올라갔다.

"그래서 전 대공비 전하께선 불행하길 원하지 않습니다."

"……응?"

"라피레온 가문과 결혼한 사람들은 이상하게 늘 끝이 불행하더군요."

아데우스는 마치 라피레온 가문을 면밀하게 조사한 것처럼 확신했다.

"죽거나, 다치거나 혹은 사라지거나. 입을 다물고 그 가문에 대해서는 말도 꺼내려 하지 않아요."

어떻게 이렇게 자세히 알고 있지? 사교계에 이런 소문까지 돌고 있나?

라피레온 가문을 시기하고 질투하는 사람들이 한둘이 아니니까 그럴 수도 있다는 생각이 들었다.

"그건 어디까지나 소문이야. 아까도 말했지만 라피레온 가문 사람들은 날 잘 아껴줘. 그런 소문을 퍼뜨리는 자가 있다면 아데우스, 네가 사실이 아니라고 말……."

"……제가 의지가 안 돼서 그러시는 겁니까?"

응?

아데우스가 못마땅한 것처럼 미간을 구겼다.

"제가 의심스러워서, 제가 수상한 것 같아서. 그래서 의지가 안 돼서 사실대로 말 못 하시는 건가요?"

"그러고 말 것도 없이 이게 사실인데."

아데우스가 걸음을 멈췄다. 나를 안은 그의 팔에 힘이 들어갔다. 그러더니 아데우스가 갑자기 나를 땅에 조심히 내려두었다.

"응? 왜 그래? 역시 힘들어? 내가 걸어갈까?"

차가운 산바람이 볼을 스치고 지나갔다.

"대공비 전하. 산에서 내려가면 그때 한 질문의 답을 달라고 하셨죠."

"그래, 네가 그때 답도 안 하고 도망갔잖아."

"그 답, 지금 들려드릴게요."

아데우스가 깊고 푸른 눈동자로 나를 바라봤다.

"네, 맞아요."

나지막한 목소리가 진실을 토해냈다.

"전 라피레온 대공 각하께 복수하기 위해, 처음 대공비 전하께 의도적으로 접근했어요."

"……!"

눈동자가 흔들렸다. 나를 진지하게 내려다보는 아데우스의 표정에선 일말의 거짓도 찾아볼 수 없었다.

'사실이야.'

그가 진심을 내비쳤다.

"왜……? 갑자기 그 대답은 왜, 아니 그보다 테오에게 복수라니……."

"대공 각하께서 주도하신 전쟁에서 제가 아끼던 사람이 죽었거든요."

나는 짧은 숨을 크게 들이켰다.

담담한 어조. 감정이 느껴지지 않는 얼굴. 평소처럼 가면 쓴 얼굴을 마주 보는 기분이었다.

그 순간, 얼음처럼 시리고 차갑던 눈동자에 물기가 일렁거렸다.

슬픔에 질식할 것처럼 잠긴 아데우스가 울고 있는 착각이 들었다.

"……테오가 주도한 전쟁이라고 해도 전쟁 자체가 그의 탓은 아니잖아. 그도 출전 명령을 받은 것뿐이고. ……그리고 테오는 전쟁을 좋아하지 않아."

"하지만 라피레온 대공 각하 때문에 제가 아끼던 사람이 죽은 건 명백한 사실이죠. 공을 세웠으니 없던 일이 되나요?"

심장이 철렁 내려앉았다. 나는 무슨 말을 해야 할지 몰라 머리가 새하얗게 변했다.

그때였다.

'바스락.'

우측에서 풀을 밟는 발소리가 들렸다. 깜짝 놀라 어깨를 떨고 황급히 고개를 돌렸다.

"……테오!"

테르데오가 사람을 죽일 것 같은 눈동자로 아데우스를 바라보며 서 있었다. 나를 찾아 헤매 다녔던 건지 머리나 옷이 많이 흐트러져 있었다.

갑작스러운 테르데오의 등장에도 아데우스는 당황하지 않았다.

"저희 대화를 들으셨나요?"

"그래, 아주 잘 들었지."

"대화를 엿들으시다니. 대공 각하답지 않으시네요."

"……신전에 갔다던 내 부인이 산 정상에도 보이지 않고, 저택에 도착하지도 않았다고 하고."

한 마디를 할 때마다 테르데오가 나를 향해 똑바로 걸어왔다.

"따라갔던 호위 말로는 내 부인이 신전에서 나오지 않았다길래 혹시나 해서 주변을 살폈지. 아니나 다를까 산에서 걸어 내려간 흔적이 있길래 따라왔는데."

오늘 아침에 분명히 본 얼굴인데.

아주 오랜 시간이 흐른 것처럼 그리운 얼굴이었다.

"따라와 보길 잘했군."

내 앞까지 걸어온 테르데오가 내게 시선을 돌렸다.

"페레샤티."

익숙한 목소리가 들렸다. 번개처럼 내리꽂힌 목소리가 내 심장에 박혔다.

"빌어먹을 감옥 경비병이 마부가 왔다는 말을 전해주지 않아서 늦게 전달받았어. 기다리게 해서 미안해."

어쩐지 늦는다 싶더니만 그런 일이 있었구나. 그가 내게 웃으며 손을 뻗었다.

"이리 와."

가슴이 울컥했다. 그의 부름에 당장 뛰쳐나갈 것처럼 홀린 듯 걸어가려 할 때였다.

탁.

뒤에 서 있던 아데우스가 내 손목을 세게 붙잡아 막았다.

"……아데우스?"

나를 잡아 세운 아데우스가 테르데오를 흉흉하게 노려봤다.

"지키겠다고 하시더니 제대로 하는 게 없으시잖아요."

테르데오의 얼굴이 순식간에 딱딱하게 굳었다. 희번덕거린 붉은 눈동자가 내 손목을 잡은 아데우스의 손으로 향했다.

"손 놔. 영식."

테르데오가 천천히 다가왔다. 그리고 내 다른 손목을 부드럽게 잡았다.

"경고는 한 번이야."

테르데오가 입술을 짓씹으며 살기를 드러냈다.

"내가 분명 저번에 주위를 맴도는 건 나 하나로 끝내라 말했지. 그런데도 감히 내 부인을 이용하려 했다 말해?"

"그렇게도 아끼는 부인을. 어딘지도 모를 이런 곳에 혼자 보내시나요?"

테르데오가 서슬 퍼런 시선으로 아데우스를 노려보며 이를 악물었다. 나는 아데우스한테 잡힌 손목을 비틀었다. 나를 세게 잡을 생각은 없었는지 아데우스가 내 손목을 놓았다.

동시에 테르데오가 나를 강하게 끌어당겼다.

그의 품에 안겼다.

익숙한 체취. 안심되는 이 품. 도돌레아와 싸울 때 나도 모르게 계속 기다렸던 사람.

그의 심장 뛰는 소리가 귓가에 울리자 마음이 순식간에 진정됐다.
'아, 나 불안했구나.'
그제야 내 초조함의 이유를 알았다. 나도 모르게 그간 테르데오를 많이 의지하고 있던 모양이었다.
'나중에 계약이 끝나고 혼자 지내게 되면 많이 쓸쓸할 것 같아.'
생각만 했을 뿐인데도 벌써 가슴 언저리에 낙엽이 진 것처럼 쓸쓸했다. 허전함을 달래고자 그의 품을 파고들자, 테르데오 역시 아무한테도 보여주지 않겠다는 듯이 나를 품에 꽉 끌어안았다.
"영식."
테르데오가 나지막이 아데우스를 불렀다.
"……대공비를 구해줘서 고맙다."
"……!!"
나는 놀라 테르데오를 바라보았다. 아데우스도 놀란 시선이었다.
분명 테르데오한테 복수하겠다는 말을 들었을 텐데. 그런데도 테르데오는 아데우스한테 고맙다는 말부터 먼저 했다.
아데우스가 얼굴을 구겼다.
"방금 제가 한 말은 잊으셨나요?"
"그건 그거고. 영식이 대공비를 구해준 건 구한 거니까. 내가 전에 말했지? 너 같은 놈들, 내겐 한둘이 아니라고. 그러니까 난 상관없어."
아데우스가 테르데오를 노려보았다.
"대공비께서 오늘 많이 위험하셨습니다."
날 품에 안은 테르데오가 움찔거렸다.
"가슴에 칼이 꽂힐 뻔하셨고 산과 건물 내부에 불이 나 타 죽을 뻔하셨죠. 그때 대공 각하께선 어디 계셨나요?"
평소의 조롱이 아니었다. 아데우스는 진심으로 분노하고 있었다. 나를 지키지 못한 테르데오한테.

테르데오한테 적의를 드러낸 걸 본 적은 있었지만, 아데우스가 이렇게 감정적으로 화를 내는 건 처음 보는 것 같았다.

"……이렇게 사실대로 털어놓는 건 제 계획에 없었어요."

슬픔과 분노가 말끔하게 사라진 청량한 아데우스의 눈동자가 나를 향했다. 그의 눈동자에는 오로지 나만이 담겨 있었다.

"분명 완벽했는데 자꾸만 차질이 생기더라고요. 오늘처럼요. …… 오늘도 어디까지나 정찰을 하려던 거지, 나설 생각은 없었거든요."

말을 멈춘 아데우스가 아랑곳하지 않고 입던 상의를 훌러덩 벗었다. 갑작스러운 탈의에 놀라 시선을 돌리려고 했는데 그럴 수가 없었다.

아데우스의 몸은 엉망이었다. 옷이 따로 필요가 없을 정도로 붕대가 감겨 있었고, 그 위로 덧난 상처에서 피가 배어나고 있었다. 물론 손목은 두말할 것도 없고.

"이런 몸으로 나설 정도로 전 바보가 아닌데 생각도 안 하고 대공비 전하를 구하고 있잖아요. 그래서 깨달았어요. 전 이제 더 대공비 전하를 속일 수 없다는 것을요."

그가 허탈하게 웃으며 나지막하게 말했다.

"대공비 전하, 사실을 알게 되셨으니 이제 저를 미워하실 건가요?"

차마 뭐라 입을 열 수 없었다.

아데우스는 전쟁으로 아끼는 사람을 잃었다고 했다.

전쟁이란 무릇 그런 것이다. 적국도 내 제국도, 서로 황폐해지고 메말라 가는 것이다.

자신을 지켜줄 호위도, 기사단도 없는 국경 지대 마을의 평민들은 전쟁이 일어나면 매일 불안감 속에 산다.

갑자기 급습해 온 적국의 병사로 인해 한 마을이 전부 불탈 때도 있고, 산에 나무를 캐러 간 나무꾼이 죽는 일도 있다.

황실과 가까운 수도에 사는 고위 귀족들은 영토가 넓어져 영주

민이 많아지고 걷을 세금이 많아지니 좋아하며 전쟁과 상관없이 지내지만 말이다.

누군가에겐 영웅인 사람도 다른 누군가에겐 증오의 대상이 될 수 있다.

'그래서 자기 목숨 따위 상관없이 늘 테르데오를 보며 적의를 드러냈던 거였어.'

그렇기에 나는 아데우스의 말에 아무 답을 할 수 없었다.

"미움받아도 어쩔 수 없다고 생각해요. 계획적으로 접근하여 속인 건 저였으니까요. 죄송해요."

"왜 갑자기 사실대로 얘기할 마음이 생긴 거야?"

"제가 대공비 전하께 해를 끼칠 사람이 아니라는 걸 증명하고 싶었어요."

"……."

"그러기 위해선 거짓부터 바로잡아야 한다고 생각했어요. 설사 미움받게 되더라도요."

나는 뭐라고 답할 수가 없었다.

널 미워할 수 없다. 하지만 그렇다고 좋아하는 것도 할 수가 없다.

입 안이 쓰다. 미간을 구기자 테르데오가 천천히 나를 품에 안아 들었다.

"돌아가자. 샤샤."

나는 테르데오한테 안긴 채 아데우스의 시선에서 고개를 돌렸다.

"다음엔."

테르데오가 아데우스를 가만히 바라보았다.

"다음엔 날 찾아와."

말을 마친 테르데오가 몸을 돌렸다.

"하나만 묻겠습니다, 대공 각하."

뒤에서 아데우스가 우리의 발목을 붙잡았다.

"혹시 라피레온 가문이 대공비 전하를 불행하게 합니까?"

테르데오의 걸음이 우뚝 멈췄다. 그의 붉은 눈동자가 망망대해에서 길을 잃고 방황하는 배처럼 갈피를 잃고 흔들렸다.

"……답이 없으시네요."

나는 테르데오를 바라봤다. 테르데오의 얼굴이 일그러져 있었다.

나는 주먹을 세게 쥐고 어깨 너머의 아데우스를 바라보았다.

"아데우스."

그리고 확신에 찬 목소리로 답했다.

"라피레온 가문은, 그리고 내 남편은 나를 절대 불행하게 만들지 않아."

"그렇다면 다행입니다. 제가 바라는 건 오직 하나, 대공비 전하께서 아프지 않았으면 하는 겁니다. 대공비께서 아프시면 제가 또 오늘처럼 몸이 먼저 달려나갈 것 같거든요."

테르데오가 입술을 짓씹었다. 번뜩 뜨인 붉은 눈동자에 이루 말로 할 수 없는 소유욕이 강하게 물들었다.

"아데우스."

나는 테르데오의 어깨를 다독거리며 그를 불렀다.

전쟁으로 아끼는 사람을 잃은 참담한 심정을 이해 못 하는 건 아니었다. 길을 잃은 그 분노를 쏟아부을 곳이 필요한 것도 안다.

하지만.

"테오는 내 남편이야. 테오가 아프거나 슬프면, 나 또한 아프고 슬퍼."

하지만 미안하게도 난 아주 이기적이고 잔인한 사람이다. 내겐 아데우스의 아픔보다 테르데오가 더 중요했다.

"그러니 정말 날 아프게 하고 싶지 않아서 사실을 밝힌 거라면…… 테오를 아프게 하지 말아줘."

말을 남긴 채 나는 테르데오를 달래 걸음을 재촉했다. 다행히도 테르데오는 내 말을 잘 따라주었다.

그리고 우린 아데우스를 남겨둔 채 산에서 내려왔다.

"……하지만 혹시라도 대공비 전하를 불행하게 만들거나 슬프게 하는 게 있다면…… 그래서 도움이 필요하다면 언제든 말씀하세요."

뒤에서 작은 중얼거림이 들리는 것 같았지만 바람 소리려니 부러 뒤를 돌아보지 않았다.

"그 가문으로 인해 불행하거나 슬픈 건 저 하나로 족하니까요."

❈ ❈ ❈

해가 저무는 산속에 강하게 내리치는 타격음이 널리 퍼졌다.

홀로 남은 아데우스가 이를 꽉 문 채 연신 나무를 세게 내리치고 있었다.

손목을 감싸던 지지대는 이미 사라진 지 오래였고 손등은 까져 피가 흐르고 있었다.

하지만 아데우스는 멈추지 않았다. 몸에 상처를 입히지 않고서는 도저히 맨정신으로 있을 수 없을 것 같았다.

"제길……!"

이렇게 얘기할 생각이 아니었다. 끝까지 철저하게 숨기고 어떻게든 발뺌해서 옆에 붙어 있을 생각이었다.

그래서 자신의 가족을 죽인 라피레온 가문에게, 사랑하는 어머니와 여동생을 빼앗아 간 테르데오한테 복수할 생각이었다.

아데우스는 전쟁으로 목숨보다 아끼던 어머니와 살아갈 이유인 여동생을 처참하게 잃었다.

그가 할 수 있는 거라곤 숨죽여 며칠을 우는 것뿐이었다. 태어나면서부터 갈고 닦은 검술은 쓸모가 없었다.

어엿한 장례식도 치러주지 못하고 묻어주는 것조차 못했다. 쫓기듯 도망쳐 먼발치에서 그저 좋은 곳으로 가길 바라는 게 그가 할 수 있는 전부였다.

죽음의 순간에서 온화하던 어머니가 얼마나 아팠을까, 떼쟁이 같던 제 여동생이 얼마나 무서웠을까.

나무 탁자에 부딪히기만 해도 아프다고 울던 동생인데. 비가 내리는 날엔 걷는 것도 아프다 하던 어머니이신데.

그 곁을 지키지 못했다는 사실이 죽고 싶을 만큼 후회되고 스스로한테 화가 났다.

차라리 내가 죽었어야 했는데. 살아남은 게 하필 나라는 게 더 치욕스럽고 비참했다.

"젠장."

홀로 살아남았다는 죄책감이 매일 어깨를 무겁게 짓눌렀다. 아데우스를 살아가게 하는 원동력은 오로지 '복수' 하나였다.

눈을 뜨면 맞이해 주던 가족이 없는 그 슬픔을, 더는 살아갈 의미도 없는 지옥 같은 하루를 테르데오한테도 꼭 선물하고 싶었다.

그 다짐 하나로 해선 안 될 짓, 더러운 짓을 하고 감정까지 죽이며 꾸역꾸역 살아왔다.

그런 아데우스한테 페레샤티는 달갑지 않은 변수가 생겼다.

처음엔 계획 일부였다. 그녀를 보는 시선 한 번, 미소의 타이밍도 모든 게 계획이었다.

좀처럼 곁을 내주지 않고 경계하는 모습이 고양이 같다고 생각했다.

같이 어울리게 되자 이따금 대화가 즐거웠고 톡톡 쏘는 반응이 흥미진진했다.

자기 의견을 굽히지 않고 당당히 나설 땐 당찬 여동생을 보는 것 같았고, 자애롭게 포용하는 모습을 볼 땐 어머니를 떠오르게 했다.

그 변화는 아데우스를 괴롭게 만들었다.

"……손이 엉망이네. 당분간 검은 또 못 쥐겠어."

죽은 가족들이 꿈에 나와 질책했고 때때론 숨을 쉬는 것마저 힘겹게 느껴졌다.

화재 사건이 일어났을 때, 차라리 그냥 그대로 페레샤티가 죽게 됐어야 한다고 수천 번 생각했다. 그리고 다음에 그런 기회가 온다면 그땐 꼭 그렇게 하리라 다짐했다.

그래서 아데우스는 마음을 다잡을 때까지 페레샤티를 찾지 않았다. 그녀를 대하는 자기 행동이 스스로 이해가 가지 않았기에.

그녀를 보면 분명 또 마음이 약해지고 흔들려서 제정신이 아니게 될까 두려웠다.

그리고 그 예감은 빌어먹게도 적중했다.

"……하."

로브를 뒤집어쓰고 있었지만, 신전에서 아데우스는 페레샤티를 단번에 알아봤다. 그녀를 보자마자 당장 뛰쳐나가 이 위험한 신전에서 멀리 떨어뜨려 놓고 싶은 충동을 간신히 꾹 참았다.

자기와는 상관없다고 애써 눌렀다.

하지만 도돌레아의 단검이 페레샤티를 향하는 순간, 아데우스의 이성이 끊어졌다.

"도대체……."

정신을 차렸을 때 아데우스는 이미 페레샤티를 품에 안고 산에서 내려오고 있었다. 걷기만 해도 아프던 몸은 훨훨 날아가는 새처럼 가볍기까지 했다.

복수해야 할 가문의 사람인데도…… 오랜만에 본 그 얼굴이 실로 반갑기까지 했다.

귓가에서는 원한이 가득한 제 어머니와 여동생이 우릴 잊었느냐고 소리치는 환청까지 들렸지만 아데우스는 페레샤티를 살리고 싶었다.

"······내가 미친 걸까."

그녀와 대화를 나눌 때마다 즐겁다 여기는 자신이 구역질 났다.

제 삶은 즐겁기 위한 게 아닌데, 못다 한 원한을 풀고 복수를 하기 위해 살아가는 삶인데.

잠시지만 처음으로 그 복수심을 잊고 웃어보기까지 한 자신이 증오스러워질 만큼 미웠다.

"차라리 미쳤으면 좋겠네."

모든 게 엉망이었다.

"정신 나간 놈."

그리고 앞으로도 그렇게 될 거라는 걸 짐작했다.

오늘 뼈저리게 깨달았다. 자신은 페레샤티를 무시할 수도, 외면할 수도 없다.

계획이 어긋나더라도 그녀가 울지 않게 할 것이고, 페레샤티가 다치지 않도록 힘이 되려 할 것이었다.

"미친놈."

아데우스가 나무에 머리를 쿵쿵 박고 있을 때였다.

"여기 계셨군요."

굵직한 저음이 들렸다. 아데우스가 고개를 돌리자 다가온 사내가 얼굴을 찌푸렸다.

"상의까지 벗고 뭐하시는 겁니까? 훈련 중이신가요?"

"······옷 좀 줘. 내 옷은 더러워져서 못 입어."

사내는 흔쾌히 옷을 벗어 아데우스에게 넘겼다. 한숨을 크게 내쉰 아데우스도 익숙하다는 듯이 옷을 받아 입기 시작했다.

"괜찮으세요?"

"······기분은 좋은데 상황은 최악이야."

페레샤티에게 스스로 죄를 고백해서 홀가분해졌으나 반대로 상황은 무거웠다.

"아까 신전에서 갑자기 뛰쳐나가셔서 놀랐습니다. 성치 않은 몸으로 왜 그런 무리를 하셨나요?"

"다른 애들은?"

"모두 돌아갔고 저만 찾으러 왔습니다."

"잘했네."

아데우스의 칭찬에 흡족히 웃은 사내가 땅에 떨어진 그의 옷가지를 주웠다.

"이건 버릴까요?"

흙먼지가 묻긴 했으나 아까 페레샤티를 품에 안을 때 입고 있던 옷이었다.

'저 옷은 버려야지.'

아데우스가 가늘어진 눈으로 사내의 손에 들린 옷을 바라봤다.

"이리 줘. 가져갈 거야."

생각과는 영 다른 말이 입 밖으로 튀어나오자 아데우스가 두 눈을 질끈 감았다.

'작작하자, 진짜.'

사내가 떨떠름한 얼굴로 상의를 건네자 그걸 버리자고 다짐하던 아데우스는 소중히 접어 들었다. 미친놈이라 중얼거리면서도 손으로 직접 흙먼지를 탁탁 털어내기까지 했다.

"……아까 도와준 그 여자는 라피레온 대공비입니까?"

사내의 질문에 아데우스의 몸이 멈칫했다. 아데우스는 저도 모르게 조금 전 테르데오와 페레샤티가 사라졌던 곳을 힐끔 바라봤다.

다행히 시간이 흘러 흔적이 선명하지는 않았다. 흔적을 따라가더라도 라피레온까지 도달하기는 어려울 것이다.

"라피레온도 이 교단의 신도였나 봅니다. 혹시 약점으로 삼기 위해 아까 직접 나서서 도와줬던 건……."

"누가 그래?"

아데우스의 눈동자가 싸늘하게 식어갔다. 조금 전과는 완전히 다른 분위기에 사내가 몸을 빳빳하게 굳혔다.

"아까 그 여자가 라피레온 대공비인 거 누가 보기라도 했대?"

"아, 아니요. 그, 그건 아니지만…… 라피레온 어쩌고 하는 대화를 들은 것 같아서……."

"아니야."

아데우스가 단호하게 말을 잘랐다.

"……네?"

"라피레온 대공비 아니었다고. 다들 멀리 떨어져 있었으면서 함부로 확신하지 마."

서슬 퍼런 시선이 섬뜩하게 닿자 사내가 황급히 고개를 숙였다.

"죄, 죄송합니다. 다음부터는 절대 확신하지 않겠습니다."

아데우스가 몸을 돌렸다.

'그러고 보니 아까 대화에서 마녀라는 단어를 들은 것 같은데.'

워낙 멀리 있어서 제대로 못 들었나 싶기도 했다. 요즘 시대에 동화도 아니고 마녀라니.

아데우스가 고개를 돌려 페레샤티가 사라졌던 곳을 다시 바라봤다. 그러자 그녀가 마지막 남긴 말이 메아리처럼 들렸다.

자기가 슬프고 아픈 걸 보기 싫다면 테르데오를 아프게 하지 말아 달라는 그 말.

아데우스가 불쾌한 미간을 구겼다.

'그놈은 어련히 알아서 잘할 텐데.'

아데우스의 머릿속에는 페레샤티가 가득했다.

'제대로 지키지도 못하는 놈이 뭐가 좋다고.'

저였다면 그렇게 두지 않았을 텐데. 어디를 가든 옆에 꼭 달라붙어 절대 위험하지 않게…….

"악! 미친놈!"

소름 끼치는 생각에 아데우스가 입 밖으로 소리를 질렀다.

"누가 있습니까?"

사내가 황급히 검을 꺼내 들고 아데우스를 보호하듯 섰다.

"……아니, 아니야."

아데우스가 창백해진 얼굴을 저었다.

'미친놈, 지금 무슨 생각을 한 거야?'

나였다면……이라니. 진짜 가당치도 않은 말이었다.

"하, 거기 그렇게 서 있지 말고 와서 부축이나 해줘."

"괜찮으십니까?"

"아니."

아데우스가 사내의 부축을 받으며 페레샤티가 내려갔던 곳을 다시 힐끔 바라봤다.

"……모두한테 당분간은 움직이지 말고 기다리라고 해."

"네? 무슨 일이라도…….."

"나 손 봐. 엉망이야."

"……그러니까 훈련을 왜 하십니까? 손목을 영영 사용할 수 없을지도 모른다는 말 잊으셨나요?"

"됐고 내가 손이 이 모양이니까 일 만들지 말고 기다리라면 기다려."

말을 마친 아데우스가 입술을 짓씹으며 귀를 막았다.

그러지 않으면 가족들의 원한이 자꾸만 돌림노래처럼 쉬지 않고 들려와 정신을 차릴 수 없을 것 같았다.

❋ ❋ ❋

머리가 복잡했다. 그 뒤로 어떻게 저택에 돌아왔는지도 모르겠다. 욕조에 몸을 푹 담그고 나면 머리가 가벼워질까 했는데 똑같앉다.

'아데우스가 나한테 사실대로 말한 거면 이제 테오한테 할 복수를 접겠다는 뜻일까?'

가족을 잃은 그 슬픔과 복수심을 키우면 결국 아데우스 자신만 힘들어질 텐데.

하지만 그 말을 할 수는 없었다.

산 사람은 살아야지. 그 말만큼이나 잔인하고 현실을 일깨워 주는 말은 없으니까.

'아끼는 사람이라…….'

그때 갑자기 예전에 아데우스와 이상한 곰 인형 케이크를 먹을 때 나누던 대화가 떠올랐다.

'이미 두 사람 다 죽었거든요.'

그때 분명 어머니와 동생이 죽었다고 했었는데…….

'혹시 전쟁으로 인해 죽은 아끼던 사람이라는 게…….'

나는 손으로 입을 틀어막았다.

'아니야, 설마 그럴 리가 없어.'

아끼던 사람이 가족이라니.

나는 떠올리던 최악의 상황을 곧바로 머리에서 지웠다. 제발, 정말 제발 아니길 바라면서.

내가 근심이 가득해 보이자 오일을 바르던 하녀 중 한 명이 기분을 풀어주려 애썼다.

"대, 대공비 전하. 새로운 디자인의 슬립이 왔는데 보시겠어요?"

하녀가 슬립을 꺼내 펼쳐 들며 환히 웃었다.

"황실 전속 디자이너였던 샤론 님께서 직접 만든…… 아앗!"

그러나 그 웃음은 오래가지 못했다. 하녀의 손에 남아 있던 오일 때문에 슬립이 미끄러져 욕조 안으로 풍덩 빠지고 말았기 때문이었다.

욕실이 침묵에 잠겼다. 모두가 물에 둥둥 뜬 신상 슬립을 바라봤다.

사색이 된 하녀가 벌벌 떨며 황급히 발밑에 엎드렸다.

"살, 살려주세요, 대공비 전하!"

순식간에 분위기가 삭막해졌다. 한숨을 내쉰 하녀장이 예비로 가져온 가운을 내게 입혀주며 말했다.

"저 아이는 제가 다시 교육하겠습니다."

"됐어. 일부러 그런 것도 아닌데, 뭘."

이렇게 가끔 손발이 안 맞을 때면 레베카가 생각나고는 한다. 그래도 레베카랑 잘 맞아서 이런 번거로움은 없었는데.

'쉬고 싶어.'

평소라면 슬립을 가져올 때까지 기다렸겠지만 오늘은 피곤해서 그런지 침실로 빨리 돌아가고 싶었다.

"지금 침실 층에 경비가 돌 시간인가?"

"아니요, 아마 조금 전 경비대가 돌았을 겁니다."

"됐어. 그럼 침실에 가서 쉬고 있을 테니까 뒷정리하고 슬립 가져와."

나는 반박하려는 하녀장의 말을 듣지 않고 가운을 걸친 채 욕실을 나서 침실로 돌아왔다. 혼자가 되고 나서야 나는 크게 숨을 들이켜며 침대에 벌러덩 누웠다.

'오늘 너무 많은 일이 있었어.'

다행히 작은 불은 함께 갔던 호위와 시종이 무사히 진압해 인명피해는 없었다고 했다.

테르데오가 왔을 땐 신전에 아무도 없었다고 했으니 도돌레아 역시 도망간 게 틀림없었다.

'그러고 보니까 백작 부인도 잘 도망갔나?'

중간에 도망 나가는 건 봤는데 제대로 확인도 못 했네. 내일 오전에 서신이라도 보내봐야겠다. 어쨌거나 오늘 무사히 살아났으니 제물로 바쳐져 죽을 일은 없겠지.

나는 머릿속으로 시나리오를 구상했다.

이교도의 교주로 도돌레아를 황실에 고발하고 재판에 세울 것이다. 패전국의 노예와 평민을 제물로 바쳐 황실의 위엄을 떨어뜨렸다고 하면 제아무리 딸을 사랑하는 황제여도 별수 없겠지.

아무도 믿으려 하지 않는 그 기괴한 재판의 증인은 베르딕트 백작 부인이 서게 될 것이다.

변방으로 쫓겨난 도돌레아를 지켜줄 건 아무것도 없다. 그때 도돌레아를 협박하거나 회유해서 라피레온 가문의 저주를 풀 방법을 찾으면 완벽했다.

'내일 해가 뜨자마자 베르딕트 백작 부인에게 서신을 보내야겠어.'

흡족하게 고개를 끄덕거리기 무섭게 침실 문이 열렸다. 당연히 뒷정리를 끝낸 하녀들인 줄 알았다.

"슬립은 가져왔어?"

다른 곳을 바라보며 태연스레 묻자 묵직한 답이 들렸다.

"슬립?"

나는 놀라 침대에 누워 있던 몸을 벌떡 일으켰다. 가운을 입은 테르데오가 한 손엔 술이 든 술잔을 들고 물기에 젖은 모습으로 들어왔다.

"어……."

누워 있느라 흐트러진 가운을 황급히 여미자 테르데오가 슬그머니 고개를 돌렸다.

마치 우리가 처음 초야를 보내던 날 밤처럼 어색한 분위기가 맴돌았다. 손가락으로 괜히 머리를 빗으며 나는 변명을 늘어놓았다.

"슬, 슬립이 젖어서."

"……응."

낮고 묵직한 목소리가 들리자 심장이 요란하게 소리쳤다.

"오, 오늘 너무 피곤해서 일단 침실로 돌아와 쉬고 싶었거든요."

"……오늘 여러 일이 있었지."

테르데오가 적당히 맞장구를 치며 목을 가다듬었다.

대화가 끊기자 숨 막히는 침묵이 찾아왔다. 들고 있던 술을 가볍게 한 모금 마신 테르데오가 나지막하게 말했다.

"아까 포츤 영식의 말은 너무 신경 쓸 것 없어."

"……네?"

"내겐 그렇게 복수하겠다고 한 놈들, 한둘이 아니니까. 괜히 그대까지 신경 쓸 것 없다는 뜻이야."

그러는 자기는 술까지 마시면서.

그러다 문득 아까 일이 떠올랐는지 테르데오가 눈가를 찌푸렸다.

"……하지만 그대에게 마음을 많이 연 모양인 것 같기는 하던데."

"그런가요? 전 잘 모르겠던데."

"이해는 가. ……나도 그러니까."

"네?"

혼자 짤막하게 중얼거린 테르데오가 입을 닫았다. 나한테 신경 쓰지 말라고 한 것과는 달리 그는 아무래도 아데우스가 꽤 신경이 쓰이는 것 같았다.

나는 웃으며 평소보다 더 태연하게 말했다.

"……아데우스는 아마 내가 다칠 뻔해서 놀라느라 더 말을 강하게 한 것 같아요."

테르데오는 아데우스의 어머니와 여동생이 죽었다는 사실을 모른다. 그러니 나처럼 설마 그 아끼던 사람이 가족이라는 생각까진 못 할 것이다.

그가 이 대화를 더 깊게 파고들기 전 주제를 환기했다.

"……! 맞아. 검에 가슴을 찔릴 뻔했다고 했었지."

아니나 다를까 테르데오가 놀란 눈으로 내게 황급히 달려왔다. 손에 든 술잔을 내려놓고 테르데오가 나를 살폈다.

"어디 봐. 괜찮아? 상처가 남거나 하진 않았고?"

"네?"

보긴 어딜 봐!

나는 깜짝 놀라 가운의 끈을 더 단단히 여미며 고개를 가로저었다. 물기에 젖은 머리를 신경질적으로 쓸어 넘긴 테르데오가 자책했다.

"……내가 빨리 갔어야 했어. 아니, 이런 일에 그대를 끌어들이지 말았어야 했어."

"신전은 내 의지로 직접 간 거예요. 착각하지 말아요, 테오. 당신은 내게 선택지를 제시할 순 있어도 강요할 순 없어요. 당신이 옆에 있었어도 나는 직접 갔을 거예요. 그게 내 선택이니까요."

"다치면 어쩔 뻔했어."

테르데오가 주먹을 세게 말아 쥐었다.

"그 말이 맞아. 나는 매번 늦어. 말만 번지르르하게 늘어놓을 뿐, 한심하게도 그대 한 명조차 제대로 지키지 못해."

"……당신이 내 옆에 내내 붙어 있을 순 없잖아요. 그건 당연한 거예요."

"하지만 네가 다치면 나는!"

말을 끝내지 못한 그가 손으로 눈가를 가렸다. 자신을 책망하는 모습이었다.

"우리 계약이 내가 안 다치고 안 죽도록 당신이 날 보호하는 거였죠. ……미안해요."

나는 찬찬히 그의 손등을 다독거렸다. 손이 맞닿자 테르데오가 움찔 몸을 떨었다. 그가 다른 손으로 피로한 자신의 얼굴을 깊게 문질렀다.

"내 모든 상황이 널 다치게 하는 것 같아. 페레샤티."

테르데오가 죄인처럼 중얼거렸다.

"당신은 너무 남을 생각해요. 테오, 나는 당신이 남을 걱정하다가 되레 당신이 상처받을까 걱정돼요."

테르데오가 날 가만히 바라보다가 손을 맞잡았다. 그리고 내 손바닥에 조용히 얼굴을 묻었다.

"……이러면 안 된다는 걸 알면서도 자꾸 욕심이 나."

"네?"

"내가 어떻게 해야 할지를 모르겠어. 살면서 이렇게 통제가 안 되는 건 나도 처음이야."

그가 고해 성사 하듯 한숨과 함께 진심을 토해냈다. 볼품없이 축 늘어뜨린 넓은 어깨가 무척이나 괴로워 보였다.

"보통 사람은 자기 욕망을 모르지 않죠. 고민한다는 건 결국 하고 싶은 욕망과 그럴 수 없다는 욕망이 충돌할 때 일어나는 거니까요. 욕망이 없으면 고민조차 없는걸요."

"……."

"통제가 안 되고 욕심이 난다면서요? 어떻게 해야 할지를 모르겠다는 건 결국 변명이에요. 당신은 답을 알고 있어요."

테르데오가 정곡이라도 찔린 것처럼 눈살을 찌푸렸다.

"테오, 당신 마음대로 해요. 살아가는 게 문제도 아니고…… 정해진 정답은 없어요. 산다는 건 하루하루가 고민이고 선택인걸요."

괴롭게 고민하지 말고.

저주로 인해 늘 자기가 누려야 할 것을 포기하던 테르데오였으니까. 앞으로는 그걸 당연시하지 않았으면 했다.

내 손을 다시 내려놓은 테르데오가 마른 입술을 혀로 핥았다. 그가 낮게 가라앉은 목소리로 물었다.

"그럼 묻고 싶은 게 있어. ……그대는 나로 인해 불행한가?"

"테오, 당신이 보기엔 제가 그런 것 같나요?"

"남들이 보기엔 내가 그대를 불행하게 만든다고 생각하는 것 같으니까."

남들이 보기에?

오늘 아데우스 말고도 또 누군가 테르데오한테 그런 비슷한 말을 한 걸까?

나는 생각에 잠기다 눈가를 좁히고 말했다.

"혹시 어제 아크만 영애가 그런 말을 했나요?"

"……! 그대가 그걸 어떻게……."

역시나. 나한테 그런 폭언들을 던진 걸 보면 아마 테르데오한테는 더 심한 말을 했을지도 모른다.

"참 여기저기서 다들 제 행복에 관심이 많네요."

"……."

"이렇게도 많은 사람이 제 행복을 빌어주시니. 전 정말 행복하게 살 건가 봐요."

테르데오가 침묵했다. 그는 술이 간절한지 올려두었던 술잔을 빤히 바라보고 있었다.

"사실 저도 아크만 영애를 만났었어요."

"뭐?"

"테오, 당신이랑 헤어지고, 셀피를 버리고 도망치라 하더군요."

테르데오의 붉은 눈동자가 분노로 뜨겁게 타올랐다. 그가 아찔한 이야기를 들은 것처럼 눈을 질끈 감고 어금니를 악물었다.

그러더니 곧 테르데오가 허탈하게 조소했다.

"그래, 알게 됐다면 어쩔 수 없지. 이 저주에 엮인 사람들은 모두가 그런 결말을 맞이하게 되어 있어. 함께 오랫동안 행복하게 산다는 결말은 없으니까."

"……."

"직접 두 눈으로 보니 어때? 비로소 실감이 와?"

당신은 또. 결국은 또 그렇게 남부터 생각하는구나.

"내가 처음에 말했잖아. 결국은 그렇게 될 거라고."

"……."

"그러니 페레샤티, 당신도…… 혹시 떠나가고 싶거든 말해. 떠나더라도 계약과는 상관없이 당신을 지켜줄 테니까."

"흠."

나는 고민하는 척 턱을 쓸었다. 아무렇지 않은 척 말하던 테르데오의 목울대가 긴장으로 크게 꿀렁였다.

저렇게 긴장할 거면 왜 말하라고 한 거람?

"그런데 나는 버릴 맘 없거든요."

"……!"

테르데오가 놀란 눈을 크게 떴다. 그는 당연히 내가 도망간다고 말할 거라 생각한 것 같았다.

바보 같긴.

"우리가 비록 계약 관계라고는 하나 정도 많이 들었잖아요. 그리고 셀피는 내 아들이고요."

"우리와 엮이게 되면 어떻게 되는지 영애를 보고도……."

"그리고 영애의 이야기를 듣고."

나는 두 팔을 뻗었다. 그리고 드물게 놀란 표정을 짓고 있는 테르데오의 머리를 가볍게 끌어안았다.

그가 힘없이 내 품으로 딸려왔다.

"당신이 또 악역을 자처했을 것 같아서 내가 위로해 줘야겠구나, 생각했어요."

물기에 젖은 그의 머리카락을 손가락으로 가볍게 빗겨주며 나긋하게 중얼거렸다.

테르데오의 숨소리가 거칠어졌다. 어깨가 크게 들썩거리고 이런 위로가 처음이라 어찌할 바를 모르는 것 같았다.

"악역이 되지 마요, 테오. 남한테 미움받을 필요 없어요."

"……!"

"눈치 보지 말고 남 생각 하지 말아요. 하고 싶은 대로 하고 살아요. 참지 말고."

"……하고 싶은 대로? ……참지 말고?"

"네. 당신도 이기적으로 살아도 돼요. 아까 말한 욕심도 부리고요."

내 말이 끝나기 무섭게 품에 안겨 있던 테르데오가 고개를 들었다.

"정말?"

그가 거친 손길로 내 허리를 강하게 안더니 그대로 나를 뒤로 밀었다.

무게 중심이 뒤로 쏠리자 나는 아무 소리도 지르지 못하고 침대 위로 흐트러지며 쓰러졌다.

위에서 날 내리누른 테르데오가 내 뺨을 쓰다듬듯이 어루만졌다. 그리고 주저할 것 없다는 듯이 저돌적으로 뜨겁게 입술을 맞췄다.

내 위로 올라탄 묵직한 무게감이 온몸으로 느껴졌다. 일말의 예고도 없이 찾아온 입술은 솜사탕처럼 달콤했다. 끈적하게 녹아내려 굳어버린 설탕처럼 맞닿은 입술이 좀처럼 떨어지지 않았다.

격렬하게 탐하는 입술 때문에 머릿속이 점멸된 것처럼 새하얗게 번쩍였다.

겨우 끈으로 묶어둔 가운이 흐트러졌다. 나도 모르게 이상한 소리가 입 밖으로 흘렀다.

기다란 손가락이 야살스럽게 손목을 타고 올라오더니 내 손에 깍지를 꼈다. 얽힌 손가락 사이로 찌릿한 전율이 흘렀다.

'숨 막혀.'

숨 쉴 틈을 주는가 싶다가도 이내 허용하지 않겠다는 듯이 탐욕스럽게 나를 집어삼키는 테르데오 때문에 이성적인 사고가 불가했다.

온몸이 녹아내린 것만 같았다. 야릇하게 퍼지는 향기에 취해가는 것 같았다.

하녀들이 정리하고 간 침대 위 가지런하던 이불들이 점점 엉망이 되었다.

마치 나처럼.

그 달콤함에 중독된 것처럼 나는 그의 뜨거운 입술에 미친 듯이 매달렸다. 흡사 벼랑 끝에 매달린 사람 같기도 했다.

격렬한 키스에 발끝부터 전율이 일더니 깊은 곳에서부터 숨이 터졌다.

순간 벼락에 맞은 것처럼 정신이 번쩍 들었다.

"테, 테오…… 잠, 깐."

내 부름에 테르데오는 한 마리의 굶주린 짐승처럼 자제하지 못하고 더 날뛰었다. 내 이성이 완전히 끊기기 전, 나는 손을 들어 그의 가슴팍을 밀어냈다.

지금은 밤이고 여기는 침실이다. 본능이 지배하기 딱 좋은 시간과 장소였다.

"……!"

테르데오가 움직임을 우뚝 멈췄다. 뜨겁게 달아오르던 입술이 촉촉한 소리를 내며 떨어졌다.

누구의 것인지 모를 뜨거운 숨소리가 공허한 침실을 가득 채웠다.

얼굴이 붉게 달아오른 테르데오가 평소와는 다르게 이성을 잃고 흐트러져 보였다.

앞섶이 풀어진 테르데오의 가운 사이로 맨살이 모습을 드러냈다. 물론 나도 비슷했지만.

누군가 발목을 붙잡고 현실로 끌고 내려온 것처럼 혼란스러웠다.

'지금…… 대체 무슨 일이…….'

그와의 키스에 매달렸던 조금 전 모습이 떠오르자 얼굴이 터질 것 같았다. 흔들리는 내 눈동자에 조금 전 테르데오가 내려두었던 술잔이 보였다.

그래.

"혹, 혹시…… 저, 저거. 술 마시고 취했어요?"

키스할 때 술맛이 느껴지진 않았던 것 같지만 나는 어떻게든 이유를 찾으려 애썼다.

하지만 테르데오는 침묵했다. 나른하게 풀린 표정을 보니 심장이 뻐근했다.

"저 술 독한 거예요? 아, 아니면 뭐…… 뭐……."

"뭐."

"저번 이마에 뽀뽀했을 때처럼 제 입술에 뭐가 묻어서 확인하려고 키스했다거나……."

내가 들어도 말도 안 되는 헛소리였다. 말할수록 자신이 없어 끝말을 흐렸다.

"이건 키스라 부를 만했다니. 다행이군."

"……!"

저번에 내가 '키스 같지도 않은 입술 스치기'라고 표현한 걸 아직도 생각하고 있던 거야?

얼굴이 더 새빨갛게 달아올랐다.

테르데오는 그런 날 가만히 내려다보다 긴 손가락을 뻗었다. 그리고 타액으로 번들거리는 내 입술을 엄지로 닦았다.

풀잎에 맺힌 아침 이슬을 훔치듯 조심스럽고 또 은밀하게.

그가 건드린 건 분명 내 입술인데 이상하게 심장이 간지러웠다.

"페레샤티."

"네, 네?"

그가 손을 움직여 내 얼굴을 부드럽게 감쌌다. 굳은살이 가득한 커다란 거친 손이 날 만질 때만큼은 설탕 공예품을 만지듯 조심스럽고 부드러웠다.

알 수 없는 욕망에 타오르던 붉은 눈동자가 나를 비췄다. 테르데오가 수면 아래 숨겨뒀던 상자의 자물쇠를 열었다.

"내가 널 사랑해."

"······!"

테르데오는 한 치의 흔들림도, 망설임도 보이지 않았다.

"술김에 네게 키스할 만큼 널 가볍게 여기지 않아. 독이 묻었다는 핑계를 대지도 않아."

"테오······ 갑자기 무슨······. 당신 아무래도 취한 것 같은······."

그를 밀치며 일어서려 하자 테르데오가 나를 자기 양팔 사이에 가뒀다. 화산이 폭발한 것처럼 테르데오의 붉은 눈동자에 집착이 뚝뚝 흘러내렸다.

"하고 싶은 대로 하라며."

"······네?"

"간신히 억누르며 참고 있었는데."

테르데오가 내 머리카락 끝에 요염하게도 입술을 맞췄다.

"네가 참지 말라고 했잖아."

"······!"

아직 배부르지 못해 위험한 저 짐승은 당장이라도 날 잡아먹을 것처럼 눈을 번뜩이고 있었다.

"페레샤티, 네가 욕심부리라고 그랬지. 이게 바로 추악한 내 욕심이야."

힘없이 웃은 테르데오가 내 손에 다시 깍지를 끼웠다. 느릿하게 겹쳐지는 두 손을 보자 이상하게 용광로에 던져진 것처럼 온몸이 달아올랐다.

"널 내 옆에 가두고 아무도 보지 못하게 하고 싶어. 내 지옥이 어떻든 간에 네 발에 족쇄를 채우고 네 모든 걸 내가 가지고 싶어.

네가 흘린 머리카락 한 올까지도."

"테, 테오?"

취한 것이 틀림없어.

평소라면 절대 하지 않았을 농염한 발언들이 자백제를 먹은 것처럼 술술 흘러나왔다.

뜨거운 그의 숨결이 떨렸다.

"지금 내가 무슨 생각하는지 알아?"

테르데오의 눈동자에 여러 감정이 교차했다.

터져 흐른 감정을 애써 주워 담으려는 이성과 뜨거운 욕정으로 가득 찬 본능.

그 사이에서 팽팽한 줄다리기를 하던 테르데오가 두 눈을 지그시 감았다. 그리고 그 눈이 다시 뜨였을 때, 망설임은 보이지 않았다.

"지금 마음 같아서는 당장 또 키스하고 싶어."

테르데오가 아슬하게 묶인 내 가운의 끈을 매만졌다. 그대로 당기면 아무것도 남지 않게 될 것이었다.

그의 눈동자에는 열망과 소유욕만이 끝을 모르고 활화산처럼 타오르고 있을 뿐이었다.

댐이 터지듯 테르데오의 억눌려 있던 감정이 폭발했다. 내 얼굴은 뜨겁다 못해 몽땅 타버려 잿더미로 변할 것 같았다.

"어때? 감당할 수 있겠어?"

위험하다. 도망쳐야 해.

내 본능이 그렇게 소리치고 있었다. 지금 도망치지 않으면…….

'잡아먹힐지도 몰라.'

이대로 그에게 침식당하고 말 거야.

하지만 곧 내 다짐은 모두 부질없었다. 테르데오가 웃는 순간 아무 생각도 들지 않았으니까.

'위험해.'

나는 입술을 살짝 벌린 채 멍하니 테르데오를 바라봤다. 그와 눈이 마주칠 때마다 심장이 뻐근했다.

그때, 테르데오가 손을 뻗더니 구석에 처박힌 이불을 잡았다.

"그렇게 계속 보고 있으면 참기 힘들어."

뭐? 내, 내가 뭘 했다고?

그러나 내가 무어라 말도 하기 전 테르데오가 별안간 나를 이불로 꽁꽁 싸매기 시작했다.

"뭐, 뭐 하는 거예요?"

내 말도 무시한 테르데오가 나를 이불로 돌돌 마는 데 집중했다.

"숨, 숨 막혀요! 푸하!"

심장 떨려 죽는 것보다 이불에 질식사하겠다.

깜짝 놀라 멈춘 테르데오가 이불 속에서 내 얼굴만을 간신히 꺼냈다. 그러더니 침대에 걸터앉은 후, 날 번쩍 들어 자기 무릎 위에 앉혔다.

이불에 너무 말려 있어서 앉혔다는 표현보다는 무릎 위에 올려놓았다는 말이 더 어울릴 것 같았지만.

"이렇게 하면 한결 낫겠지."

"……하지만 내 손은 안 움직이는데요."

어찌나 꽁꽁 묶었는지 몸을 아무리 움직여도 팔은 움직이지 않았다.

"인질로 잡힌 기분이에요. 혹은 납치당한 사람이나."

"실제로 인질을 잡거나 납치할 때 못 도망가도록 이렇게 묶긴 하지."

뭐? 진짜 그렇다고?

갖은 힘을 쓰며 낑낑거리는 날 보더니 테르데오가 흡족하게 끄덕였다.

"이것도 나름대로 좋네."

"네?"

"지금부터 내가 뭘 해도 못 막잖아."

테르데오는 헝클어진 내 머리를 정돈하며 흡족해 보였다.

'……테오가 나를?'

술에 취한 것 같지는 않고 약물에 중독된 것 같지도 않은데.

꿈도 아니고.

'정말 날 사랑한다고?'

아무리 되뇌어도 크게 와닿지 않았다. 테르데오는 여자한테 관심이 없다고 소문나 있었고 여태껏 내게 흑심도 보이지 않았…….

멈칫.

'……않았나?'

나는 조용히 고개를 갸웃거렸다. 그가 내 이마에 했던 뽀뽀와 마차에서의 키스가 차례대로 떠올랐다.

……지금 생각하니 흑심이 있던 것 같기도 하지만, 어쨌든.

예상하지 못했기 때문인지 갑작스러웠다.

"갑자기 아니야."

"네?"

마치 내 생각을 읽기라도 한 것처럼 테르데오가 단호하게 말했다.

"언제부터인지는 모르지만 꽤 됐어."

심장이 요동쳤다.

사랑하던 사람에게 배신당해 죽고 회귀했을 때 다시는 사랑을 믿지 않으리라 다짐했다.

하지만 그가 하는 사랑 고백에 이상하리만큼 가슴이 몽글몽글해졌다. 뜨거운 코코아 위에서 녹아내리는 마시멜로처럼 녹진하게 녹아내렸다.

"……전혀 몰랐어요."

"그랬겠지. 말할 생각 아니었거든. 끝까지 숨길 생각이라 매 순간 최대한 자제했어."

테르데오가 무기력하게 웃었다. 후련하면서도 한편으로는 자신의 현실을 깨달아 참담한 얼굴이었다.

"내게 욕심부려도 된다고, 참지 않아도 된다는 말을 해준 건 페레샤티, 네가 처음이야."

이런 뜻으로 한 말은 아니었지만.

"오늘만 이기적으로 굴게."

"네?"

"그러니까 걱정하지 마. 내일부터는 다시 자제하고, 참고, 노력할 테니까."

내 등을 안정감 있게 토닥거리는 손길이 가벼우면서도 한없이 무거웠다.

"나는 감히 네 사랑을 바라지 않아."

살면서 욕심 한 번 부려본 적 없는 테르데오의 추악한 욕심이라는 건 고작 사랑 고백이었다.

내 사랑을 받아달라 협박도, 날 사랑하라 애원도 하지 않았다.

"네 몫까지 내가 전부 할 테니까."

욕심부리랬더니 그저 억눌러도 더는 담을 곳 없어 솟구치는 그 마음이 터져 나온 것뿐.

"난 그 사랑 때문에 상처받는 사람을 수도 없이 봤어. 지나치게 달콤한 건 결국 쓰더군."

테르데오가 허탈하게 웃으며 자신의 머리를 쓸어 넘겼다.

"난 절대 하지 않으려 했지. 멍청하게 마음대로 되지 않는 것도 모르고."

귓가에 속삭이는 목소리가 이상하리만큼 절절했다.

달콤해야 할 사랑마저도 테르데오한테는 씁쓸한 독이었다. 그는 사랑마저도 자기 몫으로 돌렸다.

테르데오가 내 턱을 부드럽게 움켜잡고 올렸다. 덤덤한 테르데오의 표정이 보였다.

"난 네가 그렇게 사랑에 상처받는 것도, 저주 때문에 아파하는 것도 보고 싶지 않아."

맞닿은 손가락이 뜨거웠다.

"그것마저도 전부 내가 할게."

미처 채 닦이지 못한 그의 입술은 아직도 누구의 것인지 모를 타액으로 번들거리고 있었다.

"……왜요? 당신이 저주받아서요?"

"그래, 난 기약 없는 저주에 걸려 있으니까."

그래서 사랑도, 아픔도 결국은 혼자 다 감내하겠다고?

절로 미간이 찌푸려졌다. 오랜 상처로 뒤덮인 저 사람을 다독이고 싶었으나 이불에서 손이 빠지지 않았다.

"그럼 만약 저주를 풀 방법이 있다면요?"

테르데오의 눈가가 찌푸려졌다. 그가 미약하게 웃었다.

"셀피한테 읽어줬던 동화책처럼 나한테도 희망을 주려는 거야?"

테르데오가 크게 웃었다.

"고맙지만 그럴 일은 없어."

손이 자유로웠다면 확신하는 테르데오를 한 대 때렸을지도 모른다.

나는 꼬물꼬물 온몸으로 항의했다.

"정말 저주를 풀 수 있다면요."

"몇백 년 아니, 몇천 년 동안 아무도 그 방법을 찾지 못했어. 있을 수 없는 일이……"

"저주를 건 마녀를 찾은 것 같아요."

나는 비관적인 테르데오의 말허리를 잘랐다. 동시에 그의 얼굴에서 웃음이 싹 사라졌다.

"지금 뭐라고 했지?"

테르데오의 낯빛이 딱딱하게 굳었다. 그의 턱에 절로 힘이 실렸다.

"……아니, 확실해요. 찾았어요, 그 마녀."

테르데오가 어안이 벙벙한 얼굴로 멍하니 날 바라봤다. 믿기 힘든 이야기를 들은 테르데오의 몸에서 힘이 쭉 빠져나갔다.

나를 안고 있던 팔이 맥없이 늘어지자, 나는 그대로 뒤로 굴러떨어질 뻔했다.

물론 이불로 워낙 꽁꽁 싸인 터라 굴러도 아프진 않겠다만.

"지금 뭐…… 하, 저주를 건 마녀가 살아 있다고?"

다행히 정신을 차린 테르데오가 곧바로 나를 안았기에 떨어지는 일은 없었다.

그가 고개를 저으며 실소했다.

"저주가 걸린 건 지금으로부터도 천 년 전이야. 있을 수 없어."

"마녀는 불사의 존재라는 이야기 들은 적 있나요?"

"……피니어스 숙부님께서 하신 말."

그 말 자체가 도돌레아가 써둔 거지만, 어쨌든.

테르데오의 눈동자가 잘게 흔들렸다.

"맞아요. 살아 있어요, 그 마녀."

테르데오의 얼굴에 핏기가 사라졌다. 걷잡을 수 없는 분노가 그의 얼굴을 뒤덮었다.

"우리의 주변에 있고 또 아주 잘 아는 사람이었어요."

"……뭐?"

오늘 이 말을 해주길 얼마나 많이 기다렸던가.

"도돌레아 황녀요."

테르데오의 동공이 확장됐다.

"네, 도돌레아가 바로 그 마녀예요."

"뭐? 누가, 마녀?"

그는 애써 동요하는 마음을 감추려 노력하는 것 같았으나 좀처럼 쉬워 보이지 않았다.

두툼한 이불 너머로 그의 떨림이 선연히 느껴졌다. 처음 보는 모습이었다.

"도돌레아 황녀가, 마녀라고?"

"네. 자기를 신으로 추앙한 교단을 만들어서 힘을 회복하고 있었는데……."

나는 넋이 나간 테르데오를 보며 말을 멈췄다.

'지금은 장황하게 설명해도 안 들리겠지.'

이날을 얼마나 기다려 왔을까. 이 소식을 얼마나 듣고 싶었을까. 그 생각을 하니 가슴이 미어졌다.

나는 서론은 빼고 빠르고 정확하게 본론만 전달하기로 했다.

"확실해요. 내가 먼저 말하기도 전에 그 여자는 라피레온 가문의 저주를 알고 있었거든요."

"황녀라고?"

"그 마녀는 초대 라피레온 대공과 아는 사이 같았어요. 가문에 저주를 건 이유는 아마 거기서부터 시작일 것 같아요."

도돌레아가 테르데오를 초대 대공과 겹쳐 보고 있었다는 말은 나중에 하는 게 좋겠다.

지금의 정보만으로도 제법 혼란스러워 보이니까.

"하지만, 하지만 그 여자는 황녀야."

"저도 알아요."

"물론 당신 말을 못 믿는다는 건 아니지만…… 그 여자는 황후 폐하께서 직접 낳았어. 황녀가 태어난 날 온 제국에서 축제가 열렸었지. 당시 난 어머니의 지시로 갇혀 있던 터라 축제에 가고 싶다고 울며 떼쓴 기억이 있어."

믿기 힘든 현실에 테르데오는 무슨 말을 해야 할지 어지러운 사람처럼 입가를 문질렀다.

"마녀가 불사라면, 그리고 그 마녀가 황녀라면…… 황녀는 태어난 게 아니라 예전부터 살아왔어야 하는 거 아냐? 마녀가 새로 태어난 거라면 불사가 아니잖아."

"그 이후는 탈출하느라 못 들었어요."

정확히는 아데우스가 날 안고 도망치느라 못 들었지만.

테르데오가 혼란스러운 표정으로 허공을 바라봤다. 나는 꼬물꼬물 몸을 움직여 테르데오의 품을 파고드는 것으로 그의 불안감을 위로했다.

"나도 완벽하게 믿을 수는 없지만 틀림없을 거예요. 당신이 혼란스럽지 않도록 내가 곁에 있어 줄게요."

"……페레샤티."

"걱정하지 마요. 당신은 혼자가 아니니까."

허공을 멍하니 응시하던 테르데오가 꼬물꼬물 품을 파고든 날 세게 끌어안았다. 그리고 내 어깨에 얼굴을 파묻었다.

정확히는 어깨인 척하는 두꺼운 이불에 얼굴을 묻은 거였지만.

나는 테르데오의 어깨에 턱을 척 올리고 말했다.

"가족들한테 알려야겠죠?"

"……그전에 황녀를 먼저 찾아가서 확인부터 할 거야. 확인이 먼저야. 가족회의는 그 뒤야."

테르데오의 손에 힘이 들어갔다.

"저주를 푸는 방법을 찾은 줄 착각할 때마다 다들 점점 지쳐가더군. 헛된 희망으로 모두를 다시 절망의 나락 속으로 빠뜨리고 싶지 않아."

"그게 좋겠어요."

눈앞에 보이는 가짜 희망만큼이나 사람을 비참하고 절망의 나락 속으로 빠뜨리는 건 없다.

테르데오의 마음도 이해는 갔다.

"그대가 신전에 가준 덕분에 알게 된 거야."

"아까는 멋대로 혼자 갔다고 뭐라고 했잖아요."

"그럴 리가. 그대 곁에 없던 바보 같은 나한테 한 말이었어. 그대가 가는 길에 중요하지 않은 건 없어."

테르데오가 하는 칭찬에 기분이 좋아졌다. 헤실헤실 웃자 테르데오가 자그맣게 중얼거렸다.

"……내가 감히 욕심부리게 해줘서 고마워."

"아직 확실한 것도 아닌걸요. 그리고 고마우면 슬슬 이불에서 내 팔 좀 빼주실래요?"

꼬물꼬물 몸을 흔들며 말하자 테르데오가 야트막하게 웃으며 내 팔을 빼줬다.

"이 손."

"네?"

테르데오가 이불에서 뺀 내 손목을 빤히 내려다봤다.

"왜 그래요?"

내 손목에 뭐라도 묻었나 싶어 고개를 빼꼼히 내밀자 테르데오의 턱에 힘이 실렸다.

"아까 포츤 영식이 잡았던 손목이군."

갑자기 왜 기분이 안 좋아졌나 했더니만 아데우스 때문이었구나.

'복수하려 했다는 말을 들었으니 아데우스 얘기만 나와도 기분 나쁘겠지.'

테르데오가 불쾌한 눈길로 내 손목을 빤히 보았다. 그러더니 내 손목을 눈높이에 맞춰 들었다.

"하나는 확실히 하지."

"뭘요?"

말이 끝나기 무섭게 테르데오가 내 손목에 소유욕으로 얼룩진 입술을 찍어 눌렀다. 정확히는 아데우스의 흔적을 지우려는 것처럼 그 손이 닿았던 내 손목에.

"다른 놈의 흔적이 남는 건 안 돼. 네 모든 끝은 나여야만 해, 페레샤티."

손목을 간지럽히는 테르데오의 입술이 뜨거웠다.

테르데오는 아데우스가 잡았던 손목 부근에 집요하게도 입술을 맞췄다. 테르데오가 치켜뜬 눈으로 나를 올려다보자 소나기라도 맞은 것처럼 심장이 소란스러워졌다.

손목에서 입술을 뗀 테르데오가 내 머리카락을 부드럽게 넘기며 고개를 비스듬히 기울였다.

조금 전 키스할 때와 비슷한 자세였다. 몸이 절로 뻣뻣해졌다.

눈을 감아야 하나, 아니면 밀어내야 하나?

고민하는 중간에도 테르데오가 천천히 다가왔다.

손 한 마디도 되지 않는 아슬한 거리에서 겨우 멈춘 테르데오가 솜사탕처럼 달콤하게 속삭였다.

"당분간은 이불, 그렇게 꽁꽁 덮고 자는 게 좋을 거야."

"……네?"

"분명 난 경고했어."

붉은 적신호가 커졌다.

"나는 굶주렸거든."

나는 이불이 풀어지지 않도록 두 손으로 꼭 잡았다. 잠들지 못하는 밤은 이제 시작이었다.

❄ ❄ ❄

몸을 무겁게 짓누르는 답답한 느낌에 나는 잠에서 깨어났다.

"우응……."

아직 하녀들이 깨우러 오지 않았으니 조금 더 자도 될 시간일 것 같은데.

잠에서 깨고 싶지 않아 칭얼거리며 뿌리치려 했으나 몸을 누르는 무언가는 집요하게도 도통 떨어지지 않았다.

도망치려고 몸부림쳐도 날 꽉 잡고 놔주질 않았다.

"으응…… 비, 켜……."

독백에 가까운 잠꼬대를 중얼거리자 바로 옆에서 즐거운 숨소리가 날 간지럽혔다. 이어 부드러운 손길이 머리카락을 쓸어 넘겼다.

"아까부터 그대의 배가 소리치던데."

간지러울 정도로 달콤한 목소리에 나는 감은 눈을 번쩍 떴다. 바로 눈앞에 너무 가까울 정도로 바짝 붙은 테르데오의 얼굴이 보였다.

"물론 난 오늘 하루 종일 이대로 있어도 좋지만."

"……꿈?"

테르데오는 내가 일어나기 전 늘 씻고 침실을 나가는데…… 여기 있을 리가 없는데.

야트막하게 웃은 테르데오가 내 손을 쥐었다. 감촉이 선명하다.

"꿈꾸는 것 같아?"

그리고 잡은 손을 자기 얼굴로 가져가 기분 좋게 비비적거렸다.

"이래도 꿈 같아?"

손바닥에 콧대, 입술, 뜨거운 숨 등. 모든 게 선명히 느껴졌다. 내 손가락 사이로 부드럽게 깍지를 낀 손의 감촉까지도.

"어어……."

눈을 깜빡깜빡.

고개를 빼꼼히 내밀자 테르데오의 뒤로 후광처럼 높게 오른 햇살이 비쳤다. 그의 커다란 몸에 가려져 어느새 해가 저렇게 높게 뜬 줄도 모르고 있었다.

꼬르륵.

내 배에서 나는 시끄러운 소리가 침실에 크게 울렸다. 테르데오가 작게 웃으며 물었다.

"잘 잤으면 이제 식사하러 갈까?"

"허억……!"

꿈이 아니야!

현실을 인지하자마자 나는 깍지 낀 손을 뿌리치고 황급히 상체를 일으켰다. 침대 위, 내가 누워 있던 장소만 제외하고 모든 침실이 밝을 정도로 해가 떠 있었다.

'지, 지금 몇 시나 된 거지?'

테르데오가 나를 따라 몸을 일으키며 아쉽다는 투로 말했다.

"조금 더 누워 있다가 내려가도 되는데."

"당, 당신이 왜, 왜 여기 있어요? 지, 지금 도대체 몇, 몇 시……."

"진정하고 천천히."

테르데오가 볼에 묻은 머리카락을 떼주며 나긋나긋 설명했다.

"어제 기억 안 나?"

"어제?"

나는 빠르게 주변을 살폈다. 그러자 제일 먼저 벌겋게 눌린 테르데오의 팔이 보였다.

"그, 그 팔 내가 그런 거예요?"

"괜찮아. 그대 머리는 안 무거웠거든."

"밤, 밤새 팔베개를 해줬다고요?"

"어제 내 무릎에 앉은 채로 내 가운을 잡고 잠들었잖아. 눕히는 건 성공했는데 혹시나 깰까 봐 그대로 나도 같이 잠들었지."

가운도 못 갈아입었는지 테르데오는 어제 그 차림 그대로였다.

'내가 어제 언제 잠들었지?'

나는 당혹스러운 얼굴로 황급히 기억을 더듬었다.

테르데오의 품에 안겨서 베르딕트 백작 부인을 살리기 위해 신전으로 갔던 이야기, 불을 낸 일, 도돌레아와 나눈 대화, 그리고 아데우스와의 이야기까지.

모든 걸 자세히 얘기하다 지쳐 중간에 잠이 들었던 것 같았다.

"어, 어제는 너무 피곤해서 그만!"

어제? 잠깐만, 어제?

순간 머릿속에 어제 테르데오가 했던 고백과 뜨거운 키스, 그리고 경고가 떠올랐다.

나는 흘러내린 이불을 턱 끝까지 끌어 올려 덮었다.

"피곤했겠지. 덕분에 난 맘 놓고 잠든 그대의 얼굴을 오랫동안 보느라 좋았으니 사과할 것 없어."

뻐근한 목을 까닥거린 테르데오가 가벼운 표정으로 설렁줄을 당겼다.

'심장에 안 좋아.'

나는 아침부터 열심히 일하느라 바쁜 심장을 꾹 눌러 진정시켰다.

"얼, 얼른 준비하고 셀피 아카데미부터……."

"셀피는 이미 아카데미에 갔을걸."

"네?"

"해가 저렇게 떠 있는데."

그러고 보니 아침이라기엔 해가 정말 높이 떠 있었다. 망연자실한 얼굴로 창문을 바라보자 테르데오가 낮은 목소리로 웃었다.

"오늘 하루쯤은 셀피도 이해할 거야. 배고플 테니 식사를 준비하라 할게."

이미 이렇게 됐으니 어쩔 수 없지.

짤막하게 고개를 끄덕거리기 무섭게 침실 문을 두드리는 노크가 들렸다.

들어오라 하자 문이 벌컥 열렸다.

그리고 동시에 테르데오가 내 앞으로 가까이 걸어왔다.

"대공비 전하, 준비를 도와드리기 위해……."

쪽.

"무, 무슨!"

"아침 인사. 아침은 아니지만."

테르데오가 마치 자기 것이라 도장을 찍듯 내 이마에 입술을 지그시 눌렀다. 내 준비를 돕기 위해 들어온 하녀들은 펼쳐진 광경에 놀라 황급히 고개를 숙였다.

"그럼 이따가."

테르데오는 나를 보며 능청스럽게 웃더니 그 길로 도망치듯 침실을 빠져나갔다.

테르데오의 뒷모습을 힐끔 살피던 하녀들의 얼굴이 빨갛게 달아올랐다. 하녀들은 마치 어린 소녀처럼 흥분을 감추지 못했다.

"우와아……."

"대, 대공비 전하…… 역, 역시 격렬한 밤 다음 날은 탕에 몸을 담그시는 게 제일……."

"어, 어제 가운만 입고 돌아가신 이유가 있으셨군요! 역, 역시 옷은 번거롭죠!"

그리고 그 누구보다도 얼굴이 발갛게 달아오른 나는 손바닥에 조용히 얼굴을 묻었다.

❈ ❈ ❈

늦은 아침을 먹은 후, 우리는 황궁으로 함께 갈 채비를 했다.

긴장했는지 아침의 태연한 모습은 온데간데없고 테르데오의 낯빛은 굳어 있었다.

어떨 땐 백 마디의 말보다 한 번의 행동이 더 위로되는 법.

나는 구태여 말하지 않고 테르데오의 곁에 서서 팔에 손을 얹었다. 내가 함께 있으니 걱정하지 말라는 듯이.

 딱딱하게 굳은 얼굴에 웃음이 작게 피어났다. 그때 멀리서 집사가 무언가를 들고 우리에게 다가왔다.

 "대공비 전하."

 "응?"

 "식사 때 말씀하신 것처럼 베르딕트 백작 저에 서신을 보냈습니다."

 제물에서 살아 돌아온 베르딕트 백작 부인에게 내 증인이 되라는 일종의 협박 서신이었다.

 "응, 고마워."

 "참, 그리고······."

 응?

 집사가 말을 흐리며 테르데오의 눈치를 살폈다. 평소와는 다른 집사의 모습에 테르데오가 미간을 찌푸리고 재촉했다.

 "보고해야 할 무슨 일이 있나?"

 "네, 대공비 전하 앞으로 선물이 도착했습니다."

 "내 앞으로?"

 나한테 선물을 보낼 사람이 있나? 혹시 베르딕트 백작 부인인가? 아니면 세르시아?

 아, 지금 집사의 뒤에 무척이나 크게 있는 저건가 보다.

 "그런데 선물이면 좋은 건데 왜 그렇게 뜸을 들여?"

 "그게, 음······."

 테르데오의 눈썹에 힘이 들어갔다. 그가 진지하게 깔린 목소리로 집사를 추궁했다.

 "누가 보냈지?"

 집사가 어쩔 수 없다는 듯이 뒤로 감췄던 큰 선물을 힘겹게 꺼냈다.

"아데우스 포츈 님이 대공비 전하께 약을 보냈습니다."

"아데우스가 나한테?"

나한테 왜 갑자기 약을 보냈지? 약을 먹어야 하는 건 내가 아니라 아데우스인데?

나는 집사가 건네는 약을 보다가 고개를 갸웃거렸다.

"나는 다친 곳도 아픈 곳도 없는데? 잘못 보낸 것 아냐?"

"직접 주고 가셨습니다."

게다가 직접 주고 갔다고?

"진짜 나한테?"

"네. 혹시나 해서 대공비 전하께 드리기 전 의사가 먼저 확인했습니다만, 찾기 힘든 희귀 약초, 부르는 게 값인 약초, 타국에서도 쉽게 볼 수 없는 약초들이라고 합니다. 솔직히 어떻게 구했는지 탐난다고 했습니다."

"좋은 거라는 거네."

"네, 돈 주고도 못 구하는 거랍니다."

나는 떨떠름한 얼굴로 아데우스가 보낸 약초들을 내려다봤다.

'이렇게 좋은 약초를 구했으면 자기나 먹을 것이지, 참.'

아프지도 않은 나한테 이런 걸 왜 보낸 거람?

'혹시…….'

나는 힐끔 곁눈질로 테르데오를 살폈다.

혹시 복수하기로 한 걸 그만두겠다는 뜻이거나 아니면 사과의 의미로 보낸 걸지도 모른다. 테르데오한테 보내자니 민망해서 내게 보낸 척한 걸지도.

'맞는 것 같아!'

상처를 줬으니 약을 보낸 거지!

꽤 그럴듯한 추리에 신나서 헤헤 웃자 테르데오가 손을 뻗었다. 그리고 말린 약초의 풀잎을 거칠게 쥐더니 그대로 입에 구겨 넣었다.

"허억! 테오!"
저걸 저렇게 생으로 씹어 먹어도 되나?
'쓸 텐데.'
그가 한 번씩 씹을 때마다 약초 특유의 쓴 향이 훅 올라왔다.
테르데오의 표정이 괴롭게 일그러졌다.
'역시 쓴가 봐.'
아무리 좋은 거라지만 그렇게 급하게 먹을 필요까지는 없는데.
간신히 씹고 있던 약초를 삼킨 테르데오가 짧게 한마디를 던졌다.
"썩었어."
"네?"
"약이나 약초가 전부 썩었어. 버리는 게 좋겠군."
"······네?"
내 눈에는 멀쩡해 보이는데.
"의사가 썩었다는 말은 안 했나, 집사?"
"······저는 전달받지 못했습니다만 정말 이상이 있을지도 모르죠."
"의사가 요즘 피곤했나 보군. 한눈에 딱 봐도 썩었는데 그걸 구분하지 못하다니."
짤막하게 뇌까린 테르데오가 내 손에 들린 약초를 빼앗아 다시 집사에게 전달했다.
"이건 보낸 놈한테 다시 되돌려 보내고."
"쉽게 구할 수 없는 약초라는데 돌려보내도 괜찮겠어요?"
"구하려면 얼마든지 구할 수 있어."
"하지만 의사가······."
"의사는 지금 피곤해서 제정신이 아닌 것 같으니 무시해. ······혹시 저 약초가 먹고 싶어? 당장 내일 정확히 다섯 배 이상으로 구해다 주지. 그러니 썩은 건 버려."
먹고 싶은 건 아니지만 도움이 되겠다 싶긴 했는데······.

테르데오가 쓴 입을 헹구기 위해 하인에게 물을 가져오라 전했다. 입 안이 꽤 텁텁한지 그의 얼굴이 평소보다 더 험악하게 굳었다.

"테오, 혹시 선물이 기분 나빠요?"

테르데오가 멈칫했다. 그는 잠시 망설이다가 자그만 목소리로 긍정했다.

"……그래, 기분 나빠."

아데우스가 사과할 맘이 들었어도 테르데오가 사과를 받을 마음이 아닐 수 있지.

테르데오의 입장에서는 갑자기 나 죽이겠다는 놈이 나한테 약을 준 거나 다름없으니까!

나는 미련 없이 약을 보냈다.

"그래도 약을 보낸 걸 보니 결심이 선 것 같아서 다행이에요. 크게 걱정할 필요는 없네요."

"……뭐?"

테르데오가 무슨 소리를 하냐는 듯이 물었다.

"더 걱정해야지."

"……네?"

"보란 듯이 선물을 보냈으니 더 걱정해야지. 어제 붙잡은 것도 그렇고……."

사과받을 마음이 없어서 걱정한다는 건가?

내가 고개를 갸웃거리자 테르데오가 혀를 쯧 내차고 입을 꾹 다물었다.

'그런데 아데우스는 저걸 어디서 구한 거지? 돈은 어디서 났고?'

직접 구하러 다니진 않았을 테고. 돈도 얼마 없을 텐데.

"그럼 이 선물은 돌려보내는 것으로 하고, 다음 보고를 드려도 되겠습니까?"

집사가 우리 두 사람을 보며 웃었다.

"도돌레아 황녀 전하께서 두 분의 방문을 기꺼이 허락하셨습니다."

그래, 지금은 저런 약초에 시간을 쓸 때가 아니었다.

집사의 말을 들은 우리는 바로 걸음을 옮겼다. 그리고 준비된 마차에 올라탔다.

미리 준비를 끝내두었기에 우리가 탄 마차를 비롯해 하녀들이 타고 있는 짐 마차가 빠르게 출발했다.

황실은 멀지 않기에 그리 오랜 시간이 걸리진 않을 것이다.

'이제 곧……'

드디어 저주의 실체를 마주할 수 있다. 기나긴 싸움에 종지부를 찍을 수 있을지도 모른다.

어쩌면…… 그럴 일은 없겠지만 그래도 혹여나.

도돌레아가 오늘, 여태껏 행실을 뉘우치고 우리에게 합심하여 라피레온 가문의 저주를 풀어줄지도 모른다.

'있을 수 없는 일에 가깝긴 하지만.'

그래도 못내 기대되고 긴장됐다.

나는 크게 심호흡하며 맞은편의 테르데오를 살폈다. 근래 반란군 때문에 일이 많은 테르데오는 미리 챙겨온 서류 더미를 보느라 정신이 없었다.

어쩌면 그렇게 해서라도 이 긴장감을 잊고 싶은 걸 수도 있다.

나는 테르데오를 방해하고 싶지 않아 조용히 입을 다물고 시시각각 변하는 마차의 창문을 바라봤다.

"어제 패전국의 노예들이 신전에서 제물로 바쳐지고 있다고 했었지?"

"네."

제복을 입고 서류를 검토하는 테르데오의 모습은 평소와 똑같았다. 마치 어제와, 그리고 오늘 아침에 봤던 그의 모습이 신기루라고 느껴질 만큼.

'어제 나한테 고백한 사람 맞아?'

솔직히 아침에 일어나면 어떤 얼굴로 봐야 할지 걱정했는데…… 그런 걱정이 무색하리만큼 테르데오는 다르지 않았다.

"예전에 슈와츠 왕국 출신의 도망간 노예를 잡아 오라는 일 기억해?"

"네, 내가 화재 사건에 휘말리는 덕에 당신이 맡지 않게 됐었죠."

"맞아. 그 노예를 마지막으로 봤다는 곳도 바로 그 산이 근처 시장이었다고 하더군."

"당신이 그 일을 맡은 거예요? 하기 싫어했잖아요."

"내 일 아니야. 그냥 내 의견은 어떻냐고 물어보더군. 아마 그 노예도 이미 제물이 되어 사라졌을 가능성이 크겠어."

"……아마도요."

"제물은 잿더미로 변한다……. 제물로 선택된 사람은 결국 흔적도 없이 살해되는 거니 일간에서 보기엔 실종되는 거나 다름없겠네."

나는 짤막하게 고개를 끄덕거렸다. 창틀에 턱을 괸 테르데오가 서류에 사인하며 다음 장을 넘겼다.

나는 멍하니 그 모습을 바라봤다.

'사실은 진짜 내가 꿈을 꾼 거 아닐까?'

그게 아니면 이렇게 평온할 수 있나? 요즘 일이 너무 힘든 나머지 내가 있을 수 없는 꿈을 꾼 거지.

그래, 이 생각이 더 타당성 있다.

하지만 만약 정말 꿈이 아니라면…….

'나는 테르데오를 어떻게 생각하지?'

혼자 속으로 질문을 던지자마자 심장이 내려앉는 것처럼 쿵 떨어졌다.

'……아파.'

나는 저린 가슴을 손바닥으로 꾹 눌렀다.

당연히 계약이 끝난 후 각자 갈 길을 가자고 생각하면서도 한편으론 테르데오와 계속 함께하는 현실을 당연하게 생각했다.

테르데오의 곁에 있는 게 자연스러울 만큼, 나는 이미 그를 많이 의지하고 있으니까.

'계약이 끝나서 나가면……'

테르데오는 물론 라피레온 가문의 사람들과도 지금처럼 아무렇지 않게 만날 수는 없겠지.

'……싫다.'

우리의 계약이 끝날 때쯤엔 라피레온 가문에 걸린 저주가 풀려 있을까? 그리고 저주가 사라지게 되면…….

'그땐 테르데오도 다른 여자와 결혼할까?'

내게 한 것처럼 다른 여자를 보며 '내 부인'이라고 말하고, 웃어 주고, 음식을 나눠주고, 몸을 바쳐 구하러 오고…….

'싫어.'

그 생각을 하니 가슴이 욱신거리면서 뻐근했다. 뻐근함이 온몸에 퍼지자 나는 미간을 찌푸렸다.

'나는 테르데오를 사랑하는 걸까?'

그 생각만 하면 펄펄 끓는 물에 몸을 담그기라도 한 것처럼 온몸이 저리게 달아올랐다. 열병이라도 걸린 것 같다.

나는 황급히 손을 뻗어 마차의 창문을 열었다.

달리는 마차 덕에 시원한 바람이 들어왔지만 내 얼굴을 식힐 수는 없었다.

'나는 혹시 사랑과 의지를 착각하고 있는 거 아닐까?'

난 테르데오를 아주 많이 의지하고 있으니까. 그저 곁에서 떨어지고 싶지 않아 사랑이라고 애써 생각하는 걸지도 모른다.

솔직히 이젠 '사랑'이 뭔지 희미해진 것 같다.

과거의 바보 같던 내 모습을 버리려 노력하다 보니 사랑에 설레고 좋아하던 내 모습이 어땠는지 기억도 나지 않았다.

떠오르는 건 그저 날 죽일 남자인지도 모르고 바보같이 헤헤 웃으며 사랑하는 과거의 내 모습뿐이었다.

서류를 보던 테르데오가 예고 없이 시선을 돌렸다. 테르데오와 눈동자가 마주치자 나는 숨을 쉬는 것도 잊은 채 멈췄다.

"왜?"

갑자기 던져진 질문에 모든 잡념이 사라졌다.

"무슨 생각 했지?"

"……아무 생각도."

"거짓말."

테르데오의 날카로운 시선이 마치 내 모든 생각을 읽듯이 나를 훑었다.

"내가 평소랑 똑같아서 혼란스러워?"

정확히 꿰뚫었다. 이 정도면 내 속마음을 읽고 있는 게 아닐까 의심스러울 정도였다.

나는 순순히 고개를 끄덕였다.

"……네."

"내가 아무렇지 않은 것 같아서?"

"솔직히 꿈을 꿨나 생각도 했어요. 꿈이라고 생각하는 게 더 현실이랑 어울려서요."

솔직한 내 답변에 테르데오가 입술 사이로 가벼운 웃음을 흘렸다.

"아무렇지 않을 리가 없지."

그가 보고 있던 서류를 덮어 옆으로 치웠다.

"하지만 어제 말했잖아. 이기적인 건 어제까지만 하겠다고. 오늘은 다시 평소처럼 돌아가겠다고 말이야."

"아……."

힘이 빠진 탄성이 맥없이 흘러나왔다. 아니, 힘이 빠지다니? 왜 힘이 빠져? 아쉬울 게 뭐가 있는데?

"하지만 오늘 아침에 이마에는……."

"그건…… 일어난 직후라 충동적이었어. 지금은 자제 중이니까 걱정하지 않아도 돼."

순간 울컥했다. 나는 걱정한 적도 없는데 어제부터 계속 걱정하지 말라고 하네.

"자제력이 되게 강하시네요."

나도 모르게 투덜거리며 퉁명스럽게 쏘아붙였다. 테르데오가 긴 다리를 꼬며 의자에 등을 기댔다.

"아무것도 안 해서 아쉬워?"

나도 모르게 순간 홀려 그렇다고, 아쉽다고 대답할 뻔했다.

'저런 질문에 넘어가지 마!'

나는 흐트러지는 정신을 바로 잡고 눈을 부릅떴다.

아쉽냐고? 내가? 왜? 아쉬울 게 뭐가 있다고?

"아니요, 하나도 안 아쉬워요."

"그래?"

사람 유혹하는 대회라는 게 있다면 분명 테르데오가 우승일 거야. 나는 마른침을 삼키고 태연한 척 고개를 들었다. 턱을 괸 채 나를 비스듬히 응시하던 테르데오의 입가에 희미한 미소가 걸렸다.

"나는 아쉬운데."

"……!"

진짜 사람을 들었다 놨다 하는 데 선수다.

"나는 그대가 아쉬워하길 바랐거든."

"놀리지 마요."

"내가 지금 무슨 상상을 하는지 알려주고 싶은 마음과 꼭꼭 숨겨 그대는 절대로 몰랐으면 하는 마음이 공존해."

나른하게 풀린 농염한 미소를 보니 입꼬리가 힘을 잃고 멋대로 씰룩거릴 것 같았다.

"오늘은 평소의 모습으로 돌아가겠다면서요?"

"그래. 그러니 아무것도 안 했잖아. ……아직은."

맞은편에서 그의 낮은 웃음소리가 들렸다.

매일 이러면 심장에 무리가 갈 거야. 내가 심장을 부여잡고 얼굴을 찡그리자 힐끗 살핀 테르데오가 주제를 바꿨다.

"어제 반란군의 끄나풀을 잡았어."

"네?!"

누가 머리 위로 얼음물을 붓기라도 한 것처럼 뜨겁게 달아오르던 열기가 단번에 식었다.

조금 전까지 하던 고민이나 대화는 까맣게 잊고 나는 테르데오의 답을 재촉했다.

"다친, 다친 곳은 없어요?"

제일 먼저 다친 곳은 없는지 묻자 테르데오가 기분 좋은지 입가를 끌어 올렸다.

"내가 겨우 끄나풀 정도에 다칠 사람으로 보여?"

"만일이라는 게 있잖아요! 그럼 다친 곳은 없어요?"

"그래. 난 손 하나 까딱하지 않았어. 부하들이 잡아 온 거라."

"그럼 이제 반란군 잡을 수 있어요? 정체는 알아냈어요?"

서류를 넘기던 테르데오의 손이 일순 멈칫거렸다. 그러나 곧 평정심을 되찾고 아무렇지 않은 척 태연히 말했다.

"하나씩 물어봐."

"반란군을 잡고 나면 테오, 당신도 좀 쉴 수 있나요? 그간 너무 여유도 없이 바삐 일했잖아요."

"하나만 물어보랬더니 제일 먼저 물어보는 게 내 휴식인가?"

테르데오가 기분 좋게 웃었다. 열린 창문을 타고 들어온 바람이 따스하게 그의 머리카락을 흩날렸다.

완벽한 절경이었다. 나는 눈을 깜빡거리는 것도 잊은 채 그 예쁜 모습을 가만히 눈에 담았다.

테르데오는 한참 웃더니 서류를 내려다보며 덤덤하게 말했다.

"반란군은 패전국의 노예들이야."

"네?"

"물론 더 면밀하게 조사해 봐야겠다만…… 반란군을 이끄는 주모자들과 그 수장도. 모두 슈와츠 왕국의 사람들인 것 같더군."

"……!"

슈와츠 왕국 사람들의 이야기를 할 때면 테르데오의 시선은 언제나 바닥을 향한다. 나와 눈을 마주치지도 않으려 하고 깊은 죄를 지은 죄인처럼 눈을 내리깔고 만다.

"하지만 전쟁은 이미 끝났잖아요. 왜 지금 또……."

"나라를 되찾거나 하는 문제가 아니라 한 사람의 삶이 달린 문제일 거야."

"한 사람의 삶이요?"

"이 제국에서 패전국의 사람들을 어떻게 대하는지는 저번에 대충 들어서 알지?"

노예 제도가 사라졌으나 패전국의 사람들은 여전히 노예였다.

"이 제국에 불만이 생겼겠지. ……우리가 잡은 끄나풀도 지방 귀족의 노예로 지내다가 맞아 죽을 뻔한 걸 반란군이 탈출시켜 줬다더군. 온몸이 말채찍으로 때린 흉터투성이였어."

"그, 그런…… 그럼 그 사람은 반란군이 살린 건가요?"

테르데오가 피곤함에 찌든 얼굴을 문질렀다.

"……그래, 인정하기 싫지만 맞아. 핍박당하는 패전국의 사람들을 도우러 다니는 모양이야. 그들은 지금 사람 취급도 못 받고 있으니까."

테르데오는 대화 내내 서류에 시선을 고정했다. 그러나 아무리 시간이 지나도 그 서류가 다음 장으로 넘어가는 일은 없었다.

다른 생각을 하는 것 같았다.

"테오."

"응."

"죄책감 느껴요?"

테르데오가 비로소 서류에서 눈을 뗐다. 그의 눈동자가 알 수 없는 감정으로 일렁거렸다.

"저번 그 일을 맡게 될 뻔했을 때도 당신은 지금처럼 죄책감을 느꼈죠. 혹시 지금도 테오, 당신 탓이라고 생각하나요?"

정곡을 찔렀는지 테르데오가 대답 대신 쓴웃음을 지었다.

"전쟁은 당신이 하고 싶다고 할 수 있는 그런 간단한 문제가 아니에요. 황제 놈이……."

나는 말을 멈추고 활짝 열린 마차의 창문을 바라봤다.

곧 황실에 도달한다. 이런 대화는 더욱 조심해야만 했다.

나는 밖으로 대화가 새어 나가지 않도록 마차의 창문을 조용히 닫았다.

"황제 폐하께서 정복 전쟁을 결정한 거고, 당신은 신하 된 도리로서 그 명령을 따른 거예요."

"따르지 않을 수도 있었어."

"그랬다간 명령 불복종으로 라피레온 가문을 더 큰 위험에 빠뜨렸을걸요. 숨겨야 하는 가문의 비밀이 알려졌을지도 모르죠."

"……."

"당신은 최선의 선택을 했어요. 라피레온 가문, 그 가족들을 살리기 위해 당신은 황제의 곁에서 힘을 키울 필요가 있었어요."

그러니 지금 보라. 그 아무도 감히 라피레온 가문에게 대적할 생각 따위 못 하잖아.

"바보 같은 죄책감이나 책임감 느낄 필요 없어요. 노예 제도가 폐지된 후에도 패전국의 사람들이 노예 취급을 받는 건 분명 안타깝고, 또 있어선 안 될 일이지만……."

마차의 속도가 점점 줄었다. 창문 너머를 힐끔 살피니 황실에 다다라 있었다.

"그게 당신 잘못은 아니에요."

"……그렇게 생각하나?"

"엄밀히 따지자면 노예 제도를 폐지해 놓고 방치한 황제 폐하의 잘못이죠. 그건 황제 폐하가 바로 잡고 통탄해야 할 일이에요. 당신이 아니라."

마차가 멈춰 섰다.

황실 경비대가 방문객을 확인하기 위해 가까이 걸어왔다. 마차에 찍힌 인장과 창문 너머 살짝 보이는 우리의 얼굴을 확인하고 고개를 끄덕였다.

다시 마차가 움직였다. 뒤를 힐끔 살피니 다행히 짐 마차도 무사히 통과해서 따라오고 있었다.

단 몇 바퀴 더 굴러왔을 뿐인데 전혀 다른 세상이 눈앞에 펼쳐졌다.

살아보겠다고 아등바등 악착같이 뭔가를 하는 사람은 아무도 없었다.

정원을 오고 가는 마차들은 달리지 않았다. 마차를 이끄는 말마저도 개미 기어가듯 아주 천천히 걷고 있었다.

땅에 음식이 떨어져도 거들떠보는 사람은 없었다. 귀족들은 아래로 고개를 숙이는 법이 없었다.

곳곳에서 웃는 소리가 들렸다.

우리가 탄 마차는 나긋하고 여유로운 봄 같은 정원을 지났다. 마차 바퀴가 굴러가는 중에도 테르데오는 아무 말이 없었다.

잠시 후, 마차가 시린 얼어붙은 겨울 같은 도돌레아의 궁 앞에 멈춰섰다.

하지만 테르데오는 일어날 기미는커녕 작은 미동조차 보이지 않았다.

"테오."

긴장이 역력한 거뭇한 눈가가 보이자 나도 모르게 테르데오를 향해 손을 내밀었다.

"자, 우리 함께 가요."

겨우 정신을 차린 테르데오가 내 손등에 손을 얹었다. 그리고 그대로 내 손을 잡고 품으로 세게 끌어당겼다.

반동으로 몸이 앞으로 튀쳐나가자 돌진하며 테르데오의 품에 안겼다.

"……를 가질 수 있다면 내 모든 걸 다 잃어도 기꺼이 그렇게 하겠어."

"네? 뭐라고요?"

워낙 작게 중얼거리는 터라 가까이 있어도 제대로 들리지 않았다. 다시 물어보려는 순간 테르데오가 나를 꽉 끌어안은 품을 놓았다.

"이제 괜찮아졌어."

테르데오의 표정이 한결 편안해 보였다.

"갈까?"

후련한 표정을 지은 그가 손을 뻗었다.

CHAPTER 11.

갈림길의 끝은

My in-laws are obsessed with me

Chapter 11

도돌레아의 궁에 들어서자마자 기다리던 하인이 길을 안내했다. 응접실로 들어서기 무섭게 우리를 기다리던 도돌레아가 웃으며 손을 흔들었다.

"드디어 왔네?"

예상과는 달리 도돌레아는 오랜만에 만난 친구를 대하듯 우리를 반갑게 환영했다. 나와 테르데오는 어안이 벙벙했으나 곧 정신을 차리고 소파에 앉았다.

"셋이 할 얘기가 있으니 차와 디저트만 두고 모두 나가 있……."

"황녀 전하의 궁에 오는데 감히 빈손으로 올 수 있겠나요? 차와 디저트는 저희가 준비했습니다."

나는 도돌레아의 말을 끊고 내가 데리고 온 하녀들을 바라봤다. 내 명령을 눈치챈 하녀들이 황급히 짐 마차에 싣고 온 차와 디저트를 준비하기 시작했다.

도돌레아의 얼굴에 아주 잠시 흥미로움이 번졌다.

"타국에서 들여온 차와 디저트입니다. 황녀 전하의 입맛에 맞으셨으면 합니다."

"……재밌네."

테이블 위에 차려진 차와 쿠키를 본 도돌레아가 뒤에 선 레이나와 하녀들, 그리고 경비대들에게 나가라 턱짓했다.

황녀의 명령에 굴복할 자들은 없었다. 다른 사람들은 응접실에서 나가자마자 문을 쾅 닫았다.

응접실에는 우리 세 사람만이 침묵을 지키며 앉아 있었다.

제일 먼저 입을 연 건 도돌레아였다.

"여기가 바로 내가 지내는 곳이야. 황제께서 어찌나 나를 애지중지 아끼는지……."

도돌레아의 불쾌한 시선이 닫힌 문 너머로 향했다. 정확히는 닫힌 문 너머에서 지키고 서 있을 경비대를 말하는 것 같았다.

"감옥에 갇힌 것처럼 기분 엿같아."

그때 신전에서 분명 자기는 진짜 도돌레아 황녀가 아니라고 했지.

"당신이 진짜 도돌레아 황녀가 아니라면, 도돌레아 황녀는 어디에 있죠?"

"그 소름 돋는 존댓말 집어치워. 너 천 년 전에는 나한테 그렇게 깍듯이 대하지 않았어."

"난 천 년 전과는 다른 사람이니까요. 하지만 존댓말은 집어치우도록 할게. 나도 기분이 엿같으니까."

내 말에 도돌레아가 멈칫거렸다. 즐겁게 웃던 도돌레아의 얼굴이 일그러진 것도 순식간이었다.

종이처럼 구겨진 얼굴을 보니 흠칫 겁이 났다. 그러자 테르데오가 도돌레아의 시선을 자기한테 유도시켰다.

"우린 확인하고 싶은 게 있어서 왔다."

"알아."

테르데오의 말을 가볍게 되받아친 도돌레아가 손을 뻗었다. 그러더니 내 앞에 놓인 찻잔과 자기 앞에 있던 찻잔의 위치를 바꿨다.

도돌레아가 턱짓하며 웃었다.

"먼저 마셔."

나는 오렌지 빛깔이 도는 차를 내려다보며 물었다.

"왜? 우리가 독이라도 탔을까 겁나?"

"……."

"지난번 저택에 왔을 때, 당신이 그랬지. 죽일 생각이었다면 이렇게 대화하자고 직접 오는 게 아니라 자객을 보내 죽였을 거라고."

반박할 말을 찾지 못한 도돌레아의 미간이 찌푸려졌다.

"마찬가지야. 오늘 우리가 당신을 만나러 온 걸 모두가 봤을 텐데 굳이 독을 먹여 죽일 리가 없지. 독을 먹일 거였으면 이곳에 오지 않아도……."

나는 옆에 앉은 테르데오의 손등을 슬그머니 매만졌다.

"더 확실한 방법이 있다는 걸 당신도 알고 있잖아?"

더 확실한 방법은 독도 그 무엇도 아니다.

바로 라피레온의 피.

물론 그 저주를 내린 마녀한테 통할지 모르겠지만.

내 생각을 읽은 것처럼 도돌레아가 조소했다.

"나한테 그 피가 통할 것 같아?"

매섭게 웃은 도돌레아가 손을 다시 뻗더니 이번엔 내 손목을 붙잡았다.

그 동시에 테르데오가 내 손목을 붙잡은 도돌레아의 손을 세게 쥐었다.

"마녀 주제에 어딜 감히."

"뭐?"

"내 부인의 몸에서 손 떼, 마녀."

도돌레아의 정체가 마녀라는 걸 들은 이후로 테르데오는 호칭을 바꿨다. 그 호칭을 들은 도돌레아가 기가 찬 표정으로 웃었다.

"그 수식이 내 이름이라도 되는 것처럼 부르지 마! 내 이름은!"
"……."
"내 이름은! ……."
"뭐."
"내…… 이름은……!"

공허하게 외치던 도돌레아가 말을 멈추었다. 그녀는 한참을 기다려도 뒷말을 잇지 않았다.

'……뭐지?'

의아한 표정으로 고개를 갸웃거리자 도돌레아의 손목을 으스러지도록 세게 잡던 테르데오가 코웃음 쳤다.

"자기 이름도 기억 안 나는 모양이군."

"……!"

반박할 말을 찾지 못한 도돌레아의 얼굴이 붉으락푸르락 변해갔다. 그가 내 손목을 잡은 도돌레아의 손을 강제로 떼어냈다.

손이 내쳐진 도돌레아가 새파랗게 질린 자신의 손을 바라보며 실소했다.

"이런 식으로 나오면 라피레온 공, 그대가 궁금한 답을 들을 수 없을 텐데?"

"……."

"저주. 그걸 푸는 법이 궁금해서 지금 여기 온 거잖아. 나한테 싹싹 빌어도 모자랄 판에 지금 그렇게……."

도돌레아의 말이 끝나기도 전, 테르데오가 손을 뻗었다. 그리고 테르데오의 찻잔과 내 앞에 놓인 찻잔을 쥐었다.

그는 뭐라고 할 새도 없이 뜨거운 차를 단번에 들이마셨다.

"테오!"

차 한 방울조차 남지 않았다. 테르데오가 두 개의 찻잔을 뒤로 던지고 입술을 닦았다.

다행히 두껍게 깔린 카펫 덕에 찻잔이 깨지진 않았다.

"이제 됐나?"

"……라피레온 공, 그대는 참. 그때나 지금이나 여전히 변한 게 없어. 저 여자를 위해서라면 그때도, 지금도 늘 제멋대로야."

"네가 천 년 전 누구와 친했고 뭘 했는지는 관심 없어. 하지만 천 년 전의 그 사람은 내가 아니야. 이참에 말해두는데 그 사람과 나를 동일시하지 마."

도돌레아의 얼굴에 아주 잠시 씁쓸함이 스쳐 지나갔다. 그녀가 테르데오를 따라 찻잔에 담긴 차를 단번에 마시고 내려두었다.

'됐다.'

나는 눈을 반짝거리고 질문을 던졌다.

"진짜 도돌레아 황녀는 어디 있어?"

"이상한 질문을 하네."

도돌레아가 긴 머리를 뒤로 넘기며 답했다.

"당연히 죽었지."

아마 태어날 때부터 지병이 있어 약하던, 착하다고 소문났던 그 황녀가 아마 '진짜' 도돌레아 황녀였을 것이다.

"그 황녀도 불쌍하지. 내가 몸에 기생하는 바람에 약하게 태어나 제대로 삶을 누려보지도 못하고 죽었으니."

"몸에 기생했다고?"

"마녀를 불사라고 부르는 것엔 이유가 있어. 우린 다른 몸에 영혼이 기생하듯 옴 붙어살거든. 육체는 썩어 문드러지지만."

육체는 썩어 문드러진다.

그 신도들이 바라던 불사와는 전혀 다른 의미의 불사였다. 아니, 이게 불사가 맞긴 한 걸까?

"이렇게 제약이 많은 황녀의 몸에 기생할 생각은 아니었는데, 내가 봉인되어 떠돌고 있느라 선택권이 없었거든. ……젠장, 내가 왜 이런 것까지 대답하고 있는 거야?"

도돌레아는 아직 눈치 못 챈 것 같으나 사실 아까 그 차에는 자백제가 들어 있었다.

'약이 잘 도나 보네.'

묻지도 않은 것까지 술술 뱉는 도돌레아를 보며 나는 희미하게 웃었다.

테르데오의 계획이었다.

도돌레아의 말을 모두 믿을 수 없으니 자백제를 먹여 사실 여부를 확인하겠다고 했다. 좋은 생각이었다.

우린 차에 자백제를 넣은 후 짐 마차에 싣고 가져왔다.

도돌레아가 순순히 마시진 않겠지만 강제로라도 마시게 한다면 그걸로 충분하니까.

다행히 우리의 도발에 걸린 도돌레아가 차를 한 잔 다 마셨으니 계획은 성공이었다.

'계획과 다른 건 테르데오도 자백제를 마셨다는 거지만.'

나는 옆의 테르데오를 힐끔 살폈다. 하고 싶은 말도 많고, 묻고 싶은 말도 많을 텐데.

그는 그 모든 걸 꾹 참아가며 일부러 말을 아끼고 있었다.

자백제의 효과를 확인했으니 이젠 우리가 이곳에 온 이유를 확인할 때다.

"우리가 뭘 질문할지는 알고 있겠지. ……라피레온 가문에 걸린 저주를 풀 방법을 말해."

이 질문을 위해 얼마나 긴 시간을 돌아온 걸까. 이 질문을 하기 위해 얼마나 많은 목숨이 희생됐고, 얼마나 많은 사람이 울었을까.

도돌레아가 얼굴을 일그러뜨렸다.

저 붉은 입술이 열리는 그 짧은 순간이 너무도 길게 느껴졌다. 마치 수억 년이 흐른 것만 같았다.

제발 이젠 모두가 행복해질 수 있기를.

저린 손을 깍지 낀 채 기도하듯 간절히 빌었다.

"그런 게 있을 리가…… 윽."

고통을 호소한 도돌레아의 입술에서 피가 흘러내렸다. 자백제를 마시고 거짓을 말할 때 나타나는 증상.

저 말은 즉 거짓말, 그렇다는 건…….

'저주를 풀 방법이 있어.'

가슴이 크게 뛰었다.

피를 토해내던 셀피우스의 모습과 아파하던 아일렛, 괴로워하던 세르시아와 초연한 피니어스.

그리고 마지막으로 늘 어둠 속에서만 지내던 테르데오까지.

모두의 얼굴이 차례대로 스쳐 지나갔다. 이 저주가 풀리면 모두 평범하게 지낼 수 있어.

손바닥에 땀이 흥건히 배어났다. 나는 드레스 치맛단을 꽉 쥐고 다시 물었다.

"저주를 풀 방법이 뭐야?"

"저주를 풀 방법은……."

말을 멈춘 도돌레아의 얼굴이 다시 일그러졌다. 무언가 이상하다는 걸 느낀 건지 도돌레아가 자리에서 벌떡 일어섰다.

그녀가 응접실에서, 그리고 그 질문에서 도망칠 수 없도록 나는 빠르게 일어나 앞을 가로막았다.

놀란 테르데오가 자리에서 일어나 달려오려 했으나 나는 손을 뻗어 만류했다.

'자백제를 먹은 테르데오는 무슨 말을 할지 모르니 잠시 빠지는 게 나아.'

도돌레아의 다물린 입술에서 다시 피가 흘러내렸다. 아래로 뚝뚝 떨어지는 피를 본 그녀가 초연한 표정으로 말했다.

"나한테 자백제를 먹였구나."

"그래. 그러니 말해. 저주를 풀 방법이 뭐야."

"하, 이런 것 하나 풀어내지 못하다니. 내 힘이 정말 많이도 약해졌네."

도돌레아가 나를 무섭게 노려보며 손등으로 흘러내린 피를 대충 닦았다. 그리고 신경질적으로 내 어깨를 세게 밀치고 응접실을 나가려 했다.

"어딜……!"

나는 도망치는 도돌레아의 어깨를 황급히 붙잡아 돌렸다. 악에 받친 도돌레아의 눈동자를 가까이서 마주하자 모골이 송연해졌다.

어깨를 쥔 내 손 위로 도돌레아의 손이 겹쳐졌다. 마치 주술을 외우듯 그녀가 들리지 않는 중얼거림을 시작했다.

깜짝 놀라 손을 뿌리치려 했으나 차디찬 손은 석상처럼 딱딱해 쉽게 뿌리칠 수가 없었다.

찰나에 벌어진 일이었다.

앉아서 기다리던 테르데오도 덩달아 놀라 단숨에 달려왔다. 그는 도돌레아를 세게 밀치고 나를 보호하듯 감싸 안았다.

"지금 이 자리에서 널 죽일 수도 있어, 마녀."

"그럴 수 있겠어? 그랬다간 그 질문의 답을 못 들을 텐데. …… 그보다 너, 여자. 처음부터 그랬어. 넌 왜 내 저주가 안 통하지?"

……응? 나?

도돌레아가 의심쩍은 눈으로 날 보며 눈썹을 찡그렸다.

"처음엔 내 힘이 약해서 그런가 했는데, 아니야. 넌 그냥 내 저주가 통하지 않아. 어떻게 그럴 수 있지?"

나는 도돌레아의 저주가 통하지 않는다고?

'그걸 내가 어떻게 알아?'

어안이 벙벙했으나 나는 빠르게 행동했다.

"내가 저주가 안 통하면, 잘됐네."

나는 도돌레아의 팔을 세게 잡아끌었다. 영혼은 마녀일지라도 그 육체는 태어나 햇빛 아래를 제대로 걸어보지도 못한 도돌레아 황녀의 약한 몸이다.

가녀린 몸이 내가 이끄는 대로 따라왔다.

"저주를 풀 방법을 말해. 그때까지 안 놔줄 거야. 저번에도 느꼈겠지만 넌 힘도 나보다 한 수 아래야. 나한테 네 저주가 안 통한다면 무서워할 필요가 없지."

"내가 왜 대답해야 하지? 저리 비켜…… 윽."

"죽고 싶지 않으면 대답하는 게 좋을 거야. 계속 그렇게 답하지 않았다간 자백제에 의해 죽게 될 테니까."

도돌레아의 턱선을 타고 흐른 붉은 피가 카펫 위로 떨어졌다.

"젠장, 하필이면 이런 몸에."

"어서 말해."

도돌레아가 나를 매섭게 노려보았으나 별다른 방법이 없다는 걸 알았는지 하는 수 없이 답을 토했다.

"저주를 풀 방법? 그건 간단해. 저주를 건 마녀, 즉, 내가 죽으면 그 저주는 자연스럽게 사라지게 되어 있어."

"뭐?"

말장난 같은 대답이었다.

'지금 자기를 죽여달라고 저런 걸 알려준 건 아니겠지?'

그럴 리가 없지.

하지만 도돌레아의 얼굴엔 고통스러운 흔적도 없었고 피를 토해 내지도 않았다.

아까 분명 마녀가 불사라고 불리는 데엔 이유가 있다고 했다.

그리고 마녀를 죽인다는 말에 거짓 반응도 보이지 않는다.

'마녀는 불사가 아니야.'

불사라 일컫는 이유가 있을 뿐, 불사가 아닌 거야.

 "내가 이곳에서 마신 건 차밖에 없었으니 자백제는 차에 들어 있었겠지?"

 내가 생각에 잠긴 찰나, 도돌레아가 내 손을 뿌리치더니 테르데오를 향해 몸을 돌렸다.

 "생각해 보니까 아까 나처럼 차를 마신 라피레온 공도 자백제를 마셨겠네?"

 "……."

 "그럼 하나 물어볼게."

 도돌레아의 표정은 더할 나위 없이 진지하고 또 간절했다.

 "왜 저 여자를 선택했어? 저 여자와 결혼하기 전, 나라는 선택지가 있었잖아."

 질문이 끝나기 무섭게 테르데오가 천천히 입을 열었다.

 "그냥…… 욱."

 아무렇게나 대답한 테르데오가 얼굴을 일그러뜨렸다. 나는 황급히 달려가 그의 입을 막았다. 차라리 답을 하지 않는 게 낫다.

 "혹시."

 도돌레아가 날 바라보았다.

 "라피레온의 저주가 통하지 않나?"

 조금 전 자신의 저주가 통하지 않는 걸 본 이후, 뭔가를 깨달은 모양이었다. 테르데오는 답하지 않았다.

 하지만 그 침묵에서 도돌레아는 답을 얻었다.

 "저주가 통하지 않는 유일한 사람이라? 하!"

 그녀는 테르데오 앞으로 걸어오더니 그의 입을 막고 있는 내 손을 쳐냈다.

 도돌레아가 테르데오의 뺨을 부드럽게 만졌다.

 "그 저주가 통하지 않는 건 나야. 내가 내린 저주니까 당연히 나한테는 통하지 않거든. 그런 사람이 나 말고도 있을 리가 없……."

탁. 나는 내 남편의 볼을 만지는 도돌레아의 손을 차갑게 내쳤다.

"만지지 마."

도돌레아의 손등이 벌겋게 부었다. 말을 제대로 끝맺지 못한 도돌레아가 믿을 수 없다는 표정으로 눈을 크게 뜨고 날 바라봤다.

"네 생각이 사실이야."

"뭐?"

"라피레온 가문에 걸린 저주도 내겐 통하지 않아."

"……!!"

넌 날 절대 저주할 수 없다는 걸 일깨워 주듯 나는 같잖은 시선으로 그녀를 내려다봤다.

도돌레아는 자기가 내린 그 어떤 저주에도 내가 통하지 않는단 사실에 꽤 충격을 받은 것 같았다.

"말도 안 돼……."

깔보는 듯한 내 태도에 도돌레아가 이를 악물고 테르데오에게 고개를 돌렸다.

"라피레온 공! 내게 와! 나는 그 저주를 풀 수 있는 유일한 사람이야!"

"저주를 풀 방법을 찾으면 네가 아니어도 돼. 마녀가 죽으면 된다며?"

나는 도돌레아의 말을 비꼬며 조소했다. 이유 모를 독점욕이었다.

"내가 먼저 사랑한 사람이야!"

"아니, 넌 테오를 사랑하지 않잖아."

"닥쳐! 난 라피레온 공을 사랑해! 저 사람만이 내가 사랑하는 사람이야! 난 라피레온 공을 사랑하기 위해 살고 있다고!"

말도 안 되는 논리였다. 천 년 전의 라피레온 대공과 지금 내 앞에 있는 라피레온 대공은 엄연히 다른 사람인데.

도돌레아가 정말 그렇게 믿고 있기 때문인지, 그녀의 얼굴은 고통도 없었고 피도 흐르지 않았다.

"네가 사랑했던 건 아인하르트 오르페 라피레온이겠지. 그 망령을 뒤쫓아서 테르데오를 괴롭히는 건 그만둬."

마치 살아온 삶을 송두리째 부정당한 사람처럼 도돌레아의 얼굴이 절망으로 뒤덮였다.

"보기 추해, 도돌레아. ……아니, 자기 이름도 모르는 마녀야."

도돌레아의 눈동자가 한겨울 부는 바람에 얼어붙는 나무처럼 차갑게 식어갔다.

그러고 보니 궁금해졌다.

천 년을 넘도록 사랑한 사람의 가문인데. 도대체 왜 저주를 건 걸까?

저주를 걸어서 남는 게 뭐가 있다고? 사랑하는 아인하르트가 다른 여자와 만나는 걸 보고 질투가 나서 홧김에?

만약 그렇다면 저주는 아인하르트한테 직접 걸거나 그 여자한테 걸었어야 하는 게 맞지 않나?

왜 죄도 없는 2대 대공과 그 아래 가문 사람들이 괴로워야 하는 걸까?

고개를 갸웃거리고 물으려던 찰나, 도돌레아가 좋은 생각이 떠올랐는지 눈을 반짝이며 기쁘게 웃었다.

그녀의 분위기가 순식간에 차분하게 바뀌었다.

"라피레온 공. 당신은 라피레온 가문의 저주를 풀고 싶어서 날 찾아왔지?"

테르데오의 입술이 달싹거렸다. 자백제를 먹은 그가 진실을 말했다.

"……그래."

거짓 없는 진심을 본 도돌레아가 부서지는 햇살처럼 환하게 웃었다.

"그럼 그 저주, 내가 풀어줄게."

"……!"

대화를 듣던 내 눈이 커졌다.

천 년 동안 풀지 않았던 저주를 이렇게 쉽게 풀어준다고?

뭔가 꺼림칙했지만 도돌레아에게 거짓의 흔적은 없었다. 활짝 핀 꽃처럼 흐드러지게 웃은 도돌레아가 손가락으로 나를 가리켰다.

"대신 저 여자를 제물로 바쳐."

"……!"

"……!"

"그러면 그 저주, 내 모든 걸 걸고서라도 풀어줄게."

"개소리 집어치워."

테르데오가 즉시 반박했다. 마치 이 자리에서 도돌레아를 죽이기라도 할 것처럼 그가 이를 꽉 물었다.

지금 이곳은 황궁이었다. 물론 저 여자는 진짜 도돌레아가 아니지만, 겉모습만큼은 제국의 황녀, 도돌레아였다. 지금 이곳에서 도돌레아를 죽이는 건 크게 문제가 된다.

나는 황급히 테르데오를 만류했다.

"테오, 진정해요."

"나한테 자백제를 먹였으니 알잖아? 지금 내가 하는 말 진심이야."

도돌레아가 테르데오의 커다란 손을 부드럽게 감싸 쥐었다.

"약속을 어기는 자는 죽게 되는 마녀의 서약을 해도 좋아. 내가 죽으면 어차피 저주는 풀릴 테니까."

도돌레아가 가소롭게 조소했다. 그리고 나를 턱짓으로 오만하게 가리켰다.

"잘 생각해 봐. 저 여자 한 명을 제물로 바쳐 가족 전부를 구할 수 있는 거야. 사람 수만 세어도 엄청 이득으로 보이는데?"

테르데오의 턱에 절로 힘이 들어갔다.

고요해진 응접실에 도돌레아의 웃음소리만이 크게 퍼져갔다.
"당신 가족들을 생각해야지. 지금 이러고 있는 순간에도 당신 가족은 어디선가 피를 토하며 죽어가고 있을걸?"
가족.
다시금 가족들의 얼굴이 떠올랐다. 괴로워하는 얼굴과 저주를 풀고 행복하게 웃는 모습들이 동시에 머릿속을 떠다녔다.
'나를 제물로 바치면 모두가 저주를 풀고 행복할 수 있다고?'
나는 고개를 들어 딱딱하게 굳은 테르데오의 등을 바라봤다.
'더는 참지 않고, 원하는 대로 행복해질 수 있어.'
테르데오도, 아일렛도, 세르시아도, 피니어스도 글로리아도 그리고 내 아들.
셀피우스까지도.
나는 흔들리는 눈동자로 도돌레아를 바라보았다.
그때였다.
쾅!
커다란 굉음에 정신이 번쩍 들었다. 테르데오가 테이블을 세게 걷어찬 탓이었다.
만약 저 큰 소리가 아니었다면 도돌레아한테 제물이 될 테니 저주를 풀어달라 말할 뻔했다. 나는 고개를 내젓고 정신을 바짝 잡았다.
테르데오가 심호흡과 함께 머리를 거칠게 쓸어 넘겼다. 그의 거친 시선이 도돌레아를 향했다.
"시간 낭비 했군."
테르데오가 도돌레아를 차갑게 무시하고 지나쳐 내게 걸어왔다. 그 어떤 원망의 말도, 하다 못해 욕설조차도 하지 않았다.
"사실도 아닌 저런 이야기에 귀 기울일 것 없어."
테르데오는 별다른 말 대신 내 손목을 부드럽게 잡았다.
"저주를 풀 방법은 피니어스 숙부님께서 찾아주실 거야. 유능하신 분이니 조금만 기다리면 곧 해답을 찾을 거야."

"하지만……."

"가자."

내 말을 단호하게 자른 테르데오가 나를 끌어당겼다.

우리가 응접실을 나서려 하자 놀란 도돌레아가 몸을 벌떡 일으켰다. 그리고 문 앞을 가로막아서며 두 팔을 양쪽으로 쫙 벌렸다.

"가지 마, 아힘!"

테르데오의 눈썹이 비뚜름히 올라갔다.

"내가 저주를 풀어준다고 했잖아! 나도 네 저주를 풀기 위해……."

"그 입 닥쳐."

테르데오가 도돌레아를 향해 낮게 으르렁거렸다. 기세에 눌린 도돌레아가 상처받은 표정으로 입술을 꾹 다물었다.

"네가 누구와 나를 착각하는지 모르지만, 나는 네가 말하는 '아힘'이란 놈이 아니야."

"……."

"고작 그런 착각으로 지금까지 내 부인을 힘들게 만든 것도 모자라 이젠 제물로 바치라는 개소리를 해?"

테르데오가 차갑게 식은 표정으로 도돌레아를 거칠게 밀어냈다. 도돌레아가 안간힘을 쓰고 버텼지만 가녀린 몸은 1초도 버티지 못하고 밀려났다.

"정체를 밝히지 않고 그냥 계속 황녀인 척하지 그랬어. 그러면 끝까지 예의 갖춰 황녀 전하로 대해줬을 텐데."

테르데오가 응접실의 문을 열었다. 도돌레아는 비련의 주인공처럼 카펫 위로 쓰러져 있었다.

"저주를 풀든 말든 네 마음대로 해. 우리가 다시 널 찾아오거나 만날 일은 없을 테니까."

말을 남긴 테르데오가 나를 끌고 응접실을 나섰다. 그의 걸음이 빨라졌다. 한시라도 도돌레아의 궁에서 멀리 떨어지고 싶은 눈치였다.
 복도에서 기다리던 하녀들도 황급히 우리의 뒤를 따랐다. 하지만 달려나가듯 걷는 테르데오를 따라잡긴 역부족이었다.
 그건 나 역시 마찬가지였다.
 "허억, 헉, 천, 천천히…… 허억, 천천히 가요."
 가쁜 내 숨소리를 들은 테르데오가 깜짝 놀란 표정으로 걸음을 세웠다. 그가 잡은 내 손목을 놓아주며 사과했다.
 "미안."
 "……사과할 것까진 없어요. 그냥 숨이 조금 차서."
 "……걸음을 맞췄어야 했는데."
 "덕분에 빨리 빠져나왔네요."
 그의 뒤를 따라온 덕에 우린 도돌레아의 궁을 빠르게 빠져나올 수 있었다.
 나는 거친 숨을 몰아쉬며 테르데오를 살폈다. 그의 얼굴이 새하얗게 질려 있었다.
 "테오, 괜찮아요?"
 "……안 괜찮아."
 그가 크라바트를 풀어헤치며 물 밖으로 막 나온 사람처럼 억눌려 있던 숨을 크게 내쉬었다.
 "페레샤티."
 테르데오가 내 손끝을 지분거렸다. 잡지도 그렇다고 놓지도 않는 어중간한 간격이었다.
 조용히 내리깔린 긴 속눈썹이 나비의 날갯짓처럼 우아하면서도 아름다워 시선을 돌릴 수 없었다.
 "널 사랑해."
 갑자기 뜬금없이 들어오는 고백에 얼굴이 새빨갛게 달아올랐다. 나는 놀라 들은 사람이 없나 주변을 황급히 살폈다.

다행히 우리가 대화를 나누는 것을 본 하녀들은 대화가 들리지 않는 멀리서 대기하고 있었다. 나는 테르데오에게 가까이 다가갔다.
"갑, 갑자기……? 어, 어제까지만 하기로 한 거 아니……."
"그래서 널 잃고 싶지 않아."
테르데오가 자책하듯 작게 줄어드는 목소리로 진심을 고백했다. 자백제를 마신 테르데오는 지금까지 단 한 번도 고통스러워한 적이 없었으니까.
도돌레아가 가문의 저주를 풀기 위해 날 제물로 바치라 한 제안을 단번에 거절했을 때도.
테르데오는 고통스러워한 적도 피를 흘린 적도 없었다.
모든 게 진심이었다. 모든 말들이.
"테오."
"살면서 한 번쯤은 행복해지지 않을까 바란 적도 있었어. 내 생에 딱 한 번 정도는."
손끝에 닿을 듯 말 듯 간지럽히는 테르데오의 손가락이 내 심장까지 함께 간지럽혔다.
"그 행복이 페레샤티, 너라면 난 지금 당장 죽어도 좋아."
그러나 그의 입에서 죽음이 나오는 순간 헤어나올 수 없는 깊은 늪에 빠진 것처럼 심장이 철렁 가라앉았다.
보고 있으면 사라질 신기루처럼 애처롭게 웃는 테르데오의 모습을 보니, 나도 모르게 손끝을 간지럽히는 그의 손을 세게 확 잡아 버렸다.
이렇게 잡지 않으면 그가 내 앞에서 사라져 버릴 것만 같아서. 놓칠 것만 같아서 불안했다.
"하지만."
동시에 테르데오도 내 손을 강하게 잡았다.
"그 행복이 너를 희생해서 얻은 거라면, 그런 건 필요 없어."

테르데오는 단호했다.

주름 하나 지지 않은 얼굴에서 고통은 찾아볼 수 없었다.

"내게 약속해. 다시는 나 없이 도돌레아를, 저 마녀를 만나지 않겠다고. 너를 희생하지 않겠다고 약속해 줘."

평소에는 보이지 않던 불안으로 가득찬 모습이 낯설었다. 이 모습이야말로 테르데오가 여태껏 꽁꽁 감춰왔던 속내겠지.

"테오."

그의 불안을 어루만지며 나는 도돌레아가 손을 얹었던 우측 볼에 똑같이 손을 얹었다. 그러자 테르데오가 내 손등 위로 손을 겹치며 얼굴을 비볐다.

보드라운 피부가, 칼날 같은 콧대가, 그리고 붉고 촉촉한 입술이 내 손바닥을 스치자 심장이 세차게 뛰었다.

요염하기 그지없는 모습에 정신이 나갈 뻔했다.

나는 간신히 웃으며 평정심을 유지했다.

"나를 희생하지 않겠다고 약속해 달라니. 날 너무 착한 아이로 보는 거 아니에요? 내가 그렇게 희생정신이 뛰어나 보여요?"

"아까 내가 테이블을 걷어차지 않았다면 그렇게 하겠다고 말하려 했었지?"

이 사람은 어떻게 날 이리도 잘 아는 걸까.

"매일 그대 생각만 하고, 그대만 바라보고, 머릿속에 그대만 그리는데…… 내가 모를 리가 없지."

테르데오가 보란 듯이 일부러 내 손바닥에 입술을 깊게 묻으며 날 힐끗 바라봤다.

"……그대는 사람이 너무 좋아 탈이야."

"그렇지 않아요…… 미안하지만 나도 죽기 싫어요."

내가 어떻게 살아서 돌아왔는데.

차갑게 말하자 테르데오가 나지막이 웃음을 터뜨렸다.

"그래, 그거면 돼. 앞으로도 그렇게 죽음과는 거리를 둬."

"그보다 내가 죽지 않아도 저주를 풀 방법은 있잖아요."

"뭐?"

마지막 말이 너무 강렬해서 다 잊었나.

"아까 저주를 풀 방법이 있다고 자백했잖아요. 그 방법은 저주를 건 마녀, 도돌레아가 죽으면 된다고 했고요."

"……맞아, 그랬지. 잠시 잊었어."

테르데오가 검집을 세게 쥐고 몸을 돌렸다.

"당장 죽이고 올게."

아니, 이 사람이!

보란 듯이 살인하러 가는 테르데오를 나는 간신히 붙잡았다.

"육체를 죽여도 영혼이 살아 있다고 했어요! 다른 몸에 기생할 거예요! 우리가 죽여야 하는 건 도돌레아 황녀의 육체가 아니라 그 마녀의 영혼이죠."

테르데오가 아쉽다는 듯이 혀를 쯧 내찼다.

"그래도 만일이라는 게 있으니 한 번 죽여보는 건 어때? 어차피 원래의 몸 주인도 이미 죽었다고 했으니 죄책감도 없을 것 같은데."

테르데오는 당장이라도 검을 뽑을 기세였다.

"안 돼요. 다른 몸에 기생하게 되면 어디로 갔는지 우린 알 수 없잖아요. 도돌레아를 놓치기라도 하면 어쩌려고요?"

"……쳇."

"우린 그 영혼을 죽일 방법을 찾으면 돼요."

그럼 딱히 내가 제물로 바쳐지지 않아도 저주를 풀 수 있다.

테르데오가 검을 손에서 놓고 다시 내게 다가왔다.

"그대는 역시 영리해."

테르데오가 내 어깨에 이마를 툭 기댔다. 그의 체취가 풍겼다. 심장에 너무 위험했다.

그때 뒤에서 익숙한 목소리가 들렸다.

"……언, 언니."

고개를 돌리니 하얗게 질린 레이나가 서 있었다.

"언, 언니…… 우리 얘기 좀 해……."

레이나가 비척비척 나를 향해 걸어왔다. 상대를 확인한 테르데오가 나를 보호하듯 서둘러 등 뒤로 감추며 인상을 썼다.

평소 같았으면 무서워서 뒤꽁무니를 말고 도망갔을 레이나가 오늘만큼은 물러서지 않았다.

"잠깐이면 돼…… 정, 정말 잠깐만."

"내가 지금 기분이 엄청 더럽거든. 꺼지는 게 나을 텐데."

테르데오가 검집에 손을 올리며 레이나를 협박했다. 걸어오던 레이나가 흠칫 놀랐으나 걸음을 멈추진 않았다.

'드문 일인데.'

나는 미간을 찌푸리고 테르데오의 등 뒤에서 나왔다.

"네가 언제부터 내 동생이었니? 날 언니라고 부를 자격은 있어?"

"언, 언니…… 제발……."

레이나는 거의 흐느끼듯 애원하고 있었다. 그녀의 겁에 질린 눈동자가 도돌레아의 궁을 향했다.

'테오를 무서워하는 게 아니야.'

나는 레이나의 시선이 멈춘 곳을 따라 고개를 돌렸다.

도돌레아의 궁. 레이나는 도돌레아를 무서워하고 있다.

"부탁이야, 제발…… 제발 언니……."

레이나의 호흡이 점점 거칠어졌다.

"말해봐."

"……!"

레이나는 구명줄이라도 잡은 것처럼 환해졌다. 이런 비슷한 반응 어디선가 본 적이 있었는데…… 언제 봤더라?

터질 것 같은 울음을 꾹 참은 레이나가 허둥지둥 몸을 돌렸다.

"그, 그럼 언, 언니…… 내 침실로 같이 가서……."

"아니, 얘기는 여기서 해."

침실로 가려던 레이나가 내 말에 걸음을 우뚝 멈췄다.

"잠깐이면 된다고 했잖아? 할 말은 들어줄 테니까 여기서 해."

레이나는 잠시 당황한 기색이었으나 이내 곧 상관없는지 몸을 돌려 내 앞으로 다가왔다.

"언, 언니…… 내, 내가 이런 부탁할 사람이 언니밖에 없어."

"부탁?"

"제발, 제발…… 나랑 엄마 좀 살려줘."

레이나의 눈에서 끝내 눈물이 흘렀다.

아, 생각났다.

'베르딕트 백작 부인을 보는 것 같네.'

나는 레이나의 눈물을 무표정으로 내려다보며 차갑게 말했다.

"울지 마. 눈물 닦아. 너 우는 거 보고 듣자고 시간 내는 거 아니야."

"미, 미안……."

레이나가 황급히 소매로 눈물을 닦았다. 그러고 보니까 레이나가 입은 드레스는 관리가 전혀 안 되어 있었다.

"물론 내가 두 사람을 죽이고 싶을 만큼 미워하긴 하는데. 아직 죽이려고 실행하진 않았거든. 그런데 살려달라니, 뭔 뜻이야?"

"언, 언니는 알고 있었지?"

레이나의 몸이 바들바들 떨렸다. 나는 모르는 척 태연하게 물었다.

"뭘?"

"모르는 척하지 마! 그때 신전에 왔었잖아! ……지, 지금 황녀 전하는 황녀 전하가 아니야."

레이나는 마녀라는 직접적인 단어를 입에 올리는 것조차 무서워하는 것 같았다.

"황, 황실에 오는 게 아니었어. 황녀 전하의 도움을 받는 게 아니었는데……."

미친 사람처럼 넋이 나간 레이나가 혼자 중얼거렸다. 그러는 와중에도 레이나의 눈동자는 여전히 도돌레아 궁을 바라보며 견제하고 있었다.

마치 그곳에서 나올 도돌레아를 겁내는 것처럼.

"……언니!"

창백해진 레이나가 나를 울부짖더니 보는 시선은 아랑곳하지 않고 내 앞에 두 무릎을 꿇었다.

"레이나."

"엄, 엄마는 미쳐버렸어…… 내 말을 들을 생각도 하지 않아! 저 여자가…… 저 여자가 황녀라고 믿고 있어! 저 여자가 자기를 구원해 줄 거라고 믿는다고! 엄마를 이상하게 만든 게 틀림없어!"

레이나가 머리를 쥐어뜯듯이 헤집으며 울었다.

"언니! 너무 무서워. 밤에 잠들면 황녀가 나를 죽일 것 같아서 잠도 못 자겠어! 잿더미로 변해버리면 어떻게 해! 그 여자는…… 그 여자는 우리를 제물로 쓰려고 해!"

"……그러게 사람 함부로 믿지 말았어야지. 내가 그걸 누구 덕에 배운 줄 아니?"

나는 고개를 숙여 무릎 꿇은 레이나의 귀에 속삭였다.

"바로 너와 어머니, 그리고 시프한테 배웠어. 사람은 함부로 믿는 게 아니라는 걸. 너희 셋이 날 아주 비참하게 죽였거든."

레이나가 새하얗게 질린 얼굴로 고개를 저었다.

"그, 그걸 어떻게…… 아, 아니야! 아니야! 언니! 내가 언제……. 내가 왜 언니를 죽이겠어……! 언, 언니…… 나랑 엄마 좀 살려줘. 제발, 내가 이렇게 빌게."

레이나가 두 손이 사라지도록 싹싹 빌었다. 눈물을 흘리며 웃고 있는 표정이 참 기괴하면서도 아이러니했다.

"시, 시프! 그래, 시프! 시프 언니 가져! 언니 줄 테니까……."

"내가 왜 네 것이었던 걸 가져야 해? 내게 양보할 필요 없어. 행렬할 때 말했잖아. 너 가지라고."

"언, 언니…… 제발……. 다시는 언니 것에 탐내지 않을게. 한 번만 살려줘. 언니, 도와줘."

레이나가 흘린 눈물이 바닥을 흠뻑 적셨다. 오고 가는 하인들이 힐끗 우리를 바라봤지만 레이나는 괘념치 않았다.

"레이나, 일어나."

나는 그런 레이나를 한참 바라보다 손을 뻗었다. 눈물을 뚝 그친 레이나가 입을 떡 벌리고 날 올려다봤다.

어안이 벙벙한 표정이었다.

"안 일어날 거니?"

내민 손을 거두려 하자 레이나가 황급히 내 손을 아플 정도로 꽉 잡았다. 일으켜 주자 레이나가 내 소매에 눈물을 닦으며 웃었다.

"고마워, 고마워, 언니!"

고마워할 필요가 없을 텐데.

레이나가 내 손을 놓고 준비해 둔 계획을 줄줄이 읊었다.

"언, 언니가 나랑 엄마를 황녀 옆에서 떨어뜨려 놔줘. 언니는 황녀랑 사이가 안 좋으니까…… 적당히 이유를 알아서 둘러대 줘! 그리고 아무도 찾을 수 없는 곳에 봐둔 저택이 있어! 언니가 거길 사서 우리가 지낼 수 있게 해줘……. 우린 돈이 없어서 살 수가 없어……. 가끔 식재료랑 생활비, 생필품만 사서 보내주면 나머진 우리가 알아서……."

"레이나."

레이나가 말을 뚝 멈추고 중얼거렸다.

"언, 언니는 유산을 받아서 돈이 많으니까……. 우리한테 신경 쓰는 게 싫으면 사람을 고용해 줘…… 그럼 우리가 알아서…….”
"나랑 황녀가 그렇게 사이 안 좋은 걸 알면서.”
나는 후후 소리 내서 웃었다.
"사람들이 전부 보란 듯이 그렇게 내 앞에서 무릎 꿇고 빌면, 황녀가 앞으로 널 어떻게 생각하겠니?”
"……언니?”
"레이나.”
나는 웃고 있는 레이나의 등을 도돌레아 궁을 향해 살짝 밀었다.
"내가 말했잖아.”
"언, 언니…….”
"사람을 함부로 믿지 말라고. 그렇게 당하고도 설마 나를 믿은 건 아니지?”
"……!”
레이나의 얼굴에 당혹감이 물들었다. 나는 그런 그녀를 웃으며 바라보다 몸을 휙 돌렸다.
두 걸음 정도 걷자, 뒤에서 레이나의 욕설이 들려왔다.
"짐승보다도 못한……! 사람의 탈을 쓰고 어쩜 그럴 수 있어? 나랑 엄마가 죽는다고! 피가 안 섞였어도 우린 가족이잖아! 살려줘야지! 도와주는 게 당연하잖아! 내가 자존심까지 굽히면서 언니한테 무릎 꿇고 사과했는데……!”
옆에서 걷던 테르데오가 주먹을 꽉 쥐었다. 나는 그의 팔을 다독거리고 고개를 뒤로 젖혔다.
"아까 나한테 울면서 빌던 것처럼 황녀한테 빌어봐. 혹시 아니? 가련하고 불쌍해서 살려줄지도 모르잖아.”
"……!”
레이나가 차마 입에 담을 수 없는 욕을 하며 괴성을 질렀다. 나는 태연히 웃으며 준비된 마차에 올라탔다.

내가 진짜 마차에 오르자 레이나가 당황한 얼굴로 달려왔다.

"언, 언니! 진짜 갈 건 아니지? 응? 언니……."

"레이나."

나는 환하게 웃으며 손을 흔들었다.

"잘 지내봐."

내 인사를 마지막으로 마차가 출발했다.

"언니! 돌아와……! 언니! 나도 데려가! 언니……!! 야……! 내가 너 죽여버릴 거야!!"

멀리서 들려오던 레이나의 고함이 점점 사라졌다.

'레이나를 왜 곁에 두나 했더니…….'

제물 수급이 어려워지면 써먹기 위해서였구나.

교단이 만들어지기 전부터 생명력을 뺏을 준비를 했다는 건데…….

'그렇게까지 힘을 되찾고 싶은 이유는 뭐지?'

"괜찮나?"

하지만 테르데오가 걱정스럽게 내 손을 잡으며 묻자 생각을 지우고 웃었다.

"네, 좋아요."

❈ ❈ ❈

그로부터 삼 일이 지났다.

다행히 그 삼 일간 도돌레아의 다른 행동은 보이지 않았다.

사교계의 소문에 의하면 레이나가 도돌레아의 침실 앞에서 내리 이틀을 자지도, 먹지도, 움직이지도 않고 잘못했으니 살려달라고 빌었다고 했다.

아직 죽일 마음이 없는지 도돌레아는 레이나의 사과를 받아줬다고도 들었다.

"대공비 전하."

모든 치장을 끝내고 나가자 기다리던 집사가 내게 다가왔다.

그리고 오늘은 라피레온 가문의 가족들이 전부 모이는 날이었다. 마녀의 정체와 저주를 푸는 방법을 알리기 위하여 테르데오가 직접 모두를 소집한 것이었다.

"대공 각하께서 먼저 참석하셔서 가족들과 담소를 나누고 계십니다."

"그래."

"그리고 이거……."

집사가 익숙한 듯이 내게 선물을 건넸다.

"또 왔네."

"네, 매일같이 옵니다."

아데우스는 그날 이후로 내게 매일같이 선물을 보내고 있었다. 그것도 매일 이른 오전, 자기가 직접 저택에 방문해서 말이다.

"이번엔 뭐야?"

"가벼운 검입니다."

첫날은 약초, 다음 날은 편하게 다닐 수 있는 신발, 어제는 장갑. 오늘은 가벼운 검이었다.

나는 가볍고 작은 검을 쥐어보았다.

한 손에 잡히는 게 내가 들어도 가볍고 제법 알맞았다. 나는 쥐던 검을 다시 내려놓고 선물 상자를 닫아 뒤의 하녀에게 건넸다.

"전부터 궁금했는데 아데우스는 테오의 사이즈를 잘 모르는 걸까?"

"네?"

"신발도 테오가 신기엔 너무 작고, 장갑도 검은색 가죽 장갑이었지만 너무 작고, 오늘은 가벼운 검이라니……."

나는 진중한 표정으로 턱을 쓸었다.

"테오가 쓰기엔 너무 쓸모가 없는 것 같은데."

아데우스는 분명 테르데오한테 복수하려던 게 미안해서 선물을 보내고 있는 걸 텐데…… 왜 사이즈를 다르게 보내는 걸까?

"……혹시 테오를 일부러 더 화나게 하려고 보내는 걸까? 헉……! 그래서 오늘은 검을 보낸 거 아냐? 널 죽이겠다, 이런 의미로?"

"하하, 그건 아닐 겁니다."

"그러면 왜일까?"

"제가 말씀드리면 대공 각하께서 절 죽이실지도 모르니 직접 생각해 보시는 게 좋을 것 같습니다."

"테오가? 왜?"

"……아차차, 가족들이 전부 기다리고 있으니 우선 회의장으로 가시죠."

집사가 웃으며 단호하게 잘라냈다. 그리고 몸을 틀어 가족 모두가 모인 대회의장으로 날 안내했다.

"……내가 본 가족 말고도 먼 가족들도 모두 참석했겠지?"

"네. 다만 계신 분들이 몇 없으시기에 먼 혈족까지 다 해봐도 고작해야 서른 분이실 겁니다."

서른 명.

그 모두를 만난다고 생각하니 갑자기 긴장으로 목이 탔다. 나는 깊게 심호흡하며 걸음을 재촉했다.

"참, 대공비 전하. 베르딕트 백작 부인에게 보낸 서신의 답장이 아직 오지 않았습니다."

"아직도?"

그녀를 살려준 다음 날, 서신을 보냈지만 답은 오지 않았다. 몇 차례 더 보냈으나 여전히 감감무소식이었다.

이제 제물에서 벗어나 살았으니 입 싹 닦고 도망가겠다는 건가?

'발칙해.'

나는 가늘어진 눈매로 멀리 모습을 드러낸 대회의장을 보며 집사에게 명령했다.

"발 빠른 기사 한 명을 뽑아 직접 부인께 보내."

"네."

"서신을 보내고 그 자리에서 답을 직접 받아오라고 해."

베르딕트 백작 부인이 내게 썼던 방법이었다. 고스란히 돌려주겠어.

"오늘 바로 보내도록 하겠습니다."

고개를 숙인 집사가 대회의장의 문을 열었다. 먼저 모인 라피레온 가문의 가족들이 일제히 나를 돌아봤다.

익숙한 얼굴도 있었고 날 경계하는 처음 본 사람들도 있었다.

나는 그 시선을 감내하며 당당히 어깨를 펴고 안으로 들어섰다. 상석에 자리한 테르데오의 곁으로 가자 그가 자리에서 일어나 나를 반겼다.

테르데오는 나를 상석에 앉히고 그 옆을 지키듯 우두커니 선 채로 가족들을 바라봤다.

모두가 착석하자 테르데오가 굳게 다문 입술을 열었다.

"제가 왜 이곳에 모두를 불렀는지 의아하고 궁금하시겠죠."

"용건만 간단히 합시다, 대공 각하."

테르데오의 말이 끝나기 무섭게 다소 나이가 있어 보이는 귀부인이 찻잔을 기울이며 고깝게 말했다.

"은둔 생활을 오래 해서 그런지 이렇게 사람들을 만나는 게 영 달갑지만은 않네요. 서신에 저주…… 흠, 그것과 관련된 일이라 적혀 있던데 그것 또한 달갑지 않고요."

은둔 생활이라면…… 저분은 사람들을 만나지 않는 곳에서 혼자 생활하고 계신 건가?

처음 셀피우스가 갇혀 있을 때처럼?

귀부인의 재촉에 테르데오가 고개를 끄덕거렸다. 그리고 바로 본론을 던졌다.
"저주를 풀 방법이 있습니다."
유리 깨지는 소리와 함께 귀부인이 들고 있던 찻잔이 아래로 떨어졌다. 동시에 그녀의 얼굴에서도 눈물이 떨어졌다.
모두가 오랫동안 기다려 온 말이었다.
무려 천 년에 걸쳐.
아무도 쉽사리 입을 열지 않았다.
나는 천천히 가족들의 얼굴을 돌아보았다. 오늘 이 모임이 달갑지 않아 처음 얼굴을 찡그리던 가족들도 모두 눈물이 그렁그렁 맺혀 있었다.
글로리아가 모두를 대표하여 떨리는 목소리로 물었다.
"……정확한 거니? 테오."
글로리아의 얼굴은 새하얗게 질리다 못해 핏기가 싹 사라진 상태였다.
"예전처럼 뭔가 잘못 확인한 건 아니고?"
복받치는지 글로리아가 말을 하다 멈추고 눈가를 짚었다. 그녀의 가느다란 팔이 사시나무 떨리듯 흔들리고 있었다.
나는 테르데오 대신 그녀의 질문에 답했다.
"라피레온 가문에 저주를 건 마녀를 만났어요."
"……!"
"그 마녀한테 확인한 거니 확실해요. 저주를 푸는 방법이 있어요."
확신 찬 대답에 글로리아가 작게 탄성을 뱉었다. 반대편에 앉아 있던 가족 중 남자 한 명이 자리를 박차고 일어났다.
"그 마녀가 대체 누구죠, 대공비 전하? 당장 여기로 데려와요! 내가 그 얼굴을 봐야겠어!"
남자가 주먹을 불끈 쥐고 울분을 터뜨렸다. 그의 눈매도 벌겋게 부어 있었다.

여기 모인 사람들이 다들 어떤 마음일지 나는 정확히 모르지만, 어느 정도 유추는 가능했다.

나는 그들을 달래듯 차분히 대답했다.

"사 황녀, 도돌레아 황녀 전하예요. 정확히는 도돌레아 황녀 전하의 몸에 기생하고 있는 마녀의 영혼이죠."

"……!"

마녀의 정체를 밝히자 여기저기 웅성거림이 시작됐다. 주먹을 쥐고 일어섰던 남자는 허탈한 웃음과 함께 의자에 털썩 주저앉았다.

자기를 괴롭게 만들었던 그 마녀가 감히 손도 댈 수 없는 황실의 사람이라고 하니 허탈감이 몰려온 것 같았다.

"왜, 왜 황녀가……."

"황녀면 가질 만한 건 다 가진 사람이잖아요? 왜 우리한테…… 흑."

"확실한 거 맞소? 생사람 잡는 건 아니고?"

"나는 황제부터 마음에 안 들었어! 자꾸 정복 전쟁만 하려는 게 악마 같았는데, 마녀라니!"

테르데오가 소란스러운 장내를 진정시킨 후 묵직하게 말했다.

"마녀와 나눴던 대화들을 말하겠습니다."

테르데오는 우리가 나눴던 대화들을 모두 말하기 시작했다.

내가 신전에 갔던 일, 도돌레아가 했던 말, 저주를 푸는 방법까지도.

그는 모든 걸 말했다.

딱 하나, 나를 제물로 바치면 바로 저주를 풀어주겠다는 말을 제외하고 말이다. 그리고 나도 구태여 그것을 입 밖으로 꺼내지 않았다.

회의는 그렇게 끝났다.

오늘의 모임은 어디까지나 정보 공유이자 혹시나 도돌레아가 가문의 사람들을 이용할 수 있으니 미리 대비하기 위해서였다.
 회의에 비관적이던 가문의 사람들도 저주를 풀 수 있다는 한 줄기의 부푼 희망을 얻고 돌아갔다.
 돌아가기 직전 가문의 사람들은 나를 향해 고맙다는 인사를 했다.
 "정말 고마워요, 대공비 전하."
 "덕분에 저주를 풀 실마리를 찾았어요."
 "셋시가 편지를 돌렸던데…… 정말 대공비 전하께서 저희 저주를 풀 열쇠였네요."
 도돌레아의 신전으로 찾아가 정체를 밝혀줘서 고맙다고 했고, 용기 있게 도돌레아와 맞서줘서 고맙다고 했다.
 어느 귀부인은 눈물을 흘리며 내 두 손을 꼭 잡기도 했다.
 가문의 사람들이 모두 돌아가고, 회의장에는 나와 테르데오, 글로리아와 세르시아, 피니어스와 아일렛, 그리고 셀피우스만이 남았다.
 회의 내내 입을 다물고 자리에 앉아 있던 세르시아가 머리를 헤집으며 조소했다.
 "피니어스 숙부께서 일생을 다 바쳐 조사했던 것마저도……. 결국 우리는 계속 그 마녀 손에서 놀아나고 있던 거네."
 "셋시 언니……."
 "어째서."
 세르시아가 울분에 찬 목소리로 낮게 읊조렸다. 주먹을 세게 쥔 세르시아가 테이블을 부술 것처럼 내리쳤다.
 "대체 왜! 도대체 이유가 뭐야!"
 세르시아는 울고 있었다. 이제야 끝이 보이기 때문인지, 아니면 왜 조금 더 빠르게 찾지 못했을까 후회가 되기 때문인지. 그녀는 울고 있었다.
 "그 마녀가 초대 대공을 사랑했다면 왜 우리한테 저주를 내린 거야! 그 저주 때문에! 그 마녀 때문에 나는……! 내 남편과 아이는!"

세르시아가 말을 끝맺지 못하고 떨리는 입술을 꾹 다물었다. 볼을 타고 하염없이 흘러내린 눈물이 아래로 뚝뚝 떨어졌다.

나는 가문의 다른 사람들이 모두 빠져나갔는지 둘러봤다. 회의장엔 우리뿐이었고 회의장 문은 꽉 닫혀 있었다.

"셋시."

나는 손을 뻗어 괴로운 표정을 짓는 세르시아의 눈물을 닦았다.

"사실 하나, 말 안 한 게 있어요. 도돌레아를 죽일 방법을 찾지 않고 당장 저주를 푸는 방법이 있어요."

"페레샤티!"

테르데오가 내 어깨를 세게 잡았다. 하지만 나는 아랑곳하지 않고 말을 이어갔다.

"내가 제물이 되면 된다고 했어요."

"페레샤티!!"

테르데오의 고함이 더 커졌다. 세르시아가 멍한 표정으로 날 바라봤다.

"나를 제물로 바치면 당장 저주를 풀어주겠다고, 도돌레아가 그렇게 말했어요. 자백제를 먹고 한 말이니 사실일 거예요."

"어……?"

세르시아가 멍하니 입술을 벌렸다. 그녀의 눈이 날 향했다.

"샤샤를, 제물로?"

"네."

"그러면, 저주를, 풀어준다고요?"

"네."

세르시아가 떨리는 손을 뻗었다. 그때 멀리서 얘기를 듣고 있던 셀피우스가 나와 세르시아의 사이를 파고들었다.

"안 돼!"

그리고 나를 보호하듯 등지고 서서 짧은 양팔을 쭉 뻗었다.

"안 돼! 우리 엄마는 안 돼! 세르시아! 우리 엄마는 절대로 안 돼!"

셀피우스의 절박한 목소리가 널리 퍼지자 마찬가지로 피니어스의 품을 박차고 뛰어나온 아일렛이 내 손가락을 꼭 잡고 외쳤다.

"언, 언니는 절대 안 돼요!"

나는 그새 큰 셀피우스와 아일렛의 등을 한참 바라봤다. 만약 저주가 풀리지 않는다면, 도돌레아를 죽일 방법을 찾는 시간이 너무 오래 걸린다면.

이 아이들은 다 자라 어른이 되지 못한 채 죽을지도 모른다.

"아일렛, 네가 날 처음 만날 때 말했지. 나는 저주를 풀 수 있는 요정이라고. 정말 내가 저주를 풀 수 있을지도 모르는 요정이 됐네."

"언, 언니는 요정이 아니에요! 언니는 사람이에요!"

아일렛이 힘차게 고개를 저었다. 그와 동시에 세르시아가 내게 손을 뻗었다. 앞을 막은 셀피우스가 그 손을 쳐내려 했지만 소용없었다.

세르시아가 내 손을 꽉 잡았다.

"샤샤."

그녀의 얼굴이 새하얗게 질렸다.

"내가, 내가 샤샤를 제물로 바칠 것 같다고 생각했어요?"

"셋시."

"왜 그런 생각을…… 내가 못 미더운가요? 내가, 내가 샤샤를 제물로 바쳐서라도……."

세르시아가 괴로운 표정으로 고개를 숙였다. 아직 채 멈추지 않은 눈물이 바닥으로 떨어졌다.

"그럴 리가 없잖아요, 셋시."

나는 여전히 날 보호하고 선 셀피우스와 아일렛을 다독거린 후 세르시아한테 다가갔다. 그리고 그녀를 부드럽게 안았다.

"셋시나 피니어스 님, 셀피와 테오, 그리고 아일렛, 또 글로리아 님까지. 모두 제게 정말 소중한 가족이에요. 그래서 숨기지 않고 선택권을 주고 싶었어요. 설령 날 제물로 바친다고 해도 이해할 수 있어요. 그만큼 절박하다는 걸 나도 잘 아니까요."

"……샤샤."

"내가 이기적이라서 그래요. 사실 아까 가문의 다른 사람이 있을 때 말할 수도 있었지만 그러고 싶지 않았어요. 저주를 풀 제일 빠른 방법인데도…… 얼굴도 이름도 모르는 그 사람들을 위해 나를 바치긴 싫었거든요."

나는 품에서 세르시아를 떼어내 그녀의 눈물을 닦았다.

"여기 있는 가족들은 내가 희망이라고, 내가 도왔다고 말하지만 사실은 달라요. 아무도 믿지 못할 때 내게 믿음을 실어준 게 바로 여러분이죠."

사랑하는 사람과 가족이라 믿었던 사람들에게 배신당해 죽고 회귀했을 때.

그런 날 가족처럼 챙겨주고 따스하게 대해준 사람들. 내게 다시 믿음을 알려준 사람들.

"나를 살려준 게 여러분이에요."

어쩌면 다시 죽었을지도 모를 삶에서 나를 지키고 내가 웃을 수 있게 해준 사람들.

"그런데 내가 어떻게 내 가족들을 죽게 놔둘 수 있겠어요? 내 미래를 다 걸고서라도 살리고 싶어지는 게 당연하죠."

내 말이 끝나기 무섭게 가족들이 황급히 말을 덧붙였다.

"네 미래를 우리한테 걸 필요 없단다, 페레샤티 양."

"맞, 맞아요! 언니! 언니 미래는 언니 거예요!"

"내가 분명 널 잃을 수 없다고 말했지, 페레샤티."

"맞아요! 저도 엄마를 그냥 죽게 둘 순 없어요!"

"비전하께서 저흴 가족으로 생각해 주듯이 저희 또한 비전하를 가족으로 생각한답니다. 가족을 희생시키고 행복할 수 없어요."

한마디를 했는데 따라오는 말은 다섯이었다. 이상하게 기분이 좋았다. 가슴이 몽글몽글해졌다.

"샤샤. 이상한 생각은 하면 안 돼요."

어느새 눈물이 멎은 세르시아가 내 팔을 꽉 잡고 걱정스럽게 말했다.

"다들 정말 괜찮나요? 도돌레아를 죽일 방법을 찾는 데 얼마나 걸릴지 모르잖아요. 그사이에 무슨 일이 생길지도 모르고요."

회귀 전 이전 삶에서 가족이라 믿었던 내 새어머니와 레이나, 그리고 시프는 나를 제물로 바치듯 죽였다.

하지만 이번 생은 달랐다.

"이미 답은 나온 것 같군."

이번 생에서 내가 믿은 가족들은.

"만장일치야, 페레샤티. 우린 널 제물로 바쳐서 저주를 풀 생각 따위는 없어. 그러니 다시는 그런 말 입에도 올리지 마."

날 살렸다.

"우리의 행복엔 페레샤티 양, 너도 포함이란다. 우리가 행복하기 위해선 너도 있어야 해."

이번 생의 내 가족들은 내 행복을 바란다. 작게 구멍 났던 심장이 따뜻함으로 가득 찼다.

나는 시큰해지는 콧잔등을 괜스레 찡긋거리며 장난스럽게 웃었다.

"살려줘서 고마워요. 나도 사실은 살고 싶었어요."

이번엔 손을 뻗은 세르시아가 나를 안았다. 포근한 품에 안기자 나도 모르게 쌓아두었던 추위가 사르르 녹아내리는 것만 같았다.

"앞으로 우리 함께 찾아봐요."

※ ※ ※

 모처럼 모든 가족이 모인 데다 오늘은 흥겨운 날이라며 원 없이 먹고 마셨다.
 술에 취해 잠들었다가 다시 깼을 때는 이미 야심한 밤이었다.
 눈을 끔뻑거리며 주변을 둘러보자 테이블에 엎드린 세르시아와 벽에 기대어 자는 글로리아, 그리고 소파에서 자는 아일렛과 셀피우스가 보였다.
 "비전하, 깨셨나요?"
 피니어스는 아이들과 잠든 사람들에게 담요를 덮어주고 있었다. 나는 그가 내민 담요를 받아 들고 눈을 비볐다.
 "……테오는요?"
 아직 술기운이 남아 발음이 뭉개졌다.
 "테오는 조금 전 일어나서 술을 깨겠다며 정원으로 밤 산책 하러 갔어요. 방금 나갔으니 따라가면 보일 겁니다."
 "아, 아니요…… 굳이 제가 따라갈 필요는……."
 피니어스가 웃으며 내게 담요 한 장을 더 건넸다.
 "테오가 담요를 안 가져갔어요. 옷을 얇게 입고 갔으니 비전하께서 전해주시겠어요? 전 아이들을 방으로 옮기려 하거든요."
 이것 참 어쩔 수 없네.
 아직 채 가시지 않은 술기운에 발그스레한 두 볼을 손등으로 꾹 누르고 나는 피니어스가 건넨 담요를 받았다.
 "담, 담요만 주고 와서 아이들 옮기는 거 도와드릴게요."
 내 말에 피니어스는 답하지 않고 그저 미소 지었다. 나는 테르데오를 따라서 정원으로 향했다.
 '달 크다…….'
 정원으로 가는 길을 밝게 비춘 달이 오늘따라 참 아름다워 보였다. 저 아름다운 달을 테르데오의 옆에서, 테르데오와 함께 보고 싶었다.

'나는 진짜 테오 의존도가 강하구나. 너무 의지하는 것 같아.'

그러면 안 된다고 생각하면서도 내 발은 그가 있을 정원으로 뛰고 있었다.

정원에 도착하자 저 멀리 밤바람을 쐬는 테르데오의 뒷모습이 보였다. 내가 뛰어오는 발소리를 들었는지 그가 몸을 반쯤 뒤로 돌렸다.

커다란 달 아래 선 그는 달보다도, 정원에 핀 그 어떤 꽃보다도, 밤하늘 반짝이는 별보다도 더 아름답고 반짝였다.

"페레샤티?"

테르데오가 나를 부르지 않았더라면 아마 몇 시간이고, 며칠이고 몇 년이고 그 자리에 서서 그를 감상했을 것이다.

나는 퍼뜩 정신을 차리고 허둥지둥 담요를 펼쳤다.

"피, 피니어스 님이 담, 담요를…… 으앗!"

너무 허둥지둥댔기 때문인지. 아니면 아직 술에 취해 있기 때문인지. 그것도 아니면 내가 테르데오에 취한 건지.

발이 꼬여 그대로 고꾸라지듯 몸이 앞으로 기울었다.

탁.

빠르게 다가온 테르데오가 내 허리를 잡고 나를 가볍게 받쳐주었다.

"조심해야지."

귓가에 진득하게 울리는 낮은 목소리가 꽃향기보다도 더 감미로웠다.

"조금 더 자지 그랬어."

"하, 하지만 담요를……."

"담요?"

아, 이제 보니까 테르데오는 두꺼운 겉옷까지 입어 담요는 필요 없어 보였다.
"피, 피니어스 님이 착각하셨나 봐요."
"그 담요 내게 주려고 온 건가?"
미소 지은 테르데오가 내 손에 들린 담요를 가져갔다. 그러더니 넓게 펼쳐 나를 감싸듯 걸쳐주었다.
"이러면 되겠지?"
그리고 걸친 담요 끝을 양쪽으로 잡고 힘주어 끌어당기는 바람에 우리 두 사람 사이가 급격하게 가까워졌다.
누구의 것인지 모를 심장이 크게 뛰었다.
시선이 교차하고 시선을 내리깐 테르데오가 꽃에 끌리는 벌처럼 자연스럽게 내게 다가왔다.
그의 입술이 내 입술 위로 살포시 내려앉자 나는 불가항력으로 눈을 살며시 감았다.
'아, 달다.'
술 내음인지 꽃 내음인지.
너무 달콤해서 머리가 녹을 것 같았다.
야릇하고도 위험한 향이 풍겼다. 거미줄에 걸린 나비처럼 꼼짝없이 잡히고 말았다.
테르데오가 야살스럽게 타고 올라와 내 두 뺨을 손바닥으로 감쌌다. 나는 홀린 듯 두 팔을 뻗어 그의 목을 감싸 안았다.
어깨에 아슬하게 걸쳐 있던 담요가 아래로 툭 떨어졌다.
벌린 잇새로 질척하고 뜨거운 숨결이 넘나들었다.
술기운이 뜨겁게 달아오르자 한 치의 틈도 없이 우린 서로에게 밀착했다.
차게 부는 밤바람마저 뜨겁게 느껴질 정도였다.
'취할 것 같아.'

어떤 것에 취하는지도 모른 채 나는 점점 이성을 잃고 취해갔다.
테르데오도 별반 다르지 않았다. 마치 본능만이 남은 한 마리 짐승처럼 그는 격렬하게 나를 탐했다.
마치 누군가에게 몸을 지배당하기라도 한 것 같았다.
아니, 긴장이 풀리니 조금 깼던 술기운이 다시 올라오는 걸지도 모르겠다.
당장이라도 싱그러운 정원 풀밭에 드러눕고 싶을 정도로 나른함이 몰려왔다.
'이젠 어떻게 돼도 좋아.'
몸에서 점점 힘이 빠지자 나는 테르데오를 향해 기울어졌다.
내 무게가 실릴 텐데도 테르데오는 얼굴색 하나 변하지 않았다. 오히려 내가 도망갈 수 없도록 품에 가둔 채로 맹렬하게 나를 집어삼켰다.
내 볼을 쓰다듬던 테르데오가 뜨겁게 얽히던 숨결을 떼더니 자그맣게 말했다.
"……얼굴이 차가운데."
내 볼을 쓰다듬는 손길이 너무도 기분 좋아서 나는 두 눈을 꼭 감고 손등에 얼굴을 비비적댔다.
"으응…… 바람, 때문에……."
테르데오의 이성이 툭 끊어지는 소리가 들렸다. 그가 나를 품에 번쩍 안아 올렸다.
"그럼 침실로 가자."
그의 목에 손을 두르고 살포시 기댔다.
"……테오."
"응."
"……기분 좋아 보여요."
정신이 몽롱하고 목소리가 저 멀리 메아리처럼 들렸다.

"그래, 이렇게 취한 것도 정말 간만이거든."

"……왜요?"

"내가 취하면 무슨 일이 일어날지 모르니 항상 정신이 깨어 있어야 했지. 술에 취해 정신을 놓았다가 다치면 안 되니까."

테르데오한테는 숨 쉬며 살아가는 모든 것이 제약이었다.

나는 안타까운 표정으로 그의 목을 꼬옥 끌어안았다.

"이제는 괜찮아요. 당신이 취할 땐 내가 옆에서 지켜볼 테니까요."

익히 알고 있는 테르데오의 체취가 느껴지자 나도 모르게 그의 목덜미에 코를 박았다.

테르데오의 몸이 딱딱하게 굳더니 갑자기 걸음이 빨라졌다.

'나만 알고 싶은 향기.'

내가 이렇게 소유욕이 강한 사람이었나? 하지만 다른 사람과 공유할 마음은 없다.

이 향기는…….

"내, 꺼야……."

자그맣게 중얼거리기 무섭게 테르데오가 침실 문을 발로 걷어차 쾅 열었다.

"그래."

툭 내뱉듯 대답한 테르데오의 눈동자에 들끓는 욕망이 모습을 드러냈다.

"페레샤티, 그럼 제대로 네 것이 되어주지. 날 네 것으로 만들어"

테르데오가 나를 침대 위에 내려놓기 무섭게 머리카락 사이로 손가락을 집어넣고 맹렬한 키스를 이어갔다.

푹신한 침대에 눕자 더할 나위 없는 만족감이 느껴졌다.

구름 위를 훨훨 나는 새가 된 것처럼 기분이 좋았다.

'더, 조금 더.'

이유 모를 갈증이 일었다. 채워지지 않는 이 지독한 목마름을 해결하고 싶었다.

나는 테르데오의 목에 손을 두르고 그를 힘껏 끌어당겼다. 그의 입술로 내 입술이 짓뭉개지자 비로소 만족감이 느껴졌다.

숨결이 격하게 얽히자 더는 참을 수 없던 테르데오가 키스를 이어가며 급하게 겉옷을 벗었다.

촉촉하게 젖어 내린 숨소리 때문인지 나도 덩달아 다급해졌다.

이어 테르데오가 셔츠의 단추를 풀었다. 그러나 제대로 벗겨지지 않자 그는 거의 찢어버리듯이 셔츠를 있는 힘껏 당겨 벗었다.

버티지 못한 단추들이 아래로 힘없이 굴러떨어졌다.

여실히 느껴지자 화마에 덮쳐진 것처럼 온몸이 뜨거워졌다.

정말 이대로 녹아버릴 것 같다.

고개를 옆으로 홱 돌리자 뜨겁게 맞닿아 있던 입술이 떨어졌다.

그러나 그것도 잠시였다.

"어디 가."

긴 손가락으로 내 턱을 움켜쥔 테르데오가 다시 내 고개를 돌려 마주 보게 했다. 그리고 쉬지 않고 키스를 퍼부었다.

도망은 허용하지 않겠다는 것처럼 내가 고개를 돌리는 곳마다 테르데오는 집요하게도 따라와 곳곳에 입술을 맞췄다.

"그, 만……."

"싫어?"

내 눈과 볼, 그리고 목덜미까지. 테르데오가 차례대로 가볍게 쪽쪽 입을 맞췄다.

"피니어스…… 님을 도와드리기로 했는데……."

"그래서 싫어?"

예민하게 건드리는 손길이 낯설면서도 기분이 좋았다. 테르데오가 내 손가락에 입을 맞추며 말했다.

"정말 싫어?"

싫냐고?

싫으면 진작에 뿌리쳤을 것이다. 이렇게 뜨거운 코코아 속에서 녹아내리는 마시멜로처럼 풀려 있는 게 아니라.

나는 빨갛게 달아오른 얼굴로 고개를 휙휙 내저었다. 그리고 대신 뜨거운 목소리로 작게 말했다.

"……더워."

겨우겨우 붙잡고 있던 테르데오의 이성이 불타 사라지는 소리가 들렸다.

"그럼 벗을래?"

테르데오가 손을 뻗었다.

그리고 나를 옭아매던 옷가지가 힘없이 아래로 툭 떨어졌다.

❈ ❈ ❈

짹짹.

시끄럽게 지저귀는 아침 새소리에 눈이 번쩍 떴다. 침실을 가득 비추는 햇살에 눈이 부셨다.

'왜 아무도 안 깨웠지…….'

나는 기억을 더듬었다.

아, 어제 새벽까지 모두 함께 과음했지. 내일은 아무도 깨우지 말라고 신신당부했었고.

'……응?'

끔뻑끔뻑.

순간 기억하지 않아도 될 어젯밤에 했던 행각들이 머릿속을 빠르게 스쳐 지나갔다.

"……미친."

나는 침대에 누워 화려한 샹들리에를 바라보며 나지막하게 욕설을 지껄였다.

 지금 내가 어떤 상태인지 보지 않아도 너무 잘 알 수 있었다. 휑하니 불어온 바람이 피부에 맞닿았으니까.

 '어쩌자고 그런 짓을 한 거야!'

 고요한 절망을 울부짖자 옆에서 누군가의 뒤척거림이 느껴졌다. 나는 소스라치게 놀라며 고개를 홱 돌렸다.

 "테…… 흡!"

 테르데오를 크게 부르려다 입술을 꾹 다물었다.

 그는 평소와는 다르게 새근새근 곱게 잠들어 있었다. 최근에 무척이나 바쁜 데다 또 오랜만에 과음했고, 게다가 어젯밤 격렬했던 일들 때문에 피로가 누적된 것 같았다.

 테르데오는 마치 갓난아기처럼 아무 걱정할 것도 없다는 듯이 고른 숨소리를 내쉬며 자고 있었다.

 '와, 자는 얼굴 처음 보는 것 같아.'

 그렇게 매일 밤 함께 같은 침대 위에서 자는데도, 잠든 얼굴을 보는 게 처음이라니.

 나는 소리 없는 발악을 멈추고 가만히 테르데오를 바라봤다.

 신이 만든 걸작이라는 표현이 아깝지 않았다. 바라보는 것만으로도 모든 상대를 홀리게 할 정도로 잘생겼다.

 그의 도톰한 입술이 눈에 들어왔다.

 '어젯밤에 저 입술로, 저 예쁜 손가락으로…….'

 아니! 이게 무슨 해괴망측한 생각이야!

 나는 머릿속에서 되풀이되는 어젯밤의 일을 황급히 털어버리고 조심스럽게 일어났다.

 "윽."

 침대 아래에 떨어진 옷가지를 주우려 숙이자 속이 쓰리고 허리가 아팠다.

혹시나 테르데오가 깰까 싶어 나는 손바닥으로 입술을 틀어막고 대충 옷을 주워 입었다.

평소에는 작은 기척에도 벌떡벌떡 일어나더니만 오늘의 테르데오는 작은 미동도 없었다.

'테오도 사람이긴 사람이네.'

창문 틈새로 들어오는 햇빛 때문에 잠든 테르데오의 미간에 주름이 생겼다.

오늘만큼은 그가 푹 자고 일어났으면 하는 바람이었다.

나는 침대를 벗어나 슬그머니 커튼을 닫았다. 햇빛이 사라지자 찌푸려져 있던 미간이 금세 판판하게 펴졌다. 아이가 투정을 부리는 것 같은 모습에 절로 미소가 번졌다.

'하녀들을 부르면 깨겠지?'

나는 발소리가 나지 않도록 까치발로 살금살금 걸어 조용히 침실을 빠져나왔다. 문을 닫은 후에는 귀를 가져다 대어 확인까지 했다. 다행히 문 너머의 테르데오는 깨지 않은 것 같았다.

"윽."

긴장이 풀리자 다시 허리가 아팠다. 허리뿐 아니라 하체가 후들거리는 느낌이었다.

이제까지 참아왔던 욕망을 폭발시키듯 어제 쉬지 않고 움직인 탓이었다.

간신히 벽을 짚고 서자 정면으로 의미심장하게 웃고 있는 세르시아가 보였다. 눈이 마주치자 세르시아가 평소보다 말갛게 웃으며 다가왔다.

"샤샤, 잘 잤어요?"

마치 모든 걸 알고 있다는 듯한 미소에 제 발이 저렸다. 나는 머쓱하게 웃으며 인사했다.

"셋시, 일찍 일어났네요."

"어머, 두 사람이 오지 않기에 우리 먼저 아침 식사까지 끝냈어요."

세르시아의 시선이 내 뒤의 침실 문으로 향했다.

"테오는 아직도 자나 보죠?"

"아…… 네, 피곤한 것 같아서 깨우지 않으려고요."

"그렇겠네요. 어제 그렇게 뜨겁고 격렬한 밤을 보냈으니까요."

"네, 아무래도 어젯밤에 너무 격…… 네?!"

자연스럽게 고개를 끄덕거리던 나는 깜짝 놀라 목소리를 높였다. 세르시아가 장난치듯 웃으며 입술에 손가락을 가져다 댔다.

"쉿, 테오 깨우지 않으려고 조용히 나온 거 아니었어요?"

"어, 어떻게 알았……."

"그 전에 우선 준비부터 하고 식사하는 게 좋겠어요. 속 쓰릴 것 같은데요."

"네?"

"전 다이닝 룸에서 기다리고 있을게요."

세르시아가 손짓하자 그녀 뒤에 서 있던 하녀들이 재빠르게 내게 다가왔다. 세르시아는 놀라 멍하니 서 있는 날 보며 활짝 웃고는 아래층으로 내려갔다.

대체 어떻게 알았지?

"잠깐, 셋…… 윽."

세르시아를 따라가려던 나는 걸음을 멈추고 허리를 붙잡았다. 생존 본능이 소리쳤다.

나는 가까이에 있는 하녀 한 명을 붙잡았다.

"……그때 그 말이 맞았어."

"네?"

"제발 욕탕에 따뜻한 물을 준비해 줘. 몸을 담가야겠어."

남녀가 격한 밤을 함께 보낸 이후에는 따뜻한 물로 경직된 근육을 풀어주라더니. 그 말이 사실이었을 줄이야.

내 몸은 지금 뜨끈한 물에서 노곤하게 근육이 풀리길 바라고 있었다.

"따뜻한 물이요? 아침부터 몸을 담그시려고…… 허억!"

하녀가 소스라치게 놀라며 두 손으로 자기 입가를 가렸다.

"대, 대공비 전하! 설마 어제……!"

"조용히 해."

"정열적인 밤을 보내셨군요!"

"그, 그런 말 듣고 싶지 않아."

"그렇다면 뜨거운 밤을……!"

"조용히 하라니까."

"셀피우스 도련님의 동생을……!"

"하."

나는 반박하는 대신 두 손으로 얼굴을 가렸다.

하녀가 기뻐하는 얼굴로 나를 부축했다. 그리고 주먹을 살짝 쥐고 허리를 통통통 가볍게 두들겨 주었다.

"시원하시죠? 여기가 매우 아프거든요! 근육이 오래 경직되어 있다가……."

나는 대답 대신 민망함에 얼굴을 가렸다.

❋ ❋ ❋

아침 준비를 끝내고 가벼운 식사를 마칠 때까지도 테르데오는 나타나지 않았다.

'얼마나 피곤했으면…….'

이제까지 못 잔 잠을 한 번에 몰아 자는 것 같았다. 혹은 봄을 기다리며 겨울잠 자는 동물 같기도 하고.

"샤샤, 다 먹었어요?"

내가 식기를 내려놓기 무섭게 세르시아가 입을 열었다. 식사 내내 외롭지 않도록 옆을 지켜준 이유가 있던 모양이다.

"혹시 뭐 하고 싶은 말이라도 있나요, 셋시?"

"음. 그건 아니고요. 오늘 일정이 뭐가 있나요?"

"오늘은 별 일정 없어요."

"그렇다면 잘됐네요."

"네?"

세르시아가 내게 손을 뻗었다. 자연스럽게 그 손을 잡자 그녀가 나를 일으켜 세웠다.

"글로리아 님은 오랜만에 오전 티 파티에 초대받아서 가셨고, 피니어스 숙부님은 중앙 도서관에 가셨으니…… 샤샤는 나랑 함께 어울려 줘요!"

"어, 어디를 가려고요?"

"따라와 보면 알아요. 맛있는 거 먹고, 예쁜 거 보고, 시원한 바람도 쐬고요!"

오늘 나랑 데이트하자는 건가? 나는 세르시아의 손에 이끌려 가며 더듬었다.

"그럼 테오한테 말을…….."

"아까 샤샤가 준비할 때, 테오한테 미리 쪽지를 남겨뒀으니 걱정하지 말아요."

"……네?"

세르시아가 의미심장하게 웃었다.

그리고 정신을 차렸을 때 나는 이미 그녀의 손에 이끌려 마차에 올라탄 후였다.

수도에 있는 레스토랑을 가나 생각했는데 마차는 수도를 가볍게 지나쳤다. 외곽에 있는 경치 좋은 곳에 놀러 가나 생각했는데 마차는 외곽도 지나쳤다.

마차가 끝을 모르고 달렸다. 서서히 불안감이 자리 잡았다.

"……셋시, 우리 지금 어디 가요?"

처음부터 이걸 물어봤어야 했는데. 내 질문에 세르시아가 손가락으로 대충 아무 곳을 가리키며 후후 즐겁게 웃었다.

"내 사업 때문에 아투뉴 제국에 있는 알터우드 공작령을 방문하러 가요."

……응? 내가 지금 뭘 잘못 들었나?

"국경을 넘어간다고요?"

"그렇죠."

"……난 아무것도 챙긴 게 없는데요?"

"걱정하지 마요, 샤샤. 내가 다 챙겼어요."

세르시아가 콧노래를 흥얼거리며 웃었다. 젠장, 우리 뒤에 짐 마차가 세 대나 따라붙는 걸 이상하다고 생각했어야 했는데!

"……우리 맛있는 거 먹는다고 하지 않았어요?"

"그럼요. 가는 길에 맛있는 레스토랑이 얼마나 많은데요!"

"예쁜 거 본다고 하지 않았어요?"

"샤샤, 밖의 풍경을 봐요. 꽃이 활짝 핀 저 들판이 너무도 아름답지 않나요?"

"……시원한 바람은…….."

"숨을 크게 들이켜 봐요."

당했다.

반박할 말을 찾지 못하고 나는 눈을 질끈 감았다. 안 되는 건 아니지만 마음의 준비도 없이 이렇게 갑자기 국경을 넘어 여행을 간다니.

내 반응을 본 세르시아가 열린 마차의 창문을 닫으며 말했다.

"갑자기 국경을 넘어 다른 제국으로 간다고 해서 놀랐어요?"

"……네. 따로 준비한 것도 없어서요."

"미안해요. 미리 어디 가자고 말하면 분명히 안 간다고 거절할 것 같았거든요."

틀린 말은 아니었다. 만약 아까 다이닝 룸에서 나한테 '오늘 아투뉴 제국 같이 가요'라고 했다면 난 분명히 거절했을 테니까.

"테오와 결혼하고 나서 우리 가문 일에 시달리거나 그 황녀…… 아니, 마녀 때문에 힘든 일밖에 없었잖아요?"

그랬었나.

"사업 때문에 멀리 있어서 와보지는 못했지만, 최근에 많은 일이 있었잖아요. 화재 사건도 있었고 마녀와 부딪치기도 하고요."

"다, 다 알고 있었어요?"

"당연하죠! 매일 아침 샤샤의 몸 상태가 어떤지, 간밤에 나쁜 일은 없었는지 보고를 들으며 하루를 시작하는걸요?"

저택 내부에 세르시아한테 보고를 해주는 사람이 있나…….

"다른 귀부인들처럼 파티를 즐긴 적도 없고 여행을 다니지도 않았죠. 게다가 샤샤는 술을 즐기는 것도 아니고, 정부를 만들지도 않죠. 계속 그러면 마음에 병이 나요."

세르시아가 어른스럽게 속삭였다.

"숨 돌릴 시간은 있어야죠. 비록 내 사업 때문이라고는 하나 샤샤한테 모든 걸 잊고 자기한테 집중할 수 있는 시간을 주고 싶었어요."

세르시아의 말마따나 나는 삶에서 즐겁게 즐기는 게 없었다. 늘 눈앞의 목표를 해치우기 급급했을 뿐.

"……하지만 지금 이렇게 혼자만 즐겨도 될지…… 지금 그럴 때가 아닌 것 같아서……."

"왜요?"

왜요? 라니…… 순진무구하게 되묻는 세르시아의 질문에 말문이 막혔다.

"그야 당연히……."

"마녀의 정체를 알아서요?"

나는 떨떠름하게 끄덕였다. 세르시아가 소파에 편하게 등을 기대며 창문 너머를 바라봤다.

"긴 싸움이 될 거예요. 마녀가 우리를 그냥 내버려 둘 리가 없으니까요."

"……."

"어쩌면 이번 생에서는 찾지 못할지도 모르죠. 우리가 죽고, 셀피가 어른이 된 후에나 저주를 풀 방법을 찾을지도요."

죽음을 말하는 세르시아는 테르데오와 별반 다를 게 없었다. 라피레온 가문의 모든 사람은 언제나 죽음을 염두에 두고 있다.

"그러니 '지금 그럴 때'라는 건 없어요, 샤샤. 지금 순간을 즐겨야죠. 오늘이 지나면 내일 이 자리에는 내가 없을지도 모르니까요."

세르시아가 말갛게 웃었다. 마치 그녀가 내게 해줄 수 있는 거라곤 이런 것밖에 없다는 것처럼.

나는 두 주먹을 불끈 쥐고 창문 너머를 바라봤다. 구름 한 점 없는 하늘이 맑고 높았다.

이렇게 하늘을 올려다본 게 얼마 만이지?

순간 가슴을 옥죄던 사슬이 턱 풀린 것 같았다.

"……고마워요, 셋시."

세르시아가 입가에 완연한 미소를 그렸다.

내 짐까지 챙겨왔다고 하고, 또 테르데오한테 쪽지도 남겼다고 하니까 괜찮겠지.

그래, 어떻게 생각해 보면 차라리 잘된 일일지도 모른다. 사실 아침에 일어나서 무슨 말을 해야 할지, 얼굴은 어떻게 봐야 할지, 걱정했는데.

나는 괜스레 아직 욱신거리는 허리를 손으로 매만졌다. 어제의 열감이 빠져나가지 않고 그대로 남아 있는 것 같았다.

"어젯밤에 무리했으니 아직 몸이 아프겠네요. 테오도 참…… 살살 좀 하면 좋으련만."

"……그러게요. 어제 쉬지 않고 했더…… 네?"

나는 허리를 문지르던 손을 멈추고 놀란 눈으로 세르시아를 바라봤다.

……그러고 보니 대체 어떻게 알고 있는 거지?

"미안해요, 어제 샤샤가 테오 품에 안겨서 침실로 가는 걸 봤어요."

"……!"

나는 멍한 표정으로 허공을 바라보았다.

"내가 일부러 엿본 건 아니고 술 깨려고 나갔다가……."

"……그렇죠. 저택이 우리 둘만의 공간도 아니고…… 그럴 수 있죠."

"테오가 문을 부수고 침실로 들어가길래 하녀들한테 내일 아침은 깨우지 말라고 전했어요."

어쩐지 아침에 아무도 우리를 깨우러 안 왔더라니.

민망함에 얼굴이 뜨겁게 달아올랐다. 시선을 둘 곳이 없어 눈동자만 굴리던 나는 결국 손바닥에 얼굴을 묻었다.

아니, 잠깐.

'그럼 혹시 정원에서 키스한 모습도 본 건 아니겠지?'

"……혹시 그거 말고 또 본 거 있어요?"

"어떤 걸요?"

"우리가 정원에서…… 있던 모습이나……."

"……어머나."

이젠 귀까지 뜨겁게 달아오르고 있었다. 내 반응을 본 세르시아가 걱정스러운 표정으로 자신의 볼을 손바닥으로 쓸었다.

"야외에서 하는 건 좋지 않아요, 샤샤. 혹시 누가 보기라도……

그보다 청결도…….”
"으아악! 뭘 해요! 그런 거 아니에요!"
나는 황급히 세르시아의 말을 자르며 손부채질 했다. 마차 내부가 금세 후끈하게 달아올랐다. 세르시아가 마치 작은 동물을 보듯 귀엽게 웃었다.
"샤샤."
턱을 괸 세르시아가 나지막하게 나를 불렀다.
"묻고 싶은 게 있어요."
"……네, 이상한 질문만 아니면 다 대답할게요."
"테오를 사랑하나요?"
"네, 네?"
사고가 정지했다. 지금 내가 뭘 들었지?
"……네?"
나도 모르게 또 되물었다. 눈을 깜빡거리자 세르시아가 너털웃음을 지었다.
"하하, 샤샤 지금 표정 되게 웃긴 거 알아요? 얼굴 빨개졌어요."
"……!!"
내, 내 얼굴이 왜 빨개졌지? 나는 황급히 얼굴 이곳저곳을 문지르며 고개를 아래로 떨궜다.
갑자기 어떤 예고도 없이 훅 들어온 질문에 놀라 얼떨떨했다. 세르시아가 우리 계약을 알고 있을 리가 없으니 당연히 사랑한다고 답해야 하는데.
이상하게 요동치는 심장 때문에 떨려 목소리가 나오지 않았다.
"저, 저는…….”
"괜찮아요, 샤샤. 지금 그 반응, 충분히 답이 됐으니까요."
이 반응을 보고 답이 됐다고요?
"테오를 사랑하는 사람이 생길 줄은 몰랐어요."

내 모습이 테르데오를 사랑하는 반응으로 보였나? 나는 홧홧하게 달아오른 두 뺨을 손등으로 꾹 눌렀다.

"마찬가지로 테오가 사랑하는 사람이 생긴다는 것도 생각 안 해 봤어요."

세르시아의 표정이 평소보다 어른스럽게 변했다. 잔잔하게 깔린 붉은 눈동자에는 동생을 걱정하는 누나의 애정이 듬뿍 담겨 있었다.

"어제 테오가 샤샤를 볼 때 나오는 표정. 처음 보는 얼굴이었어요."

"……."

"걔한테 그런 표정이 있는 줄은 몰랐어요."

마차에 잠시 침묵이 돌았다. 분위기가 무거워지려 하자 세르시아가 부르르 치를 떨며 혀를 내둘렀다.

"완전 닭살. 으으…… 혈육의 연애를 보는 건 너무 힘들더라고요. 저 보는데 소름 끼쳤잖아요."

일부러 분위기를 가볍게 만들기 위해 노력하는 모습이었다. 어깨를 으쓱거린 세르시아가 숨을 크게 내뱉었다.

"……하지만 샤샤."

"네?"

"난 샤샤가 정말 좋아요."

세르시아가 지그시 눈을 감았다. 입가엔 아직 미처 지우지 못한 미소가 걸린 상태였다.

"샤샤가 내 동생과 결혼했기 때문이 아니라, 페레샤티라는 사람 자체가 너무 좋아요. 샤샤의 성품, 행동, 생각까지도. 모든 게 정말 존경스럽고, 본받고 싶고, 또 아껴주고 싶을 정도죠."

"그…… 정도는……."

"만일 테오의 아내로 만나지 않았더라면 내 동생으로 삼고 어디 갈 때마다 늘 함께 다녔을 거예요."

세르시아가 단호하게 확신했다. 이렇게 신뢰가 가득한 애정을 받게 될 줄이야. 눈치도 없는 입꼬리가 자꾸만 위로 솟아오르려 했다.
"그러니 난 샤샤가 잘 생각했으면 좋겠어요."
"어떤 걸요?"
"지금 샤샤가 느끼는 그 감정이요."
세르시아가 눈을 떴다. 따스한 눈길이 나를 향했다.
"사랑이 아니라 단순한 동정일지도 몰라요."
마차가 심하게 덜컹거렸다. 덩달아 미소 짓는 세르시아의 얼굴이 어딘가 일그러져 보였다. 이런 말을 해야 하는 게 싫은 사람처럼.
그리고 보니 저 말 들은 기억이 있다.
'자신이 뭐라도 된 것처럼 특별하게 느껴지고 동정을 느껴 헌신적인 사랑을 퍼부어.'
그래, 분명 테르데오를 처음 만났을 때. 그가 내게 했던 충고와 똑같은 말이었다.
"내 동생인 테오한테는 미안하지만, 샤샤…… 난 당신이 불행한 걸 바라지 않아요."
"셋시."
"웃기죠? 당신이 불행하지 않으려면 내 동생과 내 가문, 그리고 나한테서 멀어지는 게 최선인데…… 그걸 바란다고 하니까요."
세르시아가 시선을 아래로 내리깔았다. 긴 속눈썹 때문에 눈 밑에 그늘이 졌다.
"하지만 진심이에요, 샤샤. 당신을 알게 될수록 나는 당신이 행복하게 살았으면 해요. 샤샤, 당신은 여태껏 내가 봤던 사람들과는 달라요. 나는 당신을 정말 내 가족이라고 생각해요."
내 가족. 시린 바람이 불던 겨울 같은 마음에 꽃이 만발했다.
"그래서 똑같은 실수를 두 번 반복하고 싶지 않아요."
똑같은 실수라면 남편과 아이를 잃었던 걸 말하는 거겠지.
"이번 기회에 멀리 떨어져 잘 생각해 봐요. 사랑인지 동정인지.

여기서 계속 지내는 게 나을지, 아니면 멀리 떨어지는 게 나을지."

"……셋시."

"샤샤, 당신은 우릴 불쌍히 여긴 신이 내린 선물 같아요."

"난 지금 타인의 의지에 따라 여기 있는 게 아니에요, 셋시. 난 내가 원해서 지금 이곳에 있는 거죠. 그 누구도 날 붙잡아 두지 않았어요. 나가려면 얼마든 나갈 수 있지만 내가 이곳에서, 라피레온 가문에 있고 싶어서 있는 거예요."

"……샤샤, 테오는 사랑받지 못한 채 컸어요."

세르시아가 죄인처럼 고개를 숙였다.

"아버지가 돌아가시기 이 년 전, 우리 삼 남매 중 막내인 테오가 태어났어요. 너무 어렸으니 사랑받았던 기억은 당연히 없겠죠."

"……."

"테오가 예전에 그러더군요. 제일 오래된 첫 기억은 어머니가 자기를 죽이려 했다는 거라고요."

"……!"

테르데오가 어머니한테 죽임을 당할 뻔했다고? 테르데오한테 부모님의 얘기를 들은 기억은 없었다.

예전에 세르시아가 짧게 전해준 어머니 이야기가 가히 충격적이라 나 또한 묻지 않았었다.

"우리야 사랑받고 자란 기억이 있지만 늦게 태어난 테오한테 그런 기억은 없어요. 아버지가 돌아가시고 어머니가 황폐해지셨거든요. 테오의 유년기는 작은 창고에 갇혀 남을 부러워하는 게 전부였죠."

남을 부러워하다니…… 지금의 테르데오로서는 절대 상상도 할 수 없는 일이었다.

"몇 년이 흐르고 어머니가 자살하여 보호자가 사라지자 글로리아 님이 우리를 거두어 주셨죠. 글로리아 님의 노력과 피니어스 숙부님의 도움으로 테오는 다시금 활기를 되찾았었어요."

"……그러면…….."
"하지만 그게 문제였죠. 억눌려 있던 아이가 세상을 만나 밝아지니 우리의 저주를 잊은 거죠."

수도를 벗어나 산길을 오르자 마차가 심하게 덜컹거렸다.

"처음은 유모였어요. 테오를 정말 자식처럼 돌봐주고, 테오도 어머니처럼 잘 따르던 유모가 있었는데…… 죽었어요."

마차 때문인지 내 몸이 심하게 흔들렸다.

"테오의 부주의 때문에요. 테오의 피가, 저주가 죽인 거죠."

나는 마른침을 애써 삼켰다. 목구멍이 쓰다.

"그다음은 테오와 잘 놀던 남작가의 영식이 죽었어요. 어쩌면 예견된 결과였을지도 모르죠. 장난감 칼로 놀이를 하다 테오한테 상처가 났고, 그걸 치료해 주겠다고 하다가…… 그 뒤로 테오는 사람을 멀리했어요."

처음 만났을 때, 내가 테르데오의 손을 멋대로 잡았다고 화를 내던 모습이 떠올랐다.

"하지만 비극은 끝나지 않았어요. 테오가 귀여워하던 강아지 한 마리가 있었거든요. 사람한테 마음을 줄 수 없으니 외로웠던 아이는 누구라도 좋았던 거죠. 함께 놀다 강아지가 테오를 할퀴었고 피가 났죠."

그 뒤는 듣지 않아도 알 수 있었다.

"강아지는 사랑하는 주인의 상처를 핥았죠."

세르시아가 쓴웃음을 지었다.

"그땐 우리 남매도 어렸고 글로리아 님은 전쟁 여파로 바쁘셨죠. 피니어스 숙부님은 저주를 알아보기에 급급하셨고요."

"……."

"테오는 아무것도 사랑하지 않기로 한 것처럼 행동했어요. 무엇에도 마음을 주지 않고 관심을 주지 않았어요. 자기가 사랑하고 아끼면 죽는다는 걸 여실히 깨달은 거죠."

 자기가 사랑하는 사람, 동물의 죽음을 연달아 지켜본 어린아이의 심정은 어땠을까.

 그것도 바로 자기의 저주 때문에.

 자기 옆에 있는 모든 것이 죽어가는 걸 직접 눈으로 본 아이는…….

 나는 아랫입술을 절로 세게 물었다. 세르시아가 나를 걱정하는 눈빛으로 애처롭게 바라봤다.

 "샤샤, 테오를 사랑하면 상처받을지도 몰라요."

 세르시아는 우리 두 사람을 걱정하고 있었다. 섣부른 사랑으로 상처받게 되는 건 우리 두 사람이니까.

 "테오는 비틀렸어요. 그렇게 자랐으니까요. ……샤샤, 내가 이 얘기를 꺼낸 건 당신이 모든 걸 알고 선택하길 바라서예요. 난 당신이 상처받길 바라지 않아요. 내 동생이지만 테오가 정말 사랑을 할 수 있을지……."

 "셋시."

 세르시아가 말을 멈췄다. 잔뜩 찡그린 표정이 꽤 아파 보였다.

 누나가 돼서 자기 동생이 사랑받은 적 없다는 말을 하는 건 괴롭겠지. 그런데도 내게 말을 해준 건 나를 그만큼이나 아끼기 때문일 것이다.

 "하지만 그 말에는 모순이 있어요. 셋시는 테오가 사랑받지 못한 채 컸다고 말했지만."

 "……."

 "방금 제가 듣기로는 충분히 사랑받고 큰 것 같은데요."

 "그게 무슨……."

 "유년기 시절 창고에 갇혀 있을 때도, 부모님의 사망으로 힘들었을 때도, 테오가 아끼고 사랑하는 것들이 죽어갈 때도."

"……."

"이렇게 동생의 어린 시절을 모두 기억하고 늘 함께 있던 누나. ……셋시, 당신이 테오를 사랑해 줬잖아요."

세르시아의 눈동자가 길을 잃고 방황했다. 붉은 눈동자가 촉촉하게 젖어갔다.

"셋시뿐만이 아니에요. 돌아가신 테오의 형님도, 글로리아 님도, 피니어스 님도, 모두 테오를 사랑해 줬어요."

세르시아가 눈을 깜빡거릴 때마다 속눈썹에 물기가 묻어났다.

"테오는 충분히 사랑받았고 제대로 베풀 줄 알아요. 셋시는 테오가 사랑을 할 수 있을지 걱정하는 것 같지만…… 사실 저를 만나기 전에도 테오는 제대로 사랑하고 있었어요."

"……테오가 사랑을 하고 있었다고요?"

세르시아가 도무지 이해할 수 없다는 표정으로 고개를 갸웃거렸다.

"셋시. 가족을 떠나보낸 후 일 년 넘도록 사람을 만나지 않고 힘들어했다고 했죠."

"……네."

"그때 당신 옆에 있어 줬던 게 누구인지 생각해 봐요."

세르시아가 그때 기억을 더듬는 듯이 눈썹을 좁혔다.

"혹시나 나쁜 결정을 내릴까 옆에서 초조하게 바라보고, 도저히 안 되겠다 싶을 땐 침대에 강제로 묶어두기까지 했다죠."

"아……!"

"네, 셋시의 곁을 한시도 떠나지 않았던, 누나를 사랑하는 동생이 말이죠."

세르시아의 손이 떨렸다. 그녀가 떨리는 손을 들어 입가를 틀어막았다.

"그뿐이겠어요? 처음 저택으로 온 셀피가 테오를 탓할 때, 자기가 욕먹는 걸 알면서도 테오는 부정하지 않았어요. 저주받은 자신 때문에 격리당한다고 생각하는 것보단 나쁜 보호자가 억지로 격리한다고 생각하게 하는 게 좋다고 악역을 자처했죠. ……입양한 조카, 아니…… 자기보다는 아들이 혹시나 나쁜 생각을 하지 않을까 걱정했던 거죠."

세르시아가 턱에 잔뜩 힘을 줬다. 그렇지 않으면 눈가에 아슬하게 걸려 있는 눈물이 떨어질 것만 같았다.

"테오는 내게 독을 먹인 사람을 필사적으로 잡으려 노력했고 내가 다치지 않도록 애썼어요. 그렇게 싫어하는 전쟁에 참여해 공을 세운 것도…… 가주로서 라피레온 가문의 모두를 지키기 위한 거죠."

세르시아가 벅차오르는 감정을 참아보기 위해 애를 쓰며 눈을 감았다.

"……정말 그럴까요, 샤샤?"

"네, 테오는 다른 사람을 충분히 사랑하고 아낄 줄 알아요."

……물론 자기 자신은 아끼지 않지만.

세르시아의 목소리가 볼품없이 떨렸다. 그녀가 감정을 통제하려는 것처럼 애썼다.

"테오가 정말, 사랑받았다고 생각할까요?"

나는 세르시아의 손을 꽉 붙잡았다.

"셋시, 테오는 사냥 대회에 나가서 동물 한 마리도 죽이지 않았어요. 작은 동물이라도 단순한 유희로 죽이고 싶지 않다고요."

"……."

"충분히 사랑받았고 충분히 베풀고 있어요."

확신 찬 내 답변에 긴장으로 굳어 있던 세르시아의 몸에서 힘이 쭉 빠졌다. 허탈하면서도 후련한 미소를 지은 세르시아가 머리를 쓸어 넘겼다.

"나보다 테오를 더 잘 알고 있네요, 샤샤."

그러게. 정말…… 막힘없이 술술 나올 정도로 나는 테르데오의 많은 것을 알고 있었다.

'나는 테르데오를 사랑…….'

그 생각만 하면 심장이 저릿해진다. 나는 한 손으로 날뛰는 심장을 꾹 눌렀다. 그리고 아무렇지 않은 척 대화 주제를 바꿨다.

"그보다 셋시, 둘이 남으면 하고 싶은 말이 있었어요."

"네. 무엇이든지 괜찮아요. 테오 욕을 해도 좋고 내 욕을 나한테 해도 좋아요."

세르시아가 눈가를 닦으며 장난스럽게 웃었다. 나는 그녀를 따라 미소 짓다가 낮은 목소리로 말을 꺼냈다.

"아크만 영애요."

"……누구요?"

순간 마차의 분위기가 삭막하게 바뀌었다.

"지금 내가 잘못 들었나요?"

"반응을 보니 제대로 들은 것 같아요. 테오 형의 전 부인이었던 하라리 아크만이요."

"샤샤, 그 사람을 어떻게 알고 있는 거죠?"

테르데오는 말하지 않는 것 같지만…… 나는 하라리가 테르데오한테 욕하고 분풀이하는 걸 그냥 두고 보고 있을 수만은 없다.

"아크만 영애가 저택으로 찾아왔거든요. 물론 저한테도 개인적으로 찾아왔었고요."

빠각.

말이 끝나기 무섭게 마차의 팔걸이가 부서졌다. ……예전에도 이런 비슷한 상황이 있었던 것 같은데.

나는 산산조각이 난 팔걸이를 힐끔 바라보며 목을 가다듬었다.

"집사를 추궁했는데 아크만 영애가 이렇게 테오를 찾아와서 한바탕 퍼붓고 간 게 한두 번이 아니라고 하더라고요."

"한바탕 퍼부어요?"

"저도 자세한 대화는 못 들었지만……."

나는 하라리가 나한테 했던 말들을 떠올렸다.

"라피레온 가문과 엮인 과거를 후회하고 있는 것 같았어요. 저를 찾아와서는 도망갈 수 있도록 도와주겠다고……."

"이 미친 여자가."

"……자기만족인 것 같더라고요. 대충 엄포를 놓기는 했는데 전 솔직히 아크만 영애가 테오나 셀피를 다시 찾아오는 걸 바라지 않거든요."

심호흡을 크게 내쉰 세르시아가 머리를 뒤로 쓸어 넘겼다.

"무슨 말인지 이해했어요, 샤샤. 걱정하지 마요. 그 문제는 내가 처리할게요. 다시는 그 여자를 볼 일 없을 거예요. 물론 그 여자의 이름도 들을 일 없을 거고요."

나를 안심시키려는 말이 아니라 아마 사실일 거다. 그러니 테르데오가 세르시아한테는 알리지 않으려 했겠지.

"그 여자는 결혼할 때부터 썩 마음에 들지 않았어요. 우리 가문에 걸린 저주를 알게 되고부터 태도가 싹 돌변했거든요. 자기는 피해자고 참아주는 처지이니 라피레온 가문은 자기 말대로 따라야 한다고 결혼 생활 내내 귀에 피딱지가 생기도록 말했죠."

세르시아가 열불이 나는지 말을 하다 말고 '짐 마차에서 술이라도 꺼내 올까요?'라고 중얼거렸다. 미소로 대신 답하자 세르시아가 닫힌 창문을 활짝 열었다.

시원한 바람이 들어왔다.

"틀린 말은 아니었으니 우리 가족 모두 그 여자 비위를 맞췄죠. 그래도 오빠가 죽기 전까지는 잘 지냈어요. 셀피도 잘 키웠고요. ……테오, 그 자식이 아직도 잡혀 있는 줄 몰랐어요. 나약한 놈."

못마땅한지 세르시아가 쯧 혀를 내찼다.

"그렇게 도망치길 바랐으면서. 도망쳤으면 잘 살기나 할 것이지. 왜 아직도 과거에 사로잡혀서 그러고 있는지."

"……."

"미련한 나 같네요."

세르시아가 크게 숨을 내쉬었다. 차가운 공기가 코끝에 스몄다.

"그 일은 내가 처리할 테니까 샤샤, 당신은 잊어요. 잊고 오늘 여행에만 집중해요. 알겠죠?"

"……알겠어요. 믿고 맡길게요."

"알터우드 공작가에서 우리가 머무는 비용을 모두 제공하기로 했어요. 의상부터 식비, 저택의 비용까지도요. 가서 쉬는 동안은 저주도, 마녀도, 복잡한 일들. 아무것도 생각하지 말아요."

배려해 주는 행동에 나는 테르데오의 생각을 애써 지운 채 고개를 끄덕거렸다. 창문 밖의 풍경이 너무도 아름다웠다.

'테오와 같이 봤으면 좋았을 텐데.'

무심결에 또 테르데오의 생각이 떠올랐다. 나는 빠르게 고개를 내젓고 일부러 다른 말을 꺼냈다.

"와, 그런데 알터우드 공작가에서 모든 비용을 부담하다니…… 비즈니스는 원래 그런 건가요?"

"그럴 리가요. 그곳 관리인이 무슨 배짱인지 와인도 시중가보다 두 배 높은 금액으로 대량 구매 한다고 했고, 제발 머무는 비용을 부담하게 해달라고 간곡히 부탁하더군요. 우아하고 느긋하게 천천히 시간 보내고 가라고요."

세르시아가 환하게 웃었다.

"거부할 필요가 없으니 이 기회에 샤샤와 함께 오고 싶었어요."

그래, 좋은 기회였다.

나는 고개를 돌려 시시각각 변하는 아름다운 마차 너머의 풍경을 바라봤다. 테르데오와 떨어져 있는 동안 이 감정을 확인할 수 있는 좋은 타이밍이었다.

'아투뉴 제국이라…….'

나는 비장한 표정으로 고개를 끄덕거렸다.

※ ※ ※

그 후, 우리는 꼬박 며칠에 걸려 아투뉴 제국에 도착했다.

생각했던 것보다 오랜 시간이 걸렸지만 매일 최고급 숙소에서 최고급 음식과 관리를 받으며 지냈기에 힘든 건 없었다.

세르시아는 일정이 급하지 않으니 즐기면 된다고 했다.

아투뉴에 도착 후 우리는 숙소에서 하루를 꼬박 쉰 뒤 다음 날 알터우드 공작령을 방문했다. 대충 듣자 하니 가을 수확제 때 사용할 와인이 필요하다고 했다. 알터우드 공작은 관리인에게 모든 것을 일임했다고 했다.

모든 대화와 결정은 관리인과 진행하면 된다고 했기에 우린 마차를 타고 관리인이 머무는 곳으로 찾아갔다.

우린 멈춘 마차에서 내리며 가볍게 주변을 둘러봤다.

"이곳은 영지 관리가 제법 잘되어 있네요."

"관리인이 일을 잘한다고 아투뉴에서는 제법 소문이 나 있더라고요."

말을 타고 우리 뒤를 쫓아온 세르시아의 비서가 두꺼운 서류를 건넸다. 서류를 넘겨받은 세르시아가 먼 곳을 보며 턱짓했다.

"마침 저기 뛰어나오네요."

갈색 긴 머리를 휘날리며 관리인이 힘차게 뛰어오고 있었다.

"……무섭게 웃으면서 뛰어오는데요?"

게다가 열심히 뛰어는 오는데 엄청 느리다.

우리 앞까지 힘차게 뛰어온 관리인이 숨을 헐떡거리며 인사했다.

"허억, 상단주, 후우……. 라피레온 님! 어서 오세요! 편지로 인사 드렸던 영지 관리인 넬리 페퍼예요. 이렇게 공작님을 털러 와주셔서……."

일을 잘한다고 소문났다기에 냉철한 사람을 생각했는데…… 생각했던 모습과는 거리가 꽤 멀었다.

"털러 와주셔서……?"

"아니, 털러가 아니라, 제 마음의 짐을 덜었다고요! 계약에 관한 얘기는 성에서 하시겠어요? 제가 아주 거금을 들여서 별관을 싹 고쳐놨답니다!"

쉬지 않고 말하던 관리인, 넬리가 옆을 돌아보다 나와 눈을 마주쳤다.

"그런데…… 이쪽 분은?"

"내 가족이죠. 같이 오게 됐는데 상관없죠?"

"오히려 환영이죠!"

접대해야 할 손님이 늘었다는데도 넬리는 꺼리기는커녕 오히려 두 발까지 동원해서 박수 칠 기세였다.

이상한 관리인을 보며 재밌다는 듯이 웃던 세르시아가 나를 돌아봤다.

"샤샤, 우린 계약 얘기를 하러 장소를 옮겨야 할 것 같은데. 같이 갈래요?"

"……아니요. 그냥 여기서 주변 구경이나 할게요. 다녀와요, 셋시."

"계약 얘기가 끝나면 맛있는 거 먹으러 가요. 기다려 줘요, 샤샤."

세르시아가 가볍게 윙크했다. 산뜻하게 웃던 세르시아가 머리를 뒤로 넘기며 고개를 돌렸다. 고개를 돌리기 무섭게 세르시아의 얼굴에서 미소가 사라졌다.

세르시아는 사람을 썰어버릴 것 같은 날카로운 눈매로 관리인, 넬리와 사업 이야기를 나누며 안으로 들어섰다.

'멋있어…….'

볼 때마다 항상 잘 웃고 있어서 와닿지 않았는데……. 생각해 보면 세르시아는 사교계에서도 무섭다고 소문난 사람이었다.

무자비하고 차가운 철의 여인이라 불릴 정도니까. 그런 세르시아가 전적으로 내 편이 되어준다는 건 정말 든든한 일이었다.

나는 고개를 돌려 광활하게 펼쳐진 넓은 평야를 봤다.

'테오는 잘 지내고 있을까?'

겹겹이 쌓인 그리움이 목 끝까지 차올랐다.

한계였다. 더는 가만있을 수 없었다.

❋ ❋ ❋

여행은 즐거웠다.

특별히 뭘 하지 않아도 웃음이 났고 늘 먹던 음식도 새로웠다. 새로운 장소와 새로운 사람들과 만남은 내 가슴을 뻥 뚫리게 했다.

여행하는 내내 가볍게 읽을 책을 구매해서 독서를 즐기기도 했고 가끔 마차를 세워 큰 나무 그늘에서 쉬기도 했다.

그리고 그럴 때마다 뜨문뜨문 테르데오가 불쑥 떠올랐다.

맛있는 걸 먹을 때마다, 즐거운 곳에 갈 때마다, 예쁜 곳을 볼 때마다, 책의 재밌는 구간을 읽을 때마다.

'저번에 반란군 끄나풀을 잡았다고 했는데…… 일을 무리하고 있는 건 아니겠지?'

뜨거운 밤을 보낸 뒤 갑자기 사라져서 놀라고 있는 건 아닐지. 물론 세르시아가 날 대신하여 쪽지를 남겼다고는 하지만…….

조금 더 많은 이야기를 나누고 싶었다.

'도돌레아가 허튼짓을 한 건 아니겠지?'

정체를 밝힌 마녀가 다른 가족들에게 이상한 짓을 한 건 아닌지도 걱정됐다.

'……보고 싶어.'

회귀해서 새로운 삶을 얻은 후 테르데오와 한 번도 떨어진 적이 없었다.

같이 잠들지는 않아도 한 침대에서 잤고, 매 끼니는 아니더라도 하루 한 끼는 꼭 함께 식사했다.

넓은 침대를 쓰는 것도, 식사할 때 내 몫을 내가 챙기는 것도 낯설었다.

인정하고 싶지 않았으나 어느새 내게 테르데오가 없는 일상은 낯설고 허전했다.

내쉬는 숨마저도 테르데오가 떠올랐고 숨을 들이켤 땐 나도 모르게 테르데오의 체취를 찾고 있었다.

'보고 싶어.'

나는 가쁜 숨을 크게 들이켰다. 그 얼굴이 보고 싶다.

나만 알고 있는 그 웃는 얼굴이, 가끔 뾰로통하게 토라지는 그 얼굴이, 나를 위해 화를 내주는 그 얼굴이.

나를 사랑한다고 고백하던 그 수줍은 얼굴이.

'보고 싶어.'

나는 곳곳에 달라붙어 날 괴롭히는 외로움을 떨쳐내고자 몸을 두 팔로 부둥켜안았다.

하지만 생각나는 건 부서질 것처럼 세게 안겼던 테르데오의 품이었다.

'그러니 이번 기회에 떨어져서 생각해 봐요. 지금 느끼는 그 감정, 사랑이 아니라 단순한 동정일지도 몰라요.'

세르시아는 내게 그렇게 말했다.

'보고 싶어.'

그래, 결국은 세르시아의 말이 옳았다. 떨어져서 생각해 보니, 이건 정말······.

'테오가 보고 싶어.'

반박할 필요도 없는 사랑이었다.

'페레샤티, 내가 널 사랑해.'

순간 테르데오가 했던 고백이 떠올랐다.

그때 테오가 어떤 얼굴을 하고 있었지? 나도 널 사랑한다고 대답해 줄걸.

'만나고 싶어.'

드넓게 펼쳐진 평야를 바라보는 두 눈이 반짝거렸다. 초조해진 마음에 안달이 났다.

'안고 싶어.'

그 품에 뛰어들어 여느 때보다 세게 안기고 싶었다.

나는 우두커니 서 있던 몸을 움직였다. 나와 함께 있던 세르시아 상단의 하인이 뒤를 따라붙었다.

"공작령을 둘러보려고 하십니까? 안내인이 필요하다면 제가······."

"라피레온 대공가로 돌아갈 거야."

"네?"

당황한 하인이 내 앞을 가로막았다.

"조금만 기다리시면 세르시아 님이 오실 겁니다. 그때 같이 돌아가심이······."

"셋시한테는 급한 일이 생각나서 먼저 돌아가겠다고 전해줘."

"잠, 잠시만요. 무턱대고 행동하시면······!"

나도 알아. 여긴 내 제국도 아니고 나는 마차도, 말도, 돈도 아무것도 없다는 걸.

하지만 가만히 기다릴 수 없었다.

마차가 없다면 빌리면 그만이다.

'돌아가면 갚을 테니까 알터우드 공작한테 마차와 돈 좀 빌려달

라고 하자.'

생각 정리를 끝낸 나는 하인을 지나쳐 앞으로 뛰어갔다. 그러나 곧 몇 걸음 채 뛰지 못하고 자리에서 멈춰 섰다.

"……어?"

곧은 길을 따라 멀리서 빠르게 달려오는 말이 매우 익숙했다.

'저 말이 왜 여기에……?'

순간 내가 뭘 잘못 봤나 두 눈을 세게 비볐다.

'여긴 아투뉴 제국이고, 알터우드 공작령인데…….'

너무 보고 싶은 나머지 미쳤나.

비빈 눈을 다시 떴을 땐 멋진 갈기를 휘날린 흑마가 아까보다 훨씬 가까워져 있었다. 말 위에 타고 있는 그의 표정이 어느 때보다 절박했다.

"페레샤티!"

진짜 테르데오였다.

"어떻게 여길…….."

믿을 수 없어.

작게 중얼거리기 무섭게 테르데오가 말의 속도를 줄였다. 그리고 채 멈추지도 않은 말에서 뛰어내리며 다급하게 내게 뛰어왔다.

"페레샤티!"

목 놓아 부른 테르데오가 그대로 나를 세게 품에 꽉 끌어안았다. 온몸으로 느껴지는 온기, 귓가에 들리는 뜨거운 숨결, 뿌리칠 수 없을 정도로 꽉 안아주는 이 품까지도.

"테, 테오?"

진짜였다. 진짜 테르데오다.

"어, 어, 어떻게 여기에 있어요? 왜……?"

떨리는 목소리로 묻자 테르데오가 가쁜 숨을 몰아쉬며 말했다.

"난 널 보낼 수 없어, 페레샤티."

"……네?"

"아직 널 보내고 싶지 않아. 추악한 욕심은 그날로 끝낸다는 건 거짓말이었어. 지옥이 되지 않도록 노력할게. 네가 그 누구보다도 행복한 사람이 될 수 있도록, 내 모든 걸 걸고서 지킬게."

"테, 테오."

"날 떠나지 마. 난 이제 네가 없이는 단 하루도 버틸 수가 없어. 이기적이라고 욕하고 날 때려도 좋아. 내가 다 받아줄 테니까 내 옆에만 있어 줘."

……이게 무슨 소리지? 또 자백제를 마셨나? 아니, 그건 아닌 것 같은데.

"잠깐만요, 테오. 우선 이걸 놓고 얘기를……."

"네가 싫다면 앞으로는 손도 대지 않을게. 이렇게 안지도 않을게. 불안하다면 네 옆에 접근하지도 않을게. 그냥, 그냥 내 옆에 머물기만 해줘, 페레샤티."

테르데오가 애원하듯 절절하게 말하며 내 어깨에 얼굴을 묻었다. 일하던 영지민들이 재밌는 구경을 하듯 우리를 힐끔힐끔 바라보는 게 느껴졌다.

심지어 아까 날 말리던 하인마저도 고개를 끄덕거리며 우리를 흐뭇하게 바라보고 있었다.

뭔가 오해가 있는 것 같은데…….

"테, 테오. 잠시만요."

그의 품을 벗어나려 했으나 테르데오는 어쩐 일인지 나를 절대로 놓지 않았다.

"……대답은?"

"네?"

"내 옆에 있어 달라는 대답."

아무래도 대답을 듣기 전까지는 날 놓을 생각이 없어 보였다. 우리를 흐뭇하게 바라보는 눈들이 많았다.
"그, 그래요! 옆에 있어 줄게요. 그러니까 잠시만 이것 좀……."
짝짝짝.
내가 허락하자마자 좌우에서 열렬한 박수가 들렸다. 일하던 영지민들과 흐뭇하게 웃던 하인, 그리고 언제 나온 건지 모를 세르시아가 우리를 향해 힘껏 박수를 보내고 있었다.
'남의 나라에서, 그것도 남의 영토에서 지금 이게 무슨 짓이야!'
얼굴이 새빨갛게 달아올랐다. 살짝 쥔 주먹으로 테르데오의 등을 내리쳤으나 그는 여전히 꼼짝도 하지 않았다.
"이야, 테오."
조소가 가득한 세르시아의 목소리가 들리자 미동도 없던 테르데오의 어깨가 움찔거렸다.
"난 네가 이렇게 열정적인 남자일 줄 몰랐단다, 동생아."
내 어깨에 얼굴을 묻고 있던 테르데오가 그제야 고개를 들었다.
"……셋시."
세르시아를 확인한 테르데오의 얼굴이 보기 좋게 구겨졌다.
"셋시, 네가 왜 여기 있어?"
"그건 내가 할 말인데? 난 여기 사업하러 왔는데 넌 왜 왔니, 테오?"
"난 떠난 페레샤티를 잡으러……."
"……날 잡으러 왔다고요? 내가 어딜 떠나요?"
대화의 흐름이 뭔가 이상했다. 테르데오도 뭔가 이상하다는 걸 느꼈는지 미간을 찌푸린 채 날 바라봤다.
"날 떠난다는 거 아니었어?"
"……네? 누가요? 제가요?"
"쪽지를 남겼던데."
"쪽지는 셋시가 날 대신해서 남겼……."

응?

우리의 두 눈이 동시에 세르시아한테 향했다. 세르시아가 입가를 가리고 히죽 웃고 있었다. 아주 재밌는 구경을 했다는 듯이 즐거워 보였다.

저 즐거워 보이는 표정이 불길하다.

"셋시, 날 대신해서 테오한테 쪽지를 남겼다고 했죠?"

"그럼요. 쪽지를 남겼죠."

"뭐라고 적어뒀어요?"

"음…… 뭐, 별 내용 안 썼어요. 그냥……."

세르시아가 다시 웃음을 참지 못하고 히죽거렸다.

"그냥…… 뭐요?"

"알터우드 공작령으로 떠날 거니까 찾지 말라고 썼죠."

"……!"

입이 떡 벌어졌다.

"설마 그게 전부는 아니……."

"그게 전부예요, 샤샤."

세르시아가 어깨를 으쓱거렸다.

"알다시피 시간이 부족해서 자세히 쓸 수는 없었어요."

아닌데! 우리 출발하는 날 얼마나 시간이 많았는데! 식사도 엄청 천천히 하고 왔는데!

나는 황급히 테르데오를 바라보며 해명했다.

"들었죠? 내가 쓴 거 아니에요."

"……그대가 쓴 쪽지가 아니라고?"

테르데오가 곰곰이 생각에 빠지다 되물었다.

"그런데 왜 날 두고 떠났어?"

"두고 떠난 게 아니라…… 일어나자마자 셋시가 같이 갈 곳이 있다고 해서 납치당하듯이 마차에 탔어요! 애초에 난 여기에 오는 줄도 몰랐다고요. 그냥 수도에서 노는 줄 알았는데 갑자기 사업 때문에 국경을 넘어야 한다고 하질 않나…….”

이 일의 원흉인 세르시아가 하하 웃으며 손을 가볍게 흔들었다.

“그리고 테오, 당신한테는 날 대신해서 쪽지를 남겼다길래 따로 연락할 생각도 못 했어요.”

다급한 내 변명을 들은 테르데오가 숨을 크게 뱉고는 한 손으로 눈가를 짚었다. 그제야 긴장이 풀렸는지 딱딱했던 몸이 늘어졌다.

“네가 이렇게 빨리 찾아올 줄 몰랐단다, 테오.”

세르시아가 태연하게 말했다. 테르데오의 따가운 눈초리가 세르시아를 향했다.

“솔직히 말하자면 네가 안 찾아올지도 모른다고 생각했어. 넌 부인이 떠났다고 해서 모든 걸 내팽개치고 찾아다닐 사람이 아니니까.”

테르데오를 보는 세르시아의 눈빛은 마치 그때 마차에서 보던 것처럼 다정했다.

“그 쪽지 하나에 네가 모든 걸 포기하고 달려올 만큼 샤샤가 소중했구나.”

사랑하는 동생을 지극히도 생각하는 누나의 눈빛이었다.

“당연하지. 페레샤티는 내가 사랑하는 내 부인이야.”

얼굴이 잘 익은 토마토처럼 벌겋게 달아올랐다.

아니, 그보다 이런 대화를…… 이렇게 남의 영토에서…….

'알터우드 공, 미안해요.'

나는 속으로 인연도 없는 알터우드 공작한테 심심찮은 사과를 보냈다.

혀를 쯧 내 찬 테르데오가 나를 품에 가볍게 안아 올렸다. 주변에서 작은 환호가 터졌다.

“다시는 이런 일에 페레샤티를 끼어들게 하지 마.”

“쉬지도 먹지도 않고 달려왔나 보구나, 테오.”

"……페레샤티는 내가 데리고 돌아가겠어. 처음이니까 봐주는 거야, 셋시."

주변 시선 따위는 아랑곳하지 않은 테르데오가 몸을 돌렸다. 그러자 뒤에서 세르시아가 환한 웃음과 함께 소리쳤다.

"설마 샤샤를 네 말에 태우고 달려갈 건 아니지?"

테르데오의 몸이 우뚝 멈췄다. 그저 급하게 오느라 거기까진 생각해 본 적 없는 것 같았다.

그런 동생을 아주 잘 알고 있는 세르시아가 웃음기 가득한 목소리로 인자하게 말했다.

"내 마차를 쓰렴, 테오."

"……필요 없어. 마차는 빌리면 돼."

"하지만 내 마차만큼 편하진 않을걸. 샤샤를 아무 마차에 막 태워도 괜찮아? 테오, 네가 자존심을 부리면 샤샤가 힘들어질 텐데."

테르데오의 몸이 크게 움찔거렸다. 시선을 내린 테르데오가 품에 안은 날 바라봤다. 그가 입술을 살짝 깨물고 고개를 뒤로 젖혔다.

"넌 걸어서 돌아와, 셋시."

그리고 세르시아 마차의 문을 활짝 열었다. 날 위해 몇 안 되는 자존심까지 내려놓은 테르데오의 모습에 세르시아가 흡족하게 웃었다.

"샤샤."

세르시아가 날 부르자 마차를 타려던 테르데오가 걸음을 멈췄다.

"하루 정도는 더 여유가 있을 줄 알았는데…… 내가 생각했던 것보다 테오가 샤샤를 많이 좋아하나 봐요. 아쉽지만 맛있는 음식은 다음으로 미뤄야겠네요. 덕분에 먼 길이 외롭지 않고 즐거웠어요. 난 아직 할 사업 얘기가 남아 있어서 함께 못 가지만…… 먼저 조심히 돌아가요."

"……저도요, 셋시. 덕분에 여러 생각을 정리할 수 있었어요. 기회가 된다면 다음에 또 함께 가요."

세르시아가 활짝 핀 꽃처럼 흐드러지게 웃었다.

"그리고 내게 말해줬던 건 걱정하지 말고요. 내가 알아서 처리할 테니까요."

세르시아가 나를 향해 눈을 찡긋거렸다. 아크만 영애의 일이겠지?

"인사는 다 끝났나?"

우리 두 사람의 대화를 듣고 있던 테르데오가 재촉했다.

"테오, 자꾸 그렇게 인내심 없이 굴면 샤샤가 안 좋아한다?"

눈썹을 찡그린 테르데오가 별다른 대꾸 없이 나를 안은 채 마차 안으로 쏙 들어갔다. 그리고 일부러 세르시아가 들으라는 듯이 버럭 소리쳤다.

"뭐 해! 빨리 마차를 움직여!"

테르데오의 호통에 마부가 황급히 달려와 마차를 움직였다.

"……잘 아껴줘요, 샤샤."

뒤에서 세르시아의 희미한 목소리가 들린 것 같았는데…… 착각인가?

"테오, 방금 셋시가 뭐라고 하지 않았어요?"

"아무것도 못 들었어."

그런가?

곧 우리를 태운 마차가 빠르게 공작령을 벗어났다. 공작령을 벗어나기 무섭게 테르데오가 내게 매달렸다.

"……네가 날 떠나는 줄 알고 죽을 것 같았어, 페레샤티. 날 버리지 마."

절절하게 애원하는 테르데오는 여전히 나를 품에 안은 채였다.

"안 떠난다고 했잖아요. 일, 일단 이것 좀 놔줘요."

하지만 여전히 내게 얼굴을 파묻은 테르데오는 평소와 다르게 의기소침한 모습이었다.

"내가 얼마나 보잘것없는 사람인지 깨달았어. 순간 머리가 새하얘져서 아무것도 할 수가 없더군. 떠난 널 데리고 와야 한다는 생각밖에 들지 않았어."

테르데오가 슬며시 고개를 들었다. 그리고 사랑을 갈구하듯이 내게 천천히 다가왔다.

"날 버리지 마, 페레샤티. 네가 없이 난 아무것도 할 수 없어."

테르데오의 몸이 내 쪽으로 기울어졌다. 무게감이 실리자 순식간에 얼굴이 달아올랐다.

'눈, 눈을 감아야 하나?'

비스듬히 다가오는 얼굴을 보자 심장이 쿵쿵 뛰었다. 마른침을 꿀꺽 삼키자 동시에 테르데오가 내 어깨에 얼굴을 묻었다.

"……!"

키스가 아니었어. 당연히 키스하는 줄 알았는데……!

나는 새빨개진 얼굴을 슬그머니 돌려 참았던 숨을 자그맣게 내쉬었다.

'눈 안 감길 잘했다…….'

감았으면 더 민망한 상황이었겠지.

"왜 그러지?"

괜스레 민망함에 이곳저곳으로 고개를 돌리자 순진무구한 표정으로 테르데오가 갸웃거렸다. 머쓱하게 웃은 나는 빠르게 화제를 돌렸다.

"그, 그래도 용케 공작령 안에 들어왔네요."

"알터우드 공이 날 알아보고 직접 문을 열라 말했거든. ……그런 것보다 날 떠나지 않겠다고 말해줘."

"……애초에 떠날 마음도 없었거든요. 떠날 생각이었다면 아크만 영애가 떠나라고 했을 때 떠났겠죠."

테르데오가 그제야 안심된다는 듯이 어깨를 축 늘어뜨렸다. 가까이서 바라보니 테르데오의 낯빛이 썩 좋지만은 않았다.
'말을 타고 왔었지…….'
지금 보니까 행색도 후줄근했고 어딘가 야윈 것 같기도 했다.
아까 세르시아가 먹지도 쉬지도 않고 달려왔다고 했었는데…….
"설마 쉬지도 않고 달려온 건 아니죠?"
"이틀에 한 번 정도는 잤어."
너무나 당당하게 말하는 테르데오의 태도에 어이가 없었다. 나는 그의 품을 벗어나 옆자리로 옮겨가며 물었다.
"밥은요? 먹었어요?"
"수분 섭취만 잘 해주면 사람은 생각보다 오래 살 수 있어."
"당, 당신 정말……!"
"전쟁에 나갔을 때도 여러 번 겪었던 일이야. 노숙이나 단식은 익숙해."
힘들어 보이는 게 착각이 아니었어. 나는 손을 뻗어 까슬까슬한 테르데오의 얼굴을 만졌다. 그의 몸이 멈칫했다.
"……그래도 오늘 그대를 만나야 하니 오기 전에 여관에 들러서 냄새나지 않게 씻고 왔어."
혹시나 자기 몸에서 냄새가 날까 걱정하며 슬쩍 옷을 들추는 테르데오가 귀엽고 사랑스러웠다.
나는 그의 볼을 매만지던 손에 힘을 실었다. 그리고 테르데오의 머리를 끌어당겨 강제로 내 무릎 위에 눕혔다.
"무……슨……."
"가는 길까지 좀 자도록 해요. 테오, 당신 지금 몰골이 말도 아닌 거 알죠?"
내 무릎베개를 벤 테르데오가 드물게 놀란 표정으로 나를 올려다봤다.
하고 싶은 말도 많고 듣고 싶은 말도 많았다. 어서 빨리 내 감정을 말해주고 싶지만 그보다도 테르데오가 먼저였다.
"어디 안 가고 이렇게 있을 테니까 걱정하지 마요."
"……진짜?"
"안 떠날 거예요."
의심스러운 눈초리로 나를 보던 테르데오가 작게 웃음을 터뜨렸다.
아, 이 웃음을 얼마나 듣고 싶었는지. 이 얼굴을 얼마나 보고 싶었는지. 이 손을 얼마나 만지고 싶었는지.
가슴이 벅차올랐다. 테르데오가 내 손에 천천히 손깍지를 꼈다. 마디마디 나른하게 겹쳐지는 손이 이상하게도 야살스러웠다.
"안 놔줄 거야."
손을 꽉 잡은 테르데오가 장난꾸러기처럼 웃었다. 그리고 사르르 눈을 감았다.
마주 잡은 손 때문에 숨을 쉬기가 어려웠다. 마치 심장이 꽉 잡히기라도 한 것처럼.
편안한 마차가 고요하게 움직였다.
편안한 마차의 울림 때문인지, 아니면 옆에 내가 있다는 안심 때문인지.
눈을 감기 무섭게 테르데오의 숨소리가 고르게 바뀌었다. 나는 무방비로 풀어진 테르데오의 얼굴을 가만히 내려다보았다.
'피곤하긴 했나 보네.'
나만이 볼 수 있는 얼굴이다. 오로지 나만.
"……바보."
나는 찬찬히 테르데오를 훑었다. 그의 옷은 군데군데 해져 있었고 행색은 너덜너덜했다. 얼굴 위로 선명하게 오른 진득한 피로감이 그가 얼마나 힘들었는지 말해주는 것 같았다.
나는 자유로운 한 손을 들었다. 그리고 검지로 천천히 테르데오의 입술을 쓸었다. 피는 나지 않았지만 말라 갈라진 입술이 아픈 건지 그가 미간을 찡그렸다.

가슴이 뭉클해졌다.

"……보고 싶었어요."

흘러넘치는 이 마음을 주체할 수가 없다. 도저히 조용하게 담아 둘 수만은 없었다. 테르데오도 그랬을까?

나는 머리카락을 귀에 꽂고 상체를 슬그머니 숙였다. 그리고 깊게 찡그려진 테르데오의 미간에 입술을 맞췄다.

쪽.

짤막하게 뽀뽀하자 언제 그랬냐는 듯이 테르데오의 미간이 곱게 펴졌다.

"푸흐."

그 모습을 보자 웃음이 절로 터졌다. 나는 테르데오가 깨지 않도록 부드러운 손길로 토닥거리며 웃었다.

※ ※ ※

"……내가 생각이 짧았어. 미리 숙소를 구했어야 했는데."

즉흥적으로 자리를 박차고 뛰쳐나왔기에 당연히 돌아갈 때 머물 숙소 같은 건 준비되어 있지 않았다.

더군다나 짐 마차를 가져오지도 않아 식량도, 여유분의 옷도 없었다.

그걸 떠올린 건 이미 해가 저문 늦은 밤이었다.

그나마 다행인 건 가까스로 마을에 들러 그나마 깔끔해 보이는 여관에 방을 얻을 수 있었다는 거다.

"괜찮아요. 숲이나 마차에서 노숙하지 않는 게 어디겠어요."

둘러볼 필요도 없이 한눈에 들어오는 작은 여관방. 테르데오가 낭패라는 듯이 이마를 짚고 한숨을 푹 내쉬었다.

"……이러니까 진짜 즉흥 여행 온 것 같고 좋은걸요, 뭐."

나는 숄을 풀며 애써 웃었다.

늦은 밤이라 청소된 방이 하나밖에 없어 우린 함께 머물기로 했다. 어차피 대공 저에서도 함께 방을 쓰고 있으니 상관은 없었다.

나는 침대로 가까이 다가가 손바닥으로 매트를 슬그머니 눌렀다. 철제가 녹슬었는지 삐그덕 요란한 소리를 내며 매트가 푹 꺼졌다.

걸을 때마다 마루는 금방이라도 꺼질 것처럼 스산한 울림을 냈다. 천장엔 비가 샌 적이 있는지 누수 흔적이 남아 있었다.

이제까지 머물렀던 곳과는 조금 차이가 있긴 했지만 나쁘지는 않았다.

"……역시 안 되겠어. 조금만 더 가면 백작가가 나올 거야. 내가 말을 타고 가서 하루 머물 수 있는지 물어보고 올게."

나는 당장이라도 뛰쳐나갈 것 같은 테르데오의 옷자락을 붙잡았다.

"우린 지금 마땅한 호위도 없고 마차 한 채와 몸이 전부예요. 혹시 습격이라도 당하면 어쩌려고 그래요? 다른 제국까지 넘어와서 일을 크게 벌일 필요 없잖아요."

"하지만……."

"그리고 테오, 당신도 좀 쉬어야죠. 아직 아무것도 못 먹었잖아요."

"하지만 이런 곳에서 널 머물게 할 수는……."

"당신이 같이 있으니까 괜찮아요."

나는 테르데오를 돌아보며 웃었다. 그리고 그에게 가까이 다가가 마차에서 그랬던 것처럼 볼을 부드럽게 쓸어주었다.

"아까 숙소로 들어오기 전에 사람을 시켜 셋시한테 서신을 보냈잖아요. 내일부터는 셋시가 미리 잡아둔 숙소에서 머물 수 있을 거예요. 셋시가 짐 마차도 같이 보내줄 테니까 옷도 받을 수 있을 거고요. 오늘만 함께 참아요."

내 설득에도 테르데오는 여전히 불만스러운 표정이었다.

"그래도……."

"테오, 당신이 말을 타고 다녀오는 동안 난 여기 혼자 내버려 두려고요? 아니면 이 밤중에 나를 말에 태운 채 같이 먼 백작가까지 달려가자는 거예요? 마차로 가기엔 거리가 멀어서 결국 마차에서 노숙하는 게 될 텐데요. 그게 더 불편할걸요."

반박할 말을 찾지 못한 테르데오가 결국 입술을 꾹 닫았다. 여전히 이 상황이 마음에 안 드는 것 같았으나 별다른 선택지가 없다는 걸 수긍한 눈치였다.

그때였다.

똑똑. 노크가 들렸다.

나와의 실랑이에서 패배한 테르데오가 방문을 활짝 열었다. 여관 주인이 트롤리에 부탁했던 여유분의 옷과 2인분의 식사를 들고 왔다.

"여분의 옷과 식사입니다. 두 분이 씻을 수 있도록 목욕물을 데워두었습니다. 편하실 때 이용하시면 됩니다."

우리가 누구인지는 정확히 몰라도 지체 높은 귀족이라는 걸 눈치챘는지 여관 주인이 굽신거렸다.

"……그만 물러가."

테르데오가 포기한 말투로 손을 휘휘 젓자 여관 주인이 물러났다. 트롤리 칸에 담긴 여유분의 옷을 펼친 테르데오가 크게 한숨을 쉬었다.

"이걸 입으란 거야?"

"나름 깔끔하네요."

신경 쓴 말끔한 옷이긴 했으나 테르데오가 보기엔 성에 차지 않는 모양이었다.

"너무 불평하지 마요. 어차피 오늘뿐이잖아요."

나는 테르데오의 어깨를 가볍게 치고 식사를 꺼냈다. 수분이 말라 퍼석한 빵과 물을 많이 넣어 맑은 수프, 삶은 감자, 고기 채소 볶음 등. 말 그대로 배를 채우는 음식이 전부였다.

우리 눈에는 좀 부족해 보여도 여관에서는 나름 구색 맞춰 준비한 거겠지.

내가 음식을 먹기 시작하자 테르데오도 더는 불평할 수 없었는지 음식으로 배를 채웠다.

'맛있다.'

분명 별것 아닌 음식인데도 이상하게 테르데오의 얼굴을 보며 먹으니 맛이 아주 달았다. 음식량이 많지 않았기에 식사는 빠르게 끝났다.

"……전 씻고 올게요."

"응. 나도 씻으러 갈 거야."

테르데오는 여전히 그 옷이 마음에 들지 않는지 유심히 살피며 고민하고 있었다. 나는 용품을 챙겨 하루의 노곤함을 씻어내기 위해 공용 욕탕으로 향했다.

다행히 남성과 여성이 씻는 곳은 분류되어 있었다.

욕탕은 넓지도, 그렇다고 매우 깨끗하지도 않았다. 다른 사람의 손때가 묻어 있는 느낌도 들었다.

'오늘만 참으면 되니까.'

오늘만 참고 씻지 말까 생각도 했지만…… 테르데오와 한 방을 사용하는 데 냄새가 나고 싶지는 않았다.

'혼자 씻는 건 어색하네…….'

여관 주인의 말마따나 미리 데워진 목욕물은 따뜻했다. 손을 휘휘 저어 물 온도를 확인한 후 나는 옷을 벗어 가지런히 접어두었다.

그리고 머리를 감고 가볍게 씻은 후 탕 안으로 몸을 담갔다.

"……따뜻하다."

남의 탕에 몸을 담근 것 같아 괜히 눈치 보이고 주변을 살피긴 하지만…… 그래도 기분이 나쁘지는 않았다.

'가끔은 이런 것도 괜찮은 것 같아.'

……아니, 테르데오가 함께 있어서 괜찮게 느껴지는 걸까?

나는 속으로 웃으며 세운 무릎에 볼을 붙였다.

테르데오가 없었다면 이런 여관에 머물게 된 것도, 이런 경험을 하게 된 것도 다 화가 났을지도 모른다. 테르데오가 있기에 이런 경험도 색다르다고 느껴지는 거겠지.

"……보고 싶다."

조금 전 보고 몇 분이 채 지나지 않았는데 또 보고 싶다.

안 되겠다 싶어서 빠르게 씻고 나가야겠다고 마음먹은 찰나, 욕탕의 문이 소리를 내며 열렸다.

"……."

"……?!"

상반신을 탈의한 테르데오가 눈을 깜빡거리고 있었다. 나 역시 갑자기 들어온 테르데오 때문에 당황한 채 눈만 끔뻑거렸다.

"테, 테오?"

CHAPTER 12.

맑은 날의 소원

My in-laws are obsessed with me

Chapter 12

일 초의 정적이 흘렀다. 나는 두 손으로 몸을 가린 채 등 뒤로 돌아서며 크게 외쳤다.

"……나, 나가요! 여, 여긴 여자가 사용하는……!"

"……!!"

내 외침이 끝나기 무섭게 테르데오가 나간 건지 문을 쾅 닫았다.

'지금 무슨 일이…….'

나는 당황한 표정으로 힐끔 그가 나간 문을 돌아봤다. 다행히 뜨거운 물 덕분에 욕탕에는 수증기가 가득 차 있었다.

'수증기에 가려서 못 봤겠지?'

세운 무릎을 끌어안고 얼굴을 붉히자 문 너머로 테르데오의 목소리가 들렸다.

"미안. 다른 생각을 하느라 그대가 씻고 있다는 걸 잠시 잊었어. 내 탓이야."

차분한 목소리였지만 어딘가 수줍음이 묻어났다.

"괜, 괜찮아요…… 실수였으니까요…….."

부끄러움에 얼굴이 익어버릴 것 같다.

"천천히 씻고 나와. 조금 전 같은 상황이 생기면 안 되니까 앞에서 내가 지키고 있을게."

"앞을 지키고 서 있겠다고요?"

"……여자와 함께 오는 건 처음이라 방범이 허술하다는 걸 미처 생각 못 했어. 내 잘못이야. 조금 전 잘못 들어간 게 내가 아니라 다른 사람이었으면……."

문 너머로 무언가가 부서지는 소리가 들렸다.

"……아무도 들어가지 못하도록 앞을 지키고 서 있을 테니까 걱정하지 말고 씻어."

문 하나를 두고 테르데오가 앞을 지키고 서 있다고 생각하니 더욱 부끄러워졌다.

"지, 지금 그 옷차림으로 거기에 서 있겠다고요?"

조금 전에 분명 상의는 탈의했고 하의는 수건으로 가려져 있는 것 같았는데……?

"……상관없어."

대답에 뜸 들이는 걸 보니 내가 잘못 본 게 아니었구나.

"괜찮으니까 테오, 당신도 얼른 씻어요."

"난 괜찮아. 걱정할 필요 없어."

"하지만 그 앞에 서 있는 건……."

내가 부끄럽다고요.

"그럼 같이 씻을까?"

응?

나는 떨궜던 고개를 위로 퍼뜩 들어 올렸다. 문 너머가 고요했다. 지금 뭔가 들으면 안 될 말을 들은 것 같은데?

"……지금 뭐라고 했어요?"

문 너머에서는 아무런 답도 들려오지 않았다.

그럼 그렇지. 역시 내가 잘못 들은 게 틀림없…….

"……같이 씻자고."

"같이 씻자고요?"

나는 욕탕이 울리도록 크게 소리쳤다. 이어 문 너머에서 테르데오의 낮은 웃음이 들렸다.

"그렇게 기겁할 것 없어. 장난이야."

웃음기를 띤 목소리가 제법 즐거워 보였다.

'……미쳤나 봐.'

테르데오의 듣기 좋은 웃음이 내 몸 곳곳에 진득하게 달라붙었다. 하마터면 나도 모르게 그러자고 답할 뻔했어.

내가 아무런 답이 없자 문 너머에서 들리던 웃음이 뚝 끊겼다.

"페레샤티, 화났어?"

너무 부끄러워서 아무런 답도 할 수 없었다.

"미안. 내 장난이 심했어. 용서해 줘. 씻고 나오면 날 짓밟아도 좋아."

나는 빨개진 얼굴로 손바닥에 얼굴을 묻었다.

※ ※ ※

여관 침실로 돌아온 나는 테르데오가 들어오기 전, 침대 안쪽에 누워 등을 돌렸다.

이렇게 빨개진 얼굴을 들키고 싶지 않았다.

잠시 후, 씻고 나온 테르데오의 발소리가 들렸다.

침실에 어색한 분위기가 감돌았다.

"……자?"

테르데오가 눈치를 살피며 물었다. 하지만 나는 잠든 척 미동도, 대답도 하지 않았다. 분위기를 살피던 테르데오가 침실 불을 끄고 내가 누운 침대 옆으로 다가왔다.

"잘 자."

침대가 삐그덕 울었다. 테르데오는 내가 덮고 있는 이불 속으로 들어와 나를 바라본 채 누웠다.

"흐읍……!"

등 뒤에서 딱딱한 그가 여실히 느껴지자 나도 모르게 숨을 크게 들이켰다.

내가 바보였다.

라피레온 대공가에서 사용하던 침대는 무척이나 넓어 둘이 동시에 누워 굴러도 좀처럼 맞닿는 일이 없었는데.

'너무 가까워.'

여관 침대는 달랐다.

안 그래도 좁은 침대에 둘이 동시에 눕자 자극적으로 느껴질 만큼 가까웠다. 바로 뒤에 테르데오의 살이 맞닿았다.

"……페레샤티."

머리 위로 테르데오의 거친 숨소리가 들렸다.

"아직 화났어?"

내가 안 자는 걸 알고 있었구나. 하긴, 전쟁을 수도 없이 다니던 사람이니 사람의 기척을 읽는 건 당연했다.

"……아니요."

나는 자그만 목소리로 답했다. 내 목소리가 들리자 그가 더욱 은밀하게 다가왔다.

"그럼 날 좀 봐."

"……."

"며칠 만이잖아. 보고 싶어."

아으…… 정말!

사람을 녹일 것 같은 목소리였다. 나는 몸이 최대한 안 붙도록 조심하며 뒤로 돌았다. 이제 막 씻고 나왔기 때문인지 그의 얼굴이 평소와는 달리 새빨갛게 보이는 것 같기도 했다.

 색다른 곳에서 색다른 옷을 입고 있는 테르데오를 보자 감회가 새로웠다. 그가 낮아진 목소리로 나를 똑바로 응시하며 말했다.

 "……보고 싶었어."

 심장이 세게 쿵 내려앉았다. 순간 숨을 쉬는 것마저 잊을 만큼 아무 생각도 들지 않았다.

 새빨갛게 달아오르는 얼굴을 감추기 위해 황급히 고개를 떨궜다. 그러자 내 얼굴과 맞닿아 있는 테르데오의 가슴팍이 보였다.

 "미, 미안해요."

 "……뭐가?"

 "아니, 너무 가까워서……."

 황급히 뒤로 몸을 빼려 했으나 도망갈 곳이 없었다. 나는 그의 가슴에 얼굴이 닿지 않도록 조심하며 입술을 앙다물었다.

 이상하게 평소보다 심장이 더 세게 뛰었다. 테르데오를 사랑한다고 의식했기 때문일까.

 그가 들이마시고 내쉬는 숨결, 작은 손짓, 별 것 아닌 뒤척거림에도 내 모든 것이 반응했다.

 '게다가 조금 전엔 내 몸을…….'

 응? 잠깐만…… 그러고 보니까 내가 세르시아를 따라 아투뉴 제국으로 떠나기 전에 이미 우리 함께 잤었지!

 '헉, 잊고 있었어!'

 그날을 떠올리자 얼굴이 절로 뜨거워졌다. 나는 힐끔 테르데오를 올려다봤다.

 무언가를 참듯이 입술을 꽉 깨물고 있는 모습이 어딘가 모르게 금욕적이면서도 야살스러웠다.

 심장이 멎어 이대로 곧 죽을 것 같다.

 이런 감정은 처음이었다. 누군가를 사랑하는 게 처음도 아닌데…….

하지만 분명한 건 이렇게 감정 제어가 안 되는 건 처음이었다.
"테, 테오. 저기……."
내 부름에 테르데오가 나른하게 풀린 눈동자로 나를 내려다봤다. 순간 귀에서 이명이 들린 것 같았다.
저 붉은 눈동자에 갇혀진 것처럼 아무런 생각도 할 수 없었다. 피가 역류하기라도 하는지 얼굴이 감당할 수 없을 정도로 뜨거워졌다.
"나, 나, 나도 보, 보고……."
목소리가 떨렸다. 누군가한테 이렇게 마음을 내보이는 게 어려운 일이었나?
나는 두 눈을 질끈 감았다.
'내가 테오를 사랑해…….'
억누르지 못하는 마음이 터졌다. 나도 널 사랑한다는 말을 전하기도 전에 저 붉은 입술을 집어삼키고 싶은 충동에 휩싸였다.
'안 돼.'
나는 황급히 좁은 침대에서 상체를 일으켰다.
'일단 거리를 두고 고백하자.'
이렇게 가까이 있다간 고백이고 뭐고 간에 먼저 죽을 것 같다.
삐그덕 소리가 크게 들렸다.
"나, 나는 아래에서 잘게요."
"뭐?"
"테오 당신은 날 찾으러 올 때까지 제대로 못 잤으니까 오늘은 침대에서 편하게 자도록……."
침대를 벗어나려 하자 얼굴을 구긴 테르데오가 한 손으로 내 허리를 잽싸게 끌어안았다.
"내 옆에 있으라고 했잖아."
낮게 깔린 저음이 내 심장을 울린다. 허리를 감싼 단단한 팔에 모든 신경이 쏠린다.

극도의 긴장으로 몸이 떨리자 테르데오가 작게 숨을 내쉬었다. 그리고 허리를 감싸고 있던 팔을 풀었다.

"……나랑 같이 자는 게 싫어서 그런 거라면 내가 아래에서 잘 테니까."

"그, 그게 아니에요."

나는 당장 아래로 내려갈 것 같은 테르데오의 손가락을 꽉 잡아 저지했다.

"페레샤티?"

테르데오의 붉은 시선이 다시 나를 향한다. 그의 앞에서 마치 모든 것이 발가벗겨진 사람처럼 부끄러움이 밀려왔다.

용기를 내야 해.

그리고 동시에 더는 숨길 수 없는 감정이 멋대로 터져 나왔다.

"……보고…… 어요."

"뭐?"

"나도…… 나도……!"

목소리를 포함해서 온몸이 떨렸다.

"나도…… 보고 싶었다고요."

테르데오의 눈동자가 커다랗게 뜨였다. 놀람과 기쁨, 그리고 뜨거운 욕망이었다.

그 감정을 엿보자 몸에 전율이 일었다.

"……사랑해요."

"……!"

벌어진 입술이 멋대로 고백을 꺼냈다. 그의 손가락을 꽉 잡은 손이 파르르 떨리고 입술이 차갑게 메말라 갔다.

"지금…… 뭐라고?"

"떨어져 있으니 알게 됐어요. 내가, 내가 당신을 얼마나 사랑하고 있는…….”

테르데오가 고개를 숙여 벌린 내 입술에 입을 맞췄다. 짙게 내뱉는 숨마다 그가 집어삼켜 갔다.

얽히고설킨 실타래처럼 우린 서로 뒤엉켜 갔다. 쪽 소리를 내며 입술이 떨어졌다.

"못 들었어. 다시 말해."

윗입술을 붙인 채 테르데오가 애절하게 말했다. 그의 목소리가 나만큼이나 환희에 젖어 떨리고 있었다.

"……테오, 당신을 사랑해요."

말 한마디를 뱉기 무섭게 테르데오가 기다렸다는 듯이 다시 나를 먹어 삼켰다. 강하게 밀어붙이는 뭉툭한 숨결이 조급하면서도 부드러웠다.

삐그덕 침대가 다시 울었다.

"페레샤티."

다시 입술을 뗀 테르데오가 한 손으로 내 턱을 움켜쥐고 들었다. 그리고 나른하게 풀린 눈으로 시선을 맞췄다.

"지금 내게 거짓을 말하는 건 아니겠지."

"……거짓말하는 것 같아요?"

"아니, 거짓이라도 상관없어."

테르데오가 턱을 살짝 끌어 내려 내 입술을 벌리고 그 사이로 침투하듯 다가왔다. 뒤로는 더 도망갈 곳이 없었다.

농밀한 키스가 이어졌다.

머리가 아찔해졌다. 어디론가 날아갈 것만 같았다.

더 많은 말을 하고 싶었는데. 바로 답해주지 못해서 미안하다고, 내 옆에 있어 줘서 고맙고, 날 만나러 와줘서 기뻤다고 말하고 싶었는데.

그 모든 게 무색해질 만큼 아무 생각이 나지 않았다.

키스가 길게 이어지자 숨이 차올랐다. 그의 손가락을 잡은 손이 바들바들 떨렸다. 나를 눈치챈 테르데오가 숨을 쉴 수 있도록 입술을 뗐다.

'키스하다 죽는 줄 알았어.'

나는 헐떡거리며 힐끔 테르데오를 살폈다. 입술을 뭉툭하게 엄지로 쓸어내린 그는 나와는 달리 숨에 찬 기색이 없었다.

'처음이라더니…… 왜 이렇게 키스를 잘해?'

생각에 잠기자 테르데오가 고개를 숙여 날 바라봤다.

"내 귀가 잘못된 건 아니겠지?"

멍한 표정을 짓고 있다 싶더니만. 아직도 이 상황이 제대로 믿음직스럽지 못한 모양이다. 나는 손등으로 입술을 가리고 붉은 고개를 슬그머니 옆으로 돌렸다.

"이렇게 키스하고도 구분이 안 가요?"

테르데오의 눈동자가 커졌다. 평소에는 눈치도 빠르더니 왜 이런 곳에선 저렇게도 미련한지…….

꼭 입 밖으로 다 말해줘야만 알 것 같았다. 나는 고개를 돌리고 눈만 간신히 힐끔 테르데오를 바라보며 자그맣게 말했다.

"나, 나는……."

테르데오의 울창한 목울대가 크게 꿀렁거렸다.

"나는 테오…… 당신을 원해요."

"……!"

테르데오의 붉은 눈동자가 욕망으로 뒤덮였다. 통제할 수 없이 들끓는 정욕을 보자 나도 덩달아 뜨거워짐을 느꼈다.

"날…… 안아줘요."

말이 끝나기 무섭게 테르데오가 입술을 가리고 있던 내 손목을 잡았다.

그리고 고개를 돌린 날 붙잡아 거칠게 끌어당기더니 이제껏 했던 것과는 전혀 다를 정도로 야수처럼 거칠고 불길처럼 뜨거운 키스를 퍼부었다.

들뜬 숨이 순식간에 얽혔다. 내 머리카락 사이를 파고든 테르데오의 손가락이 나를 강렬하게 끌어당겼다. 나는 순식간에 그에게 지배당하고야 말았다.

곳곳을 탐닉하듯 휘젓는 테르데오 때문에 정신이 희미해졌다. 그날 밤과는 전혀 달랐다.

술에 취해 있는 게 아니라 테르데오의 손길이 너무도 또렷했다. 나는 매달리듯 테르데오와의 키스에 집중했다.

마치 이대로 나를 집어삼킬 것만 같이.

테르데오는 멈추지 않았다. 정신없이 탐하던 테르데오가 입술을 떼고 자그맣게 중얼거렸다.

"……혹시 꿈인가?"

뜨거운 숨결이 나를 옭맸다.

"꿈이라면 영원히 깨지 않게 해줘."

짤막하게 중얼거리던 테르데오가 자기 손목 안쪽을 피가 나지 않을 정도로만 이로 깨물었다.

"뭐, 뭐 해요?"

고개를 끄덕거린 테르데오는 내 말에 답하지 않고 비스듬히 고개를 숙였다. 그리고 내 귀를 아주 살짝, 가볍게 깨물었다.

"앗……!"

귀에서 가볍게 느껴지는 고통에 나는 절로 미간을 찌푸리며 테르데오를 째려봤다. 우리 분명 방금까지 키스하고 있던 것 아니었나?

내 반응을 본 테르데오가 미안해하면서도 기분 좋게 웃었다.

"미안."

"……미안한 표정이 아닌데요?"

"꿈이 아니라는 게 기뻐서."

테르데오가 내 두 볼을 감싸고 환희에 젖은 목소리로 속삭였다.

"그대가 날 사랑한다고 한 게 믿기지 않아. 그대처럼 완벽한 사람이 고작 나를."

……어휴, 이 바보 같은 사람.

나는 두 손을 뻗어 테르데오의 얼굴을 붙잡았다. 그리고 그대로 눈을 감고 그의 입술에 가볍게 입을 맞췄다.

쪽.

달콤한 소리를 내며 맞닿은 입술이 떨어졌다. 내가 먼저 한 갑작스러운 입맞춤에 테르데오가 꿈이라도 꾸는 것처럼 멍한 표정으로 자기 입술을 매만졌다.

"당신이 전에 그랬죠. 살면서 한 번쯤은 행복해지지 않을까 바란 적이 있었다고요."

"……."

"당신의 그 행복, 내가 책임질게요."

토끼처럼 커져 있던 테르데오의 눈동자가 행복을 가득 담아 반으로 사르르 접혔다. 처음 보는 웃음이었다.

무슨 일이 있어도 늘 무너지지 않던 이 남자의 이런 바보 같은 표정을 직접 보게 되니 기분이 묘했다.

앞으로도 늘 이렇게 웃게 해주고 싶다. 이렇게 웃는 게 예쁜 사람인데.

"내가 평생 행복하게 해줄게요, 테오."

나도 테르데오를 따라 함께 웃었다.

"그러니까 죽는 생각은 절대 하지 말고, 늘 내 옆에 항상 붙어 있…… 꺄!"

말이 끝나기도 전, 테르데오가 그대로 내 어깨를 붙잡고 강하게 옆으로 밀어붙였다. 질끈 눈을 감았다가 떴을 때 나는 침대에 풀썩

누운 상태였다.

나를 내려다보는 테르데오의 눈동자가 마치 한 마리의 짐승을 보듯 위험해 보였다. 나는 마른침을 꿀꺽 삼켰다.

그가 나른한 표정으로 조금의 예고도 없이 고개를 숙였다. 그리고 놀라서 벌어진 내 입술 사이로 빠르게 침투했다.

짙게 훑는 농밀한 키스가 이어지자 숨이 뜨거워졌다. 나는 테르데오를 살며시 끌어안았다.

내 손길이 닿기 무섭게 딱딱한 테르데오의 모든 것이 느껴졌다. 동시에 그의 숨소리가 거칠게 변했다.

"……샤샤."

테르데오가 들뜬 목소리로 내 애칭을 불렀다. 목덜미에 얼굴을 묻던 테르데오가 입고 있던 옷을 거침없이 훌러덩 벗었다.

어두운 방 안에서 달빛을 받아 빛나는 그의 모습은 마치 신이라고 해도 믿을 만큼 아름다웠다.

"내가 말했지."

테르데오가 내 턱을 부드럽게 움켜쥐었다. 여태껏 꾹 참아온 그의 본능이 꿈틀댔다.

"나는 굶주렸다고."

테르데오가 내 턱을 움켜쥔 채로 다시 숨이 벅차오를 정도로 뜨거운 키스를 이어갔다. 거칠게 안으로 밀고 들어오는 뜨거운 열감에 전율이 일었다.

침대가 밤새 삐그덕 쉬지 않고 울렸다.

※ ※ ※

며칠이 지나고 우리는 무사히 라피레온 대공 저로 돌아왔다. 돌아오기 무섭게 날 반기는 건 아일렛이었다.

"언니!"

아일렛이 귀여운 모습으로 한걸음에 달려와 내 다리를 붙잡았다. 나는 자연스럽게 아일렛의 머리를 쓰다듬어 주며 웃었다.

"어디 다녀왔어요? 계속 안 보이셔서 걱정했어요! 어디 소풍 다녀왔어요?"

"일이 있어서 잠깐 셋시랑……."

"엄마!"

말을 채 끝내기도 전 울먹이는 소리가 들렸다. 고개를 번쩍 드니 눈 밑이 벌겋게 부은 셀피우스가 달려 나왔다.

"셀피?"

셀피우스는 아직 아카데미에 있을 시간인데.

의아함에 고개를 갸웃거리자 척척 비장한 걸음으로 걸어온 셀피우스가 내 옆에 찰싹 달라붙었다.

"어디, 어디를 가셨, 가셨던 거예요?"

셀피우스의 목소리가 떨리고 있었다. 울음을 꾹 참는 목소리였다. 나는 깜짝 놀라 셀피우스를 살폈다.

원래 이렇게 감정을 드러내는 아이가 아닌데…….

"셋시 일을 도와주러 잠깐…… 셀피, 왜 그래? 무슨 일 있었어?"

혹시 내가 없는 사이에 아카데미에서 또 무슨 일이 생긴 건 아닐까? 걱정이 앞섰다. 셀피우스의 얼굴을 살피며 벌겋게 부은 눈가를 슬쩍 쓸어내렸다.

셀피우스는 아무런 답을 하지 않고 힘없이 어깨만 축 늘어뜨렸다. 그러자 옆에 있던 아일렛이 셀피우스를 가리키며 걱정스럽게 말했다.

"셀피 오빠는 언니가 나간 후로 밥도 잘 안 먹고, 잠도 잘 안 자고, 아카데미도 안 갔어요. 내가 놀자고 했는데…… 같이 놀지도 않고 울고 그랬어요."

"뭐? 셀피, 어디 아파?"

피니어스가 함께 있으니 아픈 곳이 있다면 치료해 줬을 텐데! 평소라면 아일렛을 타박했을 텐데 셀피우스는 그것조차 하지 않았다.

깜짝 놀라 묻자 셀피우스가 내 손을 꼬옥 잡고 입술을 울먹거렸다.

"저는, 저는 엄마가, 엄마가 떠난 줄 알고……."

"뭐?"

잠깐, 그러고 보니까 지금 아일렛의 반응도 그렇고, 설마…….

나는 어이없는 얼굴로 내 뒤에 있는 테르데오를 힐끗 바라봤다.

"……혹시 가족들한테 내가 어디 갔다고 설명도 안 하고 온 거였어요?"

"글로리아 님과 피니어스 님한테는 설명했어. 쪽지 내용 그대로 그대가 날 두고 떠났다고 말이야. ……셀피한테는 아무 말도 못 했지만."

맙소사.

"잠깐 친구 만나러 갔다고 하면 되잖아요."

"그대가 진짜 떠난 줄 알았어. 이대로 돌아오지 않을지도 모르는데…… 셀피한테 차마 그렇게 말할 수가 없었어."

"그럼 지금 글로리아 님과 피니어스 님도 내가 떠났다고 알고 계신 거예요?"

머리가 지끈거렸다.

"……아니. 두 분은 쪽지를 보더니 그대가 쓴 쪽지가 아니라고 웃기만 하셨지."

"당연하죠. 글씨체를 보면 알잖아요."

"그땐 너무 놀라서 그런 걸 생각할 겨를이 없었어. 그리고 그게 셋시의 글씨체인지도 몰랐어. 셋시의 글씨체에는 관심 없거든."

이 차가운 남매 같으니라고.

아마 글로리아와 피니어스는 쪽지를 보고 단번에 세르시아의 글씨체라는 걸 깨달았겠지. 세르시아가 자리에 없으니 당연히 사업 때문에 자리를 비웠나 생각했을 테고, 세르시아가 날 대신해서 쪽지를 남겼으니 나 역시 세르시아를 따라갔다고 유추했을 것이다.

아일렛은 아직 어려서 내가 떠났다는 것도 생각 못 할 테고!

이 사건의 제일 큰 피해자는 결국 애꿎은 셀피우스였다.

나는 테르데오를 흘긴 후 셀피우스의 등을 다독거렸다.

"떠난 거 아니야, 셀피. 셋시 일을 도와주러 다녀온 거야. 미리 말 못 하고 가서 미안해. 많이 놀랐어?"

다정한 다독거림에 울컥한 셀피우스가 내 팔에 얼굴을 묻고 고개를 저었다.

"내가 셀피한테는 잘 말하고 갔어야 했는데. 이러니저러니 해도 다 내 탓이야. 정말 미안해, 우리 아들."

가뜩이나 셀피우스는 버림받는다는 것에 트라우마가 있는데.

'일이 이렇게 커질 거라곤 셋시도, 테오도…… 아무도 생각 못 했겠지.'

나도 생각 못 했었으니까.

나는 셀피우스의 부드러운 머리를 연신 쓰다듬었다. 셀피우스는 아직 어린아이였다.

내게 엄마가 되어달라고 했을 때, 이별을 염두에 두고 있었지만 그걸 받아들이기엔 너무도 어렸다.

만약 내가 진짜 떠난다면 셀피우스는 이렇게 밥도 잘 안 먹고, 잠도 안 자고, 아카데미도 안 가고 슬퍼하겠지.

"엄마…… 다음부터는 말하고 가주세요."

셀피우스가 자그맣게 중얼거렸다. 평소라면 하지 않았을 말이지만 지금은 그런 생각도 없는 것 같았다.

벌겋게 부은 눈 밑을 보자 괜스레 가슴이 아팠다.

"오래 자리를 비워야 할 일이 있으면 다음엔 꼭 셀피를 데려갈

게. 함께 가자."

 조금 수척해진 셀피우스의 얼굴을 쓸자 옆에 있던 아일렛이 발을 동동 굴렀다.

 "언니! 저도! 저도 머리를 쓰다듬어 주세요!"

 아일렛이 귀엽게 외치며 얼굴을 짠 들이밀었다. 그 모습이 귀여워 웃으며 머리를 쓰다듬어 주려 하자 셀피우스가 내 손을 홱 낚아챘다.

 코를 훌쩍인 셀피우스의 표정이 평소처럼 돌아왔다.

 "내 엄마야!"

 셀피우스의 외침에 아일렛이 큰 충격을 받은 얼굴로 멍하니 우리 둘을 바라봤다. 그러더니 내 다른 쪽 손을 잡고 크게 외쳤다.

 "아니야! 내 언니야!"

 "내 엄마 손 놔!"

 "셀피 오빠야말로 언니 손 놔! 언니가 아파하잖아!"

 "나는 세게 안 잡았어! 아일렛, 네가 놔!"

 "나는 오빠보다 힘이 더 약하니까 오빠가 얼른 놔! 내 언니란 말이야!"

 양쪽에서 힘도 없는 것들이 옥신각신 내가 자기들 것이라며 싸우는 걸 보고 있자니 마음이 따뜻해지고 흐뭇했다.

 '으이그, 이 귀여운 토끼들.'

 나중에 두 사람이 더 크고 나면 그땐 이렇게 날 두고 싸우지도 않고, 나랑 같이 놀려고도 하지 않겠지.

 '지금을 즐기자.'

 내가 자기들 것이라며 싸우는 두 사람에게 몸을 맡겨 이리저리 끌려가며 배시시 웃고 있자 뒤에서 누군가 날 위로 번쩍 들어 올렸다.

 "미안하지만 내 거야."

아이 싸움에 끼어든 테르데오가 나를 어깨에 들쳐 메고 걸음을 옮겼다. 갑자기 날 뺏긴 아이들이 뒤에서 아우성을 질렀다.
"대공 각하, 치사해요!"
"각하! 엄마가 어지러우면 어떻게 해요! 내려줘요!"
그러나 아이들의 외침을 무시한 테르데오는 안으로 성큼 들어섰다.
"거, 거기서 왜 끼어들어요! 얼마나 귀여웠는데!"
"기분이 좋은 건 알겠는데 그건 다음에 다시 해. 그땐 방해 안 할 테니까. 지금 네 얼굴이 어떤지 알아?"
"네? 내 얼굴이 어떤데요?"
나는 테르데오의 어깨에 매달려 얼굴을 문질렀다. 그러고 보니 피부가 조금 까칠한 것 같기도 하다.
"우선은 쉬어. 오는 내내 제대로 쉬지도 못했잖아. 긴 여정이었으니 잠부터 푹 자둬."
"피곤한 건 여정 때문이 아니라 테오, 당신이……!"
자꾸 밤에 제대로 잠을 안 재워서 그런 거잖아요!
버럭 외치려던 나는 주변에 보는 눈이 많다는 걸 깨닫고 입술을 꾹 다물었다. 그 사이 테르데오가 침실에 도착했다.
테르데오가 살며시 나를 침대에 내려두었다.
그날, 사랑을 고백한 그날.
그날 함께 누웠던 좁은 침대와는 정반대였다. 넓은 침대, 그리고 몸을 부드럽게 감싸는 푹신한 매트.
침대를 보자 뜨거웠던 밤이 떠올라 얼굴이 달아올랐다.
"내가 뭐?"
권태롭게 웃은 테르데오가 내 허벅지 양쪽에 손을 짚었다. 팔 사이에 날 가둔 그가 마치 뒷말을 이미 알고 있는 것처럼 답을 재촉했다.
"하려던 말 계속해 봐."

"몰라요. 하, 하려던 말 까먹었어요."

이렇게 바라보면서 물어보면 누가 어떻게 말하냐고!

입술을 삐죽거리자 테르데오가 공기 빠진 미소로 웃더니 고개를 숙였다. 그리고 삐죽거리는 내 입술에 쪽 짧게 뽀뽀했다.

"지금 쉬는 게 좋을걸."

"네?"

"오늘 밤에도 편하게 못 잘 텐데."

역시 내가 무슨 말 하는지 알고 있었으면서!

테르데오가 사르르 눈을 부드럽게 접으며 내 머리카락을 손가락으로 빙글 돌렸다.

"그대를 보면 자꾸만 갈증이 일어."

"그, 그럼 물을 마셔요."

"그대는 날 말려 죽일 셈인가?"

테르데오가 느릿하게 입술을 혀로 쓸었다. 이상하다. 나도 덩달아 목이 타는 것 같은 갈증이 일었다.

나는 당장이라도 한입에 집어삼킬 것처럼 이를 드러내는 테르데오를 보며 조소했다.

"아무래도 굶주린 건 당신이 아니라 나 같아요."

나는 손을 뻗어 테르데오의 옷깃을 잡고 끌어당겼다. 그리고 그의 아랫입술을 피가 나지 않게 아릿할 정도로만 살짝 깨물어 도발했다. 도톰한 입술이 느껴지자 숨이 뜨거워졌다.

"오늘 밤 조심해야 할 건 내가 아니라 당신이에요."

내가 이런 행동을 할 줄 예상 못 했던 건지 테르데오가 멍하니 응시했다. 하지만 곧 이내 저택이 울리도록 하하 크게 웃었다.

"그렇다면야 언제든 잡아먹혀 드려야지."

테르데오가 입가에 완연한 미소를 띠고 고개를 기울였다. 점점 짙어지는 그의 체취를 맡으며 나도 살며시 눈을 감았다.

두근두근 심장이 뛴다.

나비가 꽃잎에 앉듯 윗입술이 살포시 닿았을 때였다.

우다다 뛰어오는 발소리가 들렸다.

"엄마!"

"언니!"

그리고 아까의 귀여운 토깽이들이 노크도 없이 벌컥 문을 열었다.

"우리 둘이 동맹 맺기로 했어요! 언니!"

"우리가 힘을 합쳐서 대공 각하한테 엄마를 뺏어오기로…… 응? 두 분 왜 그러고 계세요?"

"언니, 왜 침대에 엎드려 있어요? 어어? 대공 각하, 바닥 구석에 엎드려서 뭐 하세요?"

갑자기 들어온 아이들 때문에 나는 테르데오를 있는 힘껏 밀어내고 침대 위로 엎어졌다. 나한테 갑작스럽게 밀린 테르데오는 바닥 구석으로 내동댕이쳐졌다.

테르데오가 목덜미를 문지르며 아무렇지 않은 척 자리에서 일어섰다.

"그냥 바닥에 뭘 떨어뜨려서."

그리고 다소 험악한 표정으로 두 아이를 내려다봤다.

"그나저나, 너희 둘이 힘을 합쳐서 날 이긴다고?"

선전포고한 아일렛과 셀피우스가 긴장된 표정으로 두 주먹을 불끈 쥐고 싸우려는 태세를 갖췄다.

용맹한 아이들의 모습에 입꼬리를 비뚜름하게 비튼 테르데오가 겁을 주려는 것처럼 무서운 목소리로 말했다.

"어디, 날 이길 수 있는지 한번 볼까?"

테르데오가 조소했다.

"지금부터 정확히 셋 세고 두 사람을 잡으러 간다. 얼마나 잘 도망치는지 볼까? 하나, 둘……"

"꺄하하! 대공 각하가 우리 잡으러 온대! 셀피 오빠, 도망치자!"

"우리 절대 못 잡을걸요! 우린 엄청 빠르다고요!"

그새 친해진 건지 손을 꼭 맞잡은 두 아이가 자신만만하게 웃으며 침실에서 도망쳤다. 멀어지는 아이들의 뒷모습을 보던 테르데오가 천천히 걸어나가며 고개를 뒤로 젖혔다.

그리고 날 향해 '쉬어'라고 입 모양으로 말하고 쉴 수 있도록 문을 닫아줬다.

"셋. ……잡으러 간다."

일부러 크게 외친 테르데오가 두 아이를 따라 천천히 걷는 발소리가 들렸다.

침실 너머로 두 아이의 천진난만한 웃음소리가 들렸다. 이 저택에서 저렇게 활기찬 봄의 웃음이 들리는 건 처음이었다.

나는 그 따스함을 느끼며 침대 위로 쓰러져 눈을 감았다.

절대 잃고 싶지 않은 행복이었다.

※ ※ ※

내가 아투뉴 제국을 다녀온 지도 며칠이 지났다.

"이상하네요."

나는 차를 홀짝거리며 고개를 갸웃거렸다.

"마녀가 너무 조용해요."

내 맞은편에서 함께 티타임을 즐기는 글로리아가 고개를 끄덕였다.

"그 신전이라는 곳도 가지 않은 것 같더구나. 황궁 주변만 겨우 산책할 뿐, 나가질 않아."

정체를 들켰으니 분명 손을 쓸 것 같았는데.

예상과는 달리 도돌레아는 아무것도 하지 않았다.

'심지어는 도망치려 했던 레이나를 용서해 주기도 했고. 대체 무

슨 꿍꿍이지.'

 반란군의 일 때문에 며칠째 귀찮을 정도로 황궁을 들락날락하는 테르데오도 도돌레아의 모습을 보지 못했다고 했다.

 "피니어스 님은 뭐라고 하세요?"

 "고대에는 영혼을 소멸시키는 마법이라는 것도 있었던 것 같더구나."

 "그런 마법이 있었어요?"

 "그 많던 마녀가 지금까지 살아 있지 않은 걸 보면 고대에는 영혼을 소멸시키는 마법으로 사라진 마녀들이 많았을 거라고 피니어스는 추측하고 있어."

 글로리아가 들고 있던 찻잔을 내려두었다.

 "물론 우리는 마법을 쓸 수 없으니 대체 방법을 찾아야겠지. ……방법이 영 없는 건 아니겠지."

 "……네."

 "그보다 저번에 나한테 부탁한 걸 알아봤단다."

 글로리아의 말에 나는 눈동자를 데구르르 굴렸다.

 내가 뭘 부탁했더라? 요새 일이 너무 많아서 바로 생각나지 않았다.

 "시녀인 레베카 나이츠와 포츤 영식을 조사해 달라고 했잖니?"

 "아……!"

 나는 손뼉 치며 고개를 끄덕거렸다. 아데우스는 자기가 접근한 이유를 직접 말했으니 괜찮긴 하지만…….

 "근래 계속 파티나 살롱에 나가느라 바쁘셨던 게 제 부탁 때문이셨나요?"

 나는 괜스레 미안해져 글로리아의 눈치를 살폈다. 피식 입꼬리를 비튼 글로리아가 손을 뻗어 내 머리를 부드럽게 쓰다듬었다.

 "아니. 오랜만에 내가 즐기고 있던 거란다. 겸사겸사 여러 정보도 들었고. 한 다리 건너 듣는 것과 내가 직접 듣는 건 차이가 있으니."

"……감사해요."

"듣기도 전부터?"

글로리아가 크게 웃었다. 그리고 말을 이어갔다.

"결과부터 말하자면, 나이츠 가문은 현재 빚도 없고 아주 말끔하단다."

글로리아의 답을 듣는 순간 내 눈매가 가늘어졌다.

언제쯤 대공가로 돌아갈 수 있냐고 편지를 보낸 레베카의 얼굴이 떠올랐다.

"……나이츠 가문은 큰 빚이 있어서 파산 직전까지 몰렸다고 들었는데요."

"그 말도 맞아. 실제로 나이츠 가문은 몰락할 뻔했다더구나. 하지만 직전 거액의 거래가 성사되어 빚을 모두 갚고 지금은 나름 영토 관리도 잘하고 있다던데."

문득 예전에 레베카와 나눴던 대화가 떠올랐다.

가문의 빚 때문에 힘들지 않냐고 물어봤을 때, 황급히 친척이 돈을 마련해 줘서 견딜 만하니 괜찮다고 손사래 치던 레베카의 모습.

"……사교계의 소문과는 다르네요."

그때를 떠올리자 절로 내 눈매가 가늘어졌다.

"그래. 직접 조사하지 않는 이상 알 수 없던 이야기더구나. 크게 영향력 있는 가문도 아니니 누가 일부러 조사할 일도 없을 테고."

큰 빚을 떠안고 파산 직전까지 몰렸다는 소문은 귀족으로서는 수치였다.

설령 그게 사실이라고 해도 보통은 아니라고 부정하기 일쑤인데. 나이츠 가문은 일부러 그런 소문을 벗지 않았다.

"……혹시 그게 제 시녀로 들어오기 전의 일인가요?"

"라피레온 가문의 시녀로 들어온 후 며칠 뒤 거액의 빚을 갚았다던데."

지난번, 레베카를 저택으로 데려다줄 때 나는 일부러 정원에 핀 꽃을 가져오라 명령했다.

나이츠 가문이 정말 여전히 빚에 허덕이는 가문이었다면 정원사를 고용하기 힘들었을 거고, 정원 또한 제대로 관리되어 있지 않았을 테니까.

하지만 레베카를 데려다줬던 하인은 나이츠 가문의 정원에서 아주 아름다운 꽃을 가져왔다.

그것도 심지어 타국에서 들여왔다는 비싸고 귀한 꽃이었다.

나를 처음 봤을 때 긴장한 것처럼 쉴 새 없이 떠들던 레베카의 모습, 세르시아를 보고 두려움에 눈물을 흘리던 레베카의 모습.

내가 다치거나 위험한 일을 겪고 난 뒤 늘 자기 일처럼 걱정하며 오열하던 레베카의 모습이 떠올랐다.

나는 주먹을 슬며시 쥐었다. 레베카를 저택에서 내보내고 글로리아한테 뒷조사를 부탁했을 때도 혹시 이런 일이 생기진 않을까 예상했었는데.

막상 직접 듣고 나니 속이 쓰렸다.

"괜찮니, 아가?"

아무런 답이 없는 내 모습에 글로리아가 걱정스럽게 물었다.

"혹시 그 시녀가 너를 배신하거나, 네게 나쁜 짓을 한 거니?"

당장이라도 나이츠 가문을 불사 질러 없애버릴 기세였다. 하지만 일단은 레베카와 먼저 대화가 하고 싶었다.

나는 짐짓 아무렇지 않은 척 입가에 완연한 미소를 띠었다.

"아니요, 그런 건 아니에요. 괜찮아요, 글로리아 님. 감사해요."

"……정말이니?"

"네, 그럼요."

"혹시 널 아프게 했거나 널 배신하려 한 거라면 언제든지 말하렴. 나불거리던 입을 찢고 바라보던 목을 꺾어주마."

"네, 대화를 나눠본 후 정말 그렇다면 그땐……."

손톱으로 인해 손바닥이 패도록 세게 주먹을 쥐었다.

"그땐 꼭 말씀드릴게요."

"그래. 난 네 선택과 신중을 믿으니 기다리고 있으마. 포츤 영식의 얘기는 다음에 듣겠니?"

"아니요, 괜찮아요. 같이 얘기해 주세요."

글로리아가 차를 한 모금 삼켰다.

"포츤 영식은 놀랄 내용은 없단다. ……다만."

"다만?"

"이상하게 타국으로 유학 갔을 때의 소식을 찾기가 힘들어. 아는 사람이 없더구나."

글로리아가 눈가를 문질렀다.

"이건 조금 더 조사를 해봐야만 알 것 같아."

아데우스는 테르데오한테 복수를 하려 했었다고 말했지. 혹시 복수를 위해서 과거 행적을 일부러 지운 건 아닐까?

가능성이 아예 없는 건 아니다.

테르데오가 주도한 전쟁으로 잃은 아데우스의 소중한 사람.

나는 쓴 입맛을 다시며 끄덕였다.

"부탁드릴게요."

한바탕 소용돌이가 왔다 간 것처럼 마음이 심란했다. 나는 시계를 확인하고 찻잔을 내려두었다.

"혹시 오늘은 먼저 실례해도 될까요?"

"선약이 있니?"

"이 시간쯤 찾아오는 둥지를 잃은 새 한 마리가 있는데…… 오늘은 아무래도 살펴보고 와야 할 것 같아서요."

물어볼 게 많으니까.

"자유롭게 살아가는 새는 길들일 수 없단다. 마음 주지 말고 쓰지도 말고. 잠시 왔다가 떠난다 생각하고 보고 오렴."

마치 모든 것을 꿰뚫고 있는 것처럼 글로리아가 웃었다. 나 역시 그녀를 향해 미소를 지은 후 자리에서 일어섰다.

그리고 근처에 있는 하녀에게 마차를 준비하라 일렀다. 나는 준비된 마차를 타고 저택의 입구로 나섰다.

저택 입구에 다다르니 아니나 다를까 근처를 배회하는 익숙한 모습이 눈에 들어왔다.

'둥지를 잃은 새.'

나는 마차의 창문을 열고 그의 이름을 자그맣게 읊조렸다.

"아데우스."

내 부름이 들리자 저택 안을 힐끔거리던 아데우스가 흠칫 놀라 어깨를 굳혔다. 몸을 돌린 아데우스의 손에는 오늘도 역시나 선물이 들려 있었다.

"이리와."

나는 아데우스를 향해 손가락을 까닥거렸다. 내 명령을 받은 아데우스가 강아지처럼 쪼르르 앞으로 달려왔다.

'새가 아니라 길을 잃은 강아지라고 할 걸 그랬네.'

아데우스의 등 뒤로 주인을 만난 것처럼 살랑거리는 꼬리가 보이는 것 같았다.

"……여기서 얘기할 수는 없으니 마차 타."

마차를 가리키며 고갯짓하자 아데우스가 고개를 젓고 손에 들린 선물을 건넸다.

"전 이것만 전해드리고 가려고……."

"타라고. 내가 두 번 말하게 할 셈이니?"

관자놀이를 꾹 누르며 압박하자 아데우스가 꼼지락거리며 마차에 올라탔다.

"다친 곳은 이제 괜찮아?"

"……이제 괜찮습니다. 혼자 걸어 다니기도 편합니다."

"날 산에서 구할 때는 혼자 걸어 다니기 힘들었나 보네."

정곡이 찔린 아데우스가 흠칫 놀라 시선을 슬그머니 아래로 내렸다.

이렇게 고분고분하다니.

전에는 절대 볼 수 없던 반응들이었다.

"궁금한 게 있는데 왜 며칠째 선물만 주고 그냥 가는 거야?"

질문에도 아데우스는 머쓱하게 웃으며 머리만 긁적거렸다. 늘 내가 할 말이 없도록 끝도 모른 채 반박하던 모습만 보다가 밀리는 모습을 보니 신선했다.

"선물을 줄 거면 얼굴을 보고 가는 게 좋잖아."

얼굴을 봐야 테르데오와의 오해도 풀고, 테르데오한테 직접 사과하는 것도 훨씬 좋을 거고.

아데우스가 씁쓸하게 웃으며 떨군 시선을 피했다. 그가 들릴락 말락 작게 중얼거렸다.

"절 보기 싫어하실 것 같아서요……."

아데우스가 주인한테 버려진 강아지처럼 처량하게 어깨를 축 늘어뜨렸다.

그 모습을 본 나는 입을 크게 떡 벌렸다.

세상에, 저렇게 풀이 죽은 모습이라니.

지금 내 앞에 있는 사람이 아데우스 맞아? 아데우스의 탈을 쓴 다른 사람 아닐까?

'내가 하는 말마다 반박하고 시끄럽게 하는 것보단 낫네.'

나는 놀란 기색을 숨기며 팔짱 낀 손가락을 톡톡 두드렸다. 이렇게 눈치를 본다는 건 자기 잘못을 안다는 거겠지.

좋은 자세였다.

"하긴. 틀린 말은 아니네. 보기 싫겠지."

"……!"

복수한다고 앞에 대고 말했는데 테르데오가 아데우스를 만나려고 할 리가 없다. 지난번에 보낸 약도 화가 난다면서 돌려보냈고.

내 무심한 대답에 아데우스가 희망의 빛을 잃은 것처럼 어깨를 축 늘어뜨렸다. 그 모습이 마치 비에 홀딱 젖은 강아지처럼 보이기도 했다.

'테오랑 정말 화해하고 싶었나 봐.'

저렇게까지 풀 죽는 걸 보니 조금 안쓰럽기도 했다.

"사과하고 싶으면 선물을 제대로 보냈어야지. 선물부터 다 잘못 보냈잖아. 제대로 보내야 받는 사람 기분이 풀리지."

"네?"

아데우스가 커다란 눈망울을 끔뻑거렸다. 그러더니 더듬거리며 어벙하게 말했다.

"어…… 음, 죄송합니다. 제가 누군가한테 이렇게 선물을 하는 게 처음이라…… 혹시 어떤 게 이상했는지 말해주시면……."

"사이즈가 안 맞아."

내 단호한 목소리에 아데우스가 이해할 수 없다는 것처럼 고개를 살짝 기울였다.

"혹시 사이즈가 너무 크던가요?"

"뭐? 무슨 소리야. 너무 작아."

아데우스가 나를 짧게 훑었다. 그리고 고개를 숙여 곧바로 사과했다.

"제가 눈대중으로 맞춰 보내다 보니까 실수를 한 것 같습니다. 죄송합니다. ……혹시 치수를 알려주시면 그에 맞도록 다시 보내겠습니다."

진짜 고분고분하네.

그나저나 치수? 나도 테르데오의 치수는 정확히 모르는데…….

나는 내가 안겼던 테르데오의 품과 나를 어루만지던 커다란 손을 떠올리며 가늘어진 눈매로 말했다.

"음, 옷 사이즈는 지금 보낸 것보다 세 배는 더 커야 할 것 같고, 검도 더 큰 게 좋을 것 같아. 신발은……."

"잠시만요."

"응?"

메모라도 할 것처럼 진지하게 내 말을 듣던 아데우스가 묘한 표정으로 고개를 갸우뚱거렸다. 그리고 힐끔힐끔 나를 살피며 조심스럽게 물었다.

"저…… 대공비 전하."

"응?"

"겉모습으로 판단하는 건 아닙니다만, 뭔가 잘못된 것 같아서요."

"음……."

나는 테르데오의 모습을 다시 떠올리며 고민에 빠진 표정으로 턱을 쓸었다. 남자 사이즈를 잘 모르다 보니 너무 작게 말했나 싶었다.

"음…… 그럼 내가 말한 사이즈에서 한 치수 더 커야 할까?"

"네? 치수를 더 줄이는 게 아니라 더 크게 늘린다고요?"

아데우스의 눈에는 테르데오가 그렇게 작아 보이나? 어렴풋이 보더라도 절대 작은 체구는 아닌데.

나는 아데우스에게 단호히 말했다.

"아데우스, 네 눈에 테오가 어떻게 보이는지 몰라도 테오는 작지 않아."

"……네?"

"테오는 나보다 손이 두 마디 반은 더 크고 몸집도 엄청 커. 테르데오가 날 안으면 나는 그 품에 안기게 되는……."

아차. 이런 말까지는 필요 없지.

나는 미간을 찌푸린 아데우스를 보며 큼큼 목을 가다듬고 말을 이어갔다.

"어쨌든 지금 입고 다니는 셔츠도 가끔 단추가 터질락 말락 하거든. 옷을 보내려면 그보다는 큰 사이즈를 보내는 게 낫지 않을까? 또 키가 커서 그런지 발도 엄청 크고…… 가끔 발을 나란히 맞춰보면 내 발이 아이 발처럼 보일 정도인걸."

"……아."

길게 이어지는 내 말에 아데우스가 탄성을 뱉었다. 그러더니 하하 어색하게 웃으며 자신의 이마를 짚고 도리질했다.

'왜 저러지? 뭐가 잘못됐나?'

아데우스가 얕은 한숨을 내쉬며 허탈하게 웃었다.

"대공비 전하, 제가 보내드린 건 대공 각하의 선물이 아니라……."

"응? 테오 선물이 아니라고? 그럼 누구 선물인데?"

"……제가 대공비 전하께 선물을 전달해 달라고 했는데, 혹시 선물이 전부 대공 각하께 간 건가요?"

"아니, 나한테 왔는데."

"……그럼 선물은 잘 도착한 것 같은데…… 어디서 오해가 발생한 건가요?"

"오해?"

"네, 오해요."

아데우스가 칼같이 잘라 말했다.

무슨 오해를 말하는 거지? 나는 고개를 갸웃거렸다.

응? 나한테 보내달라고 했었다고? 그러고 보니 수취인도 나였는데…….

'……설마.'

나는 가늘어진 눈매로 아데우스를 바라봤다. 그리고 슬그머니 손가락으로 나를 가리켰다.

"혹시…… 설마……."

"네, 대공 각하가 아니라 대공비 전하께 보내드린 선물입니다. 약도, 신발도, 장갑도, 검도, 옷도, 오늘 가져온 이 머리 끈도요."

그렇게 말한 아데우스가 오늘 가져온 선물을 내게 내밀었다. 꽃이 달린 예쁜 머리 끈이 아니라 투박한 검은색의 머리 끈이었다.

나는 얼떨떨한 얼굴로 머리 끈과 아데우스를 번갈아 보며 놀란 눈을 크게 떴다.

"나는 네가 테오한테 사과의 의미로 선물을 보내는 줄 알았어."

"……전 분명 대공비 전하께 전해달라고 했는데요."

"테오한테 보내기 부끄러워서 나한테 대신 보내는 줄 알았지."

"제가 분명 그때 대공 각하께 복수하기 위해 접근했다고 하지 않았나요?"

아데우스가 고개를 갸웃거리며 '꿈을 꿨나?'라고 중얼거렸다.

"……그거 그만두기로 한 거 아니었어?"

아데우스는 대답 대신 시선을 피했다. 나는 미간을 찌푸린 채 아데우스를 향해 현실을 말했다.

"명령을 내린 건 황실이야. 테오는 황제의 출전 명령에 따랐을 뿐이야."

"……그 정도는 알고 있습니다."

"복수하려거든 테오가 아니라 황가에 해야 해."

"그것 또한 준비하는 중입니다."

……준비하고 있다고?

황가에 복수를 준비한다는 말에 놀란 나는 사고가 정지했다. 지금 그 말이 뭘 뜻하는지 아데우스는 알고 있는 걸까?

"너……."

"하지만 전 그날을 잊지 못합니다. 당연히 다 알고 있습니다. 다 알고 있지만…… 덤덤한 표정의 대공 각하를 잊을 수가 없습니다."

"덤덤한 표정이라니…… 아데우스, 너 전쟁에 나간 테오를 봤어?"

아데우스가 상처받은 사람처럼 쓴웃음을 지었다.

"……대공 각하께서 울거나 웃진 않으셨을 테니까요."

대충 뇌까린 아데우스가 가져온 선물을 내 무릎 위에 억지로 올려두며 평소처럼 꾸며낸 미소를 짓고, 꾸며낸 목소리로 말했다.

"생각해 보니 오해할 법도 하네요. 제가 보내드린 선물은 예쁜 무늬도, 그리고 향기로운 꽃도 없는 눈에 띄지 않는 투박한 무채색의 물건들이었으니까요."

나는 시선을 내려 무릎 위에 올려진 검은색의 머리 끈을 바라봤다.

시선 한 번 주지 않을 법한 무난한 선물들.

"혹시 제가 보내드린 선물, 다 버리셨나요?"

"약 빼고 일단은 가지고 있어."

테오 선물일 줄 알고 가지고 있었지. 두 사람이 화해했으면 하는 마음에…….

아데우스가 손으로 가슴을 쓸어내리며 안도의 한숨을 내쉬었다.

"혹시 버렸으면 어쩌나 걱정했습니다. ……제가 보내드린 선물은 훗날 대공비 전하의 안전을 위한 겁니다."

"내 안전?"

"대공비 전하께서 제 선물들을 사용하지 않고 행복하시다면 더 바랄 게 없습니다만."

아데우스의 흔들림 없는 곧은 눈동자가 나를 향했다.

"만일 대공비 전하께서 이 라피레온 가문을 벗어나야겠다는 생각이 들 때."

"……뭐?"

"그때 도움이 될 수 있도록 미리 준비해 드린 겁니다. 그런 준비는 혼자 할 수 없으니까요."

아데우스가 앉은 자리에서 일어나 내 앞에 한쪽 무릎을 꿇었다. 그리고 무릎에 올려뒀던 머리 끈을 들더니 내 머리카락 끝을 매만졌다.

"드레스가 아니라 몸에 맞는 편한 옷을 입고, 높은 구두가 아니라 뛰기 편한 신발을 신고, 가시덤불을 헤집더라도 손을 다치지 않도록 단단한 장갑을 끼고."

아데우스가 내 머리카락 끝을 살짝 땋더니 검은 머리끈으로 묶었다.

"이 긴 머리가 대공비 전하의 시야를 가리지 않길 바라는 마음으로 준비했습니다."

"……난 그런 걸 바란 적 없…….."

"물론 그럴 생각이 없다는 거 알고 있습니다. 저도 대공비 전하께 도망가라고 선물을 드린 게 아닙니다."

아데우스가 자신의 가슴팍에 손을 올려 마치 기사처럼 진심임을 맹세했다.

"대공비 전하께서 아무리 괜찮다고 한들 세간에 떠도는 라피레온 가문의 소문은 지독합니다. 모두가 견딜 수 없다고 하죠."

"그건…….."

함부로 저주 이야기를 할 수 없으니 나는 입술을 굳게 다물었다. 내 반응을 본 아데우스가 희미하게 웃었다.

"저 또한 제가 드린 선물을 영원히 쓰지 않으시길 바라고 있습니다. 이젠 억지로 대공비 전하께 선택을 강요하고 싶지도 않으니까요."

"……."

"하지만 만일을 대비해서 나쁠 건 없습니다."

단호하게 말하는 아데우스의 얼굴에는 내 걱정이 한가득 담겨 있었다. 아데우스가 무얼 걱정하는지는 잘 안다.

사교계에 퍼진 라피레온 가문의 소문이 얼마나 험악한지 나도 잘 알고 있으니까.

나는 아데우스를 가만히 내려다봤다. 그리고 손을 들어 그가 묶어준 머리 끈을 매만졌다.

"내가 원하지 않는다는 건 잘 알고 있겠지?"

"그럼요."

"너는 참……."

나는 얕게 웃으며 그가 묶어준 머리 끈을 가차 없이 풀었다.

"여전히 미움받을 짓만 골라 하는구나."

풀린 머리가 휘날렸다. 아데우스는 그걸 보면서도 아무렇지 않게 처음과 같은 미소를 유지했다.

"미움받더라도 이런 걸 준비해 드릴 사람이 저밖에 없을 것 같아서요. 얼마든지 미워하셔도 됩니다. 처음부터 준비되어 있었어요."

나는 손에 쥔 머리 끈을 매만지다 아데우스에게 내밀었다.

"미안하지만 선물은 돌려줄게. 옷도, 장갑도, 신발도, 검도, 머리 끈도."

"대공비 전하."

"나는 그 선물이 테오한테 보낸 선물로 착각해서 갖고 있던 거야. 만일 그 선물에 네가 말한 의미가 담겨 있었다면…… 아마 나는 처음부터 받지 않았을 거야."

세상 모두가 라피레온 가문을 향해 손가락질하더라도 나는 그들이 얼마만큼이나 따뜻하고 순수한 사람들인지 잘 알고 있다.

이 선물들이 그들한테 도망치는 의미라면 나는 받을 수도, 갖고 있을 수도 없다.

"말하지 않고 그냥 줬다면 받았을지도 모르는데."

"알고 있습니다. 그래도 대공비 전하께서 알고 사용해 주셨으면 했으니까요."

"아데우스."

나는 그의 손에 머리 끈을 억지로 쥐여주며 강한 목소리로 말했다.

"나는 네가 걱정할 만큼 약하지 않아. 누구도 내게 손을 댈 수 없어. 네가 말한 그 라피레온 가문조차도 말이야."

"……그러면 딱 한 가지, 검만 받아주세요. 다른 건 바라지 않겠습니다."

아데우스가 머리 끈을 받아 들며 간곡하게 부탁했다.

"검은 도망치는 수단이 아니라 대공비 전하의 몸을 지킬 수 있는 물건입니다. 라피레온 가문으로부터가 아니라 대공비 전하께서 위험에 처했을 때. 저도 옆에 없고, 하물며 대공 각하께서도 옆에 계시지 않을 때."

"……."

"그런 위험한 순간이 오면 그때 사용해 주세요."

내 몸을 지킬 수단이라.

문득 도돌레아가 떠올랐다. 지금까지는 아무것도 하지 않지만 앞으로, 당장 내일만 하더라도 달라질지 모른다.

아데우스의 말이 옳다.

나는 내 몸을 지킬 수단이 필요하다.

"하지만…… 미안."

내가 끝까지 사과를 건네자 아데우스의 얼굴에 그늘이 졌다.

"네 마음은 정말 고마워, 아데우스. 하지만 테오가 좋아하지 않을 거야."

"……대공 각하는 대공비 전하의 안전보다 자기 기분을 중요시하는 남자입니까?"

"아니, 틀려. 내가 테오의 기분을 중요시하는 거야. 테오가 신경 쓰게 만들고 싶지 않아."

검이 필요하면 내가 따로 구해도 되고 테오한테 선물로 받아도 된다.

"하지만 네가 말한 의미는 잘 알겠어. 검은 내가 구해서 늘 가지고 다니도록 할게."

아데우스의 성의를 생각하면 미안하지만.

애석하게도 나는 내 사람인 테르데오를 상처 주고 아프게 하면서까지 남을 챙길 여력은 없었다.

아데우스가 씁쓸한 표정으로 고개를 끄덕거렸다.

"네, 전 그저 대공비 전하의 안전이 우선이니까 그거면 됩니다. 제가 아끼는 사람을 지키지 못한 건 한 번으로 족합니다."

아데우스가 황망하게 중얼거렸다. 아무것도 담기지 않은 텅 빈 목소리는 듣는 나마저도 가슴이 아릴 정도였다.

마차가 적막에 잠겼다. 애써 분위기를 전환하려는 아데우스가 평소보다 높은 톤의 목소리로 말했다.

"그나저나 대공비 전하께서는 정말 자기 일에는 둔하신 것 같습니다. 어떻게 그걸 대공 각하께 드릴 선물로 착각하시는 거죠?"

"네가 유난히 날 헷갈리게 해서 그래."

"예전에 제가 데이트를 신청했을 때도 레베카로 착각하셨었죠."

맞아, 그랬었지.

레베카의 이름이 나오자 다시 기분이 착잡해졌다.

나는 굳어진 표정으로 아데우스를 바라봤다.

"아데우스,"

"네, 대공비 전하."

"레베카가 날 속인 걸 너도 알고 있었니?"

마차의 창문은 분명히 닫혀 있는데도 싸늘한 바람이 느껴졌다.

아데우스의 표정에서는 아무것도 읽을 수 없었다. 그가 날 빤히 바라봤고, 나 역시 아데우스의 시선을 피하지 않고 바라봤다.

서로의 시선이 교차하고 아데우스가 입을 열었다.
"……레베카가 그러던가요?"
나는 아데우스를 유심히 관찰하며 입술을 열었다.
"아니, 레베카는 나한테 아무것도 말하지 않았어."
"……레베카는 그럴 아이가 아닐 텐데요."
"글쎄. 내가 본 레베카의 모습이 진짜인지 거짓인지 구분이 잘 안 가. 난 너처럼 레베카를 어렸을 때부터 보지 않았거든."
아데우스가 숨을 크게 들이켰다. 그리고 가슴에 얹었던 손을 내리며 무릎 꿇던 몸을 일으켜 의자에 앉았다.
"레베카의 뒷조사를 하신 겁니까?"
"그래. 의아한 부분이 여럿 있었거든."
"그래서 레베카를 저택에서 내보내셨던 거군요."
"맞아."
나는 아데우스를 빤히 바라봤다.
"아데우스."
"네, 대공비 전하."
"너는 나를 해칠 사람이니?"
아데우스가 올렸던 고개를 내려 나를 똑바로 응시했다. 흔들림 없는 푸른 눈동자가 말갛게 나를 담았다.
"네가 저번에 말했지. 나한테 해를 끼칠 사람이 아니라는 걸 증명하고 싶어서 모든 걸 사실대로 털어놓았다고."
"네."
"그 말이 거짓이었니?"
아데우스가 황급히 고개를 저었다.
"아닙니다. 사실이었습니다. 제 목숨을 걸어도 좋습니다. 만일 제가 거짓을 말했다면 들짐승에게 사지가 찢기고 목을 물어뜯겨도 좋……."

"그만."

아데우스가 다시 입술을 꾹 다물었다.

"그럼 다시 물을게. 레베카가 날 속인 걸 너도 알고 있었니?"

아데우스의 눈가가 미세하게 찌푸려졌다. 잠시 고민하던 아데우스가 결심한 듯 입을 열려고 했다.

그때 누군가 마차 문을 똑똑 두드렸다.

"대공비 전하."

집사의 목소리였다. 저택 앞에 마차를 세워두고 있었기에 아마 나를 찾아 이곳까지 온 모양이었다.

"나갈 테니까 기다려."

나는 집사에게 짤막하게 대꾸하고 자리에서 일어났다. 힐끔 아데우스를 내려다보니 그는 마치 얼음처럼 꽁꽁 얼어붙어 있었다.

"아데우스,"

"네, 대공비 전하."

고개를 들어 올린 아데우스가 울 것 같은 얼굴로 날 응시했다. 차라리 내가 강제로 협박이라도 해서 무언가를 물어봐 주길 기다리는 것 같았다.

"그렇게 겁먹을 것 없어. 네겐 네 사정이 있겠지."

"……감사합니다."

"아데우스, 너 처음에 나한테 계획적으로 접근했다고 그랬잖아."

아데우스가 죄책감 가득한 표정으로 어깨를 움츠렸다.

"나하고 친해져서 테오한테 복수하려고 한 거야?"

"……네, 대공비 전하를 반하게 해서…….""

"반하, 뭐?"

지금 내가 잘못 들었나? 반하게 하려고 했다고?

나는 우리가 처음 만났던 행렬 길을 떠올리며 미간을 찌푸렸다. 아무리 생각해도 이해가 안 간다.

"그런데 왜 그렇게 행동했어? 누가 봐도 의심스럽고 수상했잖아."
그렇게 행동하면 반하는 사람이 없을 것 같은데.
"그래야 기억에 남을 테니까요. 그땐 대공비 전하께 절 각인시키는 게 먼저였습니다."
"……미움받는 쪽으로?"
"……그리고 사실 잘 통하는 방법이라고 들었어요. 전 그 방법이 대공비 전하께 안 통할 줄 몰랐어요."
"……잘…… 통하는 방법?"
그게? 어딜 봐서 잘 통하지?
"네. 일명 '날 이렇게 대한 사람은 네가 처음이야' 작전이라더군요."
말이 끝나기 무섭게 허탈한 웃음이 입술을 비집고 새어 나왔다.
"아데우스, 너 누구한테 반해본 적 없구나."
아데우스가 멍한 표정으로 나를 바라봤다.
"나중에 반해보면 알 거야. 그런 것보다는 한 번 눈 마주치고 웃어주는 게 더 효과적일걸. 그리고 너는 얼굴이 잘생겼으니까 입 다물고 웃는 게 더 효과 좋을 거야."
아데우스의 귀가 새빨갛게 물들었다. 아데우스의 얼굴이 석양빛으로 물든 것도 모른 채 나는 마차의 문을 열었다.
"아데우스."
그리고 그대로 고개를 뒤로 젖혀 그를 바라봤다.
"너는 레베카가 내게 뭘 속였는지도 묻지 않네."
"……!"
아데우스의 얼굴이 새하얗게 질렸다. 흔들리는 푸른 눈동자가 나를 직시했다. 무언가를 말하고 싶은 듯 아데우스가 한참이나 입술을 벙긋거렸다.
"네가 유학 갔던 곳이 '지첼리아'라고 했던가. ……슈와츠 왕국 옆에 있는."

"……대공비 전하."
"다음에 만날 때 네가 내게 어떤 말을 해줄지 기대할게."
그리고 나는 가볍게 손을 흔들며 마차에서 내렸다.

※ ※ ※

페레샤티가 마차에서 내리자 아데우스는 저도 모르게 가슴을 움켜쥐고 눌린 숨을 토해냈다.
흐른 식은땀이 온몸을 적셨다. 모든 것이 꿰뚫린 것 같았다.
그런데도 이상하게 묘한 쾌감이 온몸을 뒤덮었다. 페레샤티가 알아봐 줄수록, 눈치채 줄수록 그러면 안 되는데 작은 희열이 일었다.
조금 더 날 돌아봐 주길, 날 알아주길. 내게 관심 가져주길.
비틀린 애정이 싹을 텄다.
가쁜 숨을 몰아쉰 아데우스가 창문으로 눈을 돌려 멀어지는 페레샤티의 뒷모습을 쫓았다.
'돌아봐 주세요.'
밝은 태양처럼 눈부신 눈동자가 나를 비춰주길. 아데우스가 간절히 바랐지만 애석하게도 페레샤티는 뒤 한 번 돌아보지 않았.
마차가 출발하는 소리가 없었으니 자신이 아직 여기에 있다는 걸 알고 있을 텐데도.
페레샤티는 조금도 신경 쓰지 않았다.
"반해본 적 없냐고 하셨나요……."
마차에는 페레샤티가 남기고 간 향기가 가득했다. 선명하게 맴도는 향기가 심장을 파고들었다.
아데우스는 자기도 모르게 페레샤티에게 묶어줬던 검은 색 머리끈을 매만졌다. 그리고 놓치기 싫다는 듯이 손으로 꽉 쥐었다.
"……반했어요."

아데우스가 손에 꽉 쥔 머리끈에 입술을 맞추며 눈을 감았다.

용서받지 못할 감정이었다.

분명 눈을 감고 있는데도 불구하고 조금 전 웃던 페레샤티의 얼굴이 더욱 선명해졌다.

만날 때마다 더욱 커가는 마음을 이제는 부정할 수도 없었다. 아데우스가 감은 눈을 떴다.

쓸모없는 눈동자는 페레샤티부터 찾았다. 그녀는 이제 작은 점이 되어 보이지도 않았다.

"……사실은."

아데우스가 멀어진 페레샤티를 보며 미처 말하지 못한 고해 성사를 늘어놓았다.

"레베카가 왜 그랬는지 모두 말씀드리고 싶었습니다."

답은 당연히 돌아오지 않았다.

"반하게 하려는 목적도 있었지만, 독살해도 죽지 않는 대공가의 비밀이 궁금해서 접근한 이유도 있었습니다."

모두 털어놓고 싶었던 비밀이었다.

하지만 이 한마디가 불러올 커다란 파장을 알고 있었기에 함부로 모든 걸 털어놓을 순 없었다.

아데우스의 한마디에 생사를 왔다 가는 사람들의 목숨이 너무나도 많았다.

'다음에 만날 때 네가 내게 어떤 말을 해줄지 기대할게.'

페레샤티는 언제나 아데우스에게 솔직할 기회를 줬다.

이번 역시 마찬가지였다. 페레샤티는 다음에 만날 때까지 마음을 정하고 오라, 기회를 주고 믿어줬다.

"처음엔 대공비 전하의 정부가 되어 가문의 비밀을 알아내고 싶었습니다."

분명 음식에 독을 탔었는데도 대공가에서 죽은 사람은 아무도 없었다. 큰 논쟁이 되지도 않았고 마치 아무 일도 없었던 것처럼 모두가 조용했다.

그래서 일부러 반란군을 잡은 척 나섰고 우연을 가장하여 혹은 돕는 척, 필요성을 강조하여 옆으로 다가갔다.

"대공비 전하께선 그 알약이 무엇인지도 알고 계신 것 같았기에 더더욱 멀어질 수가 없었습니다."

예전 신전 앞에서 알약을 두고 싸우던 페레샤티와 그녀의 새어머니, 자하르트 부인이 떠올랐다.

그때 분명, 새어머니가 알약을 꺼내자 페레샤티는 격분했다. 그 알약이 무엇인지 아는 사람처럼 행동했었다.

'……그러시고 갑자기 그 알약을 먹겠다고 해서 놀랐지만.'

하지만 결국 그 알약을 먹은 건 테르데오였다. 죽지 않은 걸 보면 가짜 알약이었겠지만.

'그게 정말 가짜 알약이었을까?'

그걸 떠보기 위해 나갔던 식당에서 아데우스는 자기도 모르게 과거를 털어놓고 화재 사고에 휩쓸린 페레샤티를 살렸다.

그간의 행적을 되짚어 봐도 이해가 안 갔다.

'언제부터였지.'

도대체 언제부터 마음이 움직였을까.

알약을 먹는다고 했을 때, 자기도 모르게 막아섰을 때부터? 상속권 문제로 곤란해했을 때부터? 아니면 함께 케이크를 먹어줬을 때부터?

"짚이는 것만 많네."

아데우스가 헛웃음을 뱉었다. 한숨을 내쉰 아데우스는 페레샤티의 모습이 보이지 않자 일어나 마차에서 내렸다.

'네가 유학 갔던 곳이 '지첼리아'라고 했던가. ……슈와츠 왕국 옆에 있는.'

조금 전 페레샤티가 했던 말이 가슴을 따끔하게 만들었다.

어쩌면 모든 걸 이미 다 알고 계실지도 모른다.

"그렇게 티가 났나. 이제까지는 잘해왔었는데."

하긴, 얼굴만 봐도 표정을 숨길 수가 없는 시점에서 이미 아데우스의 패배가 정해진 것이나 다름없었다.

어차피 더 속일 수도 없었다. 페레샤티 앞에 가면 모든 게 무장해제 되고 말았으니까.

"……네, 다음에 만날 땐 모든 걸 정리하고 오겠습니다."

그리고 반드시 낱낱이 숨김없이 고백하리라.

아데우스가 페레샤티가 있는 저택을 향해 인사를 한 후 몸을 돌렸다.

그리고 느릿한 걸음으로 걸어 대공가의 저택을 벗어나 근처 숲속으로 향했다. 오솔길에 들어서기 무섭게 아데우스가 걸음을 우뚝 멈췄다.

주머니에 손을 찔러넣은 아데우스가 뚜둑 고개를 꺾으며 스산하게 중얼거렸다.

"나와."

페레샤티와 함께 있을 때는 전혀 볼 수 없던 공격적인 모습이었다.

"며칠째 나 따라다니는 거 아니까 나오라고."

"……."

"안 나오면 그냥 죽인다?"

아데우스의 협박에 나무 뒤에 몸을 숨겼던 여자가 슬그머니 나타났다.

"내가 오늘부터 정리할 일이 있어. 하루라도 빨리 정리해서 칭찬받고 싶거든."

"……."

"근데 그게 뭔지 다른 사람한테는 절대로 들키면 안 돼. 그러니 미행은 여기까지만 해줬으면 하는데."

"당신."

여자가 아데우스를 불렀다. 아데우스가 여자를 훑었다. 당장 검으로 찔러 죽일 수 있는 급소가 너무도 많이 노출되어 있었다.

'날 죽이려고 쫓아다닌 게 아닌가?'

미행할 때부터 기척을 숨기지 못한 걸 보면 실력자는 아닌 것 같았다. 아데우스가 본능적으로 검을 찔러 넣을 곳을 살피자 여자가 입을 열었다.

"대공비를 사랑하나요?"

뜬금없이 들려오는 질문에 아데우스가 미간을 찌푸렸다.

"며칠째 지켜봤어요. 당신은 대공비를 진심으로 사랑하는 것 같더군요."

"……대공비 전하를 알고 있어?"

"정말로 대공비를 사랑한다면 저 지옥에서 대공비를 데리고 도망쳐 줘요. 대공비도 그걸 바랄 거예요. 난 늘 그렇게 누가 날 납치해서 데리고 도망가 줬으면, 하고 내심 바랐으니까요."

"……지옥?"

아데우스가 공격 태세를 지우고 여자 앞으로 다가갔다.

"그런 말을 하려면 자기가 누군지 소개부터 해야 하는 거 아닐까? 내가 뭘 믿고?"

"난 하라리 아크만."

피폐해진 여자, 하라리가 죽음을 각오한 모습으로 음습하게 웃었다. 아데우스가 빠르게 기억을 더듬었다.

하라리 아크만.

들어본 적 있는 이름이었다. 죽은 테르데오 형의 전 부인.

"나는 라피레온 가문에 대해 모든 걸 알고 있어요. 그 가문엔 비밀이 있어요."

"비밀?"

제법 구미가 당기는 단어였다. 아데우스가 꼿꼿하던 상체를 숙여 하라리와 눈을 맞췄다.

"그런데 그거 나한테 함부로 발설해도 돼? 비밀이라며."

"……상관없어요. 이렇게 사느니 죽는 게 더 나으니까."

무표정으로 일관하던 아데우스의 얼굴에 비릿한 미소가 걸렸다.

'라피레온 가문의 비밀이 궁금하기는 하지만…… 이렇게 입이 가벼운 여자는 대공비 전하께 걸리적거리겠어.'

아데우스가 머릿속으로 하라리를 어떻게 처리할지 고민하며 웃었다.

대공비 전하의 앞길을 가로막는 건 모두 해치워야 했다. 그녀가 가는 길에 장애물을 만들어선 안 됐다.

그게 설령 아데우스, 자신이라고 할지라도.

"우리, 할 얘기가 많은 것 같네."

아데우스가 음습하게 웃었다.

❈ ❈ ❈

어지간히 급한 일이었는지 마차에서 내리기 무섭게 하얗게 질린 집사가 다가왔다.

"대공비 전하, 예전에 베르딕트 백작 부인께 기사를 보냈던 걸 기억하시나요?"

"참, 맞아. 그랬었지."

그러고 보니까 그 뒤로 셋시를 따라가는 바람에 답을 못 들었네.

"베르딕트 백작 부인의 답은 가지고 왔어? 뭐래? 협력하겠대?"

"그 서신을 보내러 간 기사가 행방불명이었습니다. 입단한 지 얼마 되지 않은 말단 기사였죠. 아직 업무를 배정받기 전이라 심부름을 시킨 거였는데…….."

뭐?

나는 황당한 표정으로 집사를 돌아봤다. 그러나 집사의 표정은 여전히 딱딱하게 굳은 상태였다.

"대공가의 다른 기사가 수색 중이었는데 조금 전 소식이 들어왔습니다."

"찾았대?"

집사가 심각한 표정으로 고개를 끄덕거렸다. 그리고 내내 손에 꽉 쥐고 있던 신문을 펼치며 내게 건넸다.

제일 첫 면에 크게 적힌 기사를 읽기도 전 집사의 목소리가 먼저 귀에 들렸다.

"그 기사도, 그리고 베르딕트 백작 부인도."

내 눈이 기사의 제일 큰 글자를 읽었다.

"모두 죽었습니다."

베르딕트 백작 부인의 사망 기사였다. 나는 너무 놀라 제자리에서 발을 우뚝 멈췄다.

"이게…… 무슨?"

그리고 떨리는 손으로 입가를 가린 채 기사를 눈으로 빠르게 훑었다.

며칠 전부터 모습을 감췄던 베르딕트 백작 부인이 골목길에서 시체로 발견됐다고 적혀 있었다.

베르딕트 백작에게 신전에 다녀오겠노라 말하고 나선 후 실종되어 수색을 펼쳤는데 싸늘한 주검으로 발견되어 애달프다고 덧붙여 있었다.

평소 그녀가 타고 다니는 것으로 추정된 마차는 급습을 당한 것처럼 엉망이었고 함께 외출한 것으로 알려진 시종 역시 시체로 발견뎄다고 했다.

"말도 안 돼……."

신전에 함께 갔던 호위에게 확인했을 때 분명 베르딕트 백작 부인은 무사히 도망에 성공했다고 했다.

혼자 신전을 빠져나와 마차를 타고 안전하게 산에서 내려갔다고 했는데…….

'도대체 누가 베르딕트 백작 부인을…… 왜?'

나는 같은 기사를 몇 번이나 반복해서 읽어내리다가 신문을 접어 집사에게 건넸다.

"내가 처음 서신을 보냈을 때도 베르딕트 백작 부인의 답이 없다고 했었나?"

"네."

신전에 다녀오겠노라 말한 후 실종됐다고? 그렇다면 무사히 산에서 내려온 게 아니었던 걸까?

그때부터 신변에 이상이 생겼던 거야.

'설마 신전을 내려오면서 살해당한 건가?'

도대체 누가 왜 베르딕트 백작 부인을 죽였을까? 신도의 짓일까? 그것도 아니면 혹시 도돌레아가…….

"서신을 보내러 갔던 기사는 어디서 발견됐어?"

"베르딕트 백작 저 옆의 산속에서 발견됐다고 합니다. 백작 저를 가기 위해 들려야 하는 산도 아닐뿐더러 사람이 오르기엔 가파르고 험해서 모두 꺼리는 곳이라고 합니다. 왜 그 산에 들어가서 죽어 있었는지……."

아마 베르딕트 백작 부인을 죽인 범인이 대공가의 기사까지 죽인 거겠지.

'이렇게 되면 황녀를 재판장에 세울 때 증거가 없어.'

나는 이를 바드득 갈았다. 도돌레아가 지금처럼 황제만 믿고 나 돌아다니지 않게 하려면 그 권력부터 빼앗아야 했다.

그러려면 심증만으로는 불가했다. 확실한 증거 혹은 누군가의 증언이 있어야만 가능했다.

'증거를 찾을 수 있는 곳이 없을까?'

"아, 맞아…… 신전."

나는 저택으로 걸어가던 걸음을 우뚝 멈췄다.

아까 글로리아와 대화할 때 분명 도돌레아가 신전을 가지 않고 황실 근처만 배회하고 다닌다고 했었다. 그러면 아직 거기에는 무슨 증거가 남아 있을지도 모른다.

"대공비 전하? 왜 그러십니까?"

"당장 가볼 곳이 있어. 마차를 준비해 줘."

"네? 어디를 가시려고……?"

"신전. 분명 거기엔 뭔가가 남아 있을……."

"어디를 간다고?"

내 말이 채 끝나기도 전에 뒤에서 익숙한 목소리가 들렸다. 고개를 뒤로 돌리니 말을 탄 테르데오가 못마땅한 눈으로 나를 내려다보고 있었다.

"내가 방금 이상한 말을 들은 것 같은데."

말에서 훌쩍 뛰어내린 테르데오가 내 앞으로 성큼 다가왔다. 그리고 놓지 않겠다는 듯이 내 허리를 붙들고 고개를 기울였다.

"그 황녀와는 절대 단둘이 만나지 않겠다고 나와 약속했던 것 같은데."

"테오."

"나만 기억하는 약속인가?"

테르데오가 화가 난 얼굴로 으르렁거렸다. 내가 신전에 간다는 말만 듣고 도돌레아와 둘이 만나러 간다고 착각한 것 같았다.

'귀여워라.'

날 걱정하는 그 모습이 귀여웠지만 지금은 그게 먼저가 아니었다.

"황녀를 만나러 가는 게 아니라……."

나는 집사의 손에 들린 신문을 빼앗아 테르데오의 눈앞에 펼쳤다.

"베르딕트 백작 부인이 죽었어요."

"……알아. 이미 듣고 오는 길이야."

"황녀의 미친 짓을 입증할 수 있는 증인이 사라졌어요. 그래서 그 신전을 찾아가 보려고요. 거기엔 아직 증거가 남아 있을지도 모르잖아요."

테르데오가 못마땅한 눈가를 찌푸렸다.

"사람을 보내서 수색해."

"사람은 놓칠 수도 있죠. 내 눈으로 직접 보고 증거를 가져오는 게 확실해요. 다른 사람이 먼저 가서 치우기 전에 가보는 게 좋을 것 같아요."

"그럼 나도 함께 가."

테르데오가 손을 뻗었다.

"설마 내가 그대를 혼자 보낸다고 생각한 건 아니겠지?"

테르데오가 걱정스러운 표정으로 내 턱을 움켜쥐었다.

"그대의 전 애인이 사라졌어."

"……네?"

시프가?

"드디어 그만둔 건가요?"

매일같이 테르데오한테 괴롭힘당하고 이만큼 버텼으면 많이 버틴 거지.

"아니."

테르데오가 귀찮게 됐다는 듯이 혀를 내찼다.

"내가 그대를 찾으러 가기 위해 자리를 비웠을 때, 누군가 와서 상부의 명령을 받았다며 소속이 바뀌었으니 데려갔다더군."

"상부의 명령이요? 소속이 바뀌었다고요? 어디로요?"

"그 뒤 본 사람이 없어."

상부의 명령을 받고 소속이 바뀌었다고 데려가서는 사라졌다고?

"……상부의 명령이라면 황제 폐하인가요?"

"황제일 수도 있고 황후일 수도 있고, 황태자나 다른 황가의 일원일 수도 있지."

"……황녀일 수도 있다는 거네요."

테르데오가 묵직하게 고개를 끄덕거렸다.

"지금 이런 시기에 그대를 혼자 움직이게 할 순 없어. 앞으로 어디를 다닐 땐 무조건 나와 동행해."

나는 내 턱을 움켜쥔 테르데오의 손을 꽉 잡았다.

"뭔가 오해하는 것 같은데 혼자 갈 생각 아니었어요."

"내가 들은 건 달랐는데."

"테오, 당신한테 같이 가자고 말하려고 했어요. 함께 신전으로 가달라고 하려 했는데."

내가 손깍지를 끼자 기분이 나아졌는지 험악하게 굳었던 테르데오의 표정이 사르르 풀렸다.

"믿을게."

테르데오가 손을 고쳐 잡더니만 내 손등에 짙게 입술을 맞췄다.

"내 눈이 닿지 않는 곳에서 그대가 무얼 할까 늘 걱정이야."

"난 물가에 내놓은 어린아이가 아니에요."

"차라리 작게 만들어 주머니에 넣고 다니고 싶어."

테르데오가 입술을 맞춘 손등에 얼굴을 비비적거렸다.

윽, 진짜 이럴 때마다 심장이 뻐근하다.

"제발 내 눈에 보이는 곳에만 있어."

"그럼 테오 당신이 나한테 눈을 안 떼고 계속 보고 있으면 되겠네요."

"······좋은 생각이야."

테르데오는 마치 진리를 깨달은 것처럼 진지하게 중얼거리며 끄덕였다. 그리고 내 허리를 품에 바짝 끌어안았다. 그의 딱딱한 몸이 느껴졌다.

"그럼 대리인을 구해 모든 일을 맡기고 대공국으로 돌아가서 그대만 보며 지낼까?"

"황제의 눈 밖에 날 텐데요."

"그대의 눈 안에 들면 더할 나위 없는 영광이지."

테르데오가 능청스럽게 내 눈가에 입을 맞췄다. 부드러운 깃털처럼 와닿는 입술이 내 모든 걱정을 앗아갔다.

그가 옆에 있다는 것만으로도 조금 전까지 불안하고 초조했던 마음이 눈 녹듯 사라져 갔다.

"모든 걸 다 해결하면."

테르데오가 염원을 담아 간곡하게 중얼거렸다.

"그땐 정말 너와 나, 둘만 있을 수 있는 곳으로 가자. 작위를 버려도 좋고, 모든 걸 다 버려도 좋으니까."

"저를 위해서 모든 걸 포기하겠다고 하는 거예요?"

"그래."

테르데오가 매달리듯 내 어깨에 얼굴을 묻었다. 커다란 손이 허리를 타고 올라와 내 등줄기를 쓸었다.

오싹한 기분이 들자 몸에 전율이 일고 나도 모르게 발끝을 오므렸다.

"너만 있으면 돼. 오직 너만."

듣기 좋은 말이었다. 나는 그의 목에 손을 가볍게 두르고 환희에 젖은 목소리로 답했다.

"나도 당신만 있으면 돼요, 테오."

그러니 어서 라피레온 가문에 내린 저주를 풀어야 했다. 그가 내 옆에 머물러 같은 시간을 공유할 수 있게.

"오늘 아데우스를 만났어요."

내게 키스하려 다가오던 테르데오가 눈썹을 좁혔다.

"그때 산에서 본 이후로 처음인가?"

"얼굴을 보는 건 처음이죠."

"그대를 속였다고 고백하고 뻔뻔하게 얼굴을 들이밀다니. 낯짝이 꽤 두껍네."

역시 테르데오는 아데우스를 싫어한다. 나는 테르데오의 기분이 더 상하기 전에 본론으로 들어갔다.

"아데우스가 검을 선물했었거든요."

"……검? 무슨 검?"

"제가 쓸 수 있는 단검이요."

나는 예전에 손에 가볍게 쥐었던 단검을 떠올리며 말했다.

"내 손에 딱 맞도록 제작된 것 같았어요."

"나한테 쓰라고 주던가?"

"그런 의미보다는 내 몸을 지키는 데 쓰라고 했어요."

테르데오는 못내 못마땅한 표정이었다.

"앞으로 황녀와 무슨 일이 있을지 모르니 내 몸을 지키는 데 필요할 것 같았어요."

신전에서 도돌레아가 내 가슴을 찌르려 했을 때처럼. 누군가 날 도와줄 수 있는 상황이 아니라면 내가 직접 헤쳐 나가야 한다.

"그래서 받았어?"

테르데오가 티 나지 않도록 감정을 제어하며 고요히 물었다. 긴장한 기세가 역력했다.

"어떨 것 같아요?"

"……그런 단검이라면 아마 그대가 가볍게 쓸 수 있도록 정교하게 제작했겠지."

테르데오가 짜증스럽게 머리를 뒤로 쓸어 넘겼다.

"받지 마."

그의 붉은 눈동자가 소유욕으로 강하게 물들었다.

"그렇게 정성스럽게 만든 물건을 그대가 지니고 다닌다는 게 기분 나빠. 게다가 그 선물에는 다른 의미도…… 아니, 됐어. 이건 몰라도 돼."

테르데오가 나를 안은 팔에 힘을 실었다.

처음 강하게 거부하던 목소리는 온데간데없이 사라지고 목소리가 점점 잦아들고 있었다.

"……하지만 그대의 안전을 생각하면 받는 게 맞기는 해……."

마치 셀피우스를 보는 것처럼 투정 부리는 모습에 절로 미소가 번졌다.

"내가 지금 단검의 제작을 재촉하더라도 완성되는 데까지는 아마 시간이 걸릴 테니까."

자그맣게 웃음을 터뜨리자 테르데오가 목덜미에 얼굴을 묻었다.

"제길, 내가 먼저 줬어야 했는데."

나를 늘 먼저 생각하는 테르데오의 마음에 미소가 번졌다. 나는 그의 허리에 팔을 두르며 웃음기 가득한 목소리로 답했다.

"그럼 제작이 완료되면 선물해 줘요. 기다릴게요."

"……어?"

"아데우스가 선물해 줬다고 했지, 받았다고는 안 했어요."

목덜미에 묻었던 얼굴을 든 테르데오의 눈동자에 희열이 일었다.

"……정말?"

"네, 다 돌려보냈어요."

성의를 무시한 것 같아 미안하지만…… 이런 건 상대를 헷갈리지 않도록 행동하는 게 좋으니까.

"아까도 말했잖아요."

나는 테르데오의 볼에 손을 얹었다.

"당신만 있으면 된다고요, 테오. 그리고 나도 당신이 준 선물을 늘 지니고 싶으니까요."

"……샤샤."

테르데오가 기분 좋게 내 머리를 쓰다듬었다.

내 말에 미소로 화답한 테르데오가 허리를 감싸며 고개를 숙였다. 그리고 이제는 자연스럽게 입술을 찾아왔다.

예전 같았으면 당황스럽고 놀랐을 나도 이제는 눈을 지그시 감고 안으로 밀고 들어오는 그를 달게 받아들였다.

옆에서 우리를 바라보던 집사가 '마차를 준비하겠습니다'라며 작게 말하고 빠르게 사라져 갔다.

집사가 준비한 마차를 타고 우리는 신전으로 움직였다.

테르데오가 내 옆에 있어 준다는 것만으로도 당장 무슨 일이 벌어질지 모르는 미래에 대한 불안감과 걱정보다는 안도감이 들었다. 마차의 창문 너머로 비치는 햇살이 뽀송뽀송했다.

나는 서로 깍지 낀 손을 어루만졌다.

"일은 괜찮아요? 그때 반란군을 잡았다고……."

"아아……."

테르데오가 얼굴을 대충 문질렀다.

"그건 괜찮아. 내가 나름 처리하는 중이니 신경 쓰지 않아도 돼."

"……테오."

"응."

"만약 저주가 풀리면 제일 먼저 하고 싶은 일이 뭐예요?"

테르데오가 고민하며 턱을 쓸었다. 한참 고민하던 그가 짤막하게 답했다.

"그대에게 맛있는 음식을 직접 만들어 주고 싶군."

소박한 바람이었다.

"지금은 보다시피 저주 때문에. 세르시아와 같은 실수를 할 순 없잖아."

지금 당장은 라피레온의 저주가 통하지 않는다고 해도 갑자기 독이 통할지도 모르니까 조심해야만 했다.

방심하다가 갑자기 어느 날, 저주가 통해 죽을 수도 있는 일이니까.

"······셋시한테 그런 비극이 시작되기 전, 저주를 풀 수 있었다면 좋았을 텐데요."

아무도 다치지 않고, 또 아무도 아프지 않게.

"지금 실마리를 잡은 것만으로도 훌륭해."

테르데오가 깍지 낀 손을 풀고 옆으로 다가와 내 어깨를 감쌌다. 그의 어깨에 머리를 기대자 따스한 온기가 느껴졌다.

"왜 하필이면 2대 대공한테 저주를 걸었을까요?"

마차가 돌산에 진입하자 바퀴가 심하게 덜컹거리기 시작했다.

"도돌레아가 사랑한 건 초대 대공인 아인하르트였잖아요."

"그렇지."

"그 사람이 밉고, 그래서 복수하고 싶었으면 아인하르트한테 직접 저주를 걸어야지. 왜 그의 자식인 2대 대공한테 저주를 건 걸까요? 그렇게 해봤자 마녀가 얻는 건 없을 텐데."

"글쎄."

내리쬐는 강렬한 햇볕 때문에 눈이 부셔 눈살을 찌푸렸다. 눈치를 챈 테르데오가 손을 들어 강렬한 햇살을 막았다.

"애초에 일방적인 사랑이란 이유로 저주를 내린다는 것 자체가 이해되지 않아. 그러니 평생 이해할 수 없겠지."

테르데오의 말이 맞다. 설령 내 마음을 받아주지 않는다고 해도 내가 사랑한 사람인데. 그 사람이 불행하길 바란다는 건 상식 밖의 일이었다.

우린 서로에게 기대어 눈을 감았다. 한참 덜컹거린 마차가 신전에 도착했다.

테르데오는 잠시 마차에서 기다리라 말한 후 먼저 내려 신전 주변을 가볍게 확인했다.

"오고 간 사람은 없는 것 같군. 다른 흔적도 없고 주변에 위험한 것도 보이지 않아. 이제 내려도 괜찮아."

테르데오의 손을 잡고 마차에서 내린 후 나는 천천히 신전 안으로 들어섰다. 사람이 가득 찼을 때도 으스스했었는데 텅 비니 스산하기까지 했다.

테르데오가 빠르게 곳곳을 확인했다. 스테인드글라스 너머로 희미한 빛이 새어 들어왔다. 함께 여러 장소를 살폈지만 별다른 소득은 없었다.

"아무것도 없어."

이곳은 신전으로서 최소한 갖춰야 할 구색조차 없었다. 테르데오가 황망하게 중얼거리며 머리를 쓸어 넘겼다.

"남의 눈치 보지 않고 손쉽게 제물을 얻기 위한 장소로만 사용한 것 같은데."

나는 주변을 가만히 둘러봤다.

마차가 오르내리기 험준한 산의 정상. 정말 오로지 힘을 회복하기 위해 제물을 얻으려는 장소였다면 접근성이 좋은 곳을 고르지 않았을까?

생각이 미치자 의문이 솟아났다.

"왜 하필 이곳일까요?"

상단 위에 있는 물건들을 툭툭 발로 차며 확인하던 테르데오가 고개를 반쯤 젖혀 의문스러운 시선으로 날 바라봤다.

"남의 눈치를 보지 않고 손쉽게 제물을 얻기 위해서였다면 굳이 신전을 만들지 않아도 됐을걸요."

권력을 가진 황녀. 황제의 총애를 받아 무엇이든 원하는 걸 얻을 수 있는 황녀.

"당신도 그랬잖아요. 제물은 잿더미가 되니 실종으로 처리하기도 적당하다고요. 몰래 사람을 죽여도 들키지 않았을 거예요."

마녀는 제국의 황녀로서 정체를 당당히 드러내 오히려 많은 사람을 자기편으로 만들었다. 나는 다시 신전을 천천히 훑었다.

"이곳이어야만 하는 이유가 있을 거예요."

숨기고 싶은 게 있거나, 혹은 이 장소에 특별한 이유가 있을지도 모른다.

내 중얼거림을 들은 테르데오의 눈동자가 빛을 받아 매섭게 번뜩거렸다.

"신전은 일종의 눈속임일지도 몰라요."

그가 사냥감을 찾는 가늘어진 눈으로 주변을 훑었다.

"그렇다면 눈이 닿지 않는 곳에 숨겼을 거야. 눈이 닿는 곳이 아니라 비교적 시선이 닿지 않는 곳으로 다시 살피도록 하지."

테르데오가 단상 위에서 가볍게 뛰어내렸다. 그리고 이미 살폈던 곳을 다시 확인하기 위해 빠른 걸음을 재촉했다.

'분명 자세히 보면 어긋나거나 이상한 곳이 있을 거야.'

나는 주변을 꼼꼼히 살폈다.

사람의 시선이 비교적 닿지 않는 곳.

나는 테르데오의 뒤를 따라가려다 우뚝 멈췄다. 그리고 몸을 반쯤 뒤돌려 그가 내려왔던 단상을 바라봤다. 아니, 정확하게는 단상 뒤의 벽이었다.

강렬한 뭔가에 시선이 빼앗기면 자연스럽게 그 주변은 소홀하게 된다.

단상에는 늘 도돌레아가 있다. 이곳에 온 모든 사람은 도돌레아를 향해 있으니 주변은 볼 틈이 없다.

그러는 사이 '단상'이라는 장소는 사람들 머릿속에서 이미 익숙한 공간으로 자리 잡게 되니 특별히 눈여겨보지 않게 된다.

우리가 단상만 확인하고 단상 뒤쪽의 벽은 신경도 쓰지 않았던 것처럼.

나는 마치 홀리기라도 한 것처럼 단상 뒤의 벽으로 걸어갔다. 내 걸음 소리가 반대로 들리자 테르데오가 발을 멈추고 날 돌아봤다.

"페레샤티?"

황급히 옆으로 다가온 테르데오가 내 손목을 붙잡았다.

"왜 그래? 뭐라도 봤어?"

"테오."

나는 천천히 손가락을 뻗어 단상 뒤의 벽을 가리켰다.

"저쪽이요."

테르데오가 내 옆으로 다가와 손가락이 가리키는 곳을 바라봤다.

"저 벽을 확인해 봐야겠어요."

"……여기서 기다려. 내가 확인할 테니까."

테르데오가 성큼성큼 다가가 단상 위로 훌쩍 올라갔다. 그리고 내가 가리킨 벽으로 다가갔다. 눈으로 가볍게 훑은 테르데오가 손을 뻗었다.

그는 매끄럽지 않은 돌벽을 손바닥으로 천천히 쓸어내렸다. 몇 차례 같은 행동을 반복하던 테르데오가 우뚝 멈췄다.

"……여기."

테르데오가 매만지는 벽이 아주 미세하게 튀어나와 있었다.

"억지로 끼워 넣은 것처럼 이음새가 맞물리지 않아. 이 부분만 끼워 넣은 거야."

역시.

나는 단상 위로 성큼 올라 테르데오의 옆으로 다가갔다. 테르데오가 매끄럽지 않던 틈 사이로 손가락 끝을 구겨 넣고 앞으로 잡아당겼다.

작은 힘이었으나 벽은 스스럼없이 밖으로 밀려났다.

"여긴……."

벽이 밀려나며 열리자 이어지는 또 다른 공간이 나타났다. 지하로 통하는 것 같은 어두운 계단이 있었다.

"숨기고 싶은 건 원래 어두운 아래 묻어두는 법이죠."

테르데오가 고개를 빼꼼히 내밀어 안을 살폈다.

"안이 어두워. 불이 필요하겠어."

나는 냉큼 단상 옆에 있던 초에 불을 붙였다. 테르데오가 초를 받더니 다시 안을 꼼꼼히 살폈다.

"……인기척은 없어. 계단이 어디까지 이어지는지 끝이 보이지 않아."

"직접 내려가 보는 게 좋겠어요. 어쩌면 저 아래에 우리가 찾는 증거가 있을지도 몰라요."

테르데오가 고개를 끄덕거렸다.

"금방 올게."

"네?"

나는 고민도 없이 안으로 들어서려는 테르데오의 재킷을 잡았다.

"혼자 가려고요?"

테르데오가 당연하다는 듯이 미간을 찌푸렸다.

"아래 뭐가 있을지 몰라. 어쩌면 마녀의 함정일지도 모르고."

"그러니 같이 가야죠. 둘이 함께 있어야 한 명이 함정에 걸리더라도 구해줄 수 있잖아요."

"그대를 위험하게 할 바에는 차라리 함정에 걸려 죽는 게 나아."

"그건 나도 마찬가지예요."

나는 재킷을 잡은 손에 힘을 실었다.

"자꾸 이런 식으로 나오면 앞으로 어디 갈 때 안 데리고 갈 거예요."

"뭐?"

"난 우리 둘이 함께 힘을 합치기 바란 거예요. 당신을 위험에 밀어 넣기 위해 함께 가자는 게 아니라고요."

테르데오가 비장한 내 표정을 보더니 초를 바닥에 내려두었다. 그리고 몸을 완전히 돌려서 내 어깨를 쥐었다.

"그대한테 무슨 일이 생긴다면 나는 살 의미가 없어. 페레샤티, 넌 내게 삶 그 자체야. 그러니 내 모든 걸 바쳐서 그댈 보호하고 지키는 건 당연한 거야."

평소라면 나와 절대 대립하지 않았을 테르데오가 이번은 의견을 굽히지 않았다. 그가 단호하게 고개를 저었다.

"여기서 날 기다려 줘. 만약 내가 시간이 흘러도 나오지 않는다면 먼저 마차를 타고 저택으로 돌아가서 글로리아 님께 도움을 요청하고."

무슨 말을 해도 마음을 바꿀 생각이 없어 보였다. 나는 한숨을 가볍게 내쉬고 스산한 주변을 둘러봤다.

"그럼 여기에 날 혼자 두려는 건가요?"

"……어?"

"당신이 내려가면 난 여기서 혼자 기다려야 하잖아요. 이게 마녀의 함정이면요? 마녀가 혼자 남은 나한테 못된 짓을 하면요?"

테르데오가 아차 싶은 표정으로 주변을 훑었다. 당장이라도 뭐가 튀어나올 것처럼 스산한 신전 내부가 단번에 보였다.

미처 거기까진 생각하지 못했는지 테르데오가 눈썹을 구기며 머리를 쓸어 넘겼다. 나는 입가에 미소를 머금고 테르데오의 손을 잡았다.

"거봐요, 우리 둘이 함께 있어야 안전하다니까요. 당신도, 나도요."

"……후, 그럼 내가 앞장설 테니까 바짝 붙어."

"네, 당연하죠."

"내 옆에서 조금도 떨어지지 말고."

"나만 믿어요."

몇 차례 확답을 받고 나서야 테르데오가 초를 집어 들고 계단에 발을 디뎠다.

나는 테르데오의 허리를 두 손으로 잡고 그를 따라 지하로 내려갔다. 앞에서 밝혀주는 초 덕분에 어스름한 빛이 스며들었다.

나선형으로 된 계단은 제법 길게 이어져 있었다.

"뭘 숨기고 싶은지는 모르지만 아주 꼭꼭 숨기고 싶었나 보네요."

나는 테르데오의 뒤를 따르며 긴장의 끈을 놓지 않았다. 귀를 쫑긋 세우고 좌우와 뒤도 살피며 천천히 밑으로 내려갔다.

계단을 한참 내려오자 우리는 깊은 지하에 도착했다.

"······이건 다 뭐죠?"

평지에 발을 디딘 나는 테르데오의 허리를 놓고 주변을 둘러봤다.

마치 누군가의 작고 좁은 집을 그대로 옮겨 놓은 것 같은 장소였다. 해진 침대, 낡은 책상과 의자, 먼지가 가득 쌓인 책장과 붓펜 등이 있었다.

모두 손을 대면 바스러질 것처럼 오래된 물건들이었다.

아마 도돌레아가 물건들이 형태를 유지할 수 있는 주술을 걸어 둔 것 같았다. 그러지 않고서야 이 물건들이 이렇게 멀쩡히 존재할 리가 없으니까.

"숨기고 싶던 게 겨우 이런 걸까요?"

그런데 뭔가 이상했다.

분명 처음 보는 물건들, 장소인데도 이상하게 낯이 익었다. 이상한 기시감이 느껴졌다.

'뭐지?'

하지만 분명 물건들은 모두 처음 보는 곳들이었다. 고개를 갸웃거린 나는 이상한 기분을 떨쳐내고 주변을 살폈다. 다행히 다른 인기척은 느껴지지 않았다.

 기대했던 것만큼 큰 수확은 아니지만 뭔가 건질 게 있을지도 모른다.

 "뭔가 쓸모가 있을 만한 걸 찾아볼…… 테오?"

 나는 고개를 기울이고 아까부터 미동도 없이 멍하니 서 있던 테르데오 곁으로 다가갔다. 내가 부르는 소리도 듣지 못했는지 테르데오는 답이 없었다.

 "테오, 왜 그래요?"

 정말 우려했던 대로 함정이었던 걸까?

 놀란 나는 황급히 테르데오의 손을 붙잡았다. 손에 온기가 닿자 테르데오가 퍼뜩 정신을 차렸다.

 "왜 그래요? 어디 아파요? 괜찮아요? 나갈까요?"

 "……아니."

 테르데오의 얼굴이 하얗게 질렸다. 그가 눈가를 짚고 고개를 저었다.

 "이곳, 낯이 익어."

 "네?"

 "어디서 본 기억이 있는 것 같아. 어디인지는 모르겠지만."

 테르데오의 중얼거림에 나 또한 주변을 다시 둘러봤다. 그의 손을 잡은 손바닥에 땀이 배어났다. 나는 잡은 손을 놓고 두 팔을 부둥켜안았다.

 "사실 나도 그래요."

 "……뭐?"

 "나도 이곳 낯설지 않아요. 내 착각인 줄 알았는데……."

 온몸이 으스스 소름이 돋았다. 나는 혀를 내두르고 어깨를 털어내며 애써 웃었다.

 "우리 둘 다 무슨 꿈에서 보기라도 한 걸까요?"

"……꿈. 그래, 꿈."

테르데오가 고개를 번쩍 들었다. 그러더니 홀린 것처럼 앞으로 성큼 막힘없이 걸어갔다.

"테오?"

테르데오가 익숙하게 책장에 손을 뻗었다. 오랜 세월의 먼지로 뒤덮여 책들의 제목도 제대로 보이지 않았다. 하지만 테르데오는 모든 책을 알고 있는 것처럼 거침없었다.

그가 녹색으로 된 책 한 권을 꺼냈다.

"그게 뭐예요?"

"……일기."

테르데오가 초점 없는 무미건조한 눈으로 품에서 손수건을 꺼내 일기장의 먼지를 닦아냈다.

일기장 우측 하단에 정갈한 글씨체로 '아인하르트 오르페 라피레온'의 이름이 보였다.

"아무리 애써도 도무지 찾을 수 없던 초대 대공의 일기장."

테르데오가 어이없다는 듯이 조소했다.

"이런 곳에 처박혀 있으니 그렇게 찾아도 안 보이지."

"이게 일기장이라는 걸 어떻게 안 거예요?"

"내가 예전에 아일렛의 피가 담긴 알약을 먹고 쓰러졌을 때, 아파하던 내리 꿈을 꾸던 거 기억해?"

나는 천천히 고개를 끄덕거렸다. 그때 계속 내가 울면서 사과하는 악몽을 꾼다고 불쾌해했었지. 뜨거운 불 속에서 울기도 하고.

"그때 그대가 울면서 사과하던 장소가 바로 이곳이야."

"……네?"

"꿈에 왜 이곳이 나왔는지는 모르겠지만……."

테르데오가 혼란스러워 보이는 얼굴을 종잇장처럼 구겼다.

"꿈에서 이 일기를 쓰고 있는 걸 본 적도 있거든."

꿈에서 이곳을 봤다고? 게다가 그 꿈에서는 내가 울고 있었다고 했지.

'혹시 테르데오가 꿈에서 본 사람들이 아인하르트와 도돌레아가 말한 내 전생인가?'

그렇다면 이곳은 아인하르트가 사용하던 장소일지도 모른다. 나는 묘한 기시감에 팔을 털어내고 테르데오가 쥔 일기장을 향해 손을 뻗었다.

"일단 읽어봐요."

그리고 일기장에 내 손가락이 톡 닿기 무섭게 갑자기 머리가 깨질 것처럼 삐- 이명이 울렸다. 마치 누군가 둔기로 머리를 세게 내리친 것처럼 강한 고통에 휩싸였다.

"……윽!"

손바닥으로 관자놀이를 꾹 눌렀지만 이명이 점차 커지며 고통이 잇따랐다.

"페레샤티?"

깜짝 놀란 테르데오가 황급히 나를 붙잡았다. 내가 서 있는 곳이 땅 위인지 아니면 하늘인지 분간이 가지 않았다. 제자리에서 뱅뱅 도는 것처럼 끔찍한 멀미가 일어났다.

"우욱……."

토할 것만 같아 나는 황급히 손으로 입가를 가리며 상체를 숙였다.

"페레샤티!"

테르데오의 외침이 들렸다. 그러나 내 몸은 맥없이 아래로 추락했다. 누군가 내 영혼을 부르는 탓에 영혼이 분리되는 것 같은 이상한 기분이 들었다.

그리고 시야를 밝히던 초가 꺼지자 나는 덮쳐오는 어둠 속으로 빨려 들어갔다.

❄ ❄ ❄

"……으윽."

말을 거는 것 같은 새소리, 향긋한 꽃 내음.

나는 눈살을 찌푸리고 천천히 감았던 눈을 떴다. 신전 지하실에 있던 돌바닥에 쓰러졌던 건 기억나는데, 나는 정원 풀밭에 누워 있었다.

'뭐지? 이게 무슨 상황이지?'

머리 위에서 목소리 맑은 새가 쉬지 않고 짹짹 노래를 불렀다. 나는 섣불리 움직이지 않고 눈동자를 굴려 이곳저곳을 살폈다.

생전 처음 보는 온실 정원이었다. 게다가 테르데오의 모습도 보이지 않았다.

'테오가 날 이런 곳에 이렇게 내버려 두고 갈 리가 없는데.'

그럼 지금 꿈을 꾸는 걸까? 혹시나 해서 한참 자리에 누워 있었으나 별다른 인기척은 느껴지지 않았다.

나는 주변에 아무도 없는 걸 확인한 후 천천히 몸을 일으켰다. 마치 누군가 만들어 낸 환상처럼 평화로운 분위기였다.

"……테오?"

나는 조심스럽게 테르데오를 불렀다. 하지만 역시나 들려오는 답은 없었다.

"테오!"

이번에는 더 강하게 불렀지만 결과는 똑같았다. 분명히 초대 대공의 일기장을 만졌고, 그 뒤 갑작스러운 두통 때문에 기절한 건 기억나는데.

'진짜 꿈인가?'

나는 고개를 갸웃거리고 앞으로 걸어갔다. 완전히 새로운 세상에 떨어지기라도 한 것처럼 낯선 괴리감이 느껴졌다.

앞을 향해 몇 걸음 내디뎠을 때 큰 나무 사이로 준비된 티 테이블이 보였다. 테이블 위에는 모락모락 연기가 피어나는 차와 쿠키도 함께였다.

'사람이 있나?'

나는 홀린 듯 테이블로 다가갔다. 그때 뒤에서 익숙하면서도 낯선 목소리가 들렸다.

"어서 와요."

목소리를 듣는 순간 나는 소스라치게 놀라며 뒷걸음질 쳤다. 경악에 찬 내 눈동자에 태연스럽게 웃는 도돌레아의 얼굴이 담겼다.

"도, 도돌레아!"

도돌레아가 왜 여기서 나오는 거지?

내 부름에 도돌레아가 싱긋 웃더니 나를 지나쳐 의자에 앉았다. 나는 이를 바득 갈고 주먹을 쥐었다.

"알겠다. 아까 그 일기장은 함정이었구나?"

도돌레아는 답 없이 조용히 찻잔에 차를 따랐다. 태연자약한 모습을 보자 열불이 날 것 같았다. 나는 아랫입술을 잘근잘근 깨물었다.

"테오는? 테오는 어디로 갔지? 테오도 나처럼 기절했나?"

내 질문에 답하지 않더라도 테르데오의 얘기로 자극하면 말할 게 분명했다. 아니나 다를까 도돌레아가 고개를 들어 날 바라봤다. 긴장으로 마른침을 꿀꺽 삼키자 그녀가 천천히 입술을 열었다.

"와서 앉아요. 차가 제법 잘 우러났어요."

"……뭐?"

도돌레아는 온갖 조롱에도 여전히 환한 미소를 짓고 내게 자리를 권유했다. 지금 이게 무슨 상황인지 이해가 가지 않았다.

"그렇게 놀랄 것 없어요. 여긴 아무것도 아닌 곳이니까요."

"뭐?"

"페레샤티, 당신이 꿈이라고 느낀다면 이곳은 꿈일 테고 아니라고 생각한다면 현실이겠죠. 이곳은 진짜면서 가짜인 곳이고, 가짜지만 진짜인 곳이니까요."

도돌레아가 자리에서 일어섰다. 갑작스러운 움직임에 놀란 나는 경계하며 뒤로 물러났다. 하지만 도돌레아는 아랑곳하지 않고 맞은편의 의자를 직접 빼주며 내게 권했다.

"차와 쿠키가 정말 맛있으니 즐겨봐요. 만나고 싶었고, 만날 날을 내심 기다리고 있었거든요."

평소와는 전혀 다른 행동이었다. 도돌레아는 내게 저렇게 사심 없이 웃어준 적이 없는데.

'내가 진짜 꿈을 꾸는 건가?'

이런 걸 자각몽이라고 부른다던데. 나는 혼란스러운 표정으로 도돌레아를 살폈다.

도돌레아는 환하게 웃었다. 미소는 평소와는 달리 우아했고 손짓 하나에 기품이 흘렀다.

"사람을 만나는 건 오랜만이라 어색하거나 내가 결례를 범해도 이해해 줄래요?"

말투와 음색마저도 고상했다. 그래, 마치 '진짜' 도돌레아 황녀처럼.

황궁의 모든 이가 입 모아 말하던 '성품이 바르고 고운 도돌레아 황녀님'처럼 말이다.

"아차, 인사부터 해야겠죠? 반가워요. 나는 '도돌레아 카스터.' 카스터 제국의 사 황녀랍니다."

"……."

"비운의 황녀라고도 불리죠."

도돌레아가 쑥스럽다는 듯이 웃었다. 그 미소를 보는 순간 나는 순간 멍한 표정으로 넋을 놓았다. 내가 여태껏 만난 마녀 도돌레아는 '비운의 황녀'라는 말을 꺼낸 적이 없었다.

비운의 황녀.

그건 황궁에서 태어나 황궁을 벗어나지 못하고 결국 황궁에서 죽어가는 도돌레아 황녀를 가리키는 조롱이었다.

"설마……."

도돌레아가 수줍게 웃으며 자기 자리로 돌아가 앉았다. 그리고 포갠 손을 얌전히 다리 위에 올려두었다.

"……혹시 '진짜' 도돌레아 황녀?"

"진짜라는 말을 덧붙여 들으니 감회가 새롭네요."

도돌레아가 머리카락을 귀에 꽂았다. 반쯤 내리깔린 속눈썹이 파르르 떨렸다.

"나는 진짜도 가짜도 아닌…… 그냥 도돌레아 카스터랍니다. 그게 나예요."

"……!"

틀림없다. 확신이 서자 나도 모르게 입을 떡 벌렸다.

"황녀 전하……."

회귀 전 내가 수없이 봤던 진짜 도돌레아 황녀의 모습.

그녀는 진짜 도돌레아 황녀였다.

어떻게 도돌레아 황녀가 내 앞에 있는 건지 이해가 가지 않았다. 나는 뿌리내린 나무처럼 자리에서 움직이지도 못하고 멍하니 서 있었다.

환하게 웃은 도돌레아가 일어서더니 내 손을 붙잡고 끌었다.

"누가 날 부르는 것도 오랜만에 듣네요."

도돌레아는 나를 의자에 앉히고 자리로 돌아갔다.

'진짜 도돌레아는 분명히 죽었다고 했는데?'

나는 혼란스러운 표정으로 내 앞에 찻잔을 내려두는 도돌레아를 멍하니 바라봤다.

내가 지금 꿈을 꾸고 있는 걸까? 아니면 환상일까?

"……대체 어떻게 된 거죠? 황녀 전하께서는……."

나는 차마 '죽었다고 들었어요'라는 뒷말을 하지 못한 채 마른침을 꿀꺽 삼켰다.

"그 경악스러운 표정을 보니 내가 죽었다고 들었나 보네요."

"네에……."

도돌레아가 내 표정을 따라 하며 옅은 미소를 머금었다. 마치 해맑은 아이 같았다. 자세히 보니 마녀가 빙의한 도돌레아의 모습과는 조금 달랐다.

내 앞에 있는 도돌레아는 성장이 멈춘 앳된 아이처럼 보였다.

"그 말이 맞아요. 나는 죽었어요."

죽은 사람과의 대화라니. 상식적으로 불가능한 일이었다.

'정말 꿈인가?'

꿈이라고 하기엔 너무도 생생했다. 나는 슬그머니 손을 내려 허벅지를 아주 세게 꼬집었다. 눈물이 핑 돌만큼 아픔이 느껴졌다.

"페레샤티, 당신이 보기에 내가 진짜처럼 보이면 진짜고, 만약 내가 허상이나 꿈 같다면 나 역시 가짜겠죠. 진짜와 가짜라는 건 남의 잣대로 판단되는 거니까요."

나는 시선을 내려 여전히 모락모락 김이 피어나는 찻잔을 집어 한 모금 마셨다. 좋은 향에 비해 아무런 맛이 나지 않았다.

그러고 보면 아까부터 새소리는 들리지만 날아다니는 새는 한 마리도 보이지 않았다.

"맛있죠?"

도돌레아가 웃으며 차를 마셨다. 그녀가 연신 차를 마심에도 불구하고 찻잔 속의 양은 줄어들지 않았다.

"혹시 저도 죽었나요?"

여긴 죽고 난 후의 장소인 걸까? 그래서 허벅지를 꼬집어도 아픈 거고, 죽은 도돌레아를 만날 수 있던 걸까?

주변을 둘러보자 은은히 웃은 도돌레아가 고개를 저었다.

"당신은 죽지 않았어요. 정확히 말하자면, 죽은 내가 당신을 만나러 온 거죠."

도돌레아가 냅킨으로 아무것도 묻지 않은 입가를 닦았다.

"사과부터 할게요. 우선 미안해요. 당신이 날 만나게 된 건 내가 죽기 전 미리 주술을 걸어뒀기 때문이에요."

"주술이요?"

"네, 내 몸을 차지한 마녀의 지식을 빌렸죠. 당신을 만나고 싶었거든요. 당신이 모든 진실이 담긴 그 일기장을 찾으면 모든 걸 설명해 줘도 될 것 같았거든요."

도돌레아가 쓴웃음을 지었다. 황망하게 중얼거리던 도돌레아가 나를 똑바로 응시했다.

"페레샤티, 당신을 회귀시킨 건 나예요."

"……!"

생각지도 못했던 이야기가 나오자 나는 놀란 숨을 크게 들이켰다. 나는 제자리에 얼어붙은 것처럼 멍하니 도돌레아를 바라봤다.

순간 주변의 공기마저 침묵하는 것 같았다.

"……지금 뭐라고요? 황녀 전하께서 절……?"

나는 한참이나 눈을 깜빡거렸다. 혹시 뭔가 잘못 들었나 싶어 눈동자도 이리저리 굴렸다. 도돌레아는 그런 나를 가만히 기다려 주었다.

내가 회귀했다는 걸 알고 있는 걸 보니 그냥 한 말은 아닌 것 같은데.

"놀랐어요?"

도돌레아가 귀엽게 웃었다. 그리고 이해한다는 듯이 버터를 바른 부드러운 목소리로 말했다.

"미안해요. 당신 의견은 묻지도 않고 제멋대로 회귀시켰죠? 그래서 페레샤티, 당신한테는 알려줘야 할 것 같았어요."

도돌레아의 얼굴에서 나를 향한 죄책감이 보였다. 나는 혼란스러운 시선을 아래로 내리깔았다.

"어째서 절……."

아무리 생각해도 도돌레아가 굳이 날 회귀시킬 이유는 없었다. 회귀 전 도돌레아와 친분이 있던 것도 아니었고.

내가 회귀하기 전, 도돌레아가 사망했으니까.

"음…… 정확히는 라피레온 가문의 소원이었어요."

도돌레아가 머리를 뒤로 넘기며 따사로운 봄처럼 나지막이 웃었다.

"페레샤티. 당신을 회귀시킨 건 나지만, 그걸 바란 건…… 라피레온 가문이었어요. 그들의 소원이었거든요."

〈다음 권에 계속〉

시월드가 내게 집착한다 II

초판 1쇄 발행	2024년 1월 31일
글	한윤설
발행인	신승한
표지 디자인	Opulence
편집 디자인	Opulence, 장지연
교정·교열	봉하연
기획	김다혜, 이경미, 임주은
발행처	주식회사 영컴
주소	08390 서울시 구로구 디지털로 32길 30 (구로3동 222-7) 코오롱디지털타워빌란트 902호
전화	02-6335-1750
팩스	02-866-1746
등록일	2018년 7월 9일
등록번호	제 25100-2018-000049호
ISBN	979-11-6779-384-3 04810 979-11-6779-382-9 (세트)

www.iyoungcom.com

ⓒ 2024 한윤설

이 책의 저작권은 한윤설에게 있으며, 출판권은 주식회사 영컴에 있으므로 본 책자의 전재 또는 부분을 복제, 복사하거나 전파, 전산장치에 저장하는 것은 법으로 금지되어 있습니다.

잘못된 책은 바꾸어 드립니다.